HEYNE <

D1926221

Das Buch

Im Leben von Holly Berger, 38, scheint einfach alles zu stimmen. Sie ist mit ihrer Jugendliebe, dem sympathischen Kunsttischler Chris, verheiratet, hat zwei Kinder und schreibt erfolgreiche Ratgeber-Bücher.

Doch dann macht sie in ihrem Elternhaus eine Entdeckung, die sie völlig aus der Bahn wirft. Zufällig findet sie Unterlagen, die beweisen, dass sie als Neugeborenes von ihrer leiblichen Mutter ausgesetzt und wenig später von ihren jetzigen Eltern adoptiert wurde. Fassungslos und geschockt, versucht Holly zunächst so zu tun, als wäre nichts geschehen. Als sie aber erfährt, dass sogar ihr Mann von dem Geheimnis wusste, wird ihr klar, dass sie so nicht weiterleben kann. In detektivischer Recherchearbeit macht sie sich auf die Suche nach ihren Wurzeln – eine Reise, die sie nicht nur bis nach Ägypten führt, sondern tief in die geheimnisvolle und erschütternde Geschichte ihrer Familie.

»Ein überzeugendes Psychogramm und ein ganz starkes Buch.«
Für Sie

Die Autorin

Amelie Fried wurde 1958 in Ulm geboren. Nach ihrem Studium moderierte sie zahlreiche Fernsehsendungen, darunter *Live aus dem Alabama*, *Live aus der alten Oper*, *Stern-TV* und *Kinderella*. Seit 1998 ist sie Gastgeberin der Talkshow *3 nach 9*. Sie wurde mit zahlreichen Fernsehpreisen ausgezeichnet. Für ihr erstes Kinderbuch *Hat Opa einen Anzug an?* erhielt sie 1998 den Deutschen Jugendliteraturpreis, ihr zweites Kinderbuch *Der unsichtbare Vater* kam auf die Auswahlliste. Anfang 2008 erschien ihr Jugend-Sachbuch *Schuhhaus Pallas*. Ihre sieben Romane wurden Bestseller und die meisten von ihnen bereits verfilmt. 1996 erschien *Traumfrau mit Nebenwirkungen*, 1999 *Am Anfang war der Seitensprung*, 2000 *Der Mann von nebenan*, 2001 *Glücksspieler*, 2003 *Liebes Leid und Lust*, 2005 *Rosannas Tochter* und 2007 *Die Findelfrau*. Die Autorin lebt mit ihrer Familie in der Nähe von München.

Als Heyne-Taschenbücher liegen außerdem die drei Kolumnenbände vor: *Geheime Leidenschaften*, *Verborgene Laster* und *Offene Geheimnisse*.

AMELIE FRIED

Die Findelfrau

Roman

WILHELM HEYNE VERLAG
MÜNCHEN

FSC
Mix
Produktgruppe aus vorbildlich bewirtschafteten Wäldern und anderen kontrollierten Herkünften

Zert.-Nr. SGS-COC-1940
www.fsc.org
© 1996 Forest Stewardship Council

Verlagsgruppe Random House FSC-DEU-0100
Das für dieses Buch verwendete FSC-zertifizierte Papier
München Super liefert Mochenwangen.

Vollständige Taschenbuchausgabe 06/2008
Copyright © 2007 by Wilhelm Heyne Verlag, München
in der Verlagsgruppe Random House GmbH
Printed in Germany 2008
Umschlaggestaltung: Eisele Grafik-Design, München
Satz: Leingärtner, Nabburg
Druck und Bindung: GGP Media GmbH, Pößneck
ISBN: 978-3-453-40550-9

www.heyne.de

1

Holly blickte starr in das rote Licht über ihr. Eine warme Hand legte sich auf ihre kalten Hände, die sie auf dem Bauch gefaltet hatte wie zum Gebet. Lieber Gott, dachte sie, mach, dass alles gut geht. Dass die Schwester meine Unterlagen nicht vertauscht hat. Dass der Computer keine Panne hat. Dass der Doc gestern Nacht nicht zu wenig geschlafen oder zu viel gebechert hat.

Sie überlegte kurz, ob sie vom Tisch springen und weglaufen sollte, dann fielen ihr die ganzen Untersuchungen der letzten Wochen ein. Wäre alles umsonst gewesen, und sie würde es trotzdem bezahlen müssen.

Warum, zum Teufel, hatte sie sich überhaupt darauf eingelassen? War es wirklich so schlimm, kurzsichtig zu sein? Wenn sie die Brille abnahm, verschwamm die Welt zu farbigen Flecken. Ist doch eigentlich ganz schön, dachte sie plötzlich. Schöner als vieles, was sie sah, wenn sie die Brille wieder aufsetzte. Als Kind war sie gehänselt worden, klar. Blindschleiche, Brillenschlange, Streberin. Als junges Mädchen war sie mehr oder weniger blind durchs Leben getappt, weil sie lieber vom Auto überfahren worden wäre, als hässlich auszusehen. Obwohl sie mit ihren ausdrucksvollen, braunen Augen, dem schimmernden Teint und ihrem dunklen Haar als ausgesprochen hübsch galt, war sie überzeugt, dass eine Brille alles kaputt gemacht hätte.

Dann war sie immer wieder neben Typen aufgewacht, die leider nur aus der Ferne attraktiv gewesen waren. Eine Zeit lang hatte sie Kontaktlinsen getragen. Nachdem sie die dritte versehentlich im Waschbecken weggespült hatte, weigerten sich ihre Eltern, neue zu bezahlen. Als Holly endlich selbst Geld verdiente, bekam sie eine Allergie gegen Kontaktlinsen. Jetzt hatte sie genug. Sie wollte endlich wieder klar sehen.

»So, nun wird's ein bisschen unangenehm«, hörte sie die Stimme des Arztes, »ist aber gleich vorbei.«

Bleib cool, befahl sie sich. Du hast zwei Geburten überlebt, da wirst du doch wohl eine lächerliche Laser-OP überstehen.

Etwas senkte sich auf ihr Gesicht und drückte auf ihren rechten Augapfel. Sie spürte einen weiteren Schwall der Betäubungstropfen, einen leichten, kaum wahrnehmbaren Schmerz, dann fuhr die Apparatur mit einem Zischen wieder hoch.

»Vorbei?«, fragte sie mit kleiner Stimme.

»Noch nicht ganz«, erwiderte der Arzt.

Die Maschine begann zu rattern, Funken sprühten vor ihrem Auge, ein leichter Geruch von verbrannter Hornhaut verbreitete sich im Raum.

Sie sah eine Art riesigen Scheibenwischer, der über ihre Augenoberfläche fuhr, als wäre sie die Windschutzscheibe eines Lkw, dann hörte sie seine Stimme.

»So. Und weil's so schön war, das Ganze jetzt auf der anderen Seite.«

»Okay«, piepste sie.

»Sie sind ja eine ganz Gelassene«, sagte der Doc anerkennend und tätschelte ihre Schulter.

»Das täuscht«, gab Holly zurück. »Ich mache mir gleich in die Hose.«

»Schwester, eine Windel, bitte!«, befahl er.

Holly musste trotz ihrer Angst grinsen.

Als alles vorbei war, stand sie mit zittrigen Knien vom OP-Tisch auf und wurde in den Vorraum geführt. Noch einmal erhielt sie Tropfen, dann klebte die Schwester zwei Plastikschalen über ihre Augen.

»So, jetzt sehen Sie aus wie ein Waschbär. Die Augen schön zulassen bis morgen früh!«

Sie drückte Holly einen Plastikbeutel in die Hand. »Schmerztabletten, antibiotische Tropfen, Notfall-Telefonnummer. Wenn Sie Probleme haben, bitte melden.«

»Danke«, sagte Holly.

Die Schwester brachte sie zur Garderobe, zog ihr den sterilen Kittel aus, streifte ihr die Plastikhüllen von den Füßen. Half ihr in Schuhe und Mantel, brachte sie zur Rezeption.

»Hallo«, sagte Chris. »Alles gut gegangen?«

»Glaub schon. Genau wissen wir's morgen.«

Sie hakte sich bei ihm ein. »Du bist jetzt mein Blindenhund.«

»Wau«, sagte Chris.

Holly hielt die Augen fest geschlossen. Wenn sie es durchhielte, nicht durch die Plastikschalen zu blinzeln, würde alles gut werden, andernfalls würde vielleicht etwas Schlimmes passieren. Aber schon am Aufzug erschrak sie über das Geräusch der sich unerwartet öffnenden Tür und zwinkerte. Es passierte gar nichts.

Der Weg aus dem Gebäude, über die Straße, in den

zweiten Stock des Parkhauses erschien ihr endlos. Die Geräusche waren unnatürlich laut und scharf; es kam ihr vor, als hätte sie nach Jahren zwei Wattebäusche aus ihren Ohren entfernt. Sie klammerte sich an Chris' Arm fest.

»Du passt auf, ja?«

»Klar passe ich auf.«

Woher wusste sie, dass sie ihm vertrauen konnte? Er könnte sie an einen Aufzugschacht oder zu einer steilen Treppe führen, ihr einen Stoß versetzen und – Ende einer Ehe. Vielleicht träumte er schon lange davon, sie loszuwerden, und hatte nur auf diesen Tag gewartet.

Sie drehte den Kopf in seine Richtung und blinzelte.

»Augen zu«, befahl er.

»Liebst du mich eigentlich?«

»Was?«

»Ich meine«, sagte Holly schnell, »würdest du mich auch lieben, wenn ich blind wäre? Oder eine andere Behinderung hätte?«

»Was bliebe mir anderes übrig?«

»Na, hör mal, das klingt ja, als wäre Liebe eine Art Krankheit! Ein schreckliches Schicksal, gegen das man keine Chance hat.«

»Genau.«

»So sehe ich das überhaupt nicht! Liebe ist eine Entscheidung, ein Akt des Willens. Du liebst mich, weil du es willst, nicht, weil irgendeine Macht dich dazu zwingt …«

»… hör lieber auf zu diskutieren, du läufst gleich gegen einen Betonpfeiler.«

Holly blieb erschrocken stehen. »Ich denke, du passt auf!«

»Wie soll ich aufpassen, wenn du dauernd quasselst.«

»Schon gut«, sagte sie.

Er führte sie weiter. Schweigend ging sie neben ihm her, vorsichtig einen Fuß vor den anderen setzend, immer darauf gefasst, an ein Hindernis zu stoßen. Er blieb stehen.

»Wir sind da.«

Holly blieb stehen, bis sie das Öffnen der Beifahrertür hörte, dann stieg sie vorsichtig tastend ein.

Sie holte tief Luft. »Schrecklich.«

»Was?«

»So hilflos zu sein.«

»Tut dir mal ganz gut, nicht alles unter Kontrolle zu haben.« Chris startete den Motor und fuhr die engen Kurven des Parkhauses hinab. Wieder blinzelte Holly. Ständig hatte sie das Gefühl, gleich gegen eine Wand zu fahren. Erst auf der Straße wurde es besser. Sie lehnte ihren Kopf zurück und entspannte sich.

Sie vertraute ihm schon seit achtzehn Jahren. Hatte ihm von Anfang an vertraut, einfach so. Instinktiv. Hatte nie darüber nachgedacht, ob er ihr Vertrauen verdiente. Und er hatte sie nie enttäuscht. Warum war ihr dann jetzt der Gedanke gekommen, in ihm könnten Dinge vorgehen, von denen sie noch nicht einmal etwas ahnte? Nur, weil sie zwei Plastikdeckel auf den Augen hatte? Verlor sie das Vertrauen in den Menschen, der ihr am nächsten war? Jeder Psychologe wäre begeistert. Mangelndes Urvertrauen.

Angst, aus der Welt zu fallen. Mindestens zwei Jahre Therapie.

Sie machte eine Bewegung mit der Hand, als wollte sie ihre Gedanken wegwischen.

Sie dachte an ihre erste Begegnung zurück bei einer Geburtstagsfeier ihrer Freundin Diana, die damals in einer WG wohnte. Chris war gerade neu dort eingezogen, und Diana schwärmte von ihm.

»Er ist was Besonderes, weißt du? Nicht so ein Klugscheißer wie die Typen von der Uni.«

»Wieso, was macht er?«

»Er ist Kunsttischler. Baut wunderschöne Möbel und kann alles reparieren, was in einem Haushalt kaputtgeht.«

»Wie praktisch«, sagte Holly lächelnd.

»Außerdem ist er klug. Er liest viel und macht sich 'ne Menge Gedanken über Politik und so.«

»Du bist verknallt«, stellte Holly fest.

»Eigentlich nicht«, sagte Diana, »ich steh nicht auf blond.«

Am Abend der Party passierte Holly ein Missgeschick: Nach einem Besuch auf der Gästetoilette ließ sich die Tür nicht mehr öffnen, der Schlüssel klemmte. Bei dem gewaltsamen Versuch, ihn zu drehen, brach er ab. Holly geriet in Panik. Sie wollte aus dem Fenster steigen und lehnte sich hinaus, um zu sehen, ob es eine Feuerleiter oder einen Mauervorsprung gäbe. Dabei blieb sie im Fensterrahmen stecken. Nachdem sie sich mühsam befreit hatte (wobei sie sich die Schulter quetschte), versuchte sie, mit einer Nagelfeile das Türschloss zu öffnen, aber die Feile brach ab. Verzweifelt schlug sie schließlich gegen die Tür. Die Gäste sammelten sich vor dem Gästeklo und johlten ihr aufmunternd zu. Der Einzige, der keine blöden Witze machte, sondern die Tür aufstemmte, war Chris. Mit vor Scham gerötetem Gesicht dankte ihm Holly und wollte sich schnell verdrücken, aber er hielt sie fest. »Dich wollte ich schon den ganzen Abend kennenlernen!«

Er zog sie in die Küche und füllte zwei Gläser mit Rotwein. Holly trank ihr Glas aus, ohne abzusetzen.

»Was für eine peinliche Nummer«, stöhnte sie, »schön, dass ihr alle euren Spaß hattet!«

»Wenigstens hast du nicht versucht, aus dem Fenster zu klettern.«

Holly sagte nichts.

Chris musterte sie. »Oder hast du etwa …?«

»Drunter ist ein Balkon«, sagte sie trotzig.

Chris lachte. »Verstehe. Selbst ist die Frau. Du bist eine von denen, die sich nicht helfen lassen wollen.«

»Bisher bin ich ganz gut durchgekommen«, sagte Holly.

»Glückwunsch. Wie heißt du eigentlich?«

»Holly.«

Chris stutzte. »Na, dann kann ich mich ja glücklich schätzen, dass du überhaupt mit mir redest.«

»Wieso?«

»Diana hat mir erklärt, dass du auf Intellektuelle abfährst.«

»Es gibt Fälle, in denen ich Tischler vorziehe.«

»Wenn du im Gästeklo festsitzt.«

Holly lächelte. »Und, auf wen fährst du ab? Auf Diana?«

Chris überlegte kurz. »Nee, eigentlich nicht. Ich steh nicht auf blond.«

Später stellte sich raus, dass Chris gelogen hatte. Alle seine Exfreundinnen waren blond gewesen.

Holly legte die Hand auf Chris' Knie.

»Wann hast du mich eigentlich zuletzt belogen?«

Chris musste nicht lange nachdenken. »Am Sonntag. Die Kalbsrouladen waren trocken.«

»Du Mistkerl!«, entrüstete sich Holly. »Du hast behauptet, sie seien wunderbar!«

»Gnädige Notlüge. Der Kitt jeder Beziehung.«

»Wie oft bist du so … gnädig zu mir?«

»Nicht oft, keine Sorge.«

Holly verfiel in Grübeln. Er hatte recht, es geht nicht ohne kleine, liebevolle Schwindeleien, die dem anderen eine Verletzung ersparen oder einem selbst eine Diskussion, auf die man gerade keine Lust hat. Die Wahrheit ist nicht nur ziemlich subjektiv, sondern meist auch schwer verdaulich. Es empfiehlt sich, sie gut zu dosieren, wenn man seine Beziehungen nicht auf allzu harte Proben stellen will.

»Dann bin ich ja froh«, sagte sie und wusste nicht, warum die Tatsache, nichts sehen zu können, ein so heftiges Bedürfnis in ihr auslöste, den Dingen auf den Grund zu gehen. »Lügst du auch bei wichtigeren Dingen als Kalbsrouladen?«

Chris antwortete nicht.

»Was ist los? Warum sagst du nichts?«

»Lass mich doch nachdenken«, sagte Chris. »Ich bin nicht so schnell wie du.«

»Da gibt es nichts nachzudenken, entweder ja oder nein, das musst du doch wissen!«

»Ich bin immer so ehrlich wie möglich«, sagte er schließlich.

»Na, toll.« Sie seufzte.

Zu Hause ließ sie sich von Chris ins Bad führen, dann ertastete sie sich selbst den Weg ins Schlafzimmer. In ihrer vertrauten Umgebung, wo sie die Entfernungen und Hindernisse einschätzen konnte, fühlte sie sich etwas sicherer. Sie zog ihren Pyjama an und verkroch sich im Bett.

»Ich hab so kalte Füße«, jammerte sie, »machst du mir eine Wärmflasche?«

»Gern.« Chris verließ das Zimmer, sie hörte seine Schritte auf dem Flur.

Holly nahm sich vor, darauf zu achten, wie oft sie jemanden anschwindelte, und sofort fielen ihr eine Menge Situationen ein, in denen sie nicht ehrlich gewesen war. Den korallenroten Schal, ein Geschenk von Chris zu Weihnachten, hatte sie in den höchsten Tönen gelobt – obwohl sie die Farbe verabscheute. Letzte Woche hatte sie einen wichtigen Termin vergessen und behauptet, ihre Tochter hätte einen Unfall gehabt. Als Timo zu müde fürs Fußballtraining gewesen war, hatte sie ihn mit einem verstauchten Knöchel entschuldigt. Eigentlich benutzte sie ständig Notlügen, um ihr Leben leichter zu machen.

Chris kam mit der Wärmflasche zurück und legte sie zu ihren Füßen ins Bett. Dann gab er ihr das Telefon in die Hand.

»Ich geh noch mal rüber in die Werkstatt. Wenn du was brauchst, drück einfach die Wiederholungstaste.«

Holly ließ die Finger über das Telefon gleiten.

»Welche ist es?«, fragte sie.

Er legte ihren Zeigefinger auf eine der Tasten. »Hier oben, die linke. Und die drunter zum Wählen.«

»Danke«, murmelte Holly.

Sie versuchte einzuschlafen, fiel aber nur in einen dösigen Zustand, in dem Bilder und Erinnerungen wild durcheinanderwirbelten. Ihr Gehirn schien die fehlende Sehfähigkeit durch eine Art Kopfkino ausgleichen zu wollen.

Sie sah wieder das rote Licht und dahinter das Gesicht des Operateurs, der sie durch seine Brillengläser anfunkelte. Wieso trug der überhaupt eine Brille? Traute er seiner eigenen Lasertechnik nicht? Dann fiel ihr ein, dass es wohl eine für die Nähe war. Die würde auch ihr nicht erspart bleiben, aber bis dahin war noch ein paar Jahre Zeit. Jahre, in denen ihr Gesicht nicht durch ein blödes Plastik- oder Drahtgestell entstellt wäre. Vielleicht würde sie sich endlich die Haare ein bisschen wachsen lassen oder sich sogar ein Abendkleid kaufen. Hatte alles zur Brille nicht gepasst. Holly konnte es plötzlich kaum erwarten, ihr neues Gesicht im Spiegel zu sehen.

Die Tür flog auf, Timo und Lea stürmten ins Zimmer. Holly richtete sich auf.

»Mir geht's gut«, sagte sie schnell, »macht euch keine Sorgen. Ich seh nur komisch aus mit diesen Dingern auf den Augen.«

»Wie 'ne bekiffte Fliege«, stellte Timo fest.

»War's schlimm?«, fragte Lea anteilnehmend und setzte sich auf die Bettkante.

»Nein, überhaupt nicht«, sagte Holly munter. Sie fand, Mütter dürften nicht schwach sein und jammern. Sie müssten Stärke zeigen, damit ihre Kinder stark werden könnten.

»Siehst du was?«, fragte Timo.

»Nee«, sagte sie, »gar nichts.«

Heimlich blinzelte sie durch die beschlagenen Plastikgläser. Timo zog eine Grimasse und streckte ihr die Zunge raus.

»Aber ich weiß trotzdem, dass du dich gerade schlecht benimmst.«

Timo hielt inne. »Beschiss«, sagte er, »du hast geblinzelt.«

Holly realisierte überrascht, wie tief seine Stimme schon war. Das war ihr bisher nicht aufgefallen.

Die Kinder verloren das Interesse an ihr und liefen weg. Wenig später mischten sich die biederen Klänge von Bayern 3 mit dem Gewummere der »White Stripes«. Holly seufzte.

Wie schnell die beiden gewachsen waren. Timo mit seinen dreizehn Jahren war bereits so groß wie sie, ein breitschultriger, junger Mann mit langem, glattem Haar, das ihm ständig in die Augen fiel. Wenn er verlegen war, errötete er, was sie bezaubernd fand. Manchmal versuchte sie, ihn zu umarmen oder ihm einen Kuss auf die Wange zu drücken. Genervt wehrte er ab, und sie fühlte sich wie eine verschmähte Liebende.

Lea war zehn, an der Schwelle zur Pubertät. Sie ließ

Berührungen gerade noch zu, wenn auch manchmal schon mit einer Herablassung, die Holly wehtat. Wie sollte man es als Mutter bloß aushalten, wenn die Kinder keine Zärtlichkeit mehr annehmen wollten, ja, einen beim kleinsten Versuch zurückstießen?

Sie könne sich ja ein Haustier zulegen, hatte Chris vorgeschlagen, als sie ihm ihr Leid geklagt hatte. Oder sich mehr mit ihm beschäftigen.

Holly setzte sich zu ihrer Familie an den Esstisch und löffelte vorsichtig die Gemüsesuppe, die sie am Morgen vorgekocht hatte. Auch ihr Geschmackssinn schien sich verändert zu haben; sie aß bewusster und nahm die Aromen intensiver wahr. Immer besser konnte sie sich vorstellen, wie Blinde sich fühlen. Schon in den wenigen Stunden, in denen sie ihre Umgebung nicht hatte sehen können, hatte sich der Horizont ihrer Außenwahrnehmung schmerzhaft verengt, und sie fühlte sich aus dem Erleben der anderen ausgeschlossen. Wie dankbar war sie, dass dieser Zustand vorübergehend sein würde.

»Ich esse wie ein Schwein«, verkündete Lea.

»Das ist ja nichts Neues«, sagte Holly.

»Aber du kannst es nicht sehen!«, triumphierte ihre Tochter. »Deshalb kannst du auch nicht schimpfen.«

»Sehen nicht, aber hören«, erwiderte Holly. »Iss wenigstens wie ein stummes Schwein.«

»Alle Schweine sind stumm«, sagte Timo und machte ein blubberndes Geräusch mit seinem Getränk. »Stumm heißt, dass man nicht sprechen kann. Schmatzen oder schlürfen kann man trotzdem.«

»Sehr wohl, Euer Ehren«, sagte Holly. »Dann gestatten Sie, dass ich mich korrigiere: wie ein vornehmes Schwein.«

»Vornehme Schweine gibt's nicht«, schaltete sich Lea wieder ein. »Schweine sind schweinisch, sonst wären sie ja keine Schweine, sondern Menschen.«

Holly seufzte. »Ihr macht mich wahnsinnig, ihr …

»… Korinthenkacker!«, brüllten Timo und Lea wie aus einem Mund.

»Warum lässt du dich bloß immer in solche Diskussionen verwickeln?«, fragte Chris staunend.

»Weil ich eine Anhängerin des gepflegten Tischgesprächs bin«, knurrte Holly. »Schmierst du mir bitte ein Brot?«

Das Telefon klingelte, die Kinder liefen um die Wette.

»Omi ist dran.« Lea drückte ihrem Vater den Hörer in die Hand, der reichte ihn weiter an Holly, die ihn zunächst verfehlte. Chris nahm ihre Hand und legte das Telefon hinein.

»Mama?«

Ihre Mutter ließ sich den Eingriff vom Nachmittag beschreiben und murmelte immer wieder: »Wenn das mal gut geht.«

»Es ist doch längst gut gegangen«, sagte Holly ungeduldig. »Jedenfalls bin ich nicht blind, so viel steht schon mal fest.«

»Man soll der Natur nicht ins Handwerk pfuschen«, beharrte ihre Mutter, »das rächt sich. Wer weiß, ob sich nicht in ein paar Jahren deine Netzhaut ablöst.«

»Es handelt sich beim Lasern um die Hornhaut«,

erklärte Holly, »und die Natur ist dermaßen unvollkommen, dass uns gar nichts anderes übrig bleibt, als nachzubessern. Wenn's nach der Natur ginge, würdest du übrigens schon seit drei Jahren unter der Erde liegen.«

Damals war bei Margarete durch Zufall ein Verschluss der Herzarterie entdeckt worden, der mit größter Wahrscheinlichkeit einen tödlichen Infarkt ausgelöst hätte.

»Notfälle zählen nicht«, gab ihre Mutter zurück. »Ach, übrigens, Holly, wenn ihr nächste Woche kommt, will ich mit dir und deinen Brüdern etwas Wichtiges besprechen.«

»Was denn?«

»Darüber will ich dann mit euch allen reden.«

Beunruhigt fragte Holly: »Ist irgendwas passiert? Ist wieder was mit deinem Herzen?«

»Jetzt hör schon auf, mich zu löchern, und mach dir keine Sorgen. Wir sehen uns nächstes Wochenende.« Das Gespräch war beendet.

Holly tastete nach dem Aus-Knopf. Sie wollte das Telefon auf den Tisch legen, aber es landete in den Resten von Leas Suppe.

»Scheiße«, hörte sie Chris sagen. Er fischte den Apparat aus dem Teller und trug ihn zum Spülbecken.

Sie überlegte, warum ihre Mutter so seltsam gewesen war. Hätte sie ihr nicht einfach sagen können, worüber sie sprechen wollte? Was hatte das überhaupt alles zu bedeuten? Bestimmt war sie wieder krank, wahrscheinlich ernsthaft.

Unvermittelt fing Holly an zu weinen.

Chris kam zum Tisch zurück. »Bist du verrückt, du sollst doch nicht heulen!«

Aber Holly konnte nicht anders. Die Angst und Anspannung des Nachmittags lösten sich in einem immer stärker werdenden Heulkrampf.

Aufgeregt wiederholte Chris: »Nicht weinen, hör auf! Das ist bestimmt ganz schlecht für die Augen!«

»Ich kann nicht aufhören«, schluchzte Holly. Sie spürte, wie die Tränen sich in den Plastikschalen sammelten. Sie hatte das Gefühl, unter Wasser zu sein, ein Taucher mit undichter Brille.

»Was soll ich bloß machen?«, wimmerte sie und drehte Chris ihr Gesicht mit den Augenklappen zu, in denen die Flüssigkeit auf und ab schwappte.

Einen Moment war es still, dann hörte sie, wie er laut herausprustete. Je mehr sie weinte, desto mehr lachte er, und je mehr er lachte, desto heftiger weinte sie.

Nach einer Weile beruhigten sie sich und Chris nahm Holly in die Arme.

»Warte, ich helfe dir.«

Vorsichtig löste er die Klebestreifen am unteren Ende der Schalen. Holly spürte zwei warme Rinnsale auf ihren Wangen. Er reichte ihr ein Handtuch, und sie trocknete ihr Gesicht ab.

»Da erhält der Begriff ›Wasser lassen‹ eine völlig neue Bedeutung«, sagte er.

Nun musste auch Holly lachen, und plötzlich war ihr ganz leicht zumute. Sicher war gar nichts mit ihrer Mutter. Sie plante nur wieder eine Reise oder wollte endlich einen Computer kaufen und sich vorher mit ihnen beraten.

Holly schlief sofort ein. Nachts wachte sie ein paarmal auf, weil die Plastikschalen sie störten. Gegen Morgen, als es hell im Zimmer wurde, konnte sie nicht mehr weiterschlafen. Sie blinzelte durch den beschlagenen Kunststoff, konnte nichts erkennen, machte die Augen wieder zu. Sie richtete sich auf, die Augen immer noch geschlossen. Vorsichtig löste sie die Klebestreifen an den Rändern der Plastikschalen und nahm sie ab. Ihre Haut fühlte sich aufgequollen an, Reste des Klebstoffes hafteten an ihrer Stirn. Langsam zählte sie bis zehn, dann öffnete sie die Augen.

Das Bücherregal war gut drei Meter vom Bett entfernt. *Elmsfeuer*, las Holly auf dem Rücken eines Buches, *Mann und Frau*, *Der letzte Zeuge*. Gestern Morgen hatte sie vom Bett aus nicht mal erkannt, dass da ein Bücherregal stand. Sie schlug die Hand vor den Mund und jauchzte auf.

Chris drehte sich um und machte ein knarzendes Geräusch. Sie packte ihn an der Schulter.

»Ich kann sehen«, rief sie aufgeregt, »ich kann alles sehen!«

»Na, hoffentlich«, knurrte Chris, »der Spaß war teuer genug.«

Er schlug die Augen auf und grinste sie an.

»Und, wie sehe ich aus?«

Holly warf sich auf ihn und umschlang ihn mit den Armen.

»Du siehst so was von gut aus!«

»Na, dann hast du ja Glück gehabt.«

Holly schmiegte sich glücklich in seine Armbeuge. Nie wieder würde sie mit beschlagenen Gläsern in eine Kneipe kommen und mit dem Kellner zusammenstoßen, nie wieder die verhasste Brille abnehmen, weil sie jemandem gefallen wollte. Die Zeit als Blindschleiche und Brillenschlange war vorbei. Endlich sah sie die Welt mit ihren eigenen Augen. Endlich sah sie klar.

2

Auf ihrem Gang durch die Stadt betrachtete Holly immer wieder ihr brillenloses Spiegelbild in den Schaufenstern und machte regelrechte Sehtests. Konnte sie das Schild da vorne entziffern? Was stand auf diesem Plakat? Sie kniff abwechselnd das rechte, dann das linke Auge zu. Mit dem linken sah sie eine Spur schärfer. Sie war so mit sich selbst beschäftigt, dass sie versäumte, auf die Straße zu sehen. Plötzlich spürte sie etwas Weiches, Glitschiges unter ihrem Schuh.

»Scheiße!«, rief sie.

»Stimmt«, sagte ein Mann im Vorbeigehen.

Holly versuchte, ihre Sohle auf dem Asphalt abzuwischen. Sie hielt Ausschau nach einer Pfütze, aber es hatte länger nicht geregnet. Endlich entdeckte sie ein Rasenstück, auf dem sie ihren Schuh notdürftig reinigte.

Soll ja Glück bringen, dachte sie grimmig. Und Glück konnte sie gebrauchen, wenn sie gleich mit ihrem Verleger über einen neuen Auftrag sprechen würde. Jahrelang hatte sie für Tageszeitungen und Frauenzeitschriften geschrieben, irgendwann aber den ständigen Termindruck so satt gehabt, dass sie sich an ein Buchprojekt gewagt hatte, einen Ratgeber zum Thema Kind und Karriere. Das Buch verkaufte sich glänzend, offenbar gab es massenhaft Frauen, die verzweifelt versuchten, beides unter einen Hut zu bringen.

Holly war noch immer verblüfft über ihren Erfolg. Weil ihr die Arbeit Spaß gemacht hatte, versuchte sie sich dann an einem zweiten Buch mit dem Titel *Weibliches Selbstbewusstsein.* Wieder ein Erfolg. Ihre Leserinnen fühlten sich offenbar von ihr verstanden, und der Verlag wollte mehr. Aber Holly hatte kein Thema, wusste nicht, worüber sie als Nächstes schreiben sollte. Alles schien ihr schon mal da gewesen zu sein, ausgelutscht und langweilig. Nun hoffte sie, dass Jochen, ihr Verleger, einen Einfall hätte.

Sie kannte ihn bereits aus ihrer Studentenzeit. Er war kurz nach Chris in die WG gezogen, als Hollys Freundin Karin ihr Zimmer aufgab, um nach Frankfurt zu gehen und zu heiraten. Wenig später zog Holly ein. Zwei Jahre existierte die WG mit Diana, Holly, Jochen und Chris, dann löste sie sich auf. Chris und Holly heirateten und übernahmen die Wohnung, in der sie heute noch wohnten. Lange hatten sie Mühe, die alten Gepflogenheiten abzulegen; jahrelang gab es einen Abwaschplan, und die Fächer im Kühlschrank trugen Aufkleber mit ihren Namen. Trotzdem spotteten die ehemaligen Mitbewohner über ihre Verbürgerlichung. Ganz schlimm wurde es, als Timo geboren wurde. Nun seien sie endgültig die Spießer geworden, die sie nie hatten werden wollen, behaupteten ihre Freunde.

Als drei Jahre später Lea zur Welt kam, hatten Karin und auch Diana selbst schon Kinder, und niemand protestierte mehr. Und als sie schließlich die Wohnung kauften, in der sie sich in seligen WG-Zeiten geschworen hatten, nie so zu werden wie ihre Eltern, lästerte nicht mal mehr Jochen, der die Fahne der Freiheit am längsten hochgehalten hatte. Er hatte inzwischen einen Verlag gegründet und war Unternehmer geworden. Ein richtiger Scheißkapitalist, wie er gleichmütig bekannte.

Holly hatte das gepflegte Jugendstilhaus erreicht, in dem Jochen mit seinem Puravida-Verlag residierte. Sie klingelte, stieß die schwere Eingangstür auf und stieg die Stufen zum Hochparterre hinauf. Jochen lehnte bereits lächelnd im Türrahmen. Er trug eine Jeans, einen schwarzen Wollblazer und ein weißes Hemd. Sein dunkles Haar war länger als vor ein paar Wochen, seine Haut wie immer leicht gebräunt.

Holly sah ihn einen Moment zu lange an. Der Typ wird immer besser, je älter er wird, schoss es ihr durch den Kopf. Früher hatte sie ihn ziemlich oberflächlich gefunden, er hatte sehr gut ausgesehen und es sehr genau gewusst. Nichts hatte er richtig ernst genommen und sich selbst zu wichtig. Jetzt war sein Aussehen nicht mehr so perfekt, dafür hatte er an Ausstrahlung gewonnen.

Warum habe ich eigentlich nie mit ihm geschlafen, fragte Holly sich erstaunt und gab sich selbst die Antwort: weil du schon mit Chris zusammen warst, als du Jochen kennengelernt hast, und weil du als Anhängerin der Monogamie nicht auf den Gedanken gekommen bist, Chris zu betrügen. Aber vielleicht solltest du jetzt mal darüber nachdenken. Du könntest sozusagen prophylaktisch mit Jochen schlafen, als Vergeltung für alles, was Chris dir noch antun wird. Immerhin liegt seine Midlife-Crisis noch vor ihm.

Holly erschrak über sich selbst. Schluss mit dem Blödsinn, dachte sie.

»Na, Scheißkapitalist, wie laufen die Geschäfte?« Sie küsste ihn auf beide Wangen, sie fühlten sich an wie feines Sandpapier.

»Gut, wenn du bald einen neuen Bestseller schreibst.«

»Klar«, sagte Holly, »wann brauchst du ihn?«

»Wie wär's mit nächster Woche?« Er grinste, dann stutzte er: »Sag mal, irgendwas ist anders an dir ...«

Sie sah ihn herausfordernd an. »Ja?«

Vor wenigen Tagen erst hatte sie ihm am Telefon von der bevorstehenden Laserkorrektur erzählt.

Er überlegte. »Neue Haarfarbe?«

Holly schüttelte den Kopf.

»Neuer Schnitt?«

»Negativ.«

»Hast du ... irgendwas an dir machen lassen?«, fragte er erschrocken.

»Treffer.«

»Aber Holly, wieso denn? Das hast du doch gar nicht nötig in deinem Alter!«

»Minus drei Komma sieben fünf Dioptrien«, sagte sie.

»Ach, die Lasik«, sagte Jochen erleichtert. »Glückwunsch. Siehst echt gut aus ohne Brille.«

Holly verdrehte die Augen. »Männer!«

Er führte sie in sein Büro, seine Assistentin servierte Plätzchen, Cappuccino und Mineralwasser. Holly nahm einen Schokoladenkeks und knabberte daran herum.

»Also, wie sieht's aus mit dem neuen Buch?« Aufmerksam sah er sie an.

»Ich habe keine Idee«, gestand sie. »Mir fällt einfach nichts ein, was mich genug interessiert, um mich ein halbes Jahr oder länger damit zu beschäftigen.«

»Das ist völlig normal«, beruhigte er sie. »Die Krise nach dem Erfolg – die meisten erwischt es schon nach dem ersten Buch.«

»Sehr tröstlich. Und was jetzt?«

»Ich habe eine Idee«, sagte Jochen. »Das Geheimnis der glücklichen Ehe.«

»Wie bitte«, fragte sie ungläubig, »ein Eheratgeber?«

»Genau. Jede dritte Ehe wird geschieden, in Großstädten sogar jede zweite. Hunderttausende von Kindern werden jedes Jahr Scheidungswaisen. Einsamkeit und Beziehungslosigkeit greifen immer mehr um sich. Die Leute warten doch nur darauf, dass ihnen jemand erklärt, wie sie eine glückliche Ehe führen können.«

»Und das soll ausgerechnet ich sein?«

»Du führst doch eine glückliche Ehe, oder nicht?«

Holly nickte automatisch. Chris und sie mochten die gleichen Bücher und die gleichen Filme, waren sich einig über die Kindererziehung, stritten nicht über Geld und hatten regelmäßig Sex. Sie waren sich, soweit Holly wusste, immer treu gewesen. Und das Wichtigste: Sie hatten sich immer noch was zu sagen nach so langer Zeit. Chris behauptete zwar gern, ein gutes Gespräch bestünde für Holly darin, dass sie rede und er zuhöre, aber wenn es darauf ankam, verschaffte er sich durchaus Gehör.

»Ja, ich glaube, dass wir eine ganz gute Ehe führen.«

»Das ist die Untertreibung des Jahres«, rief Jochen, »ihr seid das glücklichste Paar in unserem Freundeskreis, wenn nicht das einzig glückliche! Wir fragen uns alle, wie ihr das macht!«

»Ach, ja?« Holly musterte ihn überrascht. Ihre Freunde sprachen also über sie, stellten Vermutungen über ihr Eheleben an und stilisierten sie zum großen Vorbild in Sachen Eheglück. Komische Vorstellung.

»Glücklich«, sagte sie verlegen, »der Begriff ist so … groß. Außerdem: Irre ich mich, oder gibt es ungefähr schon zwei Millionen Eheratgeber?«

»Macht nichts. Du wirkst authentisch, man nimmt dir ab, dass du kennst, worüber du schreibst. Es muss ja kein Friede-Freude-Eierkuchen-Buch werden. Schreib ruhig darüber, wie schwierig es ist, eine gute Beziehung zu führen. Aber zeig den Leuten einen Weg!«

Holly legte den Kopf schräg. »Sag mal, hast du gerade mal wieder eine Ehekrise?«

Jochen war mit Stella verheiratet, der Tochter eines reichen Textilunternehmers. Holly fand sie launisch, verwöhnt und unausstehlich. Aber je mehr sie Jochen quälte, desto heftiger kämpfte er um sie. Holly glaubte, dass er es immer zu leicht bei Frauen gehabt hatte – an Stella biss er sich die Zähne aus, und das schien ihm zu gefallen. Wenigstens hatten die beiden keine Kinder.

Er lachte verlegen auf. »Meine Ehe ist eine einzige Krise, das weißt du doch. Aber Stella ist nicht so, wie du denkst.«

Holly schnaubte. »Jedenfalls hat sie dich nicht verdient.«

»Wer weiß«, sagte Jochen, »so ein toller Hecht bin ich nun auch wieder nicht.«

Holly grinste. »Bloß keine falsche Bescheidenheit, das passt nicht zu dir.«

»Wenn es Chris damals nicht gegeben hätte, wäre vielleicht alles anders gekommen«, sagte er und rührte in seiner Tasse.

»Bestimmt nicht«, sagte Holly, »ich passe doch gar nicht in dein Beuteschema.«

»Woher weißt du das denn?« Er schnupperte. »Sag mal, riecht es hier komisch?«

Sie versteckte unauffällig ihren Schuh hinter einem Tischbein und schnupperte ebenfalls. »Ich weiß nicht … vielleicht sind es die Blumen da drüben? Es stinkt bestialisch, wenn die Stängel anfangen zu modern.«

Er stand auf und roch an dem Strauß, dann öffnete er die Zimmertür und rief: »Marietta!«

Seine Assistentin erschien.

»Bitte, sei so lieb und wirf die Blumen weg.«

Sie nahm die schwere Kristallvase und trug sie hinaus.

Jochen kam zurück und lächelte Holly an. »Also, was ist? Das Geheimnis der glücklichen Ehe?«

Sie zögerte. »Ich weiß nicht. Es kommt mir irgendwie … anmaßend vor.«

Er nahm ihre Hände in seine und blickte ihr in die Augen.

»Du bist genau die Richtige, ich weiß es. Du kannst viel mehr, als du dir zutraust.«

Holly seufzte und stand auf. »Ich denk drüber nach.«

Zum Abschied drückte er sie an sich.

Als sie wieder auf der Straße stand, hatte Holly das Gefühl, knapp einer Verführung entgangen zu sein. Dabei wusste sie genau, dass Jochen nur eines von ihr wollte: einen neuen Bestseller.

Sie steuerte die nächste Buchhandlung an und sammelte im Regal »Psychologie/Lebenshilfe« sämtliche Eheratgeber ein, die sie finden konnte. Bepackt mit zwei schweren Tüten, verließ sie den Laden.

In ihrem Stammcafé »Mondial« aß sie ein Sandwich und blätterte, während sie kaute, in den Büchern.

»Der kleine Beziehungsratgeber«, las eine Stimme hinter ihr, »Wie Sie einen Mann finden und wieder loswerden, Verliebt, verlobt, verheiratet – na, vielen Dank!«

Holly drehte sich um, hinter ihr stand Insa, die fast täglich ihre Mittagspause im »Mondial« verbrachte. Vor einiger Zeit waren sie ins Gespräch gekommen, seither unterhielten sie sich gelegentlich. Insa war ein paar Jahre jünger als Holly, ein schlanke, nervöse Blondine, immer im blauen oder grauen Business-Kostüm und eleganten Pumps. Sie arbeitete in der Privatkundenabteilung einer Bank in der Nähe.

Schwungvoll packte sie einen Stuhl und setzte sich zu Holly.

»Diese gierigen Geldsäcke machen mich fertig«, sagte sie, »immer geht's nur darum, wie man Geld an der Steuer vorbeibringt oder ein paar Prozent mehr aus einer Anlage rausholt, einfach ekelhaft.«

Holly sah auf. »Du bist bei einer Bank, nicht bei der Caritas.«

»Ich weiß. Und in Zeiten wie diesen müsste ich jeden Tag eine Kerze anzünden aus Dankbarkeit. Trotzdem würde ich lieber was anderes machen!«

»Was denn?«

»Weiß nicht, irgendwas Kreatives.«

»Dann mach einen Töpferkurs.«

Insa verdrehte die Augen und winkte der Bedienung. »Eine Latte macchiato, bitte.«

Holly kam ein Gedanke. »Sag mal, wie geht's eigentlich so bei dir zu Hause?«

Insa musterte sie misstrauisch. »Warum interessiert dich das?«

»Du hast mal angedeutet, dass du Probleme mit deinem Mann hast …«

»Kennst du eine Frau, die *keine* Probleme mit ihrem Mann hat?«

»Wenige«, gab Holly zu. »Deshalb frage ich ja. Ich dachte, vielleicht hättest du Lust, mir davon zu erzählen?«

»Und wieso?«

»Na ja, ich schreibe Bücher, Ratgeber, um genau zu sein. Ich habe vor, etwas über die Ehe zu schreiben. Wie man eine glückliche Ehe führt.«

Insa sah sie verblüfft an, dann fing sie an zu lachen. »Eine glückliche Ehe? Das ist der beste Witz, den ich seit Langem gehört habe!« Sie blickte sich im Café um. »Habt ihr das gehört? Holly weiß, wie man eine glückliche Ehe führt. Und sie schreibt ein Buch darüber. Man nehme eine Prise Leidenschaft, einen Teelöffel Verständnis und mixe es mit einer Messerspitze Treue, fertig ist der Glückscocktail!«

Die anderen Gäste sahen zu ihnen herüber, Holly spürte, wie ihr Gesicht rot anlief.

Schlagartig hörte Insa auf zu lachen.

»Das ist überhaupt nicht lustig, weißt du«, sagte sie und sah plötzlich aus, als würde sie gleich anfangen zu weinen. »Ich weiß wirklich nicht, ob ich darüber reden will.«

»Überleg's dir«, sagte Holly und gab ihr eine Visitenkarte.

Zu Hause legte Holly alle Eheratgeber auf einen Stapel in ihr Arbeitszimmer und beschloss, das Thema noch einmal gründlich zu überdenken.

Sie wechselte die Staubsaugertüte und saugte die ganze Wohnung, wobei sie mit dem Fuß zur Seite kickte, was ihr im Weg war. Turnschuhe, Schulbücher, Klamotten. Ein angebissener Apfel, eine halb volle Flasche Cola, Leas Schlafbär. Sie schlug eine Schneise durch den Müll in Timos Zimmer, schleuderte verärgert Chris' nasse Handtücher, die auf dem Badezimmerboden lagen, in die Wanne.

Dabei überlegte sie sich Titel für ihr Buch wie »Psychisch gesund – trotz Familie«, »Wie Sie die Pubertät Ihrer Kinder überleben« oder »Warum intelligente Frauen keine Hausarbeit machen sollten«.

Sie putzte das Bad und das Gästeklo, jenes Gästeklo, auf dem sie damals eingesperrt gewesen war, und verlor sich in dem Gedanken, wie ihr Leben verlaufen wäre, wenn ihr dieses Missgeschick nicht passiert wäre. Vermutlich hätte sie irgendwann die Party verlassen, wäre nie in die WG gezogen, hätte Chris nicht geheiratet und Timo und Lea nicht bekommen.

Wäre sie nach Italien gegangen, wie sie es mal eine

Weile vorhatte? Würde sie heute mit dem Giuseppe von damals in Neapel leben, ein Ferienhaus auf Capri besitzen und bei Prada einkaufen?

Oder hätte sie ein Kind von Jochen bekommen, wäre von ihm verlassen worden und würde als alleinerziehende Mutter leben?

Nachdem sie noch ein paar mögliche Alternativen durchdacht hatte, kam sie zu dem Entschluss, dass ihr Leben mit Chris genau das Richtige für sie war.

Natürlich könnte man es durchschnittlich nennen. Verheiratet, zwei Kinder, Eigentumswohnung mit Bausparvertrag, bescheidene Karriere als Journalistin und Schriftstellerin, einmal die Woche Gymnastik, am Wochenende Kino oder Abendessen mit Freunden. Keine Sensationen, keine Krisen. Bestimmt würden andere vor Langeweile sterben, aber sie fühlte sich wohl. Ihr Leben war genau so, wie es zu ihr passte, nicht zu groß und nicht zu klein.

Als die Wohnung einigermaßen sauber war, setzte Holly sich mit einer Tasse Roibuschtee in die Küche und blätterte lüstern in den Klatschblättern, die ihr regelmäßig von den Redaktionen zugeschickt wurden.

Heidi Klum – wunderschön und schlank nur wenige Wochen nach der Geburt des zweiten Kindes. Neidisch dachte Holly an die Schwangerschaftsstreifen an ihrem Bauch.

Til Schweiger und seine Frau Dana, Eltern von vier Kindern, gaben ihre Trennung bekannt. Begründung von ihm: »Zu viel Arbeit, zu wenig Zeit füreinander.« Holly schüttelte den Kopf. Dann arbeite halt weniger, dachte sie, und nimm dir die Zeit!

Athina Onassis endlich glücklich mit Doda – bleibt ihr das Schicksal ihrer Mutter erspart, die mit siebenunddreißig schon sterben musste?

Holly überlegte, ob diese reichen und berühmten Menschen anders wären als normale Leute. Und warum diese normalen Leute sich so brennend für diese anderen Leben interessierten. Vermutlich war es die Genugtuung darüber, dass die scheinbar so glamouröse Wirklichkeit der Stars ebenso zerbrechlich war wie die eigene. Auch Prominente wurden betrogen und verlassen. Sogar Milliardäre mussten sterben.

Holly fand es wieder einmal befriedigend, festzustellen, dass weder Geld noch Schönheit die Menschen wirklich glücklich machten, sondern letztlich nur Liebe und Freundschaft. Davon hatte sie schließlich eine Menge.

Das Telefon klingelte. Es war ihre alte Freundin Karin, die sich fast täglich mit dem Neuesten aus ihrem Familienleben mit vier Kindern, einem Hund, mehreren Katzen und Kaninchen, wechselnden Au-pair-Mädchen und einem überwiegend abwesenden Mann meldete. Der jettete als Vorstand eines Energieunternehmens fast pausenlos durch die Welt und hielt die Verbindung zu seiner Frau durch Anrufe zu jeder denkbaren Tages- und Nachtzeit aufrecht.

Holly stellte es sich schrecklich vor, den gesamten Alltag allein bewältigen zu müssen, aber darüber beklagte Karin sich nie, war immer fröhlich und voller Optimismus. Es schien, als genösse sie regelrecht das alltägliche Chaos, das eine große Familie mit sich bringt.

Natürlich wurde ihr Leben dadurch erleichtert, dass sie keine Geldprobleme kannte, trotzdem hätte Holly nicht mit ihr tauschen wollen.

»Und, wo treibt Ulf sich gerade rum?«, erkundigte sie sich, nachdem Karin vom gebrochenen Handgelenk der jüngeren Tochter und den miserablen Schulnoten des ältesten Sohnes erzählt hatte.

»China«, sagte Karin, »ich hoffe, er bringt nicht wieder diese grässlichen, getrockneten Pilze mit!«

»Oder den Schlangenschnaps!«

»Das war Vietnam«, korrigierte Karin, »aber ich traue den Chinesen zu, dass sie Hundebabys in Likör einlegen!«

»Machst du dir eigentlich nie Sorgen, wenn er unterwegs ist?«

»Du meinst, dass er mit dem Flugzeug abstürzen könnte?«

»Nein, dass er eine bildschöne Chinesin kennenlernt und dich betrügt.«

»Tut er nicht«, sagte Karin.

»Woher weißt du das?«

»Erstens weiß ich, dass er keine Zeit dafür hat, zweitens vertraue ich ihm.«

»In dieser Reihenfolge?«, fragte Holly.

»Ich vertraue ihm, soweit man einem Menschen vertrauen kann. Was soll ich sonst tun? Wenn was Wichtiges passiert, werde ich es schon erfahren. Alles andere will ich sowieso nicht wissen. Wieso fragst du überhaupt?«

»Nur so, interessiert mich eben.«

»Glaub ich nicht. Ist was mit Chris?«

»Mit Chris? Aber nein! Ich denke nur darüber nach, was eigentlich eine glückliche Ehe ist und wie man es schaffen kann, zu dem Drittel zu gehören, das sich nicht scheiden lässt.«

»Du brauchst ein Konzept«, sagte Karin.

»Ein Konzept? Was meinst du damit?«

»Du musst wissen, was du vom anderen willst. Du brauchst einen Grund, mit ihm zusammen zu sein, und du musst wissen, warum du auch in zwanzig Jahren noch mit ihm zusammen sein willst.«

Holly überlegte. »Und was ist euer Konzept?«

»Ulf und ich sehen uns als Team. Jeder macht seinen Job, ich manage die Familie, er schafft Kohle ran. Später, wenn die Kinder groß sind, hört er auf zu arbeiten, und dann wollen wir reisen.«

»Schöner Plan«, sagte Holly mit einem Anflug von Neid. »Woher weißt du, dass er die Kohle nicht mit der schönen Chinesin durchbringt?«

»Wenn du nicht daran glaubst, dass eine Ehe halten wird, dann brauchst du doch gar nicht erst zu heiraten!«

»Natürlich heiraten die meisten, obwohl sie wissen, dass die meisten Ehen scheitern. Jeder hofft, dass es ihn nicht treffen wird, so wie jeder hofft, dass er keinen Krebs bekommt.«

»Es lebe der Defätismus!«

»Ich bin nicht defätistisch«, widersprach Holly, »ich bin realistisch. Man tut vieles im Leben, obwohl man nicht weiß, wie es ausgehen wird. Trotzdem gibt es Wahrscheinlichkeiten, die wiederum auf Gesetzmäßigkeiten beruhen. Ich würde gern rausfinden, welche das sind.«

Sie hörte ein Krachen in der Leitung, dann wieder Karins Stimme.

»Ich glaube, der Fensterputzer ist von der Leiter gefallen. Ich ruf dich wieder an.«

Holly legte auf und dachte nach. Das war es. Für jeden biologischen, chemischen und physikalischen Prozess gab es Gesetze. Das Zusammenleben zweier Menschen war nichts anderes als ein solcher Prozess. Es müsste doch möglich sein, die Liebe methodisch zu erfassen, das scheinbar Unbegreifliche begreifbar zu machen.

»Interessant«, sagte Jochen, als sie ihm am Telefon von ihrem Einfall erzählte, »aber die naturwissenschaftlichen Aspekte der Paarbildung sind eigentlich hinreichend erforscht. Ich glaube, du solltest eher die Erfahrungen von Menschen sammeln, das ist viel anschaulicher.«

»Also, gut«, sagte Holly. »Dann brauche ich Geld für die Recherche. Ich muss Fragebögen erarbeiten und verschicken, muss Anzeigen schalten, um Interviewpartner zu finden, für die Auswertung brauche ich eine studentische Hilfskraft. Ich brauche Sekundärliteratur und alle Untersuchungen zum Thema. Vielleicht muss ich zu Kongressen fahren oder Experten befragen. Ich ...«

»... ganz ruhig, Holly«, unterbrach Jochen sanft. »Ich glaube, das brauchst du alles nicht. Mach die Augen auf, sprich mit den Menschen in deiner Umgebung, erinnere dich an deine eigenen Erfahrungen. Ich will kein Standardwerk für die Ewigkeit, ich will ein Holly-Berger-Buch. Eines, das so einfühlsam und klug ist wie die beiden anderen. In dem deine Leserinnen sich wiedererkennen und verstanden fühlen. Wenn es erschienen ist, schicken wir dich zu ein paar Talkshows, und das Ding wird sich verkaufen wie geschnitten Brot.«

Holly blieb einen Moment stumm. Dann sagte sie: »Du bist nicht nur ein Scheißkapitalist, du bist auch ein Zyniker.«

»Jeder Zyniker ist ein verhinderter Idealist«, sagte Jochen. »Du kannst kein Buch schreiben, das die Welt verändert.«

»Aber ich kann ein Buch schreiben, in dem die Leute nicht für dumm verkauft werden. Das ehrlich ist und hinter dem ich stehen kann.«

»Genau so ein Buch möchte ich von dir«, sagte Jochen, und sie hörte, dass er lächelte.

Sie legte auf. Mistkerl.

3

Holly pfiff vor sich hin, als sie auf der Schnellstraße fuhr, die aus der Innenstadt zum Haus ihrer Mutter führte. Es lag in einer bürgerlichen Wohngegend, die nie als besonders fein gegolten, in letzter Zeit aber einen gewissen Aufschwung erlebt hatte. Viele Häuser waren renoviert und durch Anbauten oder Dachausbauten erweitert worden; die Familien von heute hatten offenbar einen höheren Raumbedarf als die in den Fünfziger- und Sechzigerjahren.

Das Haus von Hollys Eltern war ein Flachbau, der mal sehr modern gewesen, in der Zwischenzeit aber etwas heruntergekommen war. Er hätte dringend einen Anstrich gebraucht, aber Margarete steckte ihr Geld lieber in ihre Reisen und Hobbys.

»Lohnt sich nicht«, winkte sie ab, wenn eines ihrer Kinder auf Sanierung drängte. »Wenn ich mal nicht mehr bin, verkauft ihr die Hütte doch sowieso.«

Eigentlich war das Haus viel zu groß für eine Person, aber Margarete weigerte sich, umzuziehen.

»Wohin soll ich mit meinen Mitbewohnern? Ich habe jetzt schon nicht genügend Platz, um alle aufzustellen.«

Margarete formte Figuren aus Ton, Holz und Metall, die im ganzen Haus herumstanden und eigentlich immer im Weg waren. Die Gäste fielen darüber, der

Kater warf ständig welche um, aber sie lebte mit ihnen, als seien sie Menschen. Holly ahnte, dass Margarete ihre Einsamkeit bekämpfte, indem sie immer neue Wesen schuf.

Hollys Vater war vor fünfzehn Jahren an Bauchspeicheldrüsenkrebs erkrankt und wenige Monate später gestorben. Sie hatten zusehen können, wie er verfiel; Holly hatte den Schrecken darüber bis heute nicht verwunden. Das Familientreffen, zu dem sie unterwegs war, hatte Tradition: Jedes Jahr um seinen Todestag herum verbrachten Holly und ihre Brüder ein Wochenende bei der Mutter.

Vor dem Haus parkte ein Leihwagen. Das musste Felix sein. Ihr jüngster Bruder, der aus Norddeutschland gekommen war, besaß kein Auto. Max, der andere Bruder, lebte in der Stadt. Er hatte den kürzesten Weg, würde aber, wie immer, zu spät kommen.

Manche Dinge ändern sich nie, dachte Holly. Schon als Kinder hatten sie immer auf Max gewartet, der morgens schwer aus dem Bett kam, lange im Bad brauchte und umständlich seine Schultasche packte. Dafür vergaß er selten etwas und hatte immer seine Hausaufgaben gemacht.

Felix dagegen war zwar meist als Erster fertig, lief aber im tiefsten Winter ohne Jacke aus dem Haus oder ließ sein Sportzeug an der Bushaltestelle liegen. Hausaufgaben erledigte er nur unregelmäßig, trotzdem hatte er die besseren Noten, was in Max eine tiefe Bitterkeit hinterlassen hatte. Noch heute fühlte er sich benachteiligt und neidete dem Bruder seine vermeintlichen Erfolge. Dabei war er inzwischen angestellter Klinikarzt, während Felix von undurchsichtigen Geschäften mit wechselnden Einkünften lebte. Einmal hatte er Holly und Chris mehrere Espressomaschinen zum Kauf angeboten, was angeblich die einzige Chance war, ihn vor einer Pleite zu bewahren. Aus Mitleid hatten sie ihm zwei abgekauft und mit erheblichem Verlust bei eBay versteigert.

Holly stellte ihr Auto ab und klingelte.

»Wir kaufen nichts«, schnarrte es durch die Sprechanlage.

»Mach auf, Witzbold!«

Es summte, das Gartentor sprang auf. Felix öffnete die Haustür und grinste ihr entgegen.

»Ciao, Kleiner!« Holly, klein und zierlich, stellte sich auf die Zehenspitzen, um ihren fast eins neunzig großen Bruder zu küssen. »Wann bist du angekommen?«

»Gestern Abend.«

»Gestern schon?« Holly war überrascht. »Wolltest dich wohl bei Mama einschleimen?«

»Mit Erfolg«, sagte ihre Mutter, die mit dem Kochlöffel in der Hand aus der Küche kam und sie zur Begrüßung umarmte, »er kriegt gleich die größte Portion.«

»Die nimmt er sich doch sowieso immer.« Holly streckte ihrem Bruder unauffällig die Zunge raus. Der Kater strich zur Begrüßung um ihre Beine. »Hallo, Dicker«, sagte sie und kraulte ihn hinter den Ohren, worauf er sich zu Boden fallen ließ und genüsslich alle viere von sich streckte.

»Und, wie geht's dir?«, fragte sie und setzte sich zu ihrem Bruder an den Küchentisch, auf dem die auseinandergefledderte Tageszeitung ausgebreitet war. »Wie laufen die Geschäfte? Hast du wieder Espressomaschinen im Angebot?«

»Nein, aber mit einem Posten Trampolins könnte ich dienen.«

»Und die Turnhalle, die man dafür braucht, verkaufst du gleich mit, oder wie?«

»Das sind kleine Trampolins«, erklärte Felix, »nicht mal einen Quadratmeter. Die kannst du überall aufstellen. Du springst jeden Tag eine halbe Stunde und bist topfit. Keine Verspannungen mehr, keine Gelenkschmerzen, keine Cellulite.«

»Keine Cellulite?« Holly horchte auf.

»Und du baust Muskeln auf. Außerdem macht es total Laune!«

»Was kosten die Dinger?«

»Dreihundertneunzig Euro.«

»Spinnst du?«

»Na gut, für dich dreihundert.« Er grinste.

»Zweihundert«, sagte Holly, ohne nachzudenken.

»Wofür brauchst du denn ein Trampolin«, mischte sich Margarete ein, »du machst doch Gymnastik.«

»Gebongt«, sagte Felix, »du kannst bar bezahlen.«

»Und du kannst mich mal«, sagte Holly.

»Das geht aber nicht«, sagte Margarete streng, »Geschäft ist Geschäft.«

»Halsabschneider«, knurrte Holly und zählte vier Fünfzigeuroscheine auf den Tisch.

Es klingelte.

»Das ist Max«, sagte Margarete, »könnt ihr ihm aufmachen?«

»Klar«, sagte Felix und blieb sitzen.

Holly ging zur Tür, drückte auf den Knopf und sah ihrem Bruder entgegen, der mit einem großen Blumenstrauß in der Hand den Gartenweg entlangkam. Peinlich, dachte Holly, er ist der Einzige, der was mitgebracht hat. Felix denkt sowieso nie daran, und ich hab's diesmal auch vergessen.

Die Geschwister umarmten sich.

»Grüß dich, Bruderherz.«

»Servus, Schwesterherz.« Max sah sie prüfend an. »Alles in Ordnung mit den Augen?«

Holly nickte. »Das war die zweitbeste Entscheidung meines Lebens.«

»Und die beste?«

»Liegt hoffentlich noch vor mir«, grinste sie.

Max sah müde aus.

»Du arbeitest dich noch tot«, sagte Holly mitfühlend und drückte seinen Arm.

»Können wir endlich essen?«, rief Felix aus der Küche.

Max überreichte seiner Mutter die Blumen und küsste sie auf beide Wangen. Dann umarmte er seinen Bruder.

»Servus, du Sack!«

»Selber«, gab Felix zurück und schlug ihm auf die Schulter. »Setzt euch, ich habe Hunger.«

Ihre Mutter verteilte Salzkartoffeln und Gulasch, dann reichte sie eine Schale mit Sauerrahm herum.

»Schmeckt's euch?«

»Nicht schlecht«, sagte Felix, »es wird schwer, eine Frau zu finden, die es beim Kochen mit dir aufnehmen kann.«

»Offenbar ist es überhaupt schwer, eine Frau zu finden«, sagte Margarete.

»Wieso denn«, sagte Felix, »ich lerne ständig Frauen kennen.«

»Solche wie diese Jessica.«

»Was hast du gegen Jessica?«

Zu Margaretes letztem Geburtstag hatte Felix seine neueste Eroberung mitgebracht, ein unauffälliges, schüchternes Mädchen mit großem Busen und großen Augen. Da sie kaum ein Wort gesprochen hatte, war der Eindruck, den sie hinterlassen hatte, eher blass gewesen.

»Ihr Händedruck war wie toter Fisch«, sagte Max. »Und das Fahrgestell wie ein Manta.«

»Tiefergelegt«, kicherte Holly.

»Sie ist willig und nervt mich nicht mit Beziehungsgesprächen«, sagte Felix ungerührt.

Holly schüttelte sich. »Was seid ihr für ekelhafte Machos.«

»Ich bin kein Macho«, protestierte Max, »ich lebe in solider, wilder Ehe mit Annika.«

»Wieso heiratet ihr eigentlich nicht?«, fragte Margarete.

»Sie will nicht«, erwiderte Max. »Sie möchte sich die Illusion der Wildheit erhalten.«

Holly sah ihn interessiert an. »Würdest du sie denn gern heiraten?«

»Warum nicht? Vielleicht krieg ich sie ja noch rum.«

Felix verzog das Gesicht. »Mit der Ehe ist es wie mit dem Sozialismus: eine schöne Idee, aber in der Praxis zum Scheitern verurteilt.«

»Also, die Einzige, die von diesem Thema was versteht, ist ja wohl eure Schwester«, sagte Margarete. »Wie lange seid ihr verheiratet?«

»Fünfzehn Jahre, das weißt du doch«, sagte Holly und lächelte traurig. »Genauso lange, wie Papa tot ist.«

Sie hatten gerade begonnen, Pläne für ihre Hochzeit zu schmieden, als die Ärzte bei Hollys Vater einen Tumor entdeckten. Holly hatte nie verstanden, wie jemand, der selbst Arzt war, nicht hatte merken können, dass etwas mit ihm nicht stimmte. Aber die Diagnose war offenbar auch für ihn völlig unerwartet gekommen.

Chris und sie hatten beschlossen, mit der Hochzeit zu warten. Doch dann hatte Margarete sie eines Tages mit zwei Flugtickets nach Las Vegas und einem Gutschein für das komplette Hochzeitsarrangement überrascht.

»Ihr wünscht es euch doch so«, hatte sie gesagt. »Und das große Fest holen wir nach, wenn Klaus wieder gesund ist.«

Hollys Vater wurde nicht wieder gesund, und das große Fest hatte nie stattgefunden.

Der Nachmittag verging, ohne dass Margarete verriet, worüber sie mit den Geschwistern reden wollte. Keiner von ihnen wagte es, zu fragen. Holly fürchtete, es könnte etwas Unangenehmes sein, Max war von Natur aus diskret, und Felix hasste ernste Gespräche jeder Art.

Nach dem Essen machten sie einen langen Spaziergang über die nahe gelegenen Felder und sprachen über den Vater.

Sie wünschte sich, er hätte ihre Kinder noch kennengelernt, sagte Holly, bestimmt hätte er sich gut mit Timo verstanden.

Und Lea hätte ihn mit ihrem Charme um den Finger gewickelt, ergänzte Margarete wehmütig. Auf Max wäre er sicher stolz gewesen, er hätte sich immer gewünscht, dass einer aus der Familie in seine Fußstapfen träte.

Felix feixte. Dann sei es vielleicht besser, dass der Vater seinen Werdegang nicht mehr miterlebt habe. Seine Mutter widersprach, er sei doch immer Vaters Liebling gewesen, bestimmt hätte er ihm jeden Blödsinn verziehen. Felix blickte zweifelnd.

Vaters Liebling, wiederholte Holly in Gedanken. Sie hatte nie das Gefühl gehabt, dass der Vater einen von ihnen vorgezogen hätte. Sie war sicher, dass er seine drei Kinder gleichermaßen geliebt hatte, auch wenn ihn mit jedem etwas anderes verband.

Holly war seine »Große« gewesen, mit ihr hatte er gern »Erwachsenengespräche« geführt. Mit Max hatte er den Forscherdrang geteilt, die beiden hatten Expeditionen durch die nahe gelegenen Wälder unternommen oder Versuche mit dem Chemiebaukasten veranstaltet. Mit Felix hatte er am liebsten gespielt; ausgedachte Spiele nach Regeln, die nur sie beide verstanden. Er war ein liebevoller Vater gewesen, vielleicht manchmal zu schwach. Er hatte wie Felix Konflikte gescheut und war ihnen nach Möglichkeit aus dem Weg gegangen. In der Pubertät hätte den Jungen ein stärkeres Gegenüber sicher gutgetan.

Zum Tee betrachteten sie alte Familienfotos, die Margarete sorgfältig in Alben geklebt und beschriftet hatte.

Vater mit Holly auf dem Arm, Mutter mit schwangerem Bauch, Mutter nach der Geburt mit Max im Krankenhaus, bald darauf mit Holly, Max und Felix. Die Kinder beim Plantschen im Garten, beim Skifahren am Hausberg, bei Kindergeburtstagen, an Weihnachten. Bilder einer glücklichen Familie, die so sehr dem Klischee entsprachen, dass man fast misstrauisch hätte werden können. Aber es war wirklich so, dachte Holly, diese Bilder erzählen die Wahrheit.

Sie blätterte hin und her. »Ich sehe Vater überhaupt nicht ähnlich«, stellte sie fest. Dann grinste sie. »Bist du etwa mal fremdgegangen?«

Margarete schnappte hörbar nach Luft. Bevor sie antworten konnte, sagte Max: »Du siehst auch Mutter nicht besonders ähnlich.«

»Das hat doch überhaupt nichts zu sagen«, erklärte Margarete energisch, »sieh mal, meine Mutter und ich sahen uns auch nicht ähnlich, aber wenn du Kinderfotos von meinem Vater und Max vergleichst, denkst du, es sind Geschwister. Familienähnlichkeit kann Generationen überspringen.«

»Intelligenz auch«, sagte Felix.

Holly boxte ihn in die Seite. »Sieht man an dir. Großvater soll nicht der Hellste gewesen sein.«

»Beleidige meinen Vater nicht«, sagte Margarete.

»Ich spreche von Großpapa Werner«, sagte Holly. Sie wusste, dass Margarete ihren Schwiegervater nicht hatte ausstehen können.

»Stimmt, das war ein ungehobelter Klotz«, bestätigte sie sofort.

Er hat nämlich seine Kinder geschlagen, fuhr Holly in Gedanken fort und hörte gleichzeitig ihre Mutter sagen: »Stellt euch vor, er hat seine Kinder geschlagen! Euer Vater wurde für jede Kleinigkeit mit dem Besenstiel gezüchtigt!«

Max flüsterte lautlos hinter ihrem Rücken: »Und was hat er zur Begründung gesagt?«

»Und was hat er zur Begründung gesagt?«, fuhr Margarete fort. »Das hätte noch keinem geschadet! So ein Unfug. Kinder zu schlagen, ist ein Zeichen von Schwäche, habe ich ihm erklärt.«

Synchron mit ihr sagte Felix: »Aber dieser alte Depp war einfach unbelehrbar!«

Margarete sah ihn verblüfft an: »Habe ich euch das etwa schon erzählt?«

Die Geschwister brachen in Gelächter aus.

»Ich muss was aus dem Wagen holen, bin gleich wieder da«, sagte Felix und verschwand.

Max und Holly tauschten einen Blick.

»Einfach lächerlich«, sagte Margarete seufzend, »ich weiß doch, dass er raucht.«

Auch während des Abendessens erwähnte ihre Mutter mit keinem Wort ihr Anliegen.

Holly wurde allmählich nervös – warum schob sie das Gespräch so lange hinaus?

Als Margarete von einem Anruf abgelenkt wurde, beriet sie sich flüsternd mit den Brüdern.

»Weiß einer von euch, was los ist?«

»Keine Ahnung«, sagte Max. »Vielleicht will sie auswandern?«

»Auswandern? Wie kommst du denn darauf?«

»Sie redet doch schon ewig davon, wie sehr sie das Klima hier nervt.«

Holly überlegte. »Glaube ich nicht. Sie würde sterben vor Sehnsucht nach Timo und Lea.«

»Und nach mir!« Felix grinste selbstgefällig.

»Ich mache mir Sorgen«, sagte Holly.

»Du machst dir immer Sorgen«, sagte Felix.

»Ja, weil schließlich jederzeit was Schlimmes passieren kann!«, gab Holly heftig zurück.

»Hör bloß auf! So was soll man nicht mal denken, geschweige denn aussprechen!«, sagte Felix und kreuzte abwehrend die Finger.

»Kindskopf.« Holly verdrehte die Augen.

Gegen zehn verabschiedete sich Margarete und ging ins Bett.

Die Geschwister blieben im Wohnzimmer sitzen und sahen fern. Max hatte drei Flaschen Rotwein mitgebracht, von denen sie gerade die zweite leerten. Es lief eine Reportage über Fidel Castro.

»Muss schön sein in Kuba«, sagte Holly träumerisch, »da würde ich gern mal Urlaub machen.«

»Aber du siehst doch, wie marode das ganze System ist«, widersprach Max, »das darf man eigentlich nicht unterstützen.«

»Den Leuten nutzt es doch, wenn du Geld ins Land bringst«, sagte Felix, »außerdem sind die Frauen schön.«

»Du hast doch Jessica«, sagte Max spöttisch.

»Jessica, Monika, Veronica ... man muss flexibel sein.«

»Angeber«, sagte Max. Holly wusste, dass er insgeheim neidisch darauf war, dass Felix alles zuflog, besonders die Frauen.

Annika, mit der Max seit mehr als drei Jahren zusammenlebte, war keine Frau zum Angeben. Sie war nicht besonders hübsch, aber Holly mochte ihre zupackende Art. Sie passte hervorragend zu Max, und Holly wünschte, die beiden würden sich entschließen, eine Familie zu gründen. Max würde ein toller Vater sein, davon war sie überzeugt.

»Mach Annika doch einfach ein Kind, dann wird sich dich schon heiraten«, schlug sie vor.

»Du hast Nerven«, sagte Max.

»Langsam wird es Zeit, irgendwann ist der Zug nämlich abgefahren.«

»Annika ist vierunddreißig.«

»Eben«, sagte Holly.

»Ich will dir nicht zu nahe treten«, sagte Max, »aber für manche Menschen sind Kinder nicht das Wichtigste im Leben.«

»Du meinst, Annika will keine Kinder?«

»Verdammt, hör auf mit der Fragerei!«, sagte Max mit plötzlicher Heftigkeit. »Ich finde nicht, dass dich das etwas angeht!«

»Entschuldige, bitte«, sagte sie beleidigt. Dann endlich begriff sie. »Oh, Scheiße, Max«, sagte sie und sah ihn mit großen Augen an, »tut mir leid, tut mir echt leid!«

Max stand auf und verließ schweigend das Zimmer.

Holly sah erschrocken zu ihrem Bruder. »Hast du das gewusst?«

Felix zuckte die Schultern. »Vermutet.«

»Oh nein, wie furchtbar!«, sagte Holly. »Er hätte bestimmt gern Kinder!«

»Sieh's mal so«, sagte Felix, »es bleibt ihm auch eine Menge erspart, oder?«

»Weißt du was«, fuhr Holly ihn an, »du nervst ganz schön mit deiner coolen, unbeteiligten Art! Vielleicht kannst du einfach mal damit aufhören, so zu tun, als ginge dir alles am Arsch vorbei!«

Sie verließ das Wohnzimmer. An der Garderobe griff sie nach ihrem Mantel. Draußen war es sehr dunkel und ziemlich windig. Auf der Terrasse sah sie etwas aufleuchten. Sie ging näher und erkannte, dass es eine glimmende Zigarette war.

»Du rauchst?«

»Manchmal«, sagte Max und hielt ihr die Packung hin. »Hier. Sind die von Felix.«

Holly nahm eine Zigarette und zündete sie an seiner an. Schweigend standen sie nebeneinander und bliesen den Rauch in die kalte Nachtluft.

4

Am nächsten Morgen war die Stimmung gedrückt. Die Geschwistern sprachen wenig und sahen sich gegenseitig nicht in die Augen. Holly fühlte sich schuldig, weil sie – wenn auch unabsichtlich – den Finger in die Wunde gelegt hatte. Max hasste es, wenn sein Innenleben zum Thema wurde, und alle drei mochten es nicht, wenn es zu intim zwischen ihnen wurde. Normalerweise schützten sie sich mit einer gewissen Flapsigkeit davor, nun war der Schutzwall angeknackst.

Margarete schien nichts zu bemerken. Aufgekratzt erzählte sie beim Frühstück von ihren Erlebnissen in Bangkok, wo sie mit ihrer Freundin Lori in einem Transvestiten-Kabarett gelandet war.

»Und das Beste war, Lori hat es nicht mal gemerkt!«, sagte sie kichernd. »Die sehen so echt aus, einfach unglaublich! Oben die tollsten Titten, und unten …«

»Du bist ziemlich frivol für eine Dame deines Alters«, bemerkte Max.

Seine Mutter musterte ihn mit leichtem Spott. »Weißt du, mein Schatz, im Alter muss man auf so was keine Rücksicht mehr nehmen. Da geht es um wichtigere Dinge.«

Hollys Magen zog sich zusammen. Sie knetete das Innere einer Laugensemmel zu einem Bällchen und rollte es auf dem Tisch hin und her.

Felix sprang auf. »Ich komme gleich wieder.«

»Bleib jetzt mal hier«, sagte Margarete, »du kannst später rauchen.«

Überrascht sah er zu ihr, dann setzte er sich wieder.

»Nun schieß endlich los«, sagte Max.

Margarete atmete tief aus. »Meine Ärzte haben mir mitgeteilt, ich hätte trotz der Medikamente ein hohes Thromboserisiko. Das heißt, ich kann theoretisch neunzig werden …«

Holly hielt die Luft an.

»… ich kann aber auch morgen tot umfallen.«

Der Brotklumpen fiel aus Hollys Hand auf den Boden. Der Kater, der zu ihren Füßen gelegen hatte, sprang erschrocken auf.

»Aber, so geht es uns doch eigentlich allen«, stellte Max mit ruhiger Stimme fest, »für so eine Prognose muss ich nicht mal Arzt sein.«

»Sie meinten, dass ich neunzig werde, sei nicht sehr wahrscheinlich«, sagte Margarete lächelnd.

»Ich verstehe nicht«, sagte Holly verwirrt, »was bedeutet das konkret?«

»Dass die Lage hoffnungslos ist, aber nicht ernst.«

»Das ist nicht der Moment für Witze!«

»Oh doch«, sagte Margarete, »worüber sollen wir Witze machen, wenn nicht über den Tod? Um deine Frage zu beantworten, ich habe mich darauf eingestellt, dass jederzeit irgendwas sein kann. Deshalb habe ich gewisse Vorkehrungen getroffen.«

»Was für Vorkehrungen?«, fragte Felix, der plötzlich ganz blass aussah.

»Kommt mit, ich werde es euch zeigen.«

Sie standen auf, alle drei verwirrt von dieser Mitteilung, und folgten ihrer Mutter ins Arbeitszimmer, das früher das Zimmer ihres Vaters gewesen war. Ein großes, silbern gerahmtes Porträt von ihm stand auf dem Schreibtisch. Es war einige Jahre vor seinem Tod aufgenommen worden, er sah jung darauf aus und gesund, und Holly konnte es nicht mit den Bildern des kranken Mannes in ihrem Kopf in Verbindung bringen. Sein hohles Gesicht, die eingefallenen Augen und knochigen Glieder, die sie in seinen letzten Lebenswochen an ihm gesehen hatte, überlagerten einfach alles.

Holly und ihre Brüder stellten sich im Halbkreis auf wie bei einer Museumsführung und lauschten ihrer Mutter, die einen Aktenschrank öffnete und einen Ordner nach dem anderen ein wenig herauszog.

»Hier ist alles, was das Haus betrifft. Hier sind alle anderen Versicherungen, auch meine Lebensversicherung. Das sind Kontoauszüge und alles zu den Geldanlagen.« Sie warf ihnen einen spöttischen Blick zu. »Macht euch keine Hoffnungen, viel ist es nicht.«

Ihre Hand strich über den Rücken dreier Ordner, die mit den Namen ihrer Kinder beschriftet waren. »Das sind Unterlagen, die euch betreffen. Urkunden, Briefe, Schulzeugnisse …«

»Darf ich mal sehen?«, fragte Holly und wollte nach ihrem Ordner greifen.

»Jetzt nicht«, sagte Margarete, »es ist wirklich nichts Wichtiges.«

Sie griff nach einer Klarsichthülle aus einem anderen Ordner, in der einige beschriebene Blätter lagen.

»Das ist für meine Beerdigung«, erklärte sie und

nahm den ersten Bogen heraus. »Hier die Liste der Leute, die verständigt werden müssen. Das da ist die Quittung über den Erwerb einer Grabstelle. Ich wünsche eine Urnenbeisetzung, das habe ich auch ins Testament geschrieben.«

Sie griff nach dem nächsten Blatt und hielt es hoch. »Die Musik. Bloß nicht die üblichen Begräbnisschnulzen! Keinen Sinatra, und um Himmels willen keinen Bocelli, sonst springe ich aus dem Sarg!«

Felix gab ein Geräusch von sich und stürmte aus dem Zimmer.

Margarete sah ihm überrascht nach. »Was hat er denn?«

»Du bist gut«, sagte Max, »deine Art kann einem schon auf den Magen schlagen!«

Sie seufzte. »Tut mir leid. Ich tu das doch für euch. Außerdem, noch bin ich ja ziemlich lebendig! Also, von mir aus Gospel oder Jazz. Hier sind die Noten zu einer mexikanischen Ballade mit Trompete und Saxofon. Wunderbares Stück, das würde mir gefallen!«

»Wer soll die Rede halten?«, fragte Holly und versuchte, sich dem nüchternen Tonfall ihrer Mutter anzupassen.

»Jemand, der es schafft, die Leute zum Lachen zu bringen.«

»Und wer soll das sein?«

»Lori, falls sie noch lebt, oder mein Friseur.«

»Herr Konrad?«, fragte Holly verblüfft. »Ist das dein Ernst?«

»Warum nicht? Er kennt mich seit dreißig Jahren und er hat viel Humor.«

Holly kaute nachdenklich auf ihrer Unterlippe. Am liebsten würde Margarete wohl als Zaungast bei ihrer eigenen Beerdigung auftauchen, um zu kontrollieren, ob alles nach ihren Wünschen abliefe. Obwohl es sie ein bisschen seltsam berührte, bewunderte sie die unsentimentale Art, in der ihre Mutter für die Zeit nach ihrem Ableben plante. Nur der Zeitpunkt gab ihr zu denken.

»Warum zeigst du uns das alles ausgerechnet jetzt?«, fragte sie.

»Weil man nie wissen kann«, sagte Margarete. »Ich rechne nicht damit, morgen umzukippen. Aber es ist ein beruhigendes Gefühl, zu wissen, dass ich nicht zu den Klängen von ›Time to Say Goodbye‹ abtreten muss.«

Holly musterte sie ernst. »Es ist also nichts Akutes? Du bist wirklich ehrlich zu uns?«

Ihre Mutter machte einen tiefen Atemzug, sah ihr in die Augen und nickte. »Ja, Holly, ich bin ehrlich. So ehrlich wie möglich.«

Holly stutzte, der Satz kam ihr irgendwie bekannt vor. »Und was soll das heißen?«

»Dass ich nicht mehr weiß als das, was ich euch gesagt habe.«

»Okay«, sagte Holly, »ich seh dann mal nach Felix.«

Vor der Haustür stand ihr Bruder und rauchte. Holly legte ihm die Hand auf den Rücken.

»Alles okay?«

Er drehte sich um und sah sie verstört an. »Findest du das normal?«

»Was heißt, normal? Es schadet sicher nicht, den Tatsachen ins Auge zu blicken.«

»Welchen Tatsachen?«

»Mein Gott, dass wir alle irgendwann sterben«, sagte Holly heftiger als beabsichtigt. »Mit deiner ständigen Verdrängerei kommst du auch nicht weiter.«

»Halt mir bloß keine Vorträge«, knurrte er, warf die Kippe auf den Boden und zertrat sie.

»Komm, lass es uns zu Ende bringen«, sagte sie in versöhnlichem Ton und machte eine Kopfbewegung zum Haus hin. »Es ist wichtig für Mutter.«

»Wenn's sein muss«, sagte er und ging mit ihr hinein.

»Dass du immer noch rauchst ...« Margarete empfing ihn mit einem missbilligenden Blick.

»Wir wollten doch über wesentliche Dinge reden«, sagte er und setzte ein betont lässiges Grinsen auf. »Wie viel erben wir eigentlich?«

»So wenig wie möglich«, gab Margarete zurück, »ich bin fest entschlossen, das Geld selbst zu verjuxen!«

Sie erklärte den Geschwistern, was diese ihrer Meinung nach noch wissen sollten. Dann klappte sie die Tür des Aktenschrankes zu, verschloss sie und legte den Schlüssel in ein Holzkästchen auf dem Schreibtisch.

»Und jetzt das Wichtigste: meine Mitbewohner. Lori nimmt sie zu sich. Ihr Haus ist groß genug.«

Die Geschwister warfen sich erleichterte Blicke zu. Nicht, dass sie die Skulpturen nicht gemocht hätten, aber es waren einfach zu viele. Keiner von ihnen hätte Platz dafür.

»Was wird aus Molotow?« Holly streichelte den Kater, der um ihre Beine strich.

»Den kriegst du«, sagten Max und Felix gleichzeitig.

Nach dem Mittagessen fuhren Max und Felix ab, aber Holly wollte ihre Mutter noch nicht allein lassen.

»Zeig mir deine neuesten Mitbewohner«, bat sie.

Sie ließ sich von Margarete durchs Haus führen und die Figuren zeigen, die zuletzt entstanden waren. Für Holly sahen sich diese Holzmenschen ziemlich ähnlich, für ihre Mutter aber waren sie völlig unterschiedlich, hatten Namen und Eigenschaften, und jeder eine Geschichte.

»Der hier ist Toy, ein Thailänder«, erklärte Margarete. »Er lächelt, siehst du? Aber es ist ein trauriges Lächeln, denn er hat seine Familie verloren. Es gibt so viele verschiedene Arten zu lächeln in diesem Land. Nicht nur freundlich. Auch traurig, wütend und panisch. Sie lächeln sogar, wenn sie eigentlich weglaufen möchten. Oder wenn sie jemanden am liebsten schlagen würden. Sie lächeln bis in den Tod.«

Holly sah ihre Mutter von der Seite an. »Wie du, nicht wahr?«

Margarete lachte kurz auf, sagte aber nichts.

Sie gingen weiter bis zu einer winzigen Figur, die auf einem Fensterbrett stand. »Das ist ein kleines Mädchen, Sina. Ihre Geburt wurde von den Eltern sehnlichst erwartet. Und als sie endlich da war, sah es so aus, als wollte sie wieder weg. Sie war oft krank, und ihre Eltern rechneten immer damit, dass sie sterben könnte. Sie lebt bis heute, aber ich habe sie aufs Fensterbrett gestellt, damit ihre Seele hinaus kann, wenn es so weit ist.«

Margarete zeigte Holly noch ein paar andere Figuren, darunter eine alte Frau mit einem Haarknoten und großen, ineinander verschränkten Händen.

»Das ist Donna. Sie blickt zurück und ist zufrieden mit ihrem Leben«, sagte Margarete.

»Du auch?«, fragte Holly. »Bist du auch zufrieden mit deinem Leben?«

»Stell mir nicht so komplizierte Fragen.«

Sie kehrten in die Küche zurück, und Holly machte Milchkaffee.

Sie versuchte, sich an ihren Vater zu erinnern. Wie hatte er sich bewegt, wie hatte er was gesagt? Irgendwo in ihr müssten doch Bilder oder Stimmen sein? Angestrengt bemühte sie sich, ihre Gedanken festzuhalten, aber alles zerfiel, je mehr sie sich darauf konzentrierte. Sie wünschte, ihre Erinnerungen wären so präzise wie die Biografien der Holzfiguren. Klare, einfache Geschichten, die man sich merken und jemandem erzählen konnte.

»Ich hab so ein schlechtes Gedächtnis«, sagte Holly zu ihrer Mutter, »ich kann mich nicht mal mehr an Vaters Gesicht erinnern oder an seine Stimme.«

»Ich schon«, sagte Margarete. »Er erscheint mir oft im Traum, und dann reden wir miteinander.«

»Tatsächlich?« Holly lachte. »Worüber denn?«

»Über alles Mögliche. Ich erzähle ihm, was in meinem Leben so passiert, und er stellt mir Fragen. Es ist unglaublich realistisch. Wenn ich aufwache, denke ich jedes Mal, er müsste neben mir liegen.«

Holly zögerte. Schließlich fragte sie: »Warst du glücklich mit ihm?«

Margarete dachte nach. »Glücklich? Du weißt, ich

misstraue diesem Begriff. Wir wussten, wir gehören zusammen, und diese Gewissheit hat mich in der Welt gehalten.«

»Und ... seither?«

»Seit er weg ist? Habe ich keine Angst mehr vor dem Tod.«

Holly schossen die Tränen in die Augen. Sie stand auf und stellte sich mit dem Rücken zu ihrer Mutter an die Spüle, wo sie umständlich ihre Tasse abwusch.

»Stell sie doch einfach in die Spülmaschine«, schlug Margarete sanft vor.

Als Holly gegen Abend nach Hause fuhr, hatte sie das unklare Gefühl, etwas Wichtiges vergessen zu haben, aber ihr fiel nicht ein, was es sein könnte.

Ihre eigenartige Unfähigkeit, sich an Einzelheiten zu erinnern, beunruhigte sie. Ob das psychische Ursachen hatte? Oder physiologische? Vielleicht funktionierte ihr Gehirn nicht wie das von anderen Leuten.

In der Wohnung brannten sämtliche Lichter, aus dem Wohnzimmer drang überlaut der Ton des Fernsehers, dazwischen aufgeregte Kinderstimmen. Ungewaschene Töpfe und benutztes Geschirr standen in der Küche herum, auch die übrigen Zimmer sahen nicht besser aus. Die Familie hatte ganze Arbeit geleistet.

Sie fand es einfach ungerecht, dass der ganze Haushalt an ihr hängen blieb, immerhin hatte auch sie einen Beruf. Nur leider keine Werkstatt, in die sie sich verdrücken konnte, wenn das Chaos in der Wohnung zu groß wurde. Als sie gerade zu Chris stürmen und sich beschweren wollte, klingelte das Telefon. Es war Insa.

»Hast du Zeit für einen Drink? Du würdest ein gutes Werk tun.«

»Gute Werke sind genau mein Ding«, sagte Holly. »Gleich im ›Mondial‹?«

»Danke«, sagte Insa und legte auf.

Holly ging ins Wohnzimmer, wo Timo, Lea und eine Handvoll Nachbarskinder bei voller Lautstärke eine Musiksendung ansahen.

Mit erhobener Stimme versuchte sie, sich Gehör zu verschaffen.

»Waaas?«, schrie Lea.

»Sei ruhig, ich hör sonst nichts«, rief Timo.

Holly griff nach der Fernbedienung und schaltete den Apparat ab, lautes Protestgeschrei war die Folge.

»Mach den Fernseher wieder an!«, wütete Timo.

»Nicht in diesem Ton«, sagte Holly.

»Also, gut, dann mach *bitte* den Fernseher wieder an!«

»Zuerst hörst du mir zu. Sagt eurem Vater schöne Grüße, ich gehe jetzt aus und komme erst wieder, wenn ihr den Saustall hier beseitigt habt.«

Beide Kinder sahen sie mit großen Augen an. »Welchen Saustall?«

Holly verzog das Gesicht zu einem säuerlichen Grinsen und warf Timo wortlos die Fernbedienung zu.

Das Publikum im »Mondial« war um diese Uhrzeit jünger als mittags. Keine Angestellten und Hausfrauen, dafür Studenten und junge Pärchen. Fast kam

Holly sich ein wenig deplatziert vor. Insa saß bereits auf einem Barhocker, ein Glas Weißwein vor sich. Holly hockte sich daneben und bestellte eine Schorle.

»Was ist los?«, fragte sie. »Du musst ja ziemlich verzweifelt sein, wenn du ausgerechnet mich anrufst.«

»Ja, komisch, nicht wahr? Aber du machst so einen vernünftigen Eindruck auf mich. Ich hatte plötzlich das Gefühl, ich würde gern mit dir reden.«

Holly hob die Hände zu einer einladenden Geste. »Bitte!«

Insa trank einen Schluck aus ihrem Glas und nestelte Zigaretten aus ihrer Handtasche. Sie zündete eine an, machte einen tiefen Zug und begann zu erzählen. Von Fred, einem erfolgreichen Investmentbanker, den sie kurz nach dem Studium kennengelernt und zwei Jahre später geheiratet hatte. Vom Anfang ihrer Beziehung, als alles wunderbar gewesen war. Davon, wie Fred sie auf Händen getragen hatte, aufmerksam und leidenschaftlich gewesen war. Und sie sich wie im siebten Himmel gefühlt hatte.

»So beginnt es immer«, stellte Holly trocken fest.

»Das Problem ist, dass er sich von mir entfernt hat«, erklärte Insa. »Du weißt schon, plötzlich schläft man nicht mehr täglich zusammen, sondern nur noch ein-, zweimal in der Woche, manchmal noch seltener.«

»Wie lange seid ihr verheiratet?«

»Drei Jahre«, sagte Insa.

Warte ab, dachte Holly, bis in zehn oder zwanzig Jahren. »Erzähl weiter«, sagte sie.

»Er hört nicht mehr richtig zu. Und er sieht mich nicht mehr richtig an. Früher hat er mir immer gesagt, wie schön er mich findet, jetzt merkt er nicht mal, was ich anhabe.«

»Das ist alles ziemlich normal«, warf Holly ein.

Insa nickte. »Mir ist klar, dass eine Beziehung sich im Laufe der Zeit verändert. Aber wir verändern uns nicht, er driftet einfach weg von mir, und ich habe das Gefühl, je mehr ich versuche, ihn festzuhalten, desto schneller entfernt er sich.«

Sie drückte ihre Zigarette aus und steckte sich eine neue an. Holly nippte an ihrer Schorle und überlegte.

»Woran, glaubst du, liegt es?«

Insa zuckte die Schultern. »Er findet mich einfach nicht mehr spannend. Weißt du, Typen wie Fred haben ein ziemlich schnelles und abwechslungsreiches Berufsleben, sie sind wie kleine Jungen, die jeden Tag ein neues Spielzeug bekommen. Sie schaffen es nicht, sich dauerhaft auf einen Menschen einzulassen.«

Holly nickte nachdenklich. »Warum verlässt du ihn nicht, wenn du unglücklich bist?«

»Weil ich ihn liebe. Weil ich mit keinem anderen Mann zusammen sein will. Ich hab's probiert, weißt du. Ich habe versucht, mich in andere Männer zu verlieben.«

»Und?«

»Furchtbar. Ich habe mich jedes Mal wie die letzte Schlampe gefühlt. Es hat nicht mal Spaß gemacht.«

»Weiß er davon?«

Insa schüttelte den Kopf. »Nein. Ich will ihm keinen Anlass liefern.«

»Einen Anlass wofür?«

»Mich zu verlassen!«

»Wenn er dich verlassen will, tut er's sowieso«, sagte Holly. »Vielleicht kapiert er was, wenn du ihm davon erzählst. Männer haben es nicht gern, wenn sie das Gefühl haben, jemand könnte ihnen ihr Spielzeug wegnehmen.«

Sie seufzte. »Ich kann nicht so strategisch denken, das widerstrebt mir. Es ist komisch, im Job kann ich knallhart sein, und bei Fred bin ich wie ein kleines Mädchen, hilflos und abhängig.«

»Du könntest für eine Weile ausziehen. Abstand kann Wunder wirken.«

»Noch mehr Abstand? Ich habe ja jetzt schon das Gefühl, wir sind unendlich weit voneinander entfernt.«

»Aber er scheint es noch nicht gemerkt zu haben.«

»Vielleicht ist es ihm ja einfach egal«, sagte Insa leise.

Holly fielen allerhand gute Ratschläge ein, aber sie spürte, dass sie ihr damit nicht helfen würde.

»Ich habe schon überlegt, ob ich einfach schwanger werden soll«, sagte Insa.

»Um Gottes willen«, stöhnte Holly, »das ist der sicherste Weg, ihn loszuwerden!«

»Meinst du wirklich? Du hast doch Kinder. Ist das nicht etwas sehr Verbindendes?«

»In einer funktionierenden Beziehung. Für eine kriselnde Beziehung ist es das Ende, das garantiere ich dir!«

Holly war überrascht. Diese traurige, junge Frau, die mit geröteten Augen neben ihr saß, hatte nichts, aber auch gar nichts mit der coolen Bankerin zu tun, die sie bisher gekannt hatte.

»Hör zu«, sagte sie bedauernd, »ich muss jetzt gehen. Ich fürchte, ich kann nicht viel mehr tun, als zu-

zuhören und meinen Senf dazuzugeben. Falls dir das hilft, kannst du mich jederzeit wieder anrufen.«

Mit einer schnellen Bewegung beugte Insa sich zu ihr und umarmte sie kurz.

»Danke. Es hat gutgetan, mal zu reden.«

Beim Rausgehen überlegte Holly, wie einsam Insa sein musste, wenn sie außer einer zufälligen Kneipenbekanntschaft niemanden zum Reden hatte.

Zu Hause hatte sich ein kleines Wunder ereignet; die Küche war aufgeräumt, die Spülmaschine lief. Chris lag im Bett und las. Als Holly ins Zimmer kam, sah er auf und lächelte.

»Da bist du ja wieder!«

»Hast du was anderes erwartet?«

»Na ja, Lea stellte deinen Abgang so dar, als wäre es mindestens einer für immer.«

Holly warf sich neben ihn aufs Bett. »Und wäre das schlimm für dich?«

»Keine Spur«, sagte Chris, »vor meiner Werkstatt stehen die Frauen Schlange!«

»Dann ist es ja gut«, sagte Holly und küsste ihn. Ernst sagte sie: »Weißt du eigentlich, was für eine Schweineglück wir haben?«

»Was für ein Schweineglück du hast, wolltest du sagen.«

Holly lächelte. »Genau, du aufgeblasener Macho, das wollte ich sagen!«

Sie griff nach dem Lichtschalter und knipste ihn aus, dann schlüpfte sie zu ihrem Mann unter die Decke.

Als sie jung gewesen war, hatte Holly die Spannung

gesucht, die durch Distanz entsteht. Sie hatte sich Männer ausgesucht, die sich ihr entzogen. Nie war die Wirklichkeit auch nur halb so aufregend gewesen wie das, was Holly sich ausgemalt hatte, während sie sehnsüchtig auf das Treffen mit einem Mann wartete.

Heute war es ganz anders. Sie liebte die Nähe zu Chris, das tägliche Zusammensein mit ihm, die Rituale ihres gemeinsamen Lebens. Und auch wenn der Sex mit ihm längst nicht mehr so aufregend war wie zu Beginn ihrer Beziehung, war es ihr tausendmal lieber so, als allein zu sein.

Sie konnte sich nichts Schlimmeres vorstellen, als ein Single-Leben zu führen; nachts durch Bars zu ziehen, um jemanden kennenzulernen, morgens neben einem Fremden aufzuwachen. Früher hatte ihr das gefallen, heute dankte sie Gott, dass diese Zeit vorbei war.

5

Holly arbeitete sich durch den Stapel Beziehungsratgeber und wunderte sich. Was sollte sie mit Büchern anfangen, deren Titel »Loslassen – wie die Liebe bleibt, wenn man aufhört, sie festzuhalten«, »Das Prinzessinnen-Prinzip: Nimm dir, was du willst!« oder »Die Lüge in der Liebe ist das Salz in der Suppe« lauteten?

Regelrecht unverschämt fand sie »Frauen wollen lieber Machos« und »Männer lieben Diven«. Für wie blöd hielten die Marketingabteilungen der Verlage die Leser und Leserinnen? Sie formulierten griffige Titel, die einfache Antworten auf komplexe Fragen versprachen und eine Beleidigung für jeden intelligenten Käufer waren.

Zu ihrer Überraschung stellte Holly fest, dass einige der Bücher nicht mal so schlecht waren, wie ihre Aufmachung vermuten ließ – aber wie sollte man das merken, wenn einen schon der Titel in die Flucht schlug?

Sie würde jedenfalls sehr genau überlegen müssen, wie ihr Buch heißen sollte, falls es ihr je gelingen sollte, es zu schreiben.

Von einem Tag auf den anderen war es nämlich, als hätte sich alles gegen sie verschworen. Timo war krank geworden, musste im Bett bleiben und rief sie alle zehn Minuten zu sich, weil er Durst hatte, neue Taschentücher brauchte oder ihm langweilig war. Chris hatte schon seit Langem vor, die Küche zu renovieren, wollte dieses Vorhaben partout nicht verschieben und erwartete, dass sie ihm beim Ausräumen der Geschirrschränke und dem Abhängen der Bilder half.

Lea brauchte noch ein Geschenk für einen Kindergeburtstag, außerdem musste Holly in dieser Woche zum Elternabend, zum Zahnarzt und zum Steuerberater.

Sie ertappte sich bei dem Gedanken, dass Karin es vielleicht doch besser getroffen hatte. Keinen Beruf und jede Menge Personal, was für ein Luxus! Sie träumte einen Moment davon, das Leben einer reichen Ehefrau zu führen, die beim Einkaufen nicht auf den Preis achten muss und jede Menge Zeit für ihre Interessen hat. Das Komische war, dass Karin gar keine anderen Interessen hatte als ihre Familie und den Haushalt, jedenfalls sprach sie über nichts anderes.

Dann dachte Holly an Diana, ihre andere Freundin. Die hatte kein Personal, dafür einen stressigen Job als Unternehmensberaterin, zwei Kinder, ein Verhältnis mit einem verheirateten Mann und jede Menge Ärger mit ihrem Ex. Dagegen war Hollys Leben eine Art Mutter-Kind-Kur. Sie musste Diana unbedingt für ihr Buch interviewen.

»Maaaama!«

Sie seufzte und unterbrach zum x-ten Mal an diesem Vormittag ihre Lektüre.

»Was ist denn?«, rief sie.

»Ich hab Huuuunger!«

»Papa ist in der Küche, der kann dir eine Pizza in den Ofen schieben! Ich hab jetzt keine Zeit.«

»Du bist gemein!«

»Ich bin nicht gemein, ich arbeite, verdammt noch mal!«

Warum muss ich eigentlich um jede Stunde Arbeitszeit kämpfen, als würde ich was Unanständiges tun?, dachte Holly.

»Mama?«

»Was?«, rief Holly, und ihre Stimme nahm einen gefährlichen Klang an.

»Ich heirate später mal eine Frau ohne Beruf. Die soll dann für mich sorgen!«

Holly stieß heftig die Luft aus. Das war also der Erfolg ihrer Erziehung, na toll! Dann musste sie lachen. Sie stand auf und ging in Timos Zimmer.

»Mein lieber Sohn, bis du im heiratsfähigen Alter bist, gibt es keine halbwegs interessante Frau mehr, die sich zu Hause versklaven lässt!« Leise fügte sie hinzu: »Hoffe ich wenigstens.«

»Und wenn ich reich bin? In der Computerbranche kann man eine Menge verdienen!«

»Dann kannst du dir eine Haushaltshilfe leisten, was deine Frau sehr freuen wird, weil sie dann einen Beruf ausüben kann, der ihr gefällt, was sie zu einer interessanten Gesprächspartnerin für dich macht.«

»Ich rede sowieso lieber mit meinen Freunden«, erklärte Timo.

Holly lächelte nachsichtig. »Warten wir's ab. Also, dann mach ich dir jetzt eine Pizza.«

Und eine für Chris, dachte sie resigniert, und dazu noch einen Salat, und hinterher den Abwasch, und arbeiten kann ich ja auch morgen.

Ein paar Tage später konnte Diana sich endlich einen Abend frei machen. Holly verabredete sich mit ihr beim Italiener um die Ecke, der schon zu ihrer WG-Zeit existiert hatte. Der Besitzer, der Name des Lokals und die Kellner hatten im Lauf der Jahre gewechselt, aber die Speisekarte war noch dieselbe. Holly bestellte das Gleiche wie immer, Paglia e fieno, gemischten Salat und Rotwein. Früher hatte sie sich nur Lambrusco leisten können, heute durfte es immerhin ein Merlot sein.

»Was für ein sozialer Aufstieg!«, stellte sie fest und prostete ihrer Freundin zu.

Diana lachte. »Weißt du noch, die Rotweinorgien in unserer Küche? War das gemütlich! Ich habe mich nie glücklicher gefühlt.«

»Nicht mal mit Benno?«

»Mit dem schon gar nicht. Selbst so was Normales wie zusammen in der Küche zu sitzen und Wein zu trinken war mit Benno eine Art Inszenierung, man fühlte sich, als wäre man auf einer Bühne. Er wollte immer einem bestimmten Bild entsprechen, es musste die richtige Frau sein, die richtige Küche, der richtige Wein; man musste die richtige Kleidung tragen und die richtigen Gesprächsthemen finden – und am Ende war gar nichts mehr richtig.«

Holly hörte aufmerksam zu. »Wann hast du gemerkt, dass es vorbei ist?«

Diana überlegte, dann verzog sie das Gesicht. »Eigentlich wusste ich es schon bei der Hochzeit. Alles war perfekt, wie in einem Hollywoodfilm …«

»… ich weiß«, unterbrach Holly, »ich war doch dabei. Es war wirklich unglaublich schön, und du hast sehr glücklich ausgesehen.«

»Ich habe so ausgesehen, wie man an diesem Tag auszusehen hat. Ich wusste, was von mir erwartet wurde, und ich habe die Erwartungen erfüllt. Aber Benno war mir so fremd. Es war, als wären wir auf zwei verschiedenen Veranstaltungen, völlig absurd. In der Nacht bekam ich einen Weinkrampf und habe ihn aus dem Schlafzimmer ausgesperrt. Er hat eine Woche nicht mit mir geredet.«

»Meine Güte!«, rief Holly aus. »Warum hast du ihn überhaupt geheiratet?«

»Das frage ich mich auch.« Sie lachten.

Das Essen wurde serviert, sie breiteten ihre Servietten auf dem Schoß aus und prosteten sich zu.

»Mmh, köstlich wie immer«, stellte Holly zufrieden fest, nachdem sie beide Nudelsorten probiert hatte. Wie beruhigend, dass manche Dinge sich nicht änderten.

Diana und sie kannten sich seit zwanzig Jahren, und nichts hatte ihre Freundschaft erschüttern können. Nicht Dianas wilde Phase, in der sie einen Mann nach dem anderen angeschleppt hatte, um kurz darauf Holly die Ohren vollzuheulen, was für eine Pfeife sie wieder erwischt hätte. Nicht ihre esoterische Zeit, in der sie auf jeden Guru reingefallen war, der ihr Frieden und innere Erleuchtung versprochen hatte.

Nicht einmal die Wochen, als Diana in die WG zurückgezogen war, weil sie keine Wohnung hatte. Vielleicht hatte sie nur ihre Wirkung testen wollen, vielleicht hatte sie Holly ihr Glück nicht gegönnt, jedenfalls hatte sie heftig und unübersehbar mit Chris geflirtet.

Es war eine harte Zeit für Holly gewesen, aber da Chris sich unempfänglich gezeigt hatte und Diana irgendwann wieder ausgezogen war, hatte ihre Freundschaft auch diese Prüfung überstanden. Sie hatten nie darüber gesprochen, und manchmal fragte sich Holly, ob sie Diana verzeihen könnte, falls doch etwas zwischen ihr und Chris gewesen war.

Noch heute sah sie Diana auf dem WG-Sofa hocken; die Beine unter sich gezogen, mit großer Geste erklärend, warum Männer und Frauen niemals friedlich zusammenleben könnten.

»Die Liebe ist Krieg«, hatte sie verkündet, »schließlich geht es ums Überleben. Um das Überleben des Individuums in der Beziehung und um das Überleben der Menschheit durch die Reproduktion. Leider gehen die Interessen von Männern und Frauen völlig auseinander; Frauen wollen ein Nest bauen, und Männer wollen ihre Gene so großflächig wie möglich streuen. Das kann nicht gut gehen!«

Geduldig hatten sich die Männer ihre Thesen angehört und sich insgeheim gefragt, warum eine so attraktive Frau nicht ein bisschen weniger kompliziert sein könnte.

»Geht's euch gut, dir und Chris?«, fragte Diana und holte Holly zurück in die Gegenwart.

»Ja, bestens. Wie läuft's mit Benno?«

Benno hatte es nie verwunden, dass Diana ihn verlassen hatte, und machte ihr das Leben so schwer wie möglich. Stur beharrte er auf einmal vereinbarten Terminen, selbst wenn Diana in der Firma einen Notfall hatte. Nie sprang er ein, wenn sie ihn darum bat.

»Schlecht läuft es, wie sonst«, sagte sie finster. »Neulich hat er Tines Geburtstag vergessen, stell dir das mal vor! Sie hat den ganzen Tag auf seinen Anruf gewartet, und der Arsch meldet sich nicht. Nicht mal ein Geschenk hat er geschickt. Die Kinder haben schon keine Lust mehr, zu ihm zu gehen, aber wenn ich nicht wenigstens jedes zweite Wochenende frei habe, klappe ich zusammen.«

Holly schwor sich insgeheim, sich nicht mehr zu beklagen. Ihrem Mann keine Vorwürfe mehr zu machen, wenn nicht alles nach Plan liefe. Vielleicht sollte sie ihm mal wieder eine Freude machen mit einer CD oder einer Konzertkarte?

»Und Mark«, fragte sie weiter, »ist er schon geschieden?«

Diana lachte auf. »Der und sich scheiden lassen? Niemals. Er redet zwar von nichts anderem, aber ich glaube längst nicht mehr daran.«

»Warum lässt du dir das gefallen?«

Sie lächelte schelmisch. »Weil ich gar nicht will, dass er sich von seiner Frau trennt. Es ist doch viel besser, die Geliebte zu sein!«

Holly musterte sie erstaunt. Ob sie das ernst meine? Diana nickte. Sie habe keine Lust mehr, Rücksicht auf einen Mann zu nehmen, erklärte sie. Das Zusammenleben mit ihren Töchtern sei so harmonisch, außerdem wolle sie ihnen nicht zumuten, sich auf einen neuen Partner einzustellen. Die Treffen mit ihrem Geliebten seien prickelnd und voller Leidenschaft, wer brauche da den schalen Alltag zwischen Morgenmief und Abendnachrichten? Sie sei frei, könne über ihr Leben selbst bestimmen, und genau so solle es bleiben.

Holly dachte nach. Sie liebte gerade den Alltag, die immer wiederkehrenden und deshalb beruhigenden Ereignisse. Sie sah Chris gern dabei zu, wenn er morgens in seine Jeans schlüpfte, die Zähne putzte und dabei mit der Hand durch seinen verwirrten Haarschopf fuhr. Sie lachte in sich hinein, wenn er sinnend vor seinem Schrank stand und überlegte, welches seiner drei T-Shirts er anziehen sollte. Sie liebte es, die Kinder zu wecken – besonders, weil sie es dabei manchmal schaffte, Timo auf seine schlafwarmen Wangen zu küssen, bevor er sich wehren konnte. Sie mochte das Geräusch der Espressomaschine beim Milchaufschäumen, Chris' Lächeln, wenn er ihr die Tasse reichte. Sie stand jeden Morgen an der Wohnungstür, um sich von den Kindern zu verabschieden, dann kehrte sie zurück an den Frühstückstisch, wo Chris sie mit den Worten »Hast du eigentlich deinen Mann heute schon geküsst?« empfing. Manchmal gingen sie zurück ins Bett und schliefen miteinander. Danach ging er in seine Werkstatt und sie an den Schreibtisch. In diesen Momenten fühlte sie das Glück wie eine warme Woge in sich aufsteigen und manchmal lachte sie einfach laut, ganz für sich allein.

»Oh Gott«, sagte sie, »ich fühle mich richtig spießig, wenn du so was sagst!«

»Du *bist* spießig!«, sagte Diana lachend. »Das warst du immer schon!«

»Danke.« Holly verzog das Gesicht.

»Ich meine es nicht böse«, sagte Diana.

»Klar, ich war die Erste, die geheiratet und Kinder bekommen hat. Ich wollte immer eine Familie und eine gewisse Sicherheit. Ich habe Chris nie betrogen und erwarte von ihm, dass er mich nicht betrügt. Vermutlich ist das spießig.«

»Du bist nicht schlecht damit gefahren«, stellte Diana mit wehmütigem Lächeln fest.

»Abwarten«, sagte Holly, »irgendwann kommt bestimmt auch bei uns die Krise. Es kann doch nicht sein, dass wir als Einzige verschont bleiben!«

Margarete rief an und bat Holly, ein paar Tage den Kater zu hüten. Sie habe eine Berlin-Reise mit Lori geplant, und die Nachbarin, die Molotow sonst füttere, sei leider krank.

Holly überlegte blitzschnell. Normalerweise hätte sie sofort mehrere Ausreden parat gehabt, warum sie auf keinen Fall gerade jetzt von zu Hause weg könnte. Im Moment aber erschien ihr die Aussicht auf ein paar ungestörte Tage zum Arbeiten geradezu verlockend.

»Natürlich, Mutter, das mache ich doch gern für dich!«, flötete sie ins Telefon.

»Sei ehrlich, du bist doch froh, wenn du mal aus deinem Irrenhaus entkommst«, sagte Margarete.

»Aber, Mutter!«, protestierte sie pflichtgemäß, dann verabschiedete sie sich und ging rüber in die Werkstatt. Sie mochte den großen Raum mit der Fensterfront zum Hof, der vollgestopft war mit Maschinen und Werkzeug und in dem es nach Leim und frisch gesägtem Holz roch. Chris hatte Musik laufen, irgendeinen alten Blues, neben ihm auf einer Hobelbank stand eine dampfende Tasse Tee.

Er bearbeitete einen antiken Bauernschrank mit Sandpapier. Akribisch schliff er die letzten Reste der Lackierung ab und legte das honigfarbene Holz frei. Holly lehnte sich an die Wand und sah ihm zu. Seine kräftigen Finger fuhren sanft über die raue Oberfläche, Holly erschauerte wohlig. Sie liebte diese Mischung aus Kraft und Zartheit bei Chris. Er konnte ruppig und kurz angebunden sein, aber auch weich und zugänglich. Er strahlte eine Autonomie aus, die Holly faszinierte. Obwohl er so stark mit ihr und den Kindern verbunden war, verlor er nie seine Individualität. Er war immer er selbst.

»Störe ich?«, fragte sie.

»Du störst nie«, gab er zurück.

»Ich muss ein paar Tage zu meiner Mutter, den Kater hüten. Außerdem kann ich dort in Ruhe schreiben. Kommt ihr ohne mich klar?«

»Müssen wir wohl«, gab er zurück.

»Schlimm?« Sie lächelte um Verzeihung heischend.

Er legte den Schleifblock zur Seite und kam zu ihr, um sie zu umarmen. Sein Pullover und seine Haare waren voller Holzstaub, der in der Nase kitzelte. Holly musste niesen.

»Ist ja gut, wenn du mal zum Schreiben kommst. Aber verrate nicht zu viel über uns, sonst schlägt der Zensor zu!«

»Keine Sorge. Uns geht's ja gut, das ist langweilig. Interessant wird es erst, wenn die Krisen kommen.«

Chris zog eine Grimasse. »Ich kann's kaum erwarten.«

Holly legte den Kopf schief. »Warum, glaubst du, klappt es bei uns und bei so vielen anderen nicht?«

Er blinzelte überrascht. »Ist eben so. Habe ich noch nie drüber nachgedacht.«

»Dann tu's jetzt«, forderte sie ihn auf.

Während er zu seinem Werkstück zurückging und weiterarbeitete, überlegte er offensichtlich. Schließlich sah er auf und sagte: »Weil keiner von uns etwas erwartet, was der andere nicht leisten kann.«

Holly lächelte. »Und weil jeder von uns mehr leistet, als der andere erwartet.«

Im Auto klingelte ihr Handy. Die weinende Karin am anderen Ende. Jetzt sei passiert, worüber sie neulich gesprochen hätten.

»Ulf ist abgestürzt?«, fragte Holly entsetzt.

»Schön wär's«, heulte Karin. »Er hat eine Affäre!«

Holly war nicht wirklich überrascht. Ulf war der Typ verspielter Junge, und er war vielen Versuchungen ausgesetzt. Karins stoisches Vertrauen in ihn war ihr immer ziemlich naiv erschienen. Aber nun merkte sie, dass auch sie gern an seine Anständigkeit geglaubt hatte und geradezu enttäuscht war, dass sie sich auf ihren Instinkt verlassen konnte.

»Oh, Scheiße«, sagte sie mitfühlend, ließ das Handy kurz sinken und fuhr an den Straßenrand, weil sie hinter sich ein Polizeiauto entdeckt hatte.

»Dieser Idiot!«, rief Karin. »Schreibt eine SMS und schickt sie an die falsche Frau.«

»Wie hast du gemerkt, dass die Nachricht nicht für dich war?«

»Er hat von einer tollen Nacht gefaselt und die hatte er definitiv nicht mit mir.«

»Oh«, sagte Holly. »Weißt du, wer es ist?«

»Eine von diesen jungen Vorstandsassistentinnen. Wahnsinnig ehrgeizig und berechnend.«

»Kennst du sie persönlich?«

Karin heulte auf wie ein verletztes Tier. »Ja, verdammt, sie ist sexy, intelligent, genau die Mischung aus kühler Blonder und Schlampe, der kein Mann widerstehen kann.«

»Das ist keine Entschuldigung«, sagte Holly.

»Was mache ich denn jetzt?«, fragte Karin verzweifelt.

»Unbedingt cool bleiben. Abchecken, wie ernst es ihm ist. Mach dich nicht durch hysterische Szenen zum gemeinsamen Feindbild für die beiden. Und straf deine Rivalin durch Nichtachtung. Komm bloß nicht auf die Idee, sie zu treffen oder auch nur anzurufen! Das ist unter deiner Würde.«

»Woher hast du das alles?«, wollte Karin erstaunt wissen.

»Zufällig habe ich gerade ein paar Ratgeber gelesen, das war die Zusammenfassung zum Thema ›Mein Mann geht fremd‹. Du weißt doch, ich schreibe dieses Buch über die Schwierigkeit, eine gute Ehe zu führen.«

»Ab sofort kannst du mich fragen«, sagte Karin seufzend. »Ich fühle mich so gedemütigt, weißt du! Mir passiert so was nicht, habe ich immer gedacht. Ich bin doch keine von diesen langweiligen, frustrierten Ehefrauen, die man bescheißt. Und nun bin ich doch eine.«

Einen kurzen Moment dachte Holly, dass Karin, ohne es zu merken und zu wollen, tatsächlich eine von diesen Ehefrauen geworden war. Auch Holly war gelangweilt, wenn ihre Gespräche sich zum hundertsten Mal um die Kinder, die neuesten Schulprobleme und den ständigen Ärger mit dem Hauspersonal drehten. Ein bisschen konnte sie Ulf deshalb sogar verstehen. Aber das hätte sie Karin gegenüber niemals ausgesprochen.

»Das muss doch gar nichts mit dir zu tun haben«, widersprach sie stattdessen diplomatisch. »Ulf ist eben in der Midlife-Crisis, seine Hormone spielen verrückt, das Mädel tanzt den ganzen Tag um ihn herum, da hat er halt zugegriffen, und nun muss er sich einreden, er sei ganz doll verliebt, damit er das Ganze vor sich rechtfertigen kann.«

»Meinst du?«, fragte Karin hoffnungsvoll.

»So könnte es zumindest sein. Rede mit ihm, dann weißt du mehr.«

Karin seufzte. »Sagt sich so leicht. Bleiben sie anonym?«

»Wer?«

»Na, die Leute in deinem Buch.«

»Klar«, versicherte Holly. »Du kannst mich jederzeit anrufen.«

Margarete war schon abgefahren. Auf dem Küchentisch lag ein Zettel mit genauen Anweisungen, wie der Kater zu füttern und das Haus vor Einbrechern zu schützen sei.

Holly packte ihre Sachen aus, stöpselte den Laptop ein und machte sich Tee. Bis das Wasser kochte, stöberte sie in der Küche herum. Nichts war mehr so, wie sie es gewohnt war. Margarete hatte mal wieder alles umgeräumt, und Holly musste sämtliche Schubladen aufziehen, um einen Löffel zu finden.

Molotow strich erwartungsvoll um sie herum.

»Du verfressenes Monster«, sagte Holly und kraulte ihm die Stirn, »ich sollte dich auf Diät setzen.«

»Mau«, erwiderte Molotow unbeeindruckt und sprang auf den Tisch.

»Runter da«, befahl sie und gab ihm einen Schubs. Beleidigt, mit hoch aufgerichtetem Schwanz, verließ er die Küche.

Holly machte es sich an ihrem Computer bequem. Die Stille war dermaßen ungewohnt, dass sie ganz hibbelig wurde. Kein Gerenne auf dem Flur, kein Mama-Geschrei, niemand, der ins Zimmer stürmte und nach Essen oder Aufmerksamkeit verlangte. Ob sie so überhaupt arbeiten konnte?

Sie kippelte auf ihrem Stuhl und klopfte mit den Fingerspitzen aufs Mousepad. Bisher hatte sie nur eine grobe Gliederung. Zwölf Kapitel zu unterschiedlichen Themen, mit Interviews, Fallgeschichten, den Ergebnissen von Umfragen und Langzeitbeobachtungen. Sie hatte eine Anzeige ins Internet gestellt, um Männer und Frauen zu finden, die ihre Ehegeschichte erzählen wollten. Täglich bekam sie mehrere E-Mails, insgesamt waren es bestimmt schon dreißig. Und eine Geschichte war deprimierender als die andere. Von Entfremdung und Einsamkeit war die Rede, von Lügen und Betrug, von Jahren an der Seite eines ungeliebten Partners, von schmerzhaften Trennungen, endlosen

Scheidungskriegen. Obwohl Holly ausdrücklich dazu aufgefordert hatte, ihr auch von guten Ehen und geglückten Beziehungen zu erzählen, kamen fast nur Schilderungen vom Scheitern. Man könnte wirklich den Glauben an die Liebe verlieren, dachte sie. Und jetzt auch noch Karin.

Holly öffnete ihre Mails. Wieder nichts dabei, was sie verwenden könnte. Doch, ein Brief unterschied sich von den anderen.

Zwei Rentner, die seit achtundfünfzig Jahren verheiratet waren, schrieben ihr, sie seien noch immer so verliebt wie am ersten Tag. Sie hatten ein Foto mitgeschickt, zwei fröhliche alte Leute, die in die Kamera strahlen. Holly schrieb ihnen, sie würde sie gern besuchen.

Sie stand auf und wanderte durchs Haus. Da und dort begrüßte sie eine der Holzfiguren, als wären es Bekannte. Als der Kater sie kommen hörte, witterte er seine Chance und begann erneut, sie zu umschmeicheln.

»Fressen gibt's später«, erklärte sie energisch und ging weiter.

Das Haus war viel zu groß für einen allein. Die früheren Kinderzimmer wurden nicht benutzt, außer wenn sie und ihre Brüder zu Besuch kamen. Sogar das Wohnzimmer wirkte unbewohnt: Margarete hielt sich meist in der Küche auf.

Holly ging ins Arbeitszimmer. Die Läden waren heruntergelassen, es war dunkel und kalt, sie schaltete das Licht ein. Ihr Vater blickte sie aus seinem Silberrahmen an, sie fühlte sich ertappt, als wäre sie dabei, etwas Verbotenes zu tun.

Sie sah das Holzkästchen, nahm es in die Hand, öffnete es, tastete nach dem Schlüssel. Dann ging sie zum Aktenschrank, öffnete das Schloss und zog den grauen Pappordner, auf dessen Rücken mit blauem Filzschreiber ihr Name geschrieben war, heraus. Sie trug ihn in die Küche, legte ihn auf den Tisch und klappte ihn auf.

Unter dem Deckblatt, auf dem noch mal ihr Name und ihr Geburtsdatum standen, klemmte ihr Magisterzeugnis, darunter ein paar Kopien von Scheinen, die sie nach Hause geschickt hatte, um ihren Studienfortschritt zu dokumentieren. Es folgte die Immatrikulationsbescheinigung, dann ein Foto von ihr an ihrem achtzehnten Geburtstag, darunter das Abiturzeugnis. Schulzeugnisse aus dem Gymnasium, dazwischen Bescheinigungen für Praktika, die sie gemacht hatte, ihre Zeugnisse aus der Grundschule, ein Foto vom Tag der Einschulung. Holly trug eine bunte Schultüte und hatte die Haare zu Zöpfen geflochten. Ihr Impfpass war abgeheftet, ebenso die Ergebnisse der jährlichen Routineuntersuchungen beim Kinderarzt und das Schreiben des Kindergartens, in dem ihrer Mutter mitgeteilt wurde, dass ab September 1971 ein Platz für Holly in der Gruppe »Sonnenschein« zur Verfügung stünde.

Holly verlor das Interesse. Sie wollte den Ordner schon schließen, da bemerkte sie ganz am Ende eine Klarsichthülle, die einen braunen Papierumschlag enthielt. Sie zog den Umschlag heraus, er war nicht beschriftet und geschlossen. Über der Lasche klebten zusätzlich drei breite Streifen Tesafilm.

Holly wendete den Umschlag hin und her. Was könnte da drin sein?

Sie hätte ihm wohl weiter keine Aufmerksamkeit geschenkt, wenn er nicht so sorgsam versiegelt gewesen wäre. Das weckte ihre Neugier, und so versuchte sie vorsichtig, den Tesafilm zu lösen. Der Kleber war alt und haftete nicht mehr gut, es gelang ihr, die Streifen abzuziehen, ohne das Papier zu beschädigen.

In der Küche füllte sie den Wasserkocher und schaltete ihn ein. Sie hielt die Seite mit der verschlossenen Lasche in den aufsteigenden Dampf, es dauerte nicht lange, bis der eingetrocknete Kleber sich löste und sie die Lasche aufziehen konnte. Dann griff sie in den Umschlag, zog einen Stapel Papiere heraus, breitete sie vor sich aus.

Zuerst fiel ihr Blick auf gefaltete Zeitungsausschnitte, die sie aufblätterte und nebeneinander legte. Sie waren vom August 1967. Zwei von ihnen zeigten das Foto eines Gebäudes, darunter stand: »Ausgesetztes Baby gefunden« und »Findelkind im Marienkrankenhaus«. Holly sah sich das Haus genauer an, richtig, es war das Krankenhaus in der Holunderstraße, in dem sie und ihre Brüder zur Welt gekommen waren. Auf einem zweiten, kleineren Foto, war ein abgerissener Zettel abgebildet. Die Schrift war zu klein, um das Geschriebene entziffern zu können. Auf dem dritten Ausschnitt sah man eine Krankenschwester mit Häubchen, die ein Neugeborenes im Arm hielt. Die Bildunterschrift lautete: »Schwester Hanne mit dem kleinen Mädchen, das von den Behörden den Namen Maria Holunder erhalten hat.«

Sie überflog die Artikel, in denen vom Fund eines neugeborenen Mädchens die Rede war, das im Eingangsbereich des Marienkrankenhauses abgelegt worden war. Das Kind habe ein Goldkettchen mit einem Anhänger in Form eines Skarabäus getragen. Von der Mutter fehle – bis auf einen Zettel mit der Bitte, sich um das Baby zu kümmern – jede Spur. Man bitte um Hinweise an das Krankenhaus oder die Polizei. Holly faltete die Ausschnitte sorgfältig zusammen und legte sie zur Seite. Dann griff sie nach einem anderen Papier.

»Geburtsurkunde«, las sie. »Standesamt III, Urkunden-Nr. 2812/1967, Holly Maria Berger, weiblichen Geschlechts, ist am 17. August 1967 in München geboren. Eltern: unbekannt.«

Weiter unten stand unter der Rubrik Vermerke: »Bisheriger Name: Maria Holunder. An Kindes statt angenommen von Margarete Berger, geb. Hartkopf, und Klaus Berger, beide wohnhaft in München mit Wirkung vom 1.9.1967.«

Holly griff nach dem nächsten Blatt, die Schrift verschwamm vor ihren Augen: »Adoptionsvertrag … Antragsteller … Beschluss … bestätigt vom Amtsgericht M. am 1.9.1967«

Mechanisch griff Holly nach einem vergilbten Zettel, der von einem Notizblock abgerissen und dabei beschädigt worden war. Sie las: »Bitte kümmert euch um mein Baby. Es tut mir leid.« Die Schrift war klein und rund, die Buchstaben offenbar eilig hingeworfen.

Einer plötzlichen Eingebung folgend, nahm sie den Umschlag und drehte ihn um. Ein Goldkettchen mit einem Anhänger fiel auf den Tisch. Holly nahm den Skarabäus in die Hand. Er hatte die Größe eines Marienkäfers, Augen aus Smaragden und eine fein ziselierte Oberfläche. Sie umschloss ihn mit den Fingern.

Ihr Handy klingelte. Mechanisch zog sie es aus der Jeanstasche.

»Ich bin's«, meldete sich Chris. Im Hintergrund waren das Lachen und Kreischen von Timo und Lea zu hören. »Hier ist eine Lieferung angekommen, ein Trampolin. Hast du das bestellt?«

»Ja«, sagte Holly, »Felix ...«

»Ah, die Espressomaschinen-Masche!«

»Nein, er ... ich ...« Holly schaffte es nicht, einen Satz zu bilden. Die Worte widersetzten sich ihrem Willen.

»Ist auch egal«, hörte sie Chris sagen, »die Kinder sind begeistert. Ich fürchte nur, demnächst kriegen wir eine Klage wegen Lärmbelästigung.«

Tatsächlich wurde der Krach im Hintergrund immer stärker. Holly wusste nicht, was sie sagen sollte.

»Alles in Ordnung bei dir?«

»Alles okay«, brachte sie heraus, »ich melde mich später.«

Sie beendete die Verbindung und stand auf. Langsam ging sie ins Arbeitszimmer und zog das erste der Fotoalben aus dem Regal. Zurück in der Küche blätterte sie es langsam durch.

Geburtsanzeige von Felix, Bilder des Neugeborenen mit Mutter und Vater, mit den Geschwistern, davor Bilder der schwangeren Margarete. Dasselbe bei Max, Geburtsanzeige, erste Fotos, noch im Krankenhaus, Bilder aus der Schwangerschaft. Von ihr gab es keine Geburtsanzeige. Nur das Foto von Margarete mit einem

Baby im Arm vor dem Marienkrankenhaus, darunter das Datum 26. August 1967.

Kein Bild einer schwangeren Margarete, stattdessen ein paar Urlaubsfotos, davor Bilder von der Hochzeit ihrer Eltern. Der beiden Menschen, die sie für ihre Eltern gehalten hatte.

Holly schlug das Album zu und starrte auf den abgewetzten, braunen Ledereinband.

6

Als Holly am nächsten Morgen in die Küche kam, sprang Molotow an ihrer Wade hoch und versuchte, sie zu beißen. Erschrocken schüttelte sie ihn ab, dann fiel ihr ein, dass sie am Abend zuvor vergessen hatte, ihn zu füttern. Sie hockte sich zu ihm und kraulte seinen Kopf. Seinen Futternapf füllte sie so voll, dass er, nachdem er zuerst gierig geschlungen hatte, nach der Hälfte kapitulierte und sich überfressen aufs Wohnzimmersofa trollte.

Auf dem Tisch stand eine fast leere Rotweinflasche. Sie hatte getrunken, um sich zu betäuben, war schnell eingeschlafen, bald darauf aber hochgeschreckt. Zu erschöpft, um aufzustehen, war sie liegen geblieben, hatte aber keinen Schlaf mehr gefunden. Nun schmerzte ihr Kopf, und sie hatte einen faden Geschmack im Mund. Sie spülte zwei Aspirin mit einer halben Flasche Mineralwasser hinunter und kochte sich Kaffee.

Sie versuchte, sich an die Bilder zu erinnern, die sie in der Nacht verfolgt hatten. Ihr Vater, Rasen mähend im Garten, ihre Brüder in kurzen Hosen mit Prinz-Eisenherz-Haarschnitten, sie selbst, an der Hand der Mutter, unsicher die ersten Schritte probierend. Schlagartig waren sie da gewesen, die Erinnerungen an früher, aber es war nicht ihre Perspektive gewesen, die Szenen hatten gewirkt wie aus einem alten Film. Immer wieder war sie hochgeschreckt und wieder eingetaucht in diesen Kindheitsfilm, dessen Bilder wahllos aufeinanderfolgten, sich wiederholten und abbrachen. Es war, als würde ihr Gehirn ihr Unterbewusstsein nach der frühestmöglichen Erinnerung absuchen wie mit einem Scanner.

Ein Gedanke, der ihr nachts gekommen war, fiel ihr wieder ein. Sie ging ins Arbeitszimmer, zog die Ordner von Max und Felix heraus. Schon ein flüchtiges Durchblättern bestätigte, was die Bilder im Album belegten: Mit ihren Brüdern hatte alles seine Ordnung, sogar die Mutterpässe waren abgeheftet. Einen Moment lang hatte Holly sich vorgestellt, dass auch Max und Felix nicht die richtigen Kinder ihrer Eltern wären, dass die aber beim zweiten und dritten Mal die Inszenierung perfektioniert und eine Schwangerschaft vorgetäuscht hätten. Nun, bei Tageslicht betrachtet, erkannte sie die Absurdität dieser Idee.

Nein, nur sie gehörte nicht dazu. Die Vergangenheit, die auf den Fotos zu sehen war, gehörte ihr nicht. Sie war nicht die Holly, die sie dachte zu sein. Sie war eine völlig andere. Sie hatte keine Ahnung, wer.

Chris meldete sich auf dem Handy. »Warum hast du nicht mehr angerufen?«

»Ich war müde.«

»Konntest du gut arbeiten?«

»Ja, es ist schön ruhig hier.«

»Kann ich von hier nicht behaupten«, sagte Chris, »gestern haben sich schon die Dreyers von unten beschwert. Zum Glück hat Lea sich den Knöchel verknackst, dann war Schluss mit der Hopserei.«

»Wie geht's ihr? Konnte sie in die Schule?«

»Sie hat versucht, den sterbenden Schwan zu spielen, aber ich hab mich nicht drauf eingelassen. Dann ist sie humpelnd und schimpfend die Treppe runter, und vom Fenster aus habe ich sie loslaufen sehen.«

Auf Holly wirkten Chris' Worte wie Schilderungen aus einer anderen Welt, einer anderen Epoche. Sie konnte sich ihre Kinder kaum mehr vorstellen. Taubheit umfing sie, am liebsten hätte sie sich mit dem Messer die Haut aufgeritzt, um herauszufinden, ob sie noch etwas fühlte, ob sie überhaupt noch da war.

»Wie lange bleibst du?«, fragte Chris.

»Weiß nicht. Ein paar Tage.«

»Du bist so seltsam. Ist irgendwas?«

»Nein, wieso?«, sagte Holly mit gespielter Munterkeit. »Alles bestens.«

»Na, dann arbeite schön!«

»Du auch«, sagte sie und legte auf.

Gleich darauf klingelte das Telefon auf dem Flur. Margarete erkundigte sich nach Molotows Befinden.

»Wenn ich weg bin, trauert er und frisst erst mal nicht«, erklärte sie.

Holly verschwieg, dass keineswegs Molotow die Nahrung verweigert, sondern sie vergessen hatte, ihn zu füttern.

»Gießt du auch mal die Pflanzen?«, bat Margarete.

»Klar. Wie ist es in Berlin?«

»Zugig«, sagte Margarete. »Ich kenne keine Stadt, in der sich der Wind so zwischen den Häusern verfängt. Aber es riecht anders als früher. Nicht mehr nach Braunkohle. Klar, das kam ja aus dem Osten.«

»Wann kommst du zurück?«

»Sonntagnachmittag. Bist du dann noch da?«

»Ich glaube nicht.«

»Du klingst so bedrückt, ist irgendwas?«

»Was soll denn sein?«

»Also, dann sehen wir uns bei Max und Annika.«

»Bei Max und Annika?«

»Ach, du weißt es ja noch gar nicht«, sagte Margarete, »die beiden haben sich nun doch verlobt! Am vierten machen sie ein Fest! Eure Einladung ist schon unterwegs.«

»Am vierten?«, sagte Holly. »Ich weiß gar nicht, ob wir da können.«

»Du wirst doch wohl zur Verlobungsfeier deines Bruders kommen!«

»Mach's gut«, sagte Holly statt einer Antwort, »viel Spaß in Berlin.«

Nachdem sie aufgelegt hatte, zögerte sie kurz, dann zog sie den Telefonstecker aus der Buchse.

Sie musste daran denken, wie ablehnend Margarete vor fünfzehn Jahren auf ihre Heiratspläne reagiert hatte. Und plötzlich begriff sie, dass Margarete die Krankheit des Vaters als Vorwand missbraucht hatte. Bei einer Hochzeit in Deutschland hätten Chris und Holly ihre Geburtsurkunden vorlegen müssen, und alles wäre aufgeflogen. Da schien es eine clevere Idee zu sein, sie nach Las Vegas zu schicken, wo man zur Trauung nur einen Reisepass brauchte.

Ihr wünscht es euch doch so. Und das große Fest holen wir nach, wenn Klaus wieder gesund ist.

Margaretes Stimme dröhnte höhnisch in Hollys

Ohren. Sie kniff die Augen zusammen und presste ihre Fäuste gegen die Schläfen.

Nachdem sie eine Stunde vor dem PC gesessen und vergeblich versucht hatte, einen Satz zu schreiben, rief sie das alte Ehepaar an und bat darum, einen Besuch machen zu dürfen. Der Mann zögerte zunächst, besprach sich mit seiner Frau und stimmte dann zu.

Die beiden wohnten knapp zwei Stunden Autofahrt entfernt, und das war Holly nur recht. Die vorbeiziehende Landschaft wirkte beruhigend auf sie.

Herr und Frau Schopp öffneten gemeinsam die Tür und spähten ihrer Besucherin neugierig entgegen. Ihre Gesichter waren von unzähligen Fältchen durchzogen, aber beide hatten wache Augen, sahen sie offen an.

»Grüß Gott, Frau Berger«, sagte Herr Schopp und drückte Hollys Hand. »Sie sind also die gefährliche Trickdiebin, die uns um unser Vermögen bringen will!«

Holly starrte ihn überrascht an.

»Das habe ich so nicht gesagt«, wehrte seine Frau verlegen ab. Offenbar hatten sie diskutiert, ob man eine völlig Fremde ins Haus lassen sollte.

Sie baten Holly ins Wohnzimmer, wo sie im plüschigen Sessel der Polstergarnitur versank. Die Einrichtung war altmodisch, überall lagen gehäkelte Deckchen, an der Wand hingen Zinnteller und gerahmte Fotos. Die Schrankgarnitur war vermutlich noch um einiges älter als ihre Besitzer. Aber am Fenster stand ein kleiner Tisch, darauf ein Computerbildschirm und eine Tastatur mit Maus.

»Wie kommt es, dass Sie das Internet nutzen?«, erkundigte sich Holly.

»Sie meinen, in unserem Alter?«, sagte Herr Schopp lächelnd. »Unser Enkel hat uns keine Ruhe gelassen. Er sagt, man muss mit der Zeit gehen, sonst verkalkt man.«

»Und das Fernsehprogramm ist ja so schlecht«, ergänzte seine Frau. »Immer nur diese Gerichtsshows und die viele Werbung. Da surfe ich doch lieber durchs Web!«

»Man lernt so viele Menschen kennen«, schwärmte Herr Schopp, »nicht alle persönlich, so wie Sie, aber doch per E-Mail oder Chat. Das hilft gegen die Einsamkeit.«

»Aber Sie haben sich doch gegenseitig!«

»Schon, aber man muss ja auch mal mit jemand anderem reden, nicht wahr?« Er musterte seine Frau liebevoll. »Mich kennst du ja schließlich schon, und ein bisschen Abwechslung tut immer gut.«

»Bekommen Sie keinen Besuch?«

»Unsere Tochter lebt in Hamburg, sie besucht uns nur ein- oder zweimal im Jahr. Deshalb sehen wir auch unseren Enkel viel zu selten. Aber wir schreiben uns E-Mails!«

Holly bat darum, ihr Aufnahmegerät verwenden zu dürfen. Behutsam fragte sie sich durch die Familiengeschichte der beiden. Sie hatten die Nazizeit als Kinder und Jugendliche erlebt, beide Väter waren gefallen. Er hatte nach dem Krieg eine Schlosserlehre absolviert, sie eine Ausbildung als Fremdsprachenkorrespondentin. Auf einem »Tanzvergnügen im Fasching«, wie er es nannte, hatten sie sich kennengelernt. Sie war als Ballerina kostümiert gewesen, er als Schornsteinfeger.

»Ich konnte ja gar nicht erkennen, wie er wirklich aussah unter seinem schwarzen Gesicht«, erzählte sie lachend. »Ich habe nur gesehen, dass er gute Augen hat.«

»Und ich habe gesehen, dass sie eine schmale Taille hat. Sie trug auch eine Maske, so ein Glitzerding um die Augen, und hat sich standhaft geweigert, sie abzunehmen.«

Die zwei Alten erzählten offen und voller Begeisterung, es versetzte sie regelrecht in einen Rausch, dass jemand ihnen zuhörte.

Zwischendurch servierte Frau Schopp Kaffee und selbst gebackenen Nusskuchen. Sie erkundigte sich, ob Holly verheiratet sei und Kinder habe, ob ihre Eltern noch lebten, ob sie Geschwister habe.

»Meine Eltern sind tot«, sagte Holly, »und ich habe keine Geschwister.«

»Wie schade«, sagte Herr Schopp.

»Aber ich habe zwei Kinder, sie heißen Timo und Lea, sie sind zehn und dreizehn. Mein Mann heißt Chris.«

»Das ist gut«, sagte er, »eine Familie zu haben, ist wichtig. Das Wichtigste überhaupt. Leider haben wir nur unsere Tochter. Wir haben einen Sohn verloren, als er noch ein Baby war.«

»Das tut mir leid«, sagte Holly.

»Wir haben überlegt, ob wir ein Kind adoptieren sollen«, sagte Frau Schopp, »aber wir hatten Angst, wir würden es nicht so lieben können wie unsere Tochter.«

»Das … kann ich verstehen«, stammelte Holly, »es ist wohl nicht dasselbe.«

Herr Schopp sagte, er würde das inzwischen anders sehen. Er glaube, er hätte ein angenommenes Kind ebenso lieben können wie sein eigenes, und er bedauere, dass sie sich dagegen entschieden hätten. Seine Frau widersprach vehement. Holly kämpfte gegen den Impuls, aufzuspringen und wegzulaufen. Da sagte Herr Schopp: »Wie denken Sie darüber? Könnten Sie sich vorstellen, ein Kind anzunehmen?«

»Ich …«, sagte Holly gepresst, »könnte mir weder vorstellen, ein Kind wegzugeben, noch eines anzunehmen.«

»Sie haben recht«, pflichtete ihr Frau Schopp bei, »das ist gegen die Natur. Noch ein bisschen Kaffee?«

Holly hob ihre Tasse mit der Untertasse hoch. Ihre Hand zitterte so sehr, dass das Porzellan klirrend aufeinanderschlug.

»Sie sind ja ganz blass«, sagte die alte Dame, »geht es Ihnen nicht gut?«

Holly lächelte angestrengt. »Nein, alles in Ordnung. Wenn ich vielleicht ein Glas Wasser haben könnte?«

»Natürlich«, sagte Herr Schopp und stand auf, um seiner Frau den Gang in die Küche abzunehmen.

Holly trank in tiefen Schlucken und zwang sich zu Ruhe.

Endlich gelang es ihr, sich wieder auf das eigentliche Thema des Gesprächs zu konzentrieren. Sie stellte weitere Fragen. Die alten Leute sprachen über Vertrauen und Treue, die Tücken des Alltags und den Verlust körperlicher Attraktivität.

Als Holly nach dem Geheimnis einer so langjährigen Ehe fragte, blickten sich die beiden lächelnd an.

»Liebe«, sagte Herr Schopp.

Frau Schopp überlegte länger. »Wir bemühen uns beide darum, dass es dem anderen gut geht. Denn dann geht es uns auch selbst gut.«

So einfach kann es also sein, dachte Holly verblüfft.

Wieder zurück, wanderte sie ruhelos durchs Haus, als hoffte sie, irgendwo etwas zu finden, das ihr Halt gab. Sie öffnete den Deckel des Klaviers. Wann immer sie sich als Kind traurig oder einsam gefühlt hatte, nach einer schlechten Note, einem Streit mit einer Freundin, hatte sie sich in die Musik geflüchtet. Ihre Klavierlehrerin hatte ihr hohe Musikalität bescheinigt, und eine Zeit lang hatte Holly davon geträumt, Konzertpianistin zu werden. Nach ihrem Auszug von zu Hause hatte sie kaum noch Zeit zum Spielen gefunden und es irgendwann aufgegeben.

Jetzt spielte sie ein paar Läufe, merkte, wie steif ihre Finger waren. Trotzdem setzte sie sich hin und versuchte, sich an den Anfang von Chopins Klavierkonzert Nummer eins zu erinnern. Erstaunlich, wie mühelos es ihr gelang nach all den Jahren. Aber es war nur die Technik, die ihr geblieben war, das Gefühl, die magische Verbindung mit dem Instrument, waren verschwunden. Abrupt sprang sie auf, schloss den Deckel mit einem Knall.

Sie setzte ihre Wanderung durchs Haus fort. Vor einer der Holzfiguren blieb sie stehen.

Donna. Sie blickt zurück und ist zufrieden mit ihrem Leben.

Holly holte aus und versetzte der Skulptur einen heftigen Tritt. Donna stürzte um und krachte auf den Steinboden, Holzstücke splitterten ab.

Sie ging weiter zum Fenster, wo das winzige Figürchen stand, das von Margarete Sina genannt wurde. Das ersehnte Kind, das immer zu sterben droht, aber bis heute lebt.

Sie öffnete das Fenster, nahm Sina in die Hand und schleuderte sie in den dunklen Garten.

Dann brach sie in Tränen aus. Sie ließ sich auf den Boden gleiten und weinte hemmungslos. Molotow schoss von seinem Platz auf dem Sofa hoch, den er offenbar den ganzen Tag nicht verlassen hatte. Maunzend strich er um sie herum. Sie nahm ihn auf den Arm und drückte ihn an sich, was er sich in einer Art Duldungsstarre gefallen ließ. Dann trug sie ihn in die Küche und füllte Futter in seinen Napf.

Ihr Handy klingelte, sie sah aufs Display. Karin. Zuerst wollte sie das Gespräch wegdrücken, dann besann sie sich.

»Wie geht's dir?«, fragte sie und bemühte sich, ihrer Stimme einen Anteil nehmenden Klang zu geben.

»Stell dir vor, Ulf will sich eine Wohnung mit seiner Geliebten nehmen!«

»Das hat er dir gesagt?«

»In seiner Mailbox stapeln sich die Immobilienangebote. Drei-Zimmer-Wohnungen im Zentrum, da wird er ja wohl kaum mit mir und den Kindern einziehen wollen.«

»Spionierst du etwa in seinen E-Mails herum?«

»Was heißt spionieren? Er musste mir mal sein Passwort geben, weil sein Blackberry irgendwo in der Pampa den Geist aufgegeben hatte. Danach hat er vergessen, es zu ändern.« Bitter fügte sie hinzu: »Bisher hatte er ja nichts zu verbergen.«

»Liest du seine Liebesbriefe?«

»Sie schicken sich offenbar nur SMS. Sehen sich ja sowieso täglich.«

Karin begann zu weinen.

»Sag mal, willst du ein paar Tage kommen?«, schlug Holly vor. »Oder wollen wir zusammen wegfahren?«

»Ich weiß nicht«, schluchzte ihre Freundin, »ich kann keinen klaren Gedanken mehr fassen. Mal will ich ihn rauswerfen, dann will ich, dass er bleibt, dann würde ich am liebsten die Kinder nehmen und abhauen, und manchmal möchte ich einfach nicht mehr leben.«

»Sag doch so was nicht«, sagte Holly automatisch.

»Es geht ja nicht nur um Ulf«, sagte Karin, »es geht um unsere Familie, unser ganzes gemeinsames Leben. Wer bin ich denn noch, wenn er nicht mehr da ist?«

»Du bist und bleibst du selbst«, sagte Holly energisch. »Was ist mit den Kindern, wie viel kriegen sie mit?«

»Sie sehen, dass es mir schlecht geht. Ich habe ihnen gesagt, dass Papa und ich zurzeit streiten, aber alles wieder gut wird. Was soll ich ihnen sagen? Dass Papa mit seiner Assistentin vögelt, weil Mama alt und faltig ist und ihn nicht mehr antörnt?«

»Hör zu«, sagte Holly, »das Beste wäre, ihr würdet euch einen Therapeuten suchen.«

Karin lachte höhnisch auf. »Ulf und eine Therapie? Nie im Leben!«

»Versuch's wenigstens.«

»Weißt du, was er mir sagen wird? Wenn du Probleme hast, dann mach du doch eine Therapie!«

Holly überlegte sich, was Chris wohl sagen würde. Sie konnte nicht ausschließen, dass er ähnlich reagieren würde. Für die meisten Männer ist der Gedanke, sich einem Fremden anzuvertrauen, wohl unvorstellbar. Kein Wunder, sie vertrauten sich ja nicht mal einem Freund an. Meistens merkten sie nicht mal, dass sie ein Problem hatten.

»Wenigstens befinde ich mich in guter Gesellschaft«, sagte Karin bitter. »Hast du von Andreas und Ellen gehört? Sind getrennt, weil er was mit Ellens Schwester angefangen hat. Bernd und Moni? Scheidungskrieg vom Feinsten. Bernd hat das Au-pair-Mädchen geschwängert. Ach ja, und Lynn, die Schauspielerin, die du mal bei mir kennengelernt hast: Sie hatte was mit einem Kollegen, und das hat ihren Mann so gefuchst, dass er ihr den Liebhaber weggeschnappt hat.«

Holly verstand nicht gleich. »Du meinst, er ist plötzlich schwul geworden?«

»Nein, beide Männer sind offenbar bi, nur hat Lynn das nicht gewusst.«

Holly stieß die Luft aus. »Da hast du's im Vergleich ja richtig gut getroffen!«

»Na, vielen Dank«, erwiderte Karin mit Grabesstimme.

»Sag mal«, fuhr Holly zögernd fort, »meinst du, ich könnte Lynn und die anderen mal anrufen?«

Karin schwieg einen Moment verblüfft. Dann musste sie lachen. »Du bist wirklich skrupellos. Ich maile dir die Nummern.«

Jeder Versuch Hollys, sich auf ihre Arbeit zu konzentrieren, scheiterte. Nach einem weiteren Tag gab sie auf. Sie nahm den Inhalt des braunen Umschlages und steckte ihn in ihre Tasche. Dann faltete sie ein paar leere Blätter und schob sie stattdessen hinein. Sie verschloss die Lasche mit Papierleim und klebte drei Streifen Tesafilm darüber. Der Umschlag sah aus, als sei er nie geöffnet worden. Sie ließ ihn in die Klarsichthülle gleiten und stellte den Ordner zu den anderen in den Schrank.

In der Küche füllte sie Molotows Fressnapf mit genügend Brekkies, sodass er bis zu Margaretes Rückkehr überleben würde.

»Wenn du alle auf einmal frisst und platzt, bist du selbst schuld«, erklärte sie ihm.

Molotow sah sie verächtlich an.

Holly packte ihre Sachen ins Auto und fuhr ab.

Es war ruhig in der Wohnung, die Kinder waren in der Schule, Chris in der Werkstatt. Holly ging ziellos durch die Räume. In Timos Zimmer entdeckte sie das Trampolin. Sie schob es in die Mitte des Raumes, stieg vorsichtig darauf und begann zu wippen. Höher und höher federte ihr Körper, mit den ausgestreckten Fingerspitzen konnte sie fast die Decke berühren. Es war angenehm, für Momente fast schwerelos zu sein, das eigene Gewicht nicht zu spüren. Als sie außer Atem war, hörte sie auf.

Sie begann, die Wohnung aufzuräumen. Jedes Ding räumte sie sorgfältig an seinen Platz, als könnte sie ihre auseinandergefallene Welt wieder zusammensetzen. Ein Puzzle aus unzähligen Teilen, von denen die entscheidenden fehlten. Nie würde sie das fertige Bild vor sich sehen können.

Chris betrat die Wohnung. »Du bist schon zurück? Warum hast du nicht angerufen?«

»Vergessen«, sagte sie.

Prüfend musterte er sie. »Geht's dir gut?«

Sie nickte.

»Du bist komisch. Was ist los?«

»Nichts.«

»Warst du wirklich bei deiner Mutter?«

Holly sah ihn verständnislos an. »Wo soll ich sonst gewesen sein?«

»Das Telefon war tot.«

»Ich habe den Stecker rausgezogen.«

»Und, wieso?«

»Um ungestört arbeiten zu können, was sonst? Was soll das, was unterstellst du mir hier?«

»Ich unterstelle dir gar nichts. Ich sage nur, dass du dich seltsam benimmst.«

»Der Einzige, der sich seltsam benimmt, bist du«, sagte Holly finster, ging in ihr Zimmer und knallte die Tür hinter sich zu.

Beim Abendessen versuchte sie, die Holly zu sein, die ihre Kinder kannten. Die Mutter, die Tomaten schnitt und Salatsoße anrührte, den Gebrauch von Servietten anmahnte und kippelnde Stühle mit einem Ruck zur Ruhe brachte. Sie fand, sie spielte ihre Rolle perfekt. Hie und da traf sie ein fragender Blick von Chris, den sie ignorierte.

»Wie viele Seiten von deinem neuen Buch hast du schon geschrieben?«, erkundigte sich Timo.

»Ich bin noch bei den Vorbereitungen«, sagte Holly.

»Darf ich das dann auch mal lesen?«, fragte Lea.

»Wenn du willst. Ich glaube, du wirst es langweilig finden.«

»Glaub ich nicht.«

»Da geht's um Liebe und Heiraten und so«, erklärte Timo.

»Das ist echt langweilig«, sagte Lea bedauernd.

»Und um Zungenküsse«, fuhr Timo fort.

»Ja, bääh«, rief seine Schwester angewidert. Timo grinste.

»Du bist also der Experte für Zungenküsse?«, fragte Chris.

Timo errötete.

»Schon ausprobiert?«

»Ich bin doch nicht pervers!«

Holly fühlte sich schwindelig. Das Bild vor ihr an der Wand schien plötzlich schief zu hängen, die geraden Linien im Raum bogen sich. Sie stand auf und ging, sich unauffällig abstützend, ins Bad. Beim Blick in den Spiegel erschrak sie. Das blasse und verwirrte Gesicht vor ihr machte ihr Angst.

Wer war diese Frau? Woher kam sie? War ihr Vater ein Vergewaltiger? Ihre Mutter eine Prostituierte? War sie das Ergebnis einer trunkenen Nacht? Eines Seitensprunges? Welches Unglück lag ihrer Entstehung zugrunde, welche Verzweiflung hatte ihre Mutter dazu getrieben, sie wegzugeben?

Sie lehnte den Kopf an das kühle Glas und versuchte, ruhig zu atmen. Es klopfte an der Tür.

»Alles in Ordnung mit dir?« Chris klang besorgt.

Holly riss sich zusammen. »Ja, danke.«

Sie musste das alles vergessen. Einfach nicht mehr daran denken.

Sie wusch ihr Gesicht mit kaltem Wasser. Dann kehrte sie an den Esstisch zurück.

»Bist du krank, Mami?« Lea zog mitfühlend die Stirn kraus.

»Nein, ich habe mich nur gerade nicht gut gefühlt.«

»Hast du deine Tage?«

Timo verzog das Gesicht. »Hört auf mit dem Weiberkram, sonst gehe ich!«

»Zuerst hilfst du, den Tisch abzuräumen!«, befahl Chris.

Als die Kinder im Bett waren, kam Chris zu ihr ins Arbeitszimmer.

»Und?«

»Was, und?«

»Hast du nun deine Tage oder nicht?«

»Warum interessiert dich das?«, gab Holly zurück. »An Sex brauchst du heute nicht mal zu denken!«

»Tu ich auch nicht. Aber vielleicht ... bist du ja schwanger?«

Holly lachte kurz auf. »Gott bewahre, nein!«

Sie begriff, dass er ihr merkwürdiges Benehmen nicht verstehen konnte, dass er sich Sorgen machen musste. Sie stand auf und umarmte ihn.

»Tut mir leid. Es geht mir einfach nicht gut.«

Er massierte ihren Nacken, aufseufzend lehnte sie ihren Kopf an seine Schulter. Sie fühlte das übermächtige Bedürfnis, ihm alles zu erzählen, aber sie schaffte es nicht. Das Geheimnis auszusprechen wäre, wie einen Stein ins Wasser zu werfen. Die Kreise würden immer größer und größer werden, immer mehr Menschen würden davon erfahren, sie hätte keine Kontrolle mehr darüber und müsste fürchten, dass ihr Leben sich immer weiter auflöste wie ein schlecht gewebter Teppich unter ihren Füßen.

»Es ist … wegen Karin«, sagte sie. »Ulf hat eine Affäre. Er sucht schon eine Wohnung.«

Chris seufzte. »Warum dieser Aufwand? Kann er sich nicht in aller Diskretion eine Geliebte nehmen und seine Familie aus dem Spiel lassen?«

Holly runzelte die Stirn. »Wie meinst du das?«

»Wir wissen doch alle, dass der sexuelle Kick nachlässt, auch in guten Ehen. Deshalb muss man doch nicht gleich alles hinwerfen.«

»Sondern lieber eine Affäre anfangen?« Hollys Stimme klang schrill.

»Es wäre doch besser, die Männer könnten ohne schlechtes Gewissen ins Bordell gehen oder eine Geliebte haben, statt ihre Familien zu zerstören.«

Holly zog die linke Augenbraue hoch. »Interessant. Sag mir Bescheid, wenn's bei dir so weit ist.«

Die halbe Nacht wälzte Holly sich im Bett hin und her. Mehrfach weckte sie durch ihre Unruhe Chris, der sie beruhigend streichelte und im Halbschlaf etwas brummte, das wie »ich suche keine Wohnung« klang.

Als sie zuletzt auf die Uhr schaute, war es halb vier. Drei Stunden später schreckte sie hoch, als der Wecker klingelte und sie von einem Albtraum erlöste. Sie hatte versucht, den Sarg ihres Vaters einen Berg hochzuschieben, aber immer wieder war der Deckel aufgesprungen und hatte das Gesicht ihres Vaters, der als Schornsteinfeger geschminkt war, freigegeben. Sie aber hatte nicht aufgeben wollen.

Stöhnend zog sie sich das Kissen über den Kopf.

»Ich kann nicht aufstehen«, wimmerte sie, »ich hab fast nicht geschlafen.«

»Schon okay«, sagte Chris und schwang die Beine aus dem Bett.

Als Holly merkte, dass sie nicht wieder einschlafen konnte, folgte sie ihm in die Küche.

»Du siehst aus wie ein Vampir«, sagte Timo.

»So fühle ich mich auch.« Schweigend schlürfte sie ihren Milchkaffee.

Nachdem sie die Kinder verabschiedet hatte, schleppte sie sich an den Computer. Wieder vier neue E-Mails von Leuten, die sich als Gesprächspartner zur Verfügung stellen wollten. Statt sie zu lesen, googelte sie »Skarabäus«.

»Ein Käfer, der aus Kot und Mist Kugeln formt, die er unter die Erde befördert. Hier legt der *Skarabäus* sein

Ei in die Kugel, die seinem Nachwuchs Wohnstatt und Nahrung ist. Wegen dieses eigentümlichen Verhaltens wird er auch *Pillendreher* genannt.

In Mitteleuropa kommt der *Kleine Pillendreher Sisyphus schaefferi* vor. Das unermüdliche Kugelrollen des kleinen Käfers muss seinen Beschreiber an den griechischen Sisyphus erinnert haben, der dazu verdammt ist, einen Stein auf einen Berg zu rollen. Kurz unterm Gipfel entgleitet der Stein, rollt zurück ins Tal, und Sisyphus hat von vorne anzufangen.

Skarabäen finden sich auf ägyptischen Gemmen, Münzen, Mumien, Obelisken und an Kunstwerken. Die Entstehung und schnelle Vermehrung dieses Käfers im Schlamm nach dem Rücktritt des Nils führte zur Meinung, er entstehe ohne Fortpflanzung, weswegen er als Symbol der Schöpferkraft galt. Die Bedeutung als Glücksbringer resultiert aus der Tatsache, dass *Skarabäen* das Nilhochwasser angeblich frühzeitig spüren.«

Merkwürdig, dachte Holly. Wie Sisyphus hatte sie in ihrem Traum ihren Vater, der nicht ihr Vater war, den Berg hochgeschleppt. Und war sie nicht durch einen Fortpflanzungsakt entstanden, der im Nachhinein gewissermaßen ungeschehen gemacht wurde?

Aber hier stand auch, der Skarabäus gelte als Glücksbringer. War das eine versteckte Botschaft ihrer Mutter? Hatte sie ihr, trotz allem, Glück gewünscht?

Das Bild von Moses im Körbchen, der den Nil hinuntertreibt, allen Gefahren hilflos ausgesetzt, drängte sich in ihr Bewusstsein. Schon als Kind, im Religionsunterricht, hatte der kleine Moses ihr leidgetan. Aber später war der Mann zum Mörder geworden und hatte einen anderen erschlagen. Klar, hatte Holly gedacht, was sollte schon aus einem Kind werden, das von den Eltern ausgesetzt worden war?

7

Am nächsten Abend klingelte es an der Tür, davor stand Insa, tränenüberströmt.

Hollys erster Impuls war Abwehr. Sie hatte wirklich schon genügend Probleme am Hals.

»Ich will nicht stören«, sagte Insa schluchzend, »aber ich weiß einfach nicht wohin.«

Holly gab sich einen Ruck. »Schon gut, komm erst mal rein.«

Sie führte sie in die Küche, schob ihr einen Stuhl hin und setzte sich zu ihr.

»Also, was ist passiert?«

»Es ist aus.« Insa nestelte nach ihren Zigaretten.

»Bitte nicht hier«, sagte Holly, »Timo ist Asthmatiker.« Das war zwar völlig übertrieben – Timo hatte als Kleinkind mal einen Pseudokrupp-Anfall gehabt –, aber sie hasste den Geruch von Rauch in der Wohnung.

»Oh, tut mir leid.« Insa schob die Zigaretten zurück in ihre Handtasche.

»Hat er eine andere?«, wollte Holly wissen.

Insa schluchzte auf. »Wenn es das wäre! Nein, es ist, wie ich gesagt habe. Er langweilt sich mit mir.«

»Immerhin mal was Neues«, sagte Holly.

Chris kam in die Küche und blickte erstaunt auf die Besucherin. »Wen haben wir denn da?«

»Das ist Insa, das ist Chris«, stellte Holly vor.

Insa hob ihr verheultes Gesicht, das trotz der roten Augen und der geschwollenen Nase hübsch war. Ich wünschte, ich sähe nur halb so gut aus, wenn ich heule, dachte Holly.

»Tut mir leid, dass ich so reingeplatzt bin«, sagte Insa und streckte Chris die Hand hin, »bin gleich wieder weg.«

»Kommt nicht infrage«, sagte Holly. »Du kannst im Gästezimmer schlafen. Und morgen überlegen wir, wie es weitergeht.«

»Genau«, sagte Chris, »und vorher trinken wir was.« Er öffnete eine Flasche Wein und füllte drei Gläser. Sie tranken, dann ließ Chris die beiden Frauen allein und ging ins Wohnzimmer zu den Tagesthemen.

»Er ist nett«, sagte Insa mit einem kleinen Lächeln, »du hast Glück.«

»Du findest auch noch den richtigen«, sagte Holly. »Sei froh, dass mit deinem Mann jetzt Schluss ist. Das ist doch besser, als wenn ihr euch noch jahrelang gequält hättet.«

»Wahrscheinlich. Es tut nur so verdammt weh!«, sagte Insa und kämpfte erneut gegen die Tränen.

»Ich weiß«, sagte Holly, stand auf und strich ihr über den Kopf.

Am nächsten Morgen betrat Insa frisch geschminkt und frisiert die Küche. Man sah ihr die Spuren des gestrigen Kummers kaum an. Ungerecht, dachte Holly. Wenn ich die halbe Nacht geheult hätte, würde ich aussehen wie ein Hefepfannkuchen.

»Wer bist du denn?«, fragte Timo kauend.

»Das ist Insa«, sagte Holly, »sie hat heute Nacht hier geschlafen.«

»Hast du keine Wohnung?«, fragte Lea.

»Doch«, sagte Insa, »aber ich habe mich mit meinem Mann gestritten.«

»Bleibst du länger bei uns?«

Hilfe suchend sah Insa zu Holly, die gerade Schulbrote schmierte.

»Ich glaube nicht«, sagte sie.

»Mal sehen«, sagte Holly und leckte etwas Marmelade von ihrem Finger, »vielleicht ein paar Tage.«

»Das kann ich nicht annehmen, ihr kennt mich doch gar nicht«, sagte Insa.

»Macht nichts«, erklärte Timo großmütig, »wir finden dich okay.«

Chris reichte ihr eine Tasse Milchkaffee.

»Danke, ihr seid so nett!« Sie setzte sich an den Tisch.

Holly sah, dass sich Insas Augen mit Tränen füllten. Sie legte ihr die Hand auf die Schulter und sagte gespielt streng: »Jetzt wird nicht geweint! Was sollen denn deine Kunden denken, wenn du mit Augen wie ein Kaninchen in der Bank aufkreuzt?«

Insa schniefte. »Du hast recht.« Sie sah auf die Uhr und stellt die Tasse ab. »Ich muss los.«

Als sie weg war, stieß Timo einen leisen Pfiff aus. »Scharfes Teil.«

Ein strafender Blick von Holly traf ihn. »Los jetzt, Geschirr aufräumen, Schuhe anziehen!«, kommandierte sie.

»Sie ist nett«, sagte Lea, während sie ihre Tasse in

die Spülmaschine stellte, »kann sie unser Au-pair-Mädchen sein?«

»Wir brauchen kein Au-pair-Mädchen mehr«, sagte Holly, »außerdem wäre sie dafür überqualifiziert.«

»Überkwa...was?«

»Das heißt, sie kann zu viel«, erklärte Timo, während er in die überbreiten Schuhe schlüpfte, die unter seinesgleichen als cool galten.

»Das wäre ja gut, die anderen konnten doch alle nichts«, widersprach Lea und zerrte am Reißverschluss ihrer Jacke. »Hat Mama jedenfalls immer gesagt.«

Holly verdrehte die Augen. »Raus mit euch«, sagte sie und schob ihre Kinder energisch Richtung Wohnungstür.

Als Margarete anrief, war Holly sofort klar, worum es ging.

Was mit Donna passiert sei? Und Sina sei auch verschwunden, Holly wisse schon, die kleine Figur, die auf dem Fensterbrett gestanden habe.

Holly behauptete, keine Ahnung zu haben. Bestimmt sei Molotow schuld, der werfe doch immer mal wieder Figuren um. Und Sina habe er vielleicht für ein Spielzeug gehalten und irgendwo vergraben.

»Er ist doch kein Hund«, sagte Margarete.

Holly gab vor, dringend an den Schreibtisch zu müssen, aber Margarete wollte noch wissen, ob sie die Einladung zur Verlobungsparty schon erhalten hätten.

»Ja, aber wir kommen nicht.«

»Das ist ein Familienfest!«

»Eben. Max … er hat … die Kinder nicht eingeladen.«

»Das ist bestimmt ein Missverständnis. Ich spreche mit ihm«, sagte Margarete.

»Bitte halte dich da raus«, bat Holly, »das ist … eine Sache zwischen ihm und mir.«

»Also gut«, sagte Margarete. »Aber du weißt, wie traurig du uns alle machen würdest.«

Holly schnaubte unhörbar. Am liebsten hätte sie herausgeschrien, die Einzige, die Grund zur Traurigkeit habe, sei sie. Ihr Leben sei ein Scherbenhaufen. Und sie habe keine Ahnung, was sie auf einem Familienfest von Leuten solle, mit denen sie nicht verwandt sei. Aber etwas hielt sie zurück. Wenn das Geheimnis einmal in der Welt wäre, gäbe es kein Zurück mehr, und sie wusste nicht, ob sie mit den Folgen würde leben können. Also benutzte sie eine angebliche Unstimmigkeit zwischen Max und ihr als Vorwand für ihre Absage.

Kaum hatte sie das Gespräch mit Margarete beendet, klingelte das Telefon wieder. Jochen erkundigte sich nach dem Stand der Arbeit.

»Es läuft super«, sagte Holly mit gespielter Begeisterung, »in meiner Umgebung bricht gerade eine Beziehung nach der anderen auseinander!«

»Dann hast du ja jede Menge Material!« Jochen lachte.

»Du bist wirklich unverbesserlich.«

»Ich meine doch nur, das zeigt, wie wichtig es ist, dass du dieses Buch schreibst.«

»Ich weiß genau, was du meinst«, sagte Holly. »Ehrlich gesagt, ich weiß nicht, ob ich diesem ganzen Elend etwas Positives entgegensetzen kann.«

»Natürlich kannst du!«

»Mal sehen«, wich Holly aus. »Ich brauche Zeit.«

»Du hast alle Zeit der Welt«, sagte Jochen mit samtiger Stimme.

Klar, dachte Holly, nachdem sie aufgelegt hatte, solange ich die Frist fürs Herbstprogramm einhalte.

Eine Stunde später klingelte ein Bote und überbrachte ihr einen riesigen Blumenstrauß mit einer Grußkarte.

»Für meine Lieblingsautorin von ihrem Lieblingsverleger.«

Mit gemischten Gefühlen betrachtete Holly den Riesenstrauß. Sie hatte nicht mal eine genügend große Vase. Mit Mühe trug sie die Blumen ins Bad, legte sie in die Wanne und ließ Wasser einlaufen.

Kaum saß sie wieder am Schreibtisch, konnte sie nur noch an den braunen Umschlag denken und daran, was er enthalten hatte.

»Maria Holunder.«

Holly hatte inzwischen herausgefunden, dass die Behörden Findelkindern Namen geben, die einen Bezug zum Fundort oder dem Zeitpunkt des Fundes haben. Manche Kinder erhalten den Vornamen des Finders und den Namen des Wochentages, an dem sie gefunden wurden. Manchmal geben schon die Schwestern des Krankenhauses, in welches das Kind gebracht wird, ihm einen Namen. Kommt es zur Adoption, ändert sich natürlich der Nachname. Aber meist behalten die Adoptiveltern den Vornamen oder wenigstens einen Teil davon bei.

Bei ihr war Maria als Zweitname beibehalten worden, und aus Holunder war Holly geworden, nach Holly Golightly aus Margaretes Lieblingsfilm »Frühstück bei Tiffany«. So hatten die Eltern jedenfalls ihre Namenswahl begründet, wenn Holly sich beschwert hatte, dass sie nicht Tanja oder Sandra hieß wie ihre Schulfreundinnen.

Holly holte die Zeitungsausschnitte hervor, die sie mit den anderen Unterlagen und dem Skarabäus in einer Schublade ihres Schreibtisches eingeschlossen hatte. Sie betrachtete die Bilder sorgfältig, als könnte ihr irgendein Detail Aufschluss über ihre Herkunft geben. Den Kopf in die Hände gestützt, dachte sie nach.

In ihr waren widerstreitende Gefühle. Einerseits wollte sie die Gedanken an ihre verwirrende Entdeckung am liebsten weit von sich schieben und so tun, als wäre nichts geschehen. Andererseits drängte es sie, sich auf die Suche zu machen. Wonach genau, wusste sie allerdings nicht.

Herauszufinden, wer ihre Eltern waren, war so gut wie unmöglich, dazu hatte sie zu wenig in der Hand. Aber den einen oder anderen Hinweis auf das, was damals geschehen war, würde sie vielleicht finden können. Sie hatte zwar keine Ahnung, ob ihr das helfen würde, mit ihrer Entdeckung besser fertig zu werden, sie spürte nur, dass sie etwas tun musste, um dieser lähmenden Mischung aus Trauer und Wut etwas entgegenzusetzen.

Sie griff nach dem Telefonbuch und blätterte, dann wählte sie die Nummer des Marienkrankenhauses.

»Guten Tag, mein Name ist Berger. Gibt es bei Ihnen ein Schwester Hanne? Sie müsste inzwischen Anfang sechzig sein.«

Die junge Telefonistin am anderen Ende murmelte vor sich hin. »Hanne, Hanne. Nein, ich habe hier keine Mitarbeiterin mit dem Vornamen Hanne. Um was geht es denn?«

»Das ist ... eine Familiensache. Sie ist eine entfernte Tante von mir.«

»Ach so«, sagte die Frau, »weil wir nämlich gar keine Auskünfte am Telefon geben dürfen.«

»Verstehe«, sagte Holly. »Können Sie mich in Ihre Personalabteilung durchstellen?«

Es knackte in der Leitung, dann meldete sich eine männliche Stimme.

Holly stellte sich als Journalistin vor, die zum Thema Findelkinder recherchiert. Vor achtunddreißig Jahren hätte es den Fall eines kleinen Mädchens gegeben, das im Eingangsbereich des Krankenhauses abgelegt worden sei. Damals sei eine Schwester Hanne dort beschäftigt gewesen. Ob man ihr sagen könnte, was aus ihr geworden sei?

»Das kommt jetzt ein bisschen plötzlich«, sagte die Stimme, »ich bin erst seit drei Jahren hier und weiß von so alten Geschichten nichts.«

»Gäbe es denn die Möglichkeit, in Ihren Akten nachzusehen und es herauszufinden?« Holly legte allen Charme in ihre Stimme.

»Nun ja, ich muss mal sehen ...«

»Das wäre wahnsinnig nett von Ihnen, Herr ...«

»Severin.«

»Ich könnte Ihnen ein paar Zeitungsausschnitte faxen, dann hätten Sie alle nötigen Informationen.«

Der Mann gab ihr die Nummer. Sie bedankte sich.

Während sie die Ziffern ins Faxgerät tippte, summte ihr Handy. SMS von Felix.

»Wie ist das Trampolin? Cellulite schon weg?«

Holly schrieb zurück. »Das mit der Cellulite kannst Du Deinen Freundinnen erzählen.« Umgehend kam die Antwort. »Denen erzähle ich, dass Poppen hilft. Kommst Du jetzt zur Verlobung, oder was?«

»Überlege noch«, schrieb Holly, obwohl es nicht stimmte. Sie hatte längst entschieden, dass die Verlobungsfeier ohne sie stattfinden würde.

Als sie Chris mitteilte, sie wolle nicht zu Max und Annika gehen, sah sie wieder diesen fragenden Blick, mit dem er sie neuerdings betrachtete.

»Verstehe ich nicht«, sagte er, während er Teller fürs Abendessen auf den Tisch stellte.

Holly rührte in ihrer Tomatensoße. »Musst ja nicht alles verstehen.«

»Würde ich aber gern.«

Das Telefon auf dem Flur klingelte, Lea stürmte aus ihrem Zimmer und hob ab.

Sie unterhielt sich eine Weile, dann legte sie auf.

»Wer war das?«, rief Holly aus der Küche. Es hatte nicht so geklungen, als hätte Lea mit einer Freundin gesprochen.

»Das war Max«, verkündete Lea stolz, »er hat Timo und mich zu seiner Verlobung eingeladen!«

»Aber … da können wir nicht«, sagte Holly erschrocken und lief aus der Küche, »da haben wir schon was vor!«

Chris folgte ihr und blieb an der Tür stehen. »Was haben wir denn vor?«

»Ähm ... Theater«, sagte Holly, »ich will endlich in den *Sommernachtstraum.*«

»Ich will aber zu Max«, sagte Lea entschieden. »Timoooo«, brüllte sie, »willst du auch zu Max, wenn er sich verlobt?«

Timo kam aus seinem Zimmer geschlendert. »Wir gehen doch alle hin, oder?«

Bevor Holly etwas erwidern konnte, klingelte es an der Tür. Insa stand mit einer Reisetasche in der Hand da und lächelte verlegen. »Steht euer Angebot noch?«

»Klar«, sagte Timo und lächelte errötend.

Während des Abendessens beobachtete Holly amüsiert, wie Timo und Lea sich um ordentliche Tischsitten bemühten. Sie saßen gerade, kippelten nicht mit den Stühlen, benutzten ihre Servietten, sagten Danke und Bitte. Zufrieden stellte sie fest, dass ihre Erziehungsversuche nicht völlig fehlgeschlagen waren; ihre Kinder konnten sich offensichtlich benehmen, auch wenn sie selten davon Gebrauch machten.

Insa versuchte, ihnen zu erklären, wie die Sache mit den Zinsen funktionierte. Timo hörte aufmerksam zu, dann stellte er fest: »Eigentlich heißt das doch, dass immer die noch reicher werden, die sowieso schon reich sind.«

»Und das ist ungerecht«, fiel Lea ein.

»Womit ihr das Wesen des Kapitalismus erkannt habt«, stellte Chris fest.

»Dann finde ich Kapitalismus Scheiße«, sagte Timo.

»Scheiße sagt man nicht«, sagte Holly.

»Kannst ja später Sozialist werden«, schlug Insa vor.

»Heißt Sozialist, dass man alles teilen muss?«

»So ähnlich«, bestätigte sie.

»Dann finde ich Sozialismus auch Scheiße.«

»Ich sagte, Scheiße sagt man nicht«, wiederholte Holly mit erhobener Stimme und fragte sich gleich, warum sie überhaupt vor Insa mit ihrem wohlerzogenen Nachwuchs angeben wollte. Wenn sie ehrlich war, musste sie sich eingestehen, dass sie Insa als Rivalin empfand. Sie war eindeutig jünger und schöner, allerdings war sie trotzdem gerade von ihrem Mann verlassen worden.

Sie, Holly, war älter und sicher weniger schön, aber sie hatte Mann und Kinder. Und die sollten gefälligst ein überzeugendes Bild abgeben.

Ihr Blick fiel auf Chris. War er ein Mann, auf den sie stolz sein konnte? Wie nahmen andere Frauen ihn wahr? Sie versuchte, ihn so objektiv wie möglich zu sehen. Er wirkte männlich, keine Frage. Sein Körper war schlank und durchtrainiert, immerhin lief er seit Jahren regelmäßig. Sein ehemals blondes Haar begann grau zu werden, was einen attraktiven Kontrast zu seinen hellblauen Augen darstellte. Er hatte eine angenehme Stimme und ein gewinnendes Lachen. Seine Hände wirkten vertrauenerweckend, man würde ihnen sogar ein Baby anvertrauen. Er war auf eine zurückhaltende Weise selbstbewusst, auch wenn er im Kreis von Hollys Freunden manchmal der einzige

Nichtakademiker war. Wenn ihre Gespräche zu hochgestochen wurden, schaltete er innerlich ab. Seine Klugheit war von anderer Art.

Holly bemerkte überrascht, wie Chris Insa betrachtete. In seinem Blick lag der gleiche, leicht schwärmerische Glanz wie in Timos Augen.

Nachdem sie die Kinder ins Bad gescheucht hatte, trat Holly auf den Flur, wo sie fast mit Insa zusammenstieß, die nur ein leichtes Trägerhemdchen trug, das knapp über dem Slip endete. Hollys Blick fiel auf ihren knappen Ausschnitt, auf schlanke, gebräunte Beine und nackte Füße.

»Ich geb dir einen Morgenrock«, sagte sie. »Wenn du in diesem Aufzug hier rumläufst, macht Timo vor Aufregung kein Auge mehr zu.«

»Jetzt übertreibst du aber«, sagte Insa kichernd, »er ist doch noch ein Kind!«

»Täusch dich nicht«, sagte Holly.

Sie ging ins Schlafzimmer, wo Chris auf dem Bett lag und las. Aus dem Schrank holte sie einen seidenen Kimono, den sie in einem Anfall von Wahnsinn mal gekauft, aber selten getragen hatte. Sie mochte das klebrige Gefühl von Seide auf der Haut nicht.

Als sie sich umdrehte, stand Insa an der Tür, lehnte sich gegen den Rahmen und fragte: »Was liest du denn da?«

Chris hob überrascht den Kopf und blickte über den Rand seiner Lesebrille. Es dauerte nur eine Sekunde, dann hatte er sich wieder gefasst. »Den neuen Irving«, sagte er.

»Der mit dem Tätowierladen?«, fragte Insa.

»Genau.«

»Ich habe auch eine Tätowierung«, sagte Insa und dreht sich zur Seite. Sie schob ihr Hemdchen hoch und präsentierte Chris ihre rechte Hüfte, auf der eine Eidechse prangte.

»Hübsch«, sagte Chris.

»So, hier ist was zum Überziehen«, sagte Holly und stellte sich so vor Insa, dass sie für Chris verdeckt war. »Tu mir den Gefallen, und sorg hier nicht unnötig für Verwirrung.«

Folgsam schlüpfte Insa in den seidenen Mantel, band ihn aber so nachlässig zu, dass ihr Dekolleté weiter zu sehen war.

»Du kannst als Nächste ins Bad«, sagte Holly, »gute Nacht!«

Sie schloss die Tür und baute sich vor Chris auf.

»Ob sie das mit Absicht macht?«

»Was denn?«

»Dieses aufreizende Getue.«

»Ich weiß nicht, wovon du sprichst«, sagte Chris.

»Na, das kurze Hemd, die Tätowierung ... Was glaubst du, wie das auf Timo wirkt!«

»Timo hat in seinem Leben schon so viele Nackte gesehen, dem ist das völlig schnuppe.«

»Und dir?«

»Mein Gott, Holly, seit wann bist du so prüde?«

Ärgerlich drehte Holly sich weg und schlüpfte in ihren Pyjama. Manchmal würde sie Mann und Kinder doch gern gegen Jugend und Schönheit eintauschen.

Tagsüber verbrachte Holly Stunden am Telefon. Sie tröstete Karin und hörte sich die Erzählungen wildfremder Menschen an, um herauszufinden, ob sie sich für eine Fallgeschichte in ihrem Buch eigneten.

Abends dann weinte Insa sich bei ihr aus. Die schien sich in der wärmenden Geborgenheit ihrer Familie unübersehbar wohlzufühlen, jedenfalls machte sie keine Anstalten, sich nach einer neuen Bleibe umzusehen. Sie ließ sich von Holly umsorgen und bedienen wie eine Schwerstkranke. Hausarbeit schien für sie ein völlig fremdes Gebiet zu sein, offenbar hatten sie und ihr Mann sich eine Haushälterin leisten können. Holly hatte kein Lust, diese Rolle zu übernehmen.

Am dritten Abend riss ihr der Geduldsfaden. »Hör mal, Insa, könntest du vielleicht mal einen Staubsauger in die Hand nehmen oder was einkaufen?«

Insa blickte betroffen. »Ich störe euch, stimmt's? Ihr müsst es mir nur sagen, dann bin ich sofort weg!«

»Darum geht es nicht. Aber es wäre schön, wenn du dich ein bisschen beteiligen würdest.«

»Klar, mache ich, kein Problem.«

Am nächsten Tag kehrte Insa mit drei riesigen Einkaufstüten zurück, die sie kaum schleppen konnte. Sie hatte nichts von dem besorgt, was eigentlich gebraucht wurde, Brot, Milch und Obst, Klopapier und Mülltüten. Dafür hatte sie jede Menge Junkfood und Süßigkeiten gekauft, auf die sich die Kinder sofort begeistert stürzten.

Eine glatter Bestechungsversuch, konstatierte Holly. Völlig unnötig, denn Timo war ohnehin längst in Insa verliebt, und Lea ließ sich, als Zeichen ihrer Zuneigung, bereitwillig von ihr die Haare kämmen und frisieren.

Holly seufzte. Es war genau wie früher mit den Au-pair-Mädchen: Alle, die von den Kindern gemocht wurden, waren unfähig im Haushalt, und diejenigen, die fähig im Haushalt waren, mochten die Kinder nicht. Zwar war Insa kein Au-pair-Mädchen, eine Art drittes Kind war sie trotzdem.

»Es ist so schön bei euch«, sagte sie, während sie Holly in der Küche Gesellschaft leistete. »Bei mir zu Hause war es furchtbar. Meine Eltern haben nur gestritten, und ich hatte nicht mal Geschwister, mit denen ich mich hätte verbünden können.«

»Hast du Kontakt zu deinen Eltern?«

»Um Gottes willen. Ich will nichts mit ihnen zu tun haben.« Nach einer Pause sagte sie: »Fred hat mich heute angerufen. Ich dachte zuerst, vielleicht tut es ihm schon leid. Dann habe ich gemerkt, was er will. Ich soll aus dem Mietvertrag aussteigen, damit er in der Wohnung bleiben kann. Dabei habe ich die Wohnung gesucht, habe sie eingerichtet und das meiste bezahlt.«

Holly zog die Brauen hoch. »Und, bist du allmählich froh, dass du ihn loswirst?«

Insa seufzte. »Frauen lieben Schweine, weißt du das nicht? Je schlechter sie behandelt werden, desto mehr hängen sie an den Kerlen.«

»Wenn sie jung und unreif sind«, sagte Holly. »Glaub mir, das gibt sich. Wenn du erst mal einen Säugling am Hals hast, dann bist du froh um einen, der dich unterstützt, statt sich interessant zu machen.«

»Auf jeden Fall bekommt er von mir ein Abschiedsgeschenk, an das er sich erinnern wird«, sagte Insa grimmig. »Er hat Schwarzgeld in Luxemburg. Ich werde der Steuerfahndung einen Tipp geben.«

Holly ließ das Messer sinken, mit dem sie Gemüse geschält hatte. »Das ist niederträchtig«, sagte sie voller Abscheu.

»Kann sein. Aber Steuern zu hinterziehen, ist auch nicht okay.«

»Denunziation ist viel schlimmer als Steuerhinterziehung«, sagte Holly.

»Aber irgendwie muss ich mich doch rächen!«, rief Insa.

»Rächen?«, sagte Holly. »Wofür denn? Er liebt dich nicht mehr. Das ist traurig, aber kein Verbrechen.«

Insa starrte düster vor sich hin. »Ich könnte ihn umbringen!«

Holly stellte ein Holzbrett mit geschälten Karotten vor sie auf den Tisch. »Hier, die kannst du in Scheiben schneiden. Und dabei stellst du dir vor, es sei sein …«

»… aaaah, hör auf!«, kreischte Insa und brach in hysterisches Gekicher aus.

Holly lehnte sich zurück und schloss die Augen. Die Maskenbildnerin tupfte mit einem Schaumstoffschwämmchen in ihrem Gesicht herum und summte selbstvergessen die Melodie aus dem Radio mit. Es war nicht das erste Mal, dass Holly als Gast zu einer Fernsehsendung eingeladen war, aber jedes Mal starb sie fast vor Aufregung. Sie konnte nur Oberteile tragen, auf denen man die Schwitzflecken nicht sah, und die Maskendamen hatten gut zu tun, ihre roten Stellen auf Hals und Wangen zu überschminken.

Als kurz nach Erscheinen ihres Buches über weibliches Selbstbewusstsein die erste Einladung gekommen war, wollte Holly sofort absagen. Jochen hatte mit Engelszungen auf sie eingeredet. Als das nichts geholfen hatte, schickte er ihr den Vertriebschef des Verlages auf den Hals, der ihr eindringlich erklärte, wie viel mehr Bücher sie verkaufen würde, wenn sie im Fernsehen aufträte. Dass es ein Riesenglück sei, diese Chance zu bekommen, und eine Frage der Glaubwürdigkeit, öffentlich zu vertreten, was sie in ihrem Buch schreibe.

»Sie können kein Buch übers Nichtrauchen schreiben und in Wirklichkeit Kette rauchen«, erklärte er. »Genauso wenig können sie ein Buch über weibliches Selbstbewusstsein schreiben und aus Angst einen Fernsehauftritt absagen.«

Holly hatte zugesagt. Es war nicht schlecht gelaufen; zum Glück hatte sie schnell gespürt, dass ihre Aufregung sich über den Bildschirm nicht mitteilte. Das hatte ihr geholfen. Der zweite Auftritt verlief dann schon wesentlich entspannter.

Jetzt, beim dritten Mal, müsste sie eigentlich die Ruhe selbst sein, dachte Holly, aber so war es nicht. Schon jetzt war ihre Bluse durchgeschwitzt, sie fühlte ihr Herz so heftig pumpen, dass sie Angst hatte, es könnte wegen Überanstrengung plötzlich aussetzen.

In ihrem Buch vertrat sie die These, dass Selbstbewusstsein wörtlich, nämlich als Bewusstsein seiner selbst, zu verstehen sei. Dass man lernen müsse, sich selbst anzunehmen, mit allen Fähigkeiten und Grenzen. Dass Sicherheit nur aus dem Bewusstsein der eigenen Defizite und einem selbstironischen, nachsichtigen Umgang damit entstehen könne. Sie hatte eine Menge von sich erzählt, wie unsicher sie als Kind und Jugendliche gewesen war, wie sie sich immer besser kennen- und verstehen gelernt und sich irgendwann mit ihrem So-Sein ausgesöhnt hatte.

Nun fragte sie sich, von welchem Menschen sie eigentlich gesprochen hatte. Sie war ja nicht die, die sie vorgegeben hatte zu sein. Die Familie, von der sie erzählt hatte, war nicht ihre Familie. Ihre Herkunft, ihre Geburt, ihr Aufwachsen – alles basierte auf einer großen Lüge.

Ruckartig setzte sie sich auf und starrte sich im Spiegel an.

»Ich kann nicht«, sagte sie. »Bitte holen Sie die Redakteurin.«

Die Maskenbildnerin stand mit dem Puderpinsel in der Hand ratlos da. »Ich verstehe nicht …«

»Sie sollen die Redakteurin holen!«

Erschrocken lief das Mädchen aus dem Raum, im Hintergrund dudelte weiter Madonnas Cover-Version eines alten Abba-Songs.

Starr und mit aufgerissenen Augen saß Holly auf der Stuhlkante und betrachtete abwesend all die Dosen, Tuben und Pinsel, die vor ihr aufgereiht lagen. Am Spiegel klemmten Fotos von Prominenten, die sich mit freundlichen Autogrammen beim Maskenteam bedankten.

Die Redakteurin, eine schlanke, junge Frau in einem schmal geschnittenen Hosenanzug, kam und erkundigte sich, was passiert wäre.

»Es geht mir nicht gut«, stammelte Holly, »Ich habe … Herzrasen.«

Die Redakteurin legte ihr beruhigend eine Hand auf die Schulter. »Das ist die Aufregung, das gibt sich. Soll ich Ihnen ein Glas Wasser holen? Oder einen Tee?«

»Sie verstehen nicht«, sagte Holly, »ich kann nicht auftreten!«

Die junge Frau verlor ihre professionelle Ruhe nicht. »Können wir Ihnen irgendwie helfen? Sollen wir einen Arzt holen?«

Holly schüttelte den Kopf. Was sollte ein Arzt schon groß feststellen? Andererseits, in wenigen Minuten begann die Sendung. Wenn sie einfach wegliefe, würde sie eine Menge Ärger bekommen, vielleicht sogar eine Klage wegen Vertragsbruch.

Die Tür ging auf, der Moderator trat ein. Holly kannte ihn schon lange vom Bildschirm, seine ruhige, seriöse Art hatte ihr immer gefallen.

»Kann ich helfen?«, fragte er und lächelte so zuversichtlich, als gäbe es kein Problem, das er nicht in kürzester Zeit lösen könnte.

Sie atmete tief durch. »Danke, ich glaube, es geht schon wieder. Ein Anfall von Lampenfieber.«

»Das kriegen wir schon«, sagte er beruhigend, »hier ist noch jeder lebend rausgekommen.« Und, an die Maskenbildnerin gewandt: »Fertig?«

»Nur noch die Haare«, sagte das Mädchen, »fünf Minuten.«

Redakteurin und Moderator verließen den Raum, Holly schloss erneut die Augen und konzentrierte sich auf ihren Atem, während sie frisiert wurde.

Als exakt fünf Minuten später die Aufnahmeleiterin erschien, um sie ins Studio zu holen, folgte sie ihr ergeben.

Zwei Sessel und ein kleiner Glastisch vor einer Wand mit Büchern bildeten die Studiodekoration. Ihr Buch war auf einem Podest aufgestellt, sodass es von der Kamera eingeblendet werden konnte.

Sie erhielt ein Ansteckmikrofon, das Kabel wurde unter der Bluse durchgezogen. Sie hoffte, der Toningenieur würde nicht bemerken, wie verschwitzt sie war.

Der Moderator wies einladend auf einen der Sessel und setzte sich auf den anderen. Die Titelmelodie der Sendung erklang, er sprach seine Begrüßung in die Kamera und wandte sich dann an Holly.

»Das Thema Ihres Buches ist Selbstbewusstsein. Würden Sie von sich sagen, Sie seien eine selbstbewusste Frau?«

Holly zuckte zusammen. Ich, eine selbstbewusste Frau, wollte sie sagen, Sie machen wohl Witze. Im Moment fühle ich mich so mickrig, dass ich unter der Kante des hübschen Perserteppichimitats spazieren gehen könnte, auf dem wir hier sitzen.

»Selbstbewusstsein wird meist mit Selbstsicherheit gleichgesetzt«, hörte sie sich sagen, »und selbstsicher bin ich nicht immer. Aber mit den Jahren habe ich ein Bewusstsein dafür entwickelt, wer ich bin und wo meine Stärken und Schwächen liegen.«

Hah, dachte sie, ein Bewusstsein dafür, wer ich bin. Schön wär's.

»Viele Frauen leiden unter einem Mangel an Selbstbewusstsein, deshalb verkauft sich auch Ihr Buch so gut. Was raten Sie diesen Frauen?«

»Ich rate ihnen, ehrlich zu sich selbst zu sein. Sich von falschen Erwartungen zu befreien. Nur wer sich kennt, kann mit sich selbst im Einklang leben.«

Der Moderator stellte die nächsten Fragen, Holly antwortete. All die wohlgeformten Sätze, die sie vor Kurzem noch voller Überzeugung von sich gegeben hatte, klangen jetzt in ihren Ohren hohl und aufgesetzt.

Nur wer sich kennt, kann mit sich selbst im Einklang leben.

Plötzlich merkte sie, dass sie den Anschluss verloren hatte. Der Moderator hatte eine Frage gestellt, die sie nicht gehört hatte.

»Entschuldigung, können Sie das bitte noch mal wiederholen«, stammelte Holly und spürte, wie ihr die Hitze ins Gesicht stieg.

»Cut«, hörte man eine Stimme ins Studio brüllen.

»Wir setzen neu an«, erklärte der Moderator freundlich, »das ist überhaupt nicht schlimm.«

Er wartete, bis der Regisseur das Kommando gab, dann wiederholte er seine Frage.

»Warum fällt es vielen Menschen so schwer, sich Schwächen einzugestehen?«

Holly versuchte mit aller Kraft, sich zu konzentrieren. »Weil … wir schon ganz früh lernen, dass es sich gut anfühlt, etwas zu können. Dass wir geliebt werden, wenn wir … erfolgreich sind … die Dinge … etwas …« Sie brach ab.

»Cut« erklang es wieder, »und noch mal das Ganze, weil's so schön war.«

In Hollys Ohren rauschte es, sie verstand die Frage des Moderators nicht mehr, starrte ihn nur an. Dann sprang sie auf, riss sich das Mikrofon aus der Bluse und flüchtete aus dem Studio.

»Cut!«, hörte sie es hinter sich brüllen.

Auf einer Liege in einem Redaktionsbüro kam sie zu sich. Neben ihr kniete ein Sanitäter und maß ihren Blutdruck, aufgeregte Stimmen flatterten durch den Raum.

»Wie geht es Ihnen?«, hörte sie die Stimme der Redakteurin.

»Ich weiß nicht …«

»Sie waren bewusstlos«, sagte der Sanitäter und nahm ihr die Manschette ab. »Der Blutdruck ist wieder okay. Versuchen Sie, sich hinzusetzen. Aber ganz langsam, bitte.«

Folgsam richtete Holly sich auf und schwang die Beine von der Liege. Jemand reichte ihr ein Glas Wasser.

»Geht schon wieder«, sagte sie, »wir können gleich weitermachen.« Doch allein bei dem Gedanken, ins Studio zurückkehren zu müssen, wurde ihr schon wieder schwummrig.

»Nicht nötig«, sagte die Redakteurin. »Wir hatten bereits leicht überzogen. Wenn wir die letzte Frage weglassen, das Zuspiel verlängern und die Abmoderation getrennt aufzeichnen, kommen wir auf Länge.«

Holly verstand nicht ganz, was sie meinte, aber sie begriff, dass ihr Fernsehauftritt beendet war.

»Schade«, sagte sie mit mattem Lächeln, »es hat mir so viel Spaß gemacht!«

Herr Severin vom Marienkrankenhaus hielt Wort. Ein paar Tage nach ihrem Anruf hielt Holly ein Fax mit der Telefonnummer einer Hanne Müller in der Hand. Die erste Spur. Der erste Kontakt zu einem Menschen, der damals dabei gewesen war. Vielleicht war es sogar Schwester Hanne gewesen, die sie gefunden hatte. Warum sonst hätten die Zeitungsleute ausgerechnet sie fotografieren sollen?

Holly wollte gleich anrufen, aber als sie das Telefon in der Hand hielt, verließ sie der Mut. Sie warf den Zettel mit der Nummer in die Schublade und verschloss sie. Gleich darauf öffnete sie die Lade wieder und zog zum x-ten Mal die Zeitungsartikel heraus. Sie notierte den Namen des Reporter, der die Berichte geschrieben hatte und das Kürzel des Fotografen, von dem die Bilder stammten.

Die Zeitung existierte noch, wenn auch unter neuem Namen. Holly wählte die Nummer und ließ sich mit der Personalabteilung verbinden. Eine ältere Frauenstimme meldete sich schnarrend.

»Personalabteilung, Hecht.«

Holly sagte ihr Sprüchlein von der Journalistin auf, die für eine Geschichte über Findelkinder recherchiere. Sie sei auf der Suche nach Karl Gruber, der habe mal über einen Fall berichtet.

»Der Charlie, natürlich«, sagte Frau Hecht. »Eigentlich ist er im Ruhestand, aber hin und wieder schreibt er noch frei für uns.«

»Würden Sie mir seine Telefonnummer geben?«

»Ich glaube, er steht im Telefonbuch.«

Holly schlug den Namen Gruber nach und fand vier

Einträge mit dem Vornamen Karl. Ein Vergleich mit der Personalakte erbrachte die richtige Nummer.

Dann erkundigte Holly sich nach dem Fotografen. Frau Hecht musste überlegen, wer sich hinter dem Kürzel F. L. verbarg.

»Ach, natürlich, der Fritz, aber der ist schon tot«, sagte sie. »Nierenkrebs, vor zwei oder drei Jahren. Mein Gott, auch schon wieder so lange.«

Holly bedankte sich und legte die Nummer zu den anderen Papieren.

Sie fühlte sich schon besser, weil sie etwas unternommen hatte, um Licht in das Dunkel ihrer Herkunft zu bringen. Wann sie allerdings den Mut aufbringen würde, den nächsten Schritt zu wagen, wusste Holly nicht. Zu groß war ihre Angst, das, was sie herausfinden würde, könnte schlimmer sein als die Ungewissheit.

8

Die Wohnung von Max und Annika war ein Loft in der Innenstadt, nicht weit vom Bahnhof entfernt. Sie war groß und vergleichsweise billig, weil die Gegend zwischen Lagerhallen, Gemüsegroßhändlern und Elektronikgeschäften bei Wohnungssuchenden nicht sehr begehrt war. Den beiden war es egal, Max hatte es nicht weit zur Klinik, und Annika legte sowieso keinen großen Wert auf Äußerlichkeiten.

Entsprechend war der große Wohnraum eher spärlich möbliert. Ein langer Esstisch auf zwei Böcken bildete den Mittelpunkt, von ihm aus blickte man in eine offene Küche mit einer Theke. In der gegenüberliegenden Ecke stand eine Couchgarnitur aus schwarzem, schon etwas abgewetztem Leder. Die Attraktion war ein Billardtisch, den Max bei einer Kneipenauflösung ersteigert hatte. Ansonsten wirkte alles, als warteten sie auf den Möbelwagen.

»Ich weiß, warum die heiraten wollen«, sagte Timo, als sie zu viert die Treppe zum Dachgeschoss hochstiegen, »weil man dann so viele Sachen geschenkt kriegt.«

»Hör auf«, sagte Holly, die dem Druck ihrer Familie schließlich nachgegeben hatte und entsprechend gereizt war.

»Stimmt doch«, beharrte Timo. »Was glaubt ihr,

warum ich mich konfirmieren lasse? Weil ich so heilig bin?«

»Du kommst in die Hölle, wenn du so was sagst«, wies Lea ihn zurecht.

»Umso besser«, sagte Timo, »im Himmel ist es sicher stinklangweilig.«

»Benehmt euch jetzt«, knurrte Holly.

Die Tür stand offen, viele Gäste waren schon da. Ein junges Mädchen, offenbar eine Studentin, die für den Abend engagiert war, nahm ihnen die Mäntel ab und versorgte sie umständlich mit Getränken.

Auf der Küchentheke war ein Büfett aufgebaut, zusätzlich zum Esstisch waren einige Stehtische aufgestellt. Überall brannten Kerzen, leise Café-del-Mar-Musik erfüllte den Raum.

»Los«, sagte Timo und zog seine Schwester Richtung Billardtisch.

Holly beobachtete, wie sie Max und Annika in die Arme liefen. Die Begrüßung war herzlich, nichts deutete darauf hin, dass Max seine Nichte und seinen Neffen nicht hätte dabeihaben wollen. Die Gastgeber reckten suchend die Köpfe und kamen zu ihnen.

»Hallo, ihr zwei«, sagte Annika, die mit einem roséfarbenen Kostüm für ihre Verhältnisse geradezu elegant gekleidet war. Sie küsste erst Holly, dann Chris.

Max folgte ihrem Beispiel. Seine Umarmung war etwas steif, aber auch das war nichts Ungewöhnliches. Er sah Holly in die Augen und sagte: »Ich freue mich, dass du da bist, Schwesterherz.«

Sie schluckte. »Ich mich auch«, sagte sie gepresst, und

verschluckte das »Bruderherz«, das ihr sonst so leicht über die Lippen gegangen war.

»Das kommt ganz schön überraschend mit eurer Verlobung«, sagte Chris.

»Sie hat mich ja bisher abblitzen lassen«, behauptete Max.

»Drum prüfe, wer sich ewig bindet …«, zitierte Annika lächelnd.

»Halloho!«, erklang eine Stimme, und alle Köpfe wandten sich zur Tür. Margarete und ihre Freundin Lori waren eingetroffen. Beide Damen trugen Abendroben, die in der nüchternen Umgebung etwas overdressed wirkten. Loris knalltürkisfarbenes Kleid kontrastierte reizvoll zu ihrem kupferroten Haar, Margaretes malvenfarbener Zweiteiler aus schimmernder Seide war hochelegant.

Jetzt tauchte Felix im Türrahmen auf, der sich offenbar als Chauffeur betätigt hatte; zu Hollys Überraschung war er ohne weibliche Begleitung gekommen. Sie beobachtete, wie zur Begrüßung Umarmungen und Küsse ausgetauscht wurden und die Freude über das Wiedersehen allen ins Gesicht geschrieben war.

Diese Menschen waren keine Fremden, sie waren ihre Familie. Und doch spürte Holly eine Kluft zwischen ihnen und ihr, die unüberbrückbar schien. Es war nicht wie nach einem Streit, den man mit einem klärenden Gespräch oder einer Entschuldigung aus der Welt schaffen konnte. Etwas war für immer zerbrochen, und der Schmerz darüber zerriss Holly fast das Herz.

Margarete kam lächelnd auf sie zu und wollte auch sie umarmen, Holly klammerte sich an Chris fest. So wurde aus der Umarmung nur ein unbeholfener Kuss auf die Stirn und ein Schulterklopfen für Chris, begleitet von einem erfreuten: »Ihr seid ja doch da!«

»Hallo«, sagte Holly knapp.

»Ihr zwei seht großartig aus«, sagte Chris.

Margarete lachte. »Nicht schlecht für zwei alte Schrapnelle, was?« Sie sah sich suchend um. »Wo ist denn das zukünftige Brautpaar?«

»Da drüben.« Chris wies mit der Hand Richtung Küchentheke, wo Max mit dem Mädchen vom Service sprach und Annika letzte Hand ans Büfett legte.

»Schickst du die zwei auch nach Las Vegas?« Hollys Stimme klirrte.

Margaretes Kopf fuhr herum. »Was sagst du da?«

»Ich meine, nur wegen der Gerechtigkeit.«

»Wenn sie es sich wünschen.«

»Wir haben es uns damals nicht gewünscht«, sagte Holly.

»Ich verstehe deinen vorwurfsvollen Ton nicht«, sagte Margarete, »du weißt, dass die Situation es erfordert hat.«

Holly lachte auf. »Oh ja, ich weiß, dass die Situation es erfordert hat«, wiederholte sie.

Margarete sah verwirrt zu Chris. »Was hat sie?«

»Ich weiß nicht«, sagte er.

Margarete blickte fragend zu Holly.

»Ich habe nichts«, sagte Holly. »Gar nichts.«

Margarete zuckte die Schultern und ging zu Lori, die sich an einem Stehtisch unterhielt.

Immer mehr Freunde und Kollegen des Paares trafen ein, außerdem die Familie von Annika. Die Verlobten standen nebeneinander und begrüßten die Gäste. Max machte immer wieder scherzhafte Bemerkungen darüber, wie schwierig es gewesen sei, mit seinem Antrag zu landen, Annika zitierte ihre Mutter, die ihr eingeschärft habe, sich Männern gegenüber rar zu machen.

»Wenn du die Bewunderung vieler Männer gegen die Kritik eines einzelnen eintauschen willst, dann heirate, hat sie gesagt.« Sie lächelte verschmitzt. »Uns ist natürlich klar, dass eine Eheschließung der Gründung einer Gesellschaft für Konfliktforschung relativ nahe kommt und obendrein den Versuch darstellt, zu zweit die Probleme zu lösen, die man ohne den anderen gar nicht hätte.«

»Aber die Ehe ist und bleibt der Sieg der Hoffnung über die Erfahrung«, nahm Max den Faden auf, »wobei man sich schon fragen muss, ob man einer Frau vertrauen kann, die einen selbst zum Mann nimmt? Wir alle wissen: Die meisten Ehen scheitern an den Verhältnissen. Aber man muss fair sein: Es sind auch schon sehr schöne Verhältnisse an der Ehe gescheitert!«

Annika knuffte ihn scherzhaft. »Weißt du eigentlich, wann ein Mann richtig verheiratet ist?«

Max verneinte.

»Wenn er jedes Wort versteht, das seine Frau nicht gesagt hat.«

»Ich werde mich bemühen«, sagte Max lächelnd. »Und zumindest weiß ich, wann eine Ehe glücklich ist: wenn man lieber heimkommt als fortzugehen. Und das ist bei mir heute schon der Fall!«

Er küsste Annika. Die Gäste applaudierten.

»Die Ehe ist wie eine Hühnerleiter«, erklang plötzlich Timos blecherne Stimme, »lang und beschissen.«

Alle lachten, Holly verdrehte die Augen.

Das zukünftige Brautpaar erhob seine Gläser, die Gäste taten es ihm nach und tranken auf sein Wohl.

Max stellte sein Glas ab und griff in die Tasche. »Liebe Annika, als Zeichen meiner Liebe und meiner durchaus ernsthaften Absichten möchte ich dir das hier überreichen.«

Er zog ein schwarzes Samtkästchen hervor, ließ den Deckel aufspringen und reichte es seiner Zukünftigen. Annika nahm einen Ring heraus, betrachtete ihn verzückt und streifte ihn über. Sie hielt die Hand nach oben, damit alle ihn sehen konnten. Er war aus mattem Gold mit einem blitzenden Diamanten in einer runden Fassung.

Erwartungsgemäß ertönten begeisterte Ah- und Oh-Rufe, dann wurde wieder geklatscht, gelacht und immer lauter geredet.

Holly war zum Heulen zumute. Es war alles genau, wie es sein sollte. Alle freuten sich und waren glücklich. Nur sie fühlte sich fehl am Platz, sie gehörte nicht dazu, war wie durch eine gläserne Wand von den anderen getrennt.

Sie griff nach einem zweiten Glas Sekt und kippte es in einem Zug.

»Sei vorsichtig«, flüsterte Chris, der wusste, dass sie Sekt ganz schlecht vertrug.

Dann sprach Annikas Vater. Holly kannte ihn von diversen Familienfesten, er war ein konservativer, aber netter Mann, der sehr an seiner einzigen Tochter hing.

Er sagte, wie froh er über die Wahl von Annika sei und dass er Max als zukünftigen Schwiegersohn herzlich willkommen heiße.

»Wie sagt man so schön? Man heiratet immer eine ganze Familie. Und ich bin sicher, dass meine Tochter in eine wunderbare Familie hineinheiratet! Da ist Margarete, die so gar nicht dem Bild der bösen Schwiegermutter entspricht, vor der man sich als Braut fürchten muss. Felix, der Schwager in spe, der jede Küchenmaschine besorgen kann, die man in einem jungen Hausstand benötigt. Und Holly, eine Schwägerin, wie man sich keine bessere wünschen kann, mit reichlich Eheerfahrung, die sie bei Bedarf sicher gern weitergibt.«

Holly nahm sich ein drittes Glas Sekt. Die Lichter im Raum begannen zu tanzen.

»Ich wünsche euch von Herzen alles Gute und freue mich schon auf die Hochzeit!«

Annikas Vater umarmte Max und küsste seine Tochter. Alle applaudierten gerührt.

Nun war Margarete dran.

Sie sagte, angeblich glaubten ja alle Mütter, keine Frau der Welt könne gut genug sein für den eigenen Sohn. Annika aber sei genau die Frau, die sie sich für Max gewünscht habe. Sie sei klug, humorvoll und eigenwillig, eine Kombination, die nicht unbedingt eine unkomplizierte, aber auf jeden Fall eine interessante Ehe verspreche. Und sie, Margarete, sei immer dafür gewesen, die Männer zu fordern.

Dann wurde sie ernst. »Ich bin heute sehr glücklich, aber auch ein bisschen traurig, dass Klaus, mein geliebter Mann, diesen Moment nicht miterleben kann. Ich bin sicher, er hätte Annika ins Herz geschlossen und sie in unsere Familie aufgenommen wie eine Tochter.«

Holly setzte das vierte Glas ab. »Wie er es mit mir getan hat?«, sagte sie in die Stille hinein.

Alle Köpfe wandten sich ihr zu. Margarete erstarrte.

»Was ... willst du damit sagen?«, durchbrach Max das Schweigen.

Holly war leicht schwindelig. Sie hielt sich an einem Stehtisch fest und drehte sich in seine Richtung.

»Ist dir nie aufgefallen, dass es kein einziges Bild von Mutter gibt, auf dem sie mit mir schwanger ist? Hast du dich nie gefragt, warum ich so musikalisch bin, wo doch keiner in der Familie auch nur Blockflöte spielen kann? Immerhin hast du bemerkt, dass ich Mutter nicht ähnlich sehe. Und auch sonst niemandem von euch.«

Margarete war leichenblass geworden.

Felix sah sie fassungslos an. »Spinnst du? Oder soll das ein Witz sein?«

Holly lachte auf. »Ein Witz, genau. Es ist wohl ein Witz, wenn man seiner Tochter achtunddreißig Jahre lang die Hucke volllügt. Wenn man sie zum Heiraten nach Amerika schickt, damit sie ihre Geburtsurkunde nicht zu Gesicht bekommt. Wenn man ihr weismacht, die fehlende Familienähnlichkeit sei ein Zufall.«

»Aber warum soll Mutter das alles gemacht haben?«, fragte Felix.

»Frag sie«, sagte Holly.

Felix sah seine Mutter an. Margarete hatte sich wieder gefasst.

»Es ist wohl nicht der Moment ...«, begann sie, aber Max unterbrach sie. »Warum nicht? Unsere Feier habt ihr schon ruiniert. Nun soll Annika wenigstens erfahren, in was für eine Familie sie wirklich hineinheiratet.«

Sein bitterer Ton traf Holly ins Herz. Sie war schuld. Sie hatte alles versaut.

»Es tut mir so leid«, sagte sie und schlug die Hände vors Gesicht, »ich weiß nicht, was in mich gefahren ist. Ich wollte das nicht ...«

»Zu spät«, sagte Max. »Und jetzt möchte ich endlich wissen, was das Ganze zu bedeuten hat.«

Holly holte tief Luft und sagte mit fast hysterisch hoher Stimme: »Margarete ist nicht meine Mutter, ihr seid nicht meine Brüder. Ich bin mit keinem von euch verwandt, Margarete und Klaus haben mich adoptiert. Und diese lächerliche Kleinigkeit, dieser völlig unbedeutende Tatbestand wurde mir zeit meines Lebens verschwiegen.«

Margarete brach in Tränen aus und lief aus dem Loft, gefolgt von Lori und Felix. Lea begann zu weinen und klammerte sich an Chris, Timo ließ den Billardstock auf den Boden fallen. Allgemeines, aufgeregtes Murmeln hob an.

Ausgerechnet Annika war es, die zu Holly ging und sie in den Arm nahm. In diesem Moment brach der letzte Rest von Hollys Selbstbeherrschung zusammen, und sie begann haltlos zu weinen.

Annika führte sie ins Schlafzimmer, wo sie sich zwischen Stapeln von Mänteln aufs Bett setzten.

»Das wird Max mir nie verzeihen und du auch nicht«, schluchzte Holly, das Gesicht in den Händen vergraben.

»Ach, Quatsch«, sagte Annika. »Mir war's sowieso zu viel Gesülze. Wenn ich nur meinen Vater höre …«

»Aber es war doch sehr schön, was er gesagt hat!«

»Klar, im Reden war er immer gut. Aber wenn man wirklich seine Hilfe braucht, kann man lange warten.«

Erstaunt sah Holly zu ihr auf.

»Weißt du was? Im Grunde bin ich dir dankbar«, sagte Annika.

»Dankbar? Wofür denn?«

»Dass du mir gezeigt hast, dass eure Familie nicht so perfekt ist, wie ich immer dachte. Ich hatte Angst, nicht gut genug für euch zu sein, deshalb habe ich so lange gezögert.«

Holly sah sie fassungslos an. »Nicht gut genug?«

»Ja, diese tolle, unkonventionelle Mutter, die sich so fantastisch mit ihren Kindern versteht, die Geschwister, die sich alle lieben, da war gar kein Platz für mich. Und vor dir hatte ich immer einen Heidenrespekt.«

Holly lachte sarkastisch. »Ausgerechnet vor mir, wieso denn?«

»Du bist mir von Max als leuchtendes Beispiel hingestellt worden. Holly, die erfolgreiche Journalistin und Autorin, die eine super Ehe führt und zwei tolle Kinder hat …« Sie schluckte und sagte leise: »Ich wusste, das würde ich nie schaffen.«

Holly schwieg. Dann fragte sie zögernd: »Bist du … ich meine, weißt du es sicher?«

»Ganz sicher. Ich hatte zwei Eileiterschwangerschaften, beide Eileiter mussten entfernt werden.«

Holly umarmte sie. »Du ahnst nicht, wie leid mir das tut.«

»Schon gut«, sagte Annika beherrscht. »Ich bin fast darüber weg. Wir denken über eine Adoption nach.« Sie schlug sich die Hand vor den Mund. »Oh, entschuldige.«

»Das ist doch eine gute Idee«, sagte Holly, »ich habe kein Problem mit Adoptionen. Versprich mir nur, dass du deine Kinder nicht belügst. Das ist es, was man nicht verzeihen kann, glaube ich.«

»Ich verspreche es«, sagte Annika und sah ihr ernst in die Augen.

Es klopfte leise, Chris trat ein.

Annika stand auf. »Dann gehe ich mal wieder zu den Gästen«, sagte sie lächelnd. »Mach dir keinen Kopf, Holly. Für mich bist und bleibst du die beste Schwägerin, die ich mir wünschen kann.«

Holly lächelte sie dankbar an.

Chris setzte sich zu ihr. »Alles okay?«

»Geht schon. Hat Lea sich wieder beruhigt?«

»Alles in Ordnung. Sie hat gedacht, Adoption sei erblich, und sie wäre auch adoptiert.«

Holly lächelte, gleichzeitig kamen ihr wieder die Tränen. »Ich hätte wohl nicht so viel Sekt trinken sollen.«

»Du wolltest nicht hören.«

»Ich traue mich nicht mehr raus«, sagte Holly.

»Dann musst du wohl hier drin bleiben.«

Sie vergrub den Kopf in den Händen. »Ich verdammter Vollidiot, warum habe ich nicht einfach die Klappe gehalten?«

Chris zuckte die Schultern. »Weil die Wahrheit die Neigung hat, ans Licht zu kommen. Früher oder später.«

Sie blieben schweigend nebeneinander sitzen, Holly lehnte ihren Kopf an Chris' Schulter. Sie liebte ihn dafür, dass er ihr keine Vorwürfe machte, sie nicht mit Fragen quälte. Er hätte alles Recht dazu gehabt. Warum hatte sie sich ihm nicht anvertraut? Warum hatte sie gewartet, bis sie mit ihrer Eröffnung den größtmöglichen Scherbenhaufen hatte anrichten können?

Noch immer waren aus dem Wohnraum Stimmen und Musik zu hören, zumindest ein paar der Gäste hatten sich durch den Eklat nicht vertreiben lassen. Holly überlegte, wie sie es schaffen könnte, unbemerkt vom Schlafzimmer bis zur Wohnungstür zu kommen, aber das war unmöglich. Sie würde den ganzen Raum durchqueren müssen, jeder würde sie sehen. Also blieb sie sitzen.

Plötzlich flog die Tür auf, und Felix stand im Zimmer. Holly hob den Kopf von Chris' Schulter.

»Was hast du dir bloß dabei gedacht?«, sagte er und funkelte sie wütend an. »Willst du Mutter umbringen?«

»Sie ist nicht meine Mutter«, sagte Holly trotzig.

»Das haben wir inzwischen alle begriffen! Trotzdem hat sie ein schwaches Herz, und eine solche Aufregung kann ihr Ende bedeuten.«

Holly erschrak. Dann fiel ihr ein, dass Margarete durchaus kein schwaches Herz hatte.

»Seit wann verursacht Aufregung Thrombosen?«, fragte sie kühl. »Du willst mir nur Schuldgefühle machen.«

»Schlimm genug, wenn du keine hast! Ist das der Dank für alles, was Mutter für dich getan hat?«

Holly starrte ihn an. »Kinder sind nicht zur Dankbarkeit verpflichtet! Sogar Mutter sagt das!«

Felix schnaubte. »Jetzt bist du plötzlich wieder ihr Kind, ja? Immer so, wie's dir gerade in den Kram passt. Hauptsache, alles dreht sich um dich!«

Holly war so überrumpelt von Felix' ungewohnter Heftigkeit, dass sie schwieg. Chris stand auf, ging zu Felix, der immer noch in der Tür stand, und legte ihm beruhigend die Hand auf die Schulter.

»Hör zu«, sagte er, »ihr seid beide aufgeregt. Wollen wir nicht warten, bis alle sich beruhigt haben, und dann in Ruhe darüber sprechen?«

»Ich muss über gar nichts sprechen«, knurrte Felix, »das ist Hollys Problem.«

Einen Moment herrschte Schweigen, dann fragte Holly: »Wie geht's ... Mutter?«

»Sie ist zu Hause, Lori ist bei ihr. Ich hau jetzt auch ab.«

Er schenkte ihr keinen Blick mehr und ging.

9

Holly hielt den Zettel mit der Telefonnummer von Schwester Hanne in der Hand. Sie hatte es schon mehrfach versucht, bisher aber niemanden erreicht. Vermutlich galt die Nummer längst nicht mehr – wer behält schon achtunddreißig Jahre lang dieselbe Telefonnummer?

Sie rief Herrn Severin an und erkundigte sich, ob er wisse, von wann die Nummer sei. Diesmal kam die Antwort prompt: Die Nummer sei ungefähr fünf Jahre alt, damals hätte Frau Müller im Krankenhaus angerufen und sich nach einer früheren Kollegin erkundigt. Holly bedankte sich. Dann rief sie die Auskunft an und fragte nach der Faxnummer. Die Nummern waren identisch.

Holly schrieb einen kurzen Brief mit der Bitte um ein Treffen.

Am nächsten Tag kam die Antwort. »Freue mich, dich zu sehen.« Es folgten eine unleserliche Unterschrift und eine Adresse. Holly wunderte sich über die vertrauliche Anrede. Aber vielleicht kann man jemanden, den man als Neugeborenes im Arm gehalten hat, nicht siezen.

Sie schrieb auf das Blatt: »Passt Ihnen morgen um 14 Uhr?«, und faxte es durch. Wenig später kam es mit einem lapidaren »okay« zurück. Wieder wunderte sich

Holly. Für eine ältere Dame war Hanne Müller offenbar eher unkonventionell.

Sie legte das Fax in die Schublade und stand vom Schreibtisch auf. Mit klopfendem Herzen ging sie im Zimmer auf und ab. Jetzt hatte sie also den ersten Schritt in die Vergangenheit gewagt.

Beim Abendessen, das ausnahmsweise ohne Insa stattfand, war Holly so geistesabwesend wie meist in den letzten drei Tagen. Gelegentlich bemerkte sie die irritierten Blicke der Kinder, wenn sie wieder nicht zugehört hatte. Sie konnte nichts dafür, ihre Gedanken schweiften einfach ab.

»Hallo! Mama!«, rief Timo plötzlich mit erhobener Stimme und winkte ihr zu, als müsse er sich über große Distanz bemerkbar machen.

»Ja?«

»Ich habe eine Fünf in Mathe.«

»Ist ja prima«, sagte Holly.

Die Kinder sahen sich perplex an.

»Das meint sie ironisch«, vermutete Lea. »Stimmt's, Mama?«

»Was?« Holly sah ihre Tochter an, als sähe sie sie zum ersten Mal.

Timo tauschte einen Blick mit seinem Vater und machte mit der Hand eine Scheibenwischerbewegung vor dem Gesicht. Chris musterte Holly besorgt.

Nach dem Essen, als die Kinder abgeräumt hatten und aus der Küche stürmten, fasste er sie an der Schulter.

»So geht das nicht weiter, Holly!«

»Tut mir leid. Ich … ich treffe morgen jemanden.«

»Schön für dich. Verrätst du mir, wen?«

»Die Säuglingsschwester, die mich damals gefunden hat. Zumindest vermute ich, dass sie es war. Sie ist auf dem Zeitungsfoto.«

»Welchem Zeitungsfoto?«

Holly wurde klar, dass sie Chris nichts von all dem erzählt hatte, was sie bisher herausgefunden hatte. Merkwürdigerweise hatte er auch nicht gefragt. Seit dem Abend bei Max und Annika, der drei Tage zurücklag, hatten sie nicht mehr ernsthaft miteinander gesprochen.

Einerseits war sie froh gewesen, dass Chris sie mit ihren Gedanken in Ruhe gelassen hatte, andererseits hatte sie sein offenkundiges Desinteresse auch gekränkt. Er musste doch neugierig sein und wissen wollen, wie sie das alles erfahren hatte und wie es ihr jetzt ging. Warum verhielt er sich, als sei es das Normalste der Welt, ausgesetzt und adoptiert worden zu sein, ohne etwas davon zu ahnen? Oder war auch er verunsichert? War sie jetzt eine andere für ihn?

Holly erzählte Chris von dem Ordner mit ihrem Namen und dem braunen Umschlag. Sie zog ihn in ihr Arbeitszimmer, öffnete die Schublade und nahm alles heraus, was darin lag. Chris las die Artikel und die Urkunden, nahm den Skarabäus in die Hand und ließ die zarte Goldkette durch seine Finger gleiten.

»Warum ausgerechnet ein Skarabäus?«, fragte er.

»Ist ein Glücksbringer«, sagte Holly.

Er zeigte auf die Gegenstände aus der Schublade. »Das ist alles, was du hast?«

Sie nickte.

»Und was hast du jetzt vor?«

»Ich suche meine Eltern«, sagte Holly und erschrak über ihre eigenen Worte. So klar hatte sie es noch nie formuliert, so genau hatte sie es bisher selbst nicht gewusst.

Chris nickte nachdenklich. »Solltest du nicht vorher mit deiner Mutter … ich meine, mit Margarete sprechen?«

»Ich will sie nicht sehen«, sagte Holly trotzig wie ein Kind.

Chris packte sie bei den Schultern und sah ihr ins Gesicht. »Das kannst du nicht machen«, sagte er, »du hast sie tief verletzt. Du musst mit ihr sprechen!«

»Heißt das, du bist auf ihrer Seite?«

»Es gibt nicht deine und ihre Seite. Sie ist deine Mutter, auch wenn sie dich nicht geboren hat.«

»Ich kann nicht«, sagte Holly und presste die Lippen zusammen. »Sie hat mein Vertrauen derartig missbraucht. Ich kann das nicht verzeihen! Niemals!«

Chris zog sie an sich. »Holly, sei vernünftig. Sie hatte doch Gründe dafür. Sie wollte dich schützen.«

»Alle hatten irgendwelche Gründe«, sagte Holly heftig. »Ich möchte nicht wissen, wer noch alles Bescheid wusste. Ihre Freunde, unsere Nachbarn, meine Kindergärtnerin, vielleicht meine Lehrer in der Grundschule, keine Ahnung, wie viele Menschen mich belogen haben. Dieser Gedanke ist unerträglich, begreifst du das nicht?«

Chris holte tief Luft. »Sprich mit ihr«, wiederholte er eindringlich, »sie wartet darauf.«

»Woher weißt du das?«

»Als ich gemerkt habe, dass du es nicht tust, habe ich sie angerufen.«

»Wie kommst du dazu«, fuhr Holly ihn an, »ich will nicht, dass du dich einmischst!«

Chris antwortete nicht. Er ging zur Tür und sagte beim Rausgehen: »Du kannst dich vor vielem drücken, Holly, davor nicht.«

»Ach, lass mich doch in Ruhe!«, rief sie ihm wütend nach.

Holly fuhr durch eine ruhige Nebenstraße und hielt nach der Hausnummer 28 Ausschau. Vor einem kleinen, gelb gestrichenen Häuschen hielt sie an und stieg aus. Sie drückte auf den Klingelknopf und wartete. Die Tür wurde geöffnet. Vor ihr stand Lori, Margaretes Freundin.

»Du …«, sagte Holly überrascht, »was machst du denn hier?!«

Lori lächelte. »Ich wohne hier.«

Verwirrt sah Holly auf den Zettel in ihrer Hand. »Wohnt hier nicht Hanne Müller?«

»Doch«, sagte Lori. »Komm rein, ich erklär dir alles.«

Sie nahm Holly bei der Hand und führte sie ins Wohnzimmer. Dort bot sie ihr einen Platz auf der Couch an, sie selbst setzte sich auf einen ergonomisch geformten Hocker. Auf einem Beistelltisch stand eine Teekanne auf einem Stövchen, daneben eine Schale mit gesund aussehenden Keksen, vermutlich aus dem Reformhaus.

»Es ist ganz einfach«, erklärte Lori und schenkte Tee ein. »Ich heiße eigentlich Hannelore. Im Krankenhaus wurde ich Schwester Hanne genannt.«

Holly starrte sie an. Das war Schwester Hanne? Die Frau, die sie seit Jahren als eine alte Freundin von Margarete kannte, die lange im Ausland gelebt hatte und nach dem Tod ihres Mannes in ihre Heimatstadt zurückgekehrt war?

Die Gedanken in ihrem Kopf wirbelten durcheinander. Wie war es möglich, dass alle Welt über ihre Herkunft Bescheid wusste, nur sie nicht? Hatten vielleicht sogar Max und Felix gewusst, dass sie nicht zu ihnen gehörte?

Holly zwang sich zur Ruhe. Sie würde alles in Erfahrung bringen, eines nach dem anderen.

»Und … wieso heißt du jetzt Lori?«

»Du weißt doch, dass ich mit Freddy in Kanada gelebt habe. Es gefiel mir nicht, wie sie dort meinen Namen aussprachen, es klang wie ›Hänni‹. Ich ließ mich Lore nennen, natürlich wurde ›Lori‹ daraus, aber das mochte ich lieber. Nach meiner Rückkehr blieb ich dabei und nahm wieder meinen Mädchennamen an. Freddy hatte indianische Vorfahren, er hieß Chapawadacki. Ich hatte keine Lust, den Rest meines Lebens diesen Namen zu buchstabieren.«

Holly hatte sich nie besonders für Loris Lebensgeschichte interessiert. Sie musste Deutschland verlassen haben, als Holly noch klein gewesen war, jedenfalls hatte sie aus dieser Zeit keine Erinnerung mehr an sie. Vor sieben oder acht Jahren war sie wieder aufgetaucht, und Margarete hatte sich sehr gefreut, ihre alte

Freundin in der Nähe zu haben. Die beiden unternahmen viel miteinander, manchmal traf Lori auch mit Holly und ihren Brüdern zusammen – wie bei der Verlobungsfeier. Das Wenige, was die Geschwister über Lori wussten, hatte Margarete ihnen erzählt. Unter anderem, dass Lori all die Jahre in Kanada in Wohnmobilen und primitiven Holzhütten gelebt hatte, weil Freddy als Waldarbeiter wenig verdiente. Dass sie keine Kinder hatten, weil sie ständig umgezogen und nie länger an einem Ort gewesen waren. Dass Freddy eines Morgens aus der Dusche gekommen und tot umgefallen war, worauf Lori alles verkauft hatte und nach Deutschland zurückgekehrt war.

In Hollys Augen war immer ein Hauch von Tragik um Lori gewesen, aber sie hatte sich nie näher mit ihr beschäftigt. In erster Linie hatte sie sich gefreut, dass Margarete nicht mehr so einsam war.

Die Vorstellung, dass nicht nur ihre Mutter sie belogen hatte, sondern auch Lori Teil des Komplotts war, nahm ihr plötzlich fast die Luft zum Atmen.

»Warum … habt ihr mir nichts gesagt?«, fragte sie leise.

Lori setzte sich aufrecht hin. »Du musst wissen«, sagte sie, »ich habe es immer für einen Fehler gehalten. Ich an Margaretes Stelle hätte es getan. Aber sie hat sich mit Händen und Füßen dagegen gewehrt.«

»Warum hast du es mir nicht gesagt?«

Lori wiegte den Kopf. »Dazu hatte ich kein Recht.«

»Aber mich zu belügen, dazu hattest du ein Recht? Und Margarete, welches Recht hatte sie?« Holly war laut geworden, ihre Augen blitzten.

»Du musst versuchen, sie zu verstehen«, sagte Lori sanft. »Sie hat es gut gemeint, wirklich. Sie hat nie, auch nur eine Sekunde lang, geglaubt, dass sie etwas Falsches tut. Sie wollte, dass du dich genauso geliebt fühlst wie deine Brüder.«

Holly war in sich zusammengesunken. »Gute Absichten nutzen mir nichts«, sagte sie. »Seit ich es erfahren habe, ist mein Leben ein einziges Chaos. Ich fühle mich, als sei ich in einen Abgrund gestürzt, ich falle und falle, und es hört nicht mehr auf.«

Sie begann zu weinen. Lori stand von ihrem Hocker auf, setzte sich neben sie, legte einen Arm um ihre Schultern und streichelte sie. Holly beruhigte sich nur langsam, dann rückte sie ein Stück zur Seite, um Lori ansehen zu können.

»Erzähl mir, wie du mich gefunden hast. Du hast mich doch gefunden, oder?«

Lori nickte und begann langsam, in ihrer Erinnerung suchend, zu sprechen.

»Ich hatte Frühschicht und kam ... gegen sieben am Krankenhaus an. Als ich die Treppe zum Eingang hochging, hörte ich ein Wimmern. Ich dachte zuerst an ein Kätzchen oder so und sah in den Büschen neben der Treppe nach, aber da war nichts. Als ich reinging, wurde das Wimmern stärker. Der Empfang war nicht besetzt, auch sonst war niemand da. Hinter einem der Pflanzkübel, bei der Sitzecke, lag etwas auf dem Boden. Ich trat näher, bückte mich und sah, dass es ein Stoffbündel war, das sich bewegte. Ich bekam einen Riesenschreck, als ich feststellte, dass es ein Neugeborenes war, einfach nur in ein Handtuch eingewickelt auf einem Kissen. Ach ja, ein Zettel lag daneben.«

»Bitte kümmert euch um mein Baby. Es tut mir leid«, zitierte Holly.

Lori nickte. »In diesem Moment kam die Empfangsschwester zurück. Sie war nur ein paar Minuten auf der Toilette gewesen. In dieser Zeit musste das Baby abgelegt worden sein.«

»Das Baby«, wiederholte Holly.

»Du«, sagte Lori. In einer plötzlichen Aufwallung umarmte sie Holly. »Das alles muss furchtbar für dich sein«, sagte sie. »Ich kann mir vorstellen, wie du dich fühlst.«

»Kannst du nicht«, sagte Holly. »Aber wenn das Kind ... ich meine, ich ... gerade abgelegt worden war, dann hättest du doch jemanden sehen müssen?«

Lori seufzte. »Was glaubst du, wie oft ich das gefragt worden bin. Die Polizei, der Krankenhausdirektor, die Kollegen, alle haben mich gefragt. Ich habe mir das Gehirn zermartert, aber ich konnte mich an niemanden erinnern. Später an diesem Tag, es muss um die Mittagszeit gewesen sein, habe ich dann einen jungen Mann beobachtet, der sich vor dem Krankenhaus herumgedrückt hat. Ich habe dem zunächst keine Bedeutung beigemessen, gleich neben dem Eingang ist ja eine Bushaltestelle. Doch der Bus kam, Fahrgäste stiegen ein und aus, und der junge Mann war immer noch da. Ganz plötzlich hatte ich die Idee, er könnte etwas mit dem Findelkind zu tun haben. Ich rannte hinaus und auf den Mann zu, aber da drehte er sich um und ging weg. Wahrscheinlich war es ja sowieso nur ein Zufall.«

»Weißt du noch, wie er aussah?«, fragte Holly.

Lori überlegte. »Irgendwie südländisch«, sagte sie. »An mehr erinnere ich mich nicht.«

Holly schwieg und blickte auf ihre Hände, die verkrampft in ihrem Schoß lagen.

»Du musst mit Margarete sprechen«, sagte Lori, als die Pause zu lang zu werden drohte.

»Ich weiß«, sagte Holly. »Aber ich kann nicht.«

»Tu es bald«, sagte Lori, »du quälst sie sonst unnötig.«

Holly wusste, dass sie Mitleid haben sollte, aber sie fühlte nichts als kalten Zorn Margarete gegenüber.

»Kanntet ihr euch damals denn schon?«, fragte sie weiter.

»Wir haben uns durch dich kennengelernt«, erwiderte Lori lächelnd. »Du warst ja schnell eine Berühmtheit. Deine Eltern waren die Ersten, die dich aufnehmen wollten. Sie waren bei den Behörden ja schon länger für eine Adoption vorgemerkt.«

»Warum wollten sie unbedingt ein Kind adoptieren«, sagte Holly verständnislos, »sie konnten doch eigene Kinder haben?«

»Da musst du Margarete selbst fragen.« Lori stand auf und ging aus dem Zimmer. Wenig später kam sie mit einem hellblauen Kissen in der Hand zurück.

»Hier, darauf hast du gelegen. Das Handtuch habe ich nicht mehr, das hat die Polizei einkassiert.«

Zögernd griff Holly nach dem Kissen. Es fühlte sich weich an, der Bezug aus Baumwolldamast war in sich gemustert und von guter Qualität.

»Das hast du all die Jahre aufgehoben?«

Lori nickte.

»Aber warum?«

»Weil ich wusste, dass du eines Tages kommen würdest.«

Holly knetet das Kissen zwischen den Händen, ohne es zu merken.

»Danke«, sagte sie.

Kaum war sie zu Hause, rief Karin an. Holly hatte überhaupt keinen Kopf für die Eheprobleme ihrer Freundin und wollte das Gespräch am liebsten sofort beenden, aber Karin ließ ihr keine Chance.

»Stell dir vor, *sie* hatte die Idee mit der Wohnung«, sagte sie aufgeregt. »Ulf hat gesagt, er sei sich gar nicht sicher, ob er das überhaupt wolle. Das ist doch ein gutes Zeichen, findest du nicht?«

»Nein«, sagte Holly, »das ist nur ein Zeichen dafür, dass er zweigleisig fährt: die Ehefrau fürs Hemdenbügeln und für den Spaß die Geliebte!«

Eine Sekunde blieb es still. Dann sagte Karin: »Du bist gemein. Immerhin hat er mich gefragt, ob ich zur Hauptversammlung nach Berlin kommen will. Was sagst du jetzt?«

Holly dachte kurz nach. Dann sagte sie: »Ich an deiner Stelle würde nicht hinfahren.«

»Was? Natürlich fahre ich hin!«

»Wofür«, fragte Holly, »um aller Welt zu demonstrieren, dass es dich noch gibt?«

»Du hast es erfasst.«

Holly verdrehte die Augen. »Das ist doch genau, was er will! Damit erspart er sich die Peinlichkeit, erklären zu müssen, warum seine Frau, die sonst jedes Jahr dabei war, dieses Jahr nicht da ist! Diesen Gefallen würde ich ihm doch nicht tun.«

Karin seufzte auf. »Du siehst immer alles strategisch. Ich liebe diesen Mann und ich werde alles versuchen, ihn zurückzukriegen.«

»Tu, was du nicht lassen kannst.«

»Was soll ich sonst machen«, fragte Karin, »ihn vor die Wahl stellen? Sie oder ich?«

»Falscher Zeitpunkt«, konstatierte Holly. »Derzeit stehen die Chancen gut, dass er sich für seine Geliebte entscheidet. Warte damit, bis der erste Hormonrausch verflogen ist. Dann malst du ihm in schillernden Farben aus, wie seine Geliebte Druck machen wird, weil sie heiraten und Kinder haben will, wie erfüllend so eine späte Vaterschaft ist und wie viel Spaß es machen wird, zwei Familien mit zusammen fünf oder sechs oder noch mehr Kindern zu finanzieren.«

Karin kicherte. »So habe ich das noch gar nicht gesehen.«

»Und in der Zwischenzeit«, fuhr Holly fort, »machst du dir eine nette Zeit, gehst so oft wie möglich aus und lässt ihn im Unklaren darüber, wo du bist und was du machst. Und vor allem mit wem.«

»Klingt das anstrengend!«, seufzte Karin. »Dabei will ich doch nur mein ganz normales Familienleben zurück. Spaghetti essen, Mühle spielen, fernsehen, Ende.«

»Deine Kinder brauchen dich immer weniger, bald musst du sowieso irgendwas anderes machen«, sagte Holly. »Ich an deiner Stelle würde mir einen Job suchen!«

»In meinem Alter?«

»Wenn du wirklich willst, dann findest du auch was. Du musst nicht mal Geld verdienen, du könntest auch was Ehrenamtliches machen.«

»Ich bin gern Hausfrau und Mutter«, sagte Karin gereizt. »Warum soll ich mir um jeden Preis eine Beschäftigung suchen?«

»Weil du gerade erlebst, wohin es führt, wenn man komplett von einem Mann abhängig ist.«

Karin schnaubte. »Du glaubst also, Ulf würde mich nicht betrügen, wenn ich einen Job hätte?«

»Das vielleicht nicht, aber du könntest wenigstens gehen. So musst du abwarten, wie er sich entscheidet, und hoffen, dass er dich bei den Unterhaltszahlungen nicht bescheißt. Ich empfände das als demütigend.«

»Ich leiste eine Menge und halte Ulf den Rücken für seine Karriere frei, warum soll ich nicht von seinem Einkommen profitieren?«

Holly seufzte resigniert. »Es hat keinen Sinn, Karin. Was das angeht, ticken wir einfach unterschiedlich.«

Karin schwieg eine Weile, dann sagte sie leise: »Du denkst, ich hab das alles verdient, stimmt's?«

»Nein, tu ich nicht. Aber Männer wie Ulf sind Machtmenschen. Man muss ihnen Herausforderungen bieten.«

»Und ich bin nur eine langweilige Hausfrau und Mutter, das willst du doch damit sagen. Ich dachte eben, es ist eine tolle Leistung, vier Kinder zu lebenstüchtigen Menschen zu erziehen und einem Mann ein Heim zu geben, in dem er sich wohlfühlen und Kraft tanken kann. Aber offenbar ist das heutzutage alles nichts mehr wert.«

»Karin, wir leben nicht mehr im neunzehnten Jahrhundert«, sagte Holly, die langsam ungeduldig wurde. »Natürlich ist das eine tolle Leistung, aber du darfst dahinter nicht völlig verschwinden. Was machst du, wenn der Mann geht, wenn die Kinder gehen? Dann muss doch irgendetwas von dir übrig bleiben!«

Karin seufzte. »Du hast ja recht. Es ist nur so furchtbar, wenn dein Leben vor deinen Augen zerbröselt wie trockener Biskuit.«

»Frag mich mal«, sagte Holly bitter.

»Was meinst du?«, fragte Karin, hellhörig geworden.

»Nichts, alles in Ordnung«, gab Holly schnell zurück. »Ich meine nur die ganzen Ehegeschichten, die ich für mein Buch recherchiert habe. Alles trockener Biskuit.«

Holly setzte sich an den Computer und begann zu arbeiten. Schon nach kurzer Zeit gab sie es auf, speicherte ihren Text ab und ging ins Internet. Sie surfte herum und suchte nach Informationen zum Thema Ehe.

Verheiratete leben gesünder. Eine gute Ehe verschafft den Partnern ein subjektives Wohlgefühl, das einem Jahresgehalt von hunderttausend Euro entspricht. Ehen, in denen die Partner sich mit Kosenamen ansprechen, sind haltbarer als andere. Ehen ohne Kinder sind glücklicher als Ehen mit Kindern.

Was? Holly überlegte. Das konnte nicht sein, das widersprach allen anderen Umfrageergebnissen, die sie kannte. Vermutlich war es ein Interpretationsfehler beim Auswerten der statistischen Ergebnissen. Viele in Wahrheit längst zerrüttete Ehen wurden ja wegen der Kinder aufrechterhalten. Die kinderlosen Ehen, die in dieser Studie berücksichtigt worden waren, hatten aber gehalten, *obwohl* keine Kinder da waren – natürlich konnte man die dann als glücklich bezeichnen. Das ließ aber nicht den Umkehrschluss zu, dass alle kinderlosen Ehen glücklicher waren als die, in denen es Kinder gab.

Holly las weiter. Das verflixte Jahr ist nicht das siebte, sondern das vierte. Wenn man das übersteht, hat die Ehe gute Chancen, zu halten. Eine zweite Krisenphase gibt es allerdings, wenn die Kinder flügge werden und die Partner sich wieder stärker aufeinander besinnen müssen. Da stellen wohl viele fest, dass sie nicht mehr allzu viel miteinander verbindet.

Holly seufzte. Die Entwicklungen waren so absehbar, die Muster so ähnlich, dass sie sich fragte, warum es nicht längst so etwas wie Beziehungsschulen gab. Schon zu Beginn einer Beziehung gibt es offenbar jede Menge Hinweise darauf, ob sie Chancen hat oder nicht, sodass viel Unheil verhindert werden könnte, wenn man diese Signale rechtzeitig erkennen und richtig deuten würde.

Sie markierte die Seiten, die von Interesse für sie waren, und setzte sie auf ihre Favoritenliste. Dann ging sie auf die Website Adoption.de, die sie inzwischen regelmäßig besuchte. Adoptierte erzählten dort ebenso von ihren Erfahrungen wie abgebende Mütter und Väter. Unter »Suche« waren Anzeigen aufgegeben, in denen nach leiblichen Eltern gefahndet wurde oder nach abgegebenen Kindern, deren Spur sich verloren hatte. Aus den Einträgen sprach so viel Verzweiflung, so viel Entschlossenheit, die eigenen Wurzeln freizulegen oder einen frühen Entschluss nach Jahren zu überprüfen, dass Holly beim Lesen ganz angerührt war. Es schien, als könnten Menschen nicht glücklich sein, die nicht wissen, woher sie stammen oder was aus dem Kind, das sie einst weggegeben haben, geworden ist.

Holly fragte sich, ob auch ihre Eltern den Versuch gemacht hatten, sie zu finden. Sie las aufmerksam die Anzeigen, aber keiner der geschilderten Fälle hatte die geringste Ähnlichkeit mit ihrem. Wäre ja auch ein absurder Zufall gewesen, wenn sie und ihre Eltern nach achtunddreißig Jahren gleichzeitig begonnen hätten, einander zu suchen. Die geringe Wahrscheinlichkeit, auf diesem Weg jemanden ausfindig zu machen, schien dennoch keinen der Inserenten davon abzuhalten, es zu versuchen.

Immer wieder überlegte Holly, ob sie auch eine Anzeige hineinsetzen sollte, aber sie wusste einfach zu wenig. Wenn sie nur irgendeinen Hinweis auf ihre Eltern gehabt hätte, Namen, Alter, Wohnort, irgendwas. Aber so waren es zwei Phantome, zwei weiße Flecken mit der Bezeichnung »leibliche Mutter« und »leiblicher Vater«. Holly wusste ja nicht einmal, ob sie überhaupt noch lebten. Ob ihr Vater je von ihrer Existenz erfahren hatte. Womöglich waren ihre Eltern längst getrennt gewesen, als sie geboren wurde, vielleicht hatten sie sich nicht einmal näher gekannt.

In Holly war eine verzweifelte Leere, die sie zu füllen versuchte, indem sie sich unablässig mit dem Thema beschäftigte, immer in der Hoffnung, es könnte ein neuer Hinweis auftauchen, irgendetwas, das sie weiterführte.

Der Stoff des Kissenbezuges. Unzählige Male hatte sie ihn berührt, angesehen, daran gerochen. Es war kein billiger Kaufhausbezug, sondern eher edle Qualität. Konnte sie daraus schließen, dass sie aus besseren Verhältnissen stammte? Oder war gerade das Gegenteil der Fall, der Kissenbezug vielleicht gestohlen? Alles war möglich. Wenn Lori das Kissen damals nicht behalten, sondern, wie das Handtuch, der Polizei übergeben hätte, wären die möglicherweise mit ihrer Spurensuche weiter gekommen; jemand hätte es wiedererkennen können. Aber auch das Handtuch hatte der Polizei ja offenbar nicht geholfen, insofern war auch das fraglich.

Holly musste sich eingestehen, dass ihre Überlegungen sich im Kreis drehten und immer am selben Punkt endeten.

Was blieb, war die Frage: Wer bin ich?

Karl Gruber war ein kleiner, dünner Mann mit einer ungesunden Gesichtsfarbe, der Kette rauchte und sehr schnell sprach.

Es hatte Holly einige Tage gekostet, bis es ihr gelungen war, einen Termin mit ihm zu vereinbaren. Offenbar hielt er nichts von einem beschaulichen Rentnerdasein und war deshalb ständig unterwegs. Als Holly seine Wohnung betrat, verstand sie, warum er sich so wenig wie möglich dort aufhalten wollte. Er lebte in zwei Zimmern in einem düsteren Fünfzigerjahre-Bau mit

Müllschlucker auf dem Flur und Treppengeländern aus Plastikschnüren. Seine Wohnung war mindestens dreißig Jahre nicht gestrichen worden, die Wände gelb vom Zigarettenrauch, und es stank wie in einem überdimensionalen Aschenbecher. Holly bereute sofort, sich nicht in einem Café mit ihm getroffen zu haben, aber er hatte auf der Wohnung als Treffpunkt bestanden, weil er sein Archiv dort hatte.

»Falls Fragen auftauchen«, hatte er gesagt, »weiß man ja nie bei Recherchen, die so weit zurückreichen.«

Gruber öffnete ihr mit einer brennenden Zigarette im Mundwinkel und bat sie ohne lange Vorreden an seinen Küchentisch, wo er schwarzen Kaffee servierte. Auch die Kücheneinrichtung war original Fünfzigerjahre, vergilbtes Resopal und pastellfarbene Fliesen mit schwarzen, kleinen Quadraten dazwischen, dazu Stahlrohrstühle mit roten Ledersitzen, aus denen da und dort Schaumstoff herausquoll.

Holly versuchte, möglichst wenig zu berühren, und setzte sich vorsichtig auf die Stuhlkante.

»Danke, dass Sie Zeit für mich haben«, begann sie.

»Ist doch klar, Frau Kollegin«, erwiderte er, »was interessiert Sie denn an der alten Geschichte? Kind wird abgelegt, gefunden und zur Adoption freigegeben, fertig. Was soll daran heute noch interessant sein? Oder haben Sie die Person ausfindig gemacht? Was war es noch, ein Junge oder ein Mädchen?«

»Ein Mädchen«, sagte Holly und hoffte inständig, er würde nicht begreifen, dass sie selbst es war.

»Es handelt sich nur um einen von mehreren Fällen«, behauptete sie. »Ich versuche herauszufinden, was aus den Kindern geworden ist. Ob sie sich normal entwickelt haben und so.«

»Und, was haben Sie schon rausgefunden?«

»Ich bin erst ganz am Anfang«, sagte Holly.

»Wenn Sie was Interessantes gefunden haben, melden Sie sich. Vielleicht kann ich für die Tageszeitung was drüber machen. Sie schreiben ja für so 'ne Elternzeitschrift, stimmt's?«

»Klar, mache ich gern«, sagte Holly und lächelte freundlich. Sie breitete die Zeitungsausschnitte vor ihm aus. »So bin ich auf Sie gekommen«, sagte sie. »Erinnern Sie sich an die Geschichte?«

Er überflog die Artikel. »Ja, schon«, sagte er, »Findelkinder gibt's nicht allzu häufig. Ich glaube, es waren höchstens zwei oder drei Fälle in meiner gesamten Laufbahn. Der hier war der erste. Ich war noch ein Jungspund, gerade ein paar Monate bei der Zeitung und wahnsinnig eifrig!« Er lachte meckernd. »Hätte natürlich lieber über ein richtiges Verbrechen berichtet als über ein ausgesetztes Baby, aber man kann es sich nicht aussuchen.«

Holly hätte ihn am liebsten gefragt, ob er das Aussetzen eines Kindes nicht für ein ziemlich schlimmes Verbrechen halte, biss sich aber auf die Lippen.

»Erzählen Sie mir, woran Sie sich erinnern«, bat sie.

»Na ja, ich fuhr gleich ins Krankenhaus, als die Meldung über den Polizeifunk kam. Dort sprach ich mit dem Direktor, der Empfangsschwester und der jungen Schwester, die das Baby gefunden hatte, hinter einem Blumenkasten, glaube ich. Es gab absolut keinen Hinweis darauf, wer das Kind abgelegt haben könnte. Die junge Schwester erinnerte sich nicht, irgendjemanden gesehen zu haben. Ich weiß noch, dass sie sehr nett war. Und sehr hübsch. Deshalb bin ich noch mal hingegangen und habe den zweiten Bericht mit dem Foto gemacht.« Er lachte wieder sein Meckerlachen. »Später habe ich versucht, mich mit ihr zu verabreden, aber sie wollte nicht. Wüsste gern, was aus ihr geworden ist.«

Holly grinste in sich hinein. Das könnte sie ihm sagen, aber sie würde einen Teufel tun, der armen Lori diesen stinkigen, kleinen Journalisten auf den Hals zu hetzen.

»Gab es irgendetwas, das hier nicht drinsteht?«, fragte sie und tippte auf die Artikel. »Irgendeine Vermutung, wer oder was hinter der Sache stecken könnte?«

Gruber schüttelte den Kopf. »Es war 1967. Ein uneheliches Kind war für die meisten Leute damals noch ein Problem, vermutlich war es irgend so eine Geschichte. Aber was Konkretes? Nicht, dass ich wüsste.«

Er erhob sich, murmelte eine Entschuldigung und ging aus der Küche. Mit einem abgeschabten Ordner, auf dessen Rücken die Jahreszahl 1967 stand, kam er zurück. Er klappte ihn auf, es waren lauter Artikel, die er geschrieben hatte. Er blätterte vor bis zum August und fand die beiden Berichte, die auch Holly hatte. Der dritte war in einer anderen Zeitung erschienen, daher fehlte er bei ihm.

Gruber blätterte weiter.

»Da ist ja noch was«, sagte er und nahm einen DIN-A4-Bogen heraus, auf den eine kleine Meldung vom 2. September aufgeklebt war. Er schob Holly das Blatt hin. »Haben Sie das?«

»Findelkind hat neues Zuhause«, las Holly. Darunter stand, dass die kleine Maria Holunder, über deren Schicksal die Zeitung berichtet habe, von dem Ehepaar Margarete und Klaus B. adoptiert worden sei. Das Paar sei sehr glücklich, dem kleinen Mädchen nach seinem schwierigen Start ins Leben ein neues Zuhause geben zu können. Dieser Artikel trug Grubers Kürzel »chg«. Stand vermutlich für Charlie Gruber, dachte Holly, so hatte ihn ja auch die Dame aus der Personalabteilung genannt.

»Nein«, sagte sie, »das habe ich noch nicht.«

»Soll ich es Ihnen kopieren?«, bot Gruber an. Holly nickte dankbar.

Als er aus dem Zimmer war, blätterte sie weiter. Eine schwangere Giraffe im Zoo, prominenter Besuch im Waisenhaus, Protestaktion an der Universität, Spendenaktion für Afrika, schwerer Fall von Körperverletzung. Keiner der Berichte bezog sich mehr auf sie. Am 2. September 1967 schien die öffentliche Berichterstattung über den Fall Maria Holunder abgeschlossen gewesen zu sein.

Dann aber las sie: »Neunzehnjährige spurlos verschwunden.« Neugierig überflog sie den Bericht vom 8. September. Die Tochter des stadtbekannten politischen Aktivisten Jobst H. und seiner Frau Ursel H. wurde als vermisst gemeldet. Das minderjährige Mädchen hätte schon mehrfach das Elternhaus für längere Zeit verlassen, ihren Aufenthaltsort aber immer mitgeteilt. Nun sei sie seit über drei Wochen verschwunden, ohne dass die Eltern ein Lebenszeichen erhalten hätten. Sie seien in größter Sorge, dass dem Mädchen etwas zugestoßen sein könnte. In diesem Zusammenhang sei ein junger Araber zur Fahndung ausgeschrieben, in dessen Gesellschaft das Mädchen vor seinem Verschwinden mehrfach gesehen worden sei. Holly betrachtete ein verschwommenes Phantombild, auf dem vermutlich niemand den Gesuchten erkannt hätte.

»Das ist auch so eine Sache, bei der man nicht rausgefunden hat, was dahintersteckt«, sagte Gruber beim Hereinkommen mit einem Blick über ihre Schulter. »Soviel ich weiß, ist das Mädchen nie mehr aufgetaucht. Ich habe die Eltern drei Jahre später noch mal besucht. Der Vater hatte sich irgendwie damit abgefunden, aber die Mutter war fertig. Schwer krebskrank. Glaube nicht, dass sie noch lange gelebt hat.«

Holly blätterte noch ein bisschen weiter, fand aber nichts mehr, was ihr Interesse erregte. Sah so aus, als wäre auch diese Spur im Sand verlaufen. Sie klappte den Ordner zu und seufzte.

»Ganz schön schwierig, was Sie sich da vorgenommen haben«, stellte Gruber fest. »Ich hoffe nur, bei den anderen Fällen haben Sie mehr Informationen. Sonst würde ich die Geschichte knicken, ist bloß verschwendete Zeit.«

»Da kennen Sie mich schlecht«, sagte Holly. »So schnell gebe ich nicht auf.«

10

Holly stieg in das Auto ihres Bruders und schloss die Beifahrertür. Max fuhr los. Schweigend saßen sie nebeneinander, Holly wagte nicht, ihm ins Gesicht zu sehen. Es war ihre erste Begegnung seit der Verlobungsfeier. Nachdem sie sich bei niemandem gemeldet hatte, nicht bei Margarete, nicht bei Felix oder ihm, hatte Max sie angerufen und um ein Treffen gebeten.

Nach endlos scheinenden Minuten fragte er: »Na, wie geht's dir?«

Holly lachte nervös auf. »Willst du das wirklich wissen oder fragst du nur, um irgendwas zu sagen?«

Max stöhnte. »Spitzfindig wie immer. Meinst du, für mich ist das Ganze leicht?«

»Ich will lieber nicht darüber reden«, sagte Holly. »Wohin fahren wir eigentlich?«

»Lass dich überraschen.«

In Holly stieg ein Verdacht auf. Sie versteifte sich auf ihrem Sitz. »Du … bringst mich aber nicht zu Mu… zu Margarete?«

»Keine Sorge, ich habe ganz sicher nicht vor, Schicksal zu spielen.«

»Da bin ich dir dankbar, das haben nämlich schon zu viele andere versucht.«

Beide schwiegen wieder. Holly dachte wie schon oft darüber nach, ob Max vor ihr etwas gewusst oder geahnt hatte. Immer wieder hatte sie versucht, sich an ihre Kindheit zu erinnern. Daran, ob sie in bestimmten Situationen etwas hätte merken müssen. Von den Einträgen auf der Adoptions-Website und aus einigen Büchern, die sie inzwischen gelesen hatte, wusste sie, dass viele Adoptierte ahnen, dass etwas mit ihnen nicht stimmt. Alles Leugnen von Eltern hilft dann nicht, die Kinder machen sich früher oder später auf die Suche nach Beweisen.

Hatte es bei ihr tatsächlich nie das geringste Misstrauen gegeben, oder hatte sie nur nicht darauf geachtet? Hatte sie jede leise Ahnung verdrängt, bevor sie zum Verdacht hätte werden können?

Im Rückblick hatte sie das Gefühl, dass sie tausendmal hätte misstrauisch werden müssen. Die fehlende Ähnlichkeit mit ihren Eltern und Geschwistern, die unvollständige Fotosammlung und der Mangel an Musikalität in ihrer Familie waren nur Bruchstücke. Sicher gab es noch viel mehr Hinweise.

Sie gab sich einen Ruck und sagte: »Schwör mir, dass du es nicht wusstest.«

Max sah kurz zu ihr und konzentrierte sich dann wieder auf den Verkehr. Sie waren bereits aus der Innenstadt heraus und fuhren Richtung Süden.

»Ich schwöre es«, sagte er. »Allerdings frage ich mich heute, ob wir es nicht längst alle geahnt haben und nur nicht wahrhaben wollten.«

»Genau das denke ich auch«, sagte Holly, »und ich zermartere mir das Gehirn, wann ich etwas hätte merken müssen.«

»Mir hat eine Sache zu denken gegeben«, sagte

Max. »Du bist nicht getauft, Felix und ich schon. Das fand ich immer komisch, aber ich habe nie gefragt, warum das so ist.«

»Verstehe ich nicht«, sagte Holly.

»Überleg doch mal. Bei einer Taufe gibt es Taufpaten, die natürlich Bescheid wissen. Wenn die ihren Patenjob ernst nehmen, pflegen sie den Kontakt zu ihrem Patenkind, nehmen teil an seinem Aufwachsen. Die Gefahr, dass so einer irgendwann etwas ausgeplaudert hätte, war den Eltern wohl zu groß.«

»Felix und du, ihr seid zwar getauft worden, eure Paten durften euch aber nichts schenken«, erinnerte sich Holly, »angeblich, weil die Eltern uns nicht verwöhnen wollten. In Wirklichkeit sollte wohl bloß nicht auffallen, dass ich keine Paten habe.«

»Aber warum haben sie uns dann überhaupt taufen lassen?«, fragte Max.

Holly überlegte. Es schien keine vernünftige Erklärung dafür zu geben, denn ihre Eltern hatten nie einen besonders starken Bezug zur Kirche gehabt.

»Ich hab's«, sagte Max und schlug mit der Hand aufs Lenkrad. »Hat Vater nicht kurz nach meiner Geburt die Stelle im St.-Bonifaz-Krankenhaus gekriegt? Wahrscheinlich dachte er, um in einem kirchlichen Krankenhaus zu arbeiten, müsste er sich als guter Christ zeigen und seinen Sohn taufen lassen. Na, und wenn einer getauft wird, muss man auch den zweiten taufen.«

Holly nickte, das klang ziemlich einleuchtend. So oder ähnlich musste es gewesen sein.

»Mir fällt noch was ein«, sagte Max. »Wann sind die Eltern eigentlich in das Haus gezogen?«

»Keine Ahnung« sagte Holly. Sie wusste, dass ihre Eltern vor Urzeiten in einer Wohnung in der Stadt gewohnt hatten, aber die zeitlichen Angaben dazu hatten sich in Erzählungen immer auf »als du klein warst« beschränkt.

»Ich glaube, es muss 69 oder 70 gewesen sein, du warst also zwei oder drei«, sagte Max. »Damit wurdest du in eine völlig neue Umgebung verpflanzt, zu Nachbarn, die keine Ahnung hatten, dass Mutter nie schwanger gewesen war, in einen Kindergarten, in dem man deine Geschichte nicht kannte. Niemand ahnte etwas, keiner stellte Fragen.«

Stimmt, dachte Holly. Mit dem Umzug war ihre Vergangenheit getilgt worden. Irgendwann hatte sie zwei kleine Brüder bekommen, spätestens da hatte es für niemanden mehr auch nur den kleinsten Grund gegeben, daran zu zweifeln, dass sie das leibliche Kind ihrer Eltern war, denn warum sollten Leute ein Kind adoptiert haben, die selbst welche bekommen konnten?

»Was ist mit ihren Freunden?«, sagte Holly. »Die müssen es doch gewusst haben.«

»Die meisten ihrer Freunde waren ja in Norddeutschland. Bestimmt haben sie die nicht so oft gesehen, nachdem sie nach Bayern gezogen waren. Irgendwann haben sie ihnen mitgeteilt, dass sie eine Tochter bekommen haben. Meinst du, da hat einer nachgefragt auf welchem Weg?«

»Lori weiß es«, sagte Holly.

»Ja?« Max war überrascht.

»Sie ist keine alte Schulfreundin, wie Mutter uns

immer erzählt hat, sondern die Krankenschwester, die mich damals gefunden hat. Sie kennen sich erst seit dieser Zeit, und Mutter hat Lori zum Mundhalten gezwungen.«

Max schüttelte den Kopf. »Sie haben sich wirklich alle Mühe gegeben, es vor dir zu verheimlichen.«

»Stimmt«, sagte Holly, »und ich verstehe einfach nicht warum.«

Max, der schon seit einer Weile auf einer ruhigen, fast ländlichen Straße fuhr, bremste und bog auf einen kiesbestreuten Hof vor einer romantischen, alten Villa im König-Ludwig-Stil ein.

»Wir sind da«, sagte er und stieg aus.

Holly folgte ihm und sah sich staunend um. »Was willst du denn hier?«

»Heiraten«, sagte Max. »Ich wollte es als Erstes dir zeigen und dich fragen, ob du glaubst, dass es Annika gefällt.«

Holly sah ihn mit großen Augen an und schluckte. Plötzlich umarmte sie ihren Bruder und drückte ihn an sich.

»Ich weiß nicht, ob ich das alles jemals verkrafte«, sagte sie leise.

Max hielt sie fest. »Du bist meine Schwester und das bleibst du auch. Für mich hat sich nichts verändert.«

Holly schniefte. Ja, auch ihre Gefühle für Max waren die gleichen wie vorher. Er war ihr Bruder, und sie liebte ihn. Warum sollte es auch anders sein?

Ein Angestellter in Livree kam über den Hof auf sie zu. »Sie sind angemeldet?«

»Ja«, sagte Max. »Berger ist mein Name. Ich habe einen Termin mit Frau Fauvet.«

»Bitte folgen sie mir«, sagte der Livrierte und machte eine so affektierte Drehung, dass Max und Holly sich amüsiert angrinsten.

Nachdem geklärt war, dass es sich bei ihr nicht um die Braut handelte, hielt Holly sich im Hintergrund und ließ Max mit der Geschäftsführerin der Villa über Catering, Dekoration und Kosten verhandeln.

»Dann zeige ich Ihnen jetzt den Speisesaal«, sagte Frau Fauvet und führte sie in einen prächtigen, freskenverzierten Raum, in dem leicht hundert Leute Platz fanden. Große Glastüren führten auf die Terrasse und weiter in den Garten; bei schönem Wetter würde man den Apéritif draußen reichen können.

»Das kostet doch ein Vermögen«, flüsterte Holly Max zu, als Frau Fauvet einen Moment außer Hörweite war.

»Mutter schenkt uns die Feier«, sagte Max.

Es gab Holly einen Stich. Wie gern hätte sie bei ihrer Hochzeit auch ein solches Fest gefeiert, und dann war es bei einer unromantischen, fast lächerlichen Zeremonie in einer Kapelle in Las Vegas geblieben, die ausgesehen hatte, als stünde sie in Disneyland. Anschließend hatten sie Hamburger und Pommes gegessen und danach einen Eisbecher mit bunter Verzierung. Die Hochzeitsnacht hatten sie in einem wenig anheimelnden Hotel verbracht, das Teil des Pauschalarrangements gewesen war. Am Morgen hatte Holly in der Badewanne eine Kakerlake gefunden und das halbe Hotel zusammengeschrien.

Neidisch blickte sie jetzt auf die edlen Möbel, das teure Interieur des Speisezimmers. Max war seiner Mutter eben doch mehr wert als sie. Er war ja auch ihr richtiges Kind. Sie versuchte, den Gedanken zu verscheuchen, aber er hatte sich schon in ihrem Kopf festgesetzt.

»Und, was sagst du?«, fragte Max aufgeregt, als sie auf dem Weg zum Auto waren.

»Toll«, sagte Holly und versuchte, sich nichts anmerken zu lassen. »Annika wird überglücklich sein.«

»Du meinst, es gefällt ihr? Ist es nicht zu … protzig?«

»Ach, was«, sagte Holly, »man heiratet schließlich nur einmal im Leben!« Mit schiefem Grinsen fügte sie hinzu: »Normalerweise jedenfalls. Ich finde, ihr sollt es euch so richtig gut gehen lassen!«

Max lächelte sie dankbar an. »Wenn du das sagst.«

Auf der Rückfahrt hingen beide ihren Gedanken nach. Auf Max Gesicht lag ein versonnenes Lächeln, als schwelge er bereits in Vorfreude auf die Hochzeit.

Holly hoffte, er und Annika würden sich noch etwas Zeit lassen; nach der missglückten Verlobung war sie nicht gerade scharf auf weitere Familienfeiern.

»Habt ihr schon einen Termin?«, fragte sie.

»Im Juni«, antwortete Max.

»Bin ich überhaupt eingeladen?«

Max lachte kurz auf. »Klar. Aber vorher musst du mit Mutter reden, versprochen?«

Holly kaute auf ihrer Unterlippe herum und antwortete nicht.

Als sie an diesem Abend nach Hause kam, fand sie Chris und Insa nebeneinander auf dem Sofa sitzend. Sie sahen eine Comedy-Sendung an und alberten ausgelassen.

Holly war unbemerkt in den Raum getreten. Die Situation gefiel ihr nicht.

Insa kicherte und warf ihren Kopf zur Seite; es kam Holly vor, als lehnte sie ihn kurz gegen Chris' Schulter, aber genau konnte sie es nicht sehen.

Der Gedanke, Chris könnte in einer Zeit, in der sie die größte Krise ihres Lebens durchlebte, eine Affäre angefangen haben, erschien ihr so absurd, dass sie fast losgelacht hätte. Andererseits: Es wäre nur eine weitere abgeschmackte und absurde Geschichte zu den vielen, die sie inzwischen kannte. Wirklich wundern würde sie sich nicht.

Sie räusperte sich, Chris drehte sich um.

»Hallo«, sagte er ungezwungen.

»Hallo«, erwiderte sie, »was schaut ihr an?«

»Quatsch-Comedy-Club.«

»Ist das nicht ein bisschen unter eurem Niveau?«

Insa drehte sich ebenfalls um. »Darf man nicht einfach nur mal lachen?«

»Tut euch keinen Zwang an.«

»Setz dich doch zu uns«, forderte Chris sie auf.

»Keine Lust.«

Holly zog es vor, in die Küche zu gehen. Sie goss sich ein Glas Wein ein, ihr Blick fiel auf die Zeitung. Sie hatte seit Wochen keine Zeitung gelesen. Sie hatte überhaupt nichts gelesen, das nicht unmittelbar mit ihren Nachforschungen zu tun hatte. Sie war nicht im

Kino und nicht in ihrem Gymnastikkurs gewesen, sie hatte nichts mit den Kindern unternommen, die sie ohnehin nur noch zu den Mahlzeiten sah, und auch das nicht regelmäßig. Sie hatte sich in ihre eigene Welt zurückgezogen und das Interesse an allem verloren, was nicht mit ihrer Suche zusammenhing. Sie ahnte, dass dies eine gefährliche Entwicklung war, aber sie konnte nichts dagegen tun.

Ohne auf Chris zu warten, ging sie ins Bett und stellte sich schlafend, als er kam. Sie hatte keine Lust, mit ihm zu reden. Nicht über ihr Treffen mit Max, nicht über die Mutmaßungen, die sie angestellt hatten. Und schon gar nicht über Insa.

Mitten in der Nacht schreckte Holly hoch. Ihr Herz klopfte wild, ihr Pyjamaoberteil war schweißnass. Seit Tagen hatte es in ihrem Gehirn gearbeitet, nun war ein Gedanke an die Oberfläche geploppt wie ein luftgefüllter Ball, den man vom Boden eines Schwimmbads nach oben steigen lässt.

Der Skarabäus. Das verschwundene Mädchen. Der südländisch aussehende Mann. Es gab da einen Zusammenhang, das fühlte sie. Welchen, das wusste sie nicht. Aber irgendetwas sagte ihr, dass sie in dieser Richtung weitersuchen müsste.

Sie stand auf und ging in ihr Arbeitszimmer. Der Computer fuhr mit leisem Surren hoch; wenig später war Holly im Netz. Sie gab den Namen Jobst H. ein. Die Suchmaschine lieferte eine Firma für Vakuumtechnik und ein paar Vorträge von Wissenschaftlern mit dem Vornamen Jobst und einem Nachnamen, der mit H. begann, so zum Thema »Die Zeitstruktur der Produktion als Ursache ökonomischer Dynamik«.

Bei Ursel H. fand sie Ausschnitte aus privaten Chats, Zuschauerzuschriften an TV-Magazine und die Frage einer vierundfünfzigjährigen Ursel H. an die Deutsche Venenliga, ob sie mit Krampfadern in die Sauna dürfe. Nein, so kam sie nicht weiter.

Sie gab »vermisste Personen« ein. Die deutsche und die Schweizer Polizei hatten eigene Websites mit den Fotos von Vermissten eingerichtet, Holly hatte nicht geahnt, wie viele Menschen spurlos verschwanden, dabei reichten die Vermisstenanzeigen nur bis in die Neunzigerjahre zurück. Es waren Menschen jeden Alters, Kinder, Erwachsene und Alte; manche sahen ziemlich kaputt aus, und man konnte sich vorstellen, dass sie kein gutes Ende genommen hatten, aber die meisten wirkten völlig normal. Oft waren es fröhliche Fotos, die im Urlaub aufgenommen waren, und Holly schauderte bei dem Gedanken, dass die meisten der Abgebildeten wohl nicht mehr am Leben waren. Was für ein Horror für die Angehörigen, niemals zu erfahren, welches Schicksal die Vermissten erlitten hatten.

Holly ergänzte die Suche um die Jahreszahl 1967, erhielt aber nur einige der gleichen Einträge wie zuvor, da manche der Gesuchten 1967 geboren waren. So alte Vermisstenfälle wie der des neunzehnjährigen Mädchens wurden offenbar nicht mehr verfolgt.

Sie lehnte sich zurück und dachte nach.

Gegen neun erreichte sie endlich Gruber und fragte ihn nach dem vollständigen Nachnamen des Ehepaares

H. Er konnte sich nicht erinnern, versprach aber, ihn herauszufinden.

Es war Samstag, Timo und Lea hatten keine Schule und alberten am Frühstückstisch mit Chris herum. Nervös lief Holly durch die Wohnung, reagierte gereizt, wenn jemand sie ansprach, und fauchte Insa an, die wieder in einem hauchdünnen Gewand durch die Gegend turnte.

»Du bist ja vielleicht scheiße drauf«, kommentierte Insa, und Holly bemerkte zu ihrem Ärger, dass sie nicht mal daran dachte, sich etwas überzuziehen. Mit der anfänglichen Höflichkeit war es längst vorbei, inzwischen bewegte Insa sich in der Wohnung, als hätte sie immer schon dort gelebt. Holly überlegte kurz, ob es an der Zeit wäre, ihre Gastfreundschaft zu beenden. Aber sie wollte Chris nicht den Triumph gönnen, dass er sie für eifersüchtig hielt. Sollten die beiden doch turteln und schäkern, sie hatte wahrhaftig Wichtigeres zu tun.

Ihr Handy summte. Kurznachricht von Gruber: Jobst Hegmann, Altenstift Sankt Josef.

Holly starrte auf das Display. Ihre Hand zitterte leicht.

Ein markerschütternder Schrei kam aus der Küche. Sie schreckte hoch.

»Mama, Mama!«, hörte sie Timo rufen.

Unwillig stürmte sie über den Flur und riss die Küchentür auf.

»Was ist denn schon wieder?«

Timo hielt mit der rechten seine blutüberströmte, linke Hand fest. Lea stand daneben und starrte ihren Bruder entsetzt an.

»Ich hab dir tausendmal gesagt, du sollst mit dem Brotmesser nicht in der Luft schneiden«, schrie Holly ihn wütend an.

»Aua«, jammerte Timo und fing an zu weinen, »es tut so weh!«

»Chris, wo bist du?«, rief Holly hilflos.

Insa war hinter ihr in die Küche gekommen und stürzte zu Timo.

»Zeig her«, sagte sie beruhigend und griff nach einer Rolle Küchenpapier, »wir sehen erst mal nach, wie tief der Schnitt ist.« Sie wischte das Blut mit dem Zellstoff weg und untersuchte Timos Hand. Dann blickte sie zu Holly. »Ich glaube, das muss genäht werden.«

»Ach, was«, sagte Holly und trat näher, »das sieht sicher schlimmer aus, als es ist.«

Sie begutachtete die klaffende Wunde in der Handfläche, aus der es unablässig weiter blutete. Timo weinte, und auch in Leas Augen glitzerte es verdächtig.

Chris kam in die Küche und erfasste mit einem Blick die Situation.

»Wir fahren ins Krankenhaus«, entschied er und legte Timo den Arm um die Schulter. Zu Holly sagte er: »Nimm die Küchenrolle mit, damit er das Auto nicht vollblutet.«

Holly zögerte. »Ich hab was Wichtiges zu tun«, sagte sie, »kannst du nicht allein fahren?«

Chris sah sie entgeistert an.

»Ich fahre mit«, sagte Insa schnell und griff nach der Küchenrolle.

Lea lief ihnen nach, als sie die Wohnung verließen,

Holly war mit einem Mal allein. Benommen stand sie da, in ihren Ohren summte es.

Das Altenstift Sankt Josef lag am westlichen Stadtrand. Es gehörte zu den gehobenen Einrichtungen dieser Art, die Bewohner galten als kultiviert und vermögend. Monatliche Kosten von dreitausend Euro sorgten für eine Auslese.

Holly hatte angerufen und sich erkundigt, ob Jobst Hegmann im Haus sei, hatte sich aber nicht durchstellen lassen. Alte Leute waren misstrauisch; sie befürchtete, dass er ein Treffen verweigern würde, wenn sie ihn nur telefonisch darum bäte.

An der Anmeldung fragte sie nach seiner Appartementnummer und behauptete, sie würde erwartet. Die Empfangsdame sagte: »Im zweiten Stock, Zimmer einundzwanzig.«

»Soll ich Sie anmelden?«, fragte sie und hielt schon den Hörer in der Hand.

»Nicht nötig«, sagte Holly und ging Richtung Lift. Erleichtert sah sie, wie die Frau den Hörer auflegte.

Im zweiten Stock verließ sie den Lift und ging den Flur entlang, der mit grauem Teppichboden belegt war. Die Zimmertüren waren hellgrau gestrichen, an den roséfarbenen Wänden hingen Landschaftsbilder mit launigen Postkartensprüchen.

Sie klingelte an der Tür mit der Nummer 21. Von innen hörte sie ein Rascheln und Scharren, dann eine männliche Stimme: »Wer ist da?«

»Mein Name ist Berger«, sagte Holly, »ich wollte Ihnen ein paar Fragen stellen.«

»Was für Fragen«, sagte der Mann, »ist es wegen der Zuckeruntersuchung?«

»Nein«, sagte Holly und versuchte, ihrer Stimme einen vertrauenswürdigen Klang zu geben. »Es geht um etwas … Persönliches.«

Diesmal gab sie sich bewusst nicht als Journalistin aus, hatte sich aber auch keine andere Legende zurechtgelegt, mit der sie jemanden hinter einer verschlossenen Tür überzeugen könnte, diese zu öffnen und persönliche Auskünfte zu geben.

Herr Hegmann schien trotzdem neugierig geworden zu sein. Sie hörte, wie ein Schlüssel umgedreht wurde, das Schloss aufschnappte, und sah durch den Türspalt ein Gesicht, das älter war, als die Stimme hatte vermuten lassen.

Jobst Hegmann war deutlich über achtzig, sein weißes Haar war kurz geschnitten, die Augen hinter den randlosen Brillengläsern wirkten außergewöhnlich wach.

»Wollen Sie mir was verkaufen?«, fragte er.

»Nein«, antwortete Holly. »Ich würde gern mit Ihnen sprechen. Es ist sehr wichtig für mich. Und … vielleicht auch für Sie.«

Das war eine ziemlich gewagte Behauptung, aber sie musste ihm ja einen Grund geben, sie hereinzubitten.

»Worum geht es denn?«

»Das ist ein bisschen kompliziert«, sagte sie, »dürfte ich vielleicht reinkommen?«

»Also gut«, knurrte er und öffnete die Tür ganz.

Holly folgte der hageren Gestalt in einem eleganten

dunkelroten Hausmantel und ledernen Pantoffeln. Dieser Mann hatte etwas sehr Würdevolles an sich; er wirkte wie jemand, dessen Autorität es anderen von allein verbot, ihm lästig zu fallen.

Das Appartement war schlicht möbliert. Eine der Längswände war komplett mit Büchern bedeckt, in einer Nische stand ein ordentlich gemachtes Bett, auf einem runden Tischchen befanden sich die Reste eines Frühstücks und ein Stapel Zeitungen. Die Glastür, die auf einen kleinen Balkon führte, war leicht geöffnet. Es gab keinen Fernseher, dafür eine relativ moderne Musikanlage. Die Sitzecke bestand aus einem kleinen Sofa und einem zweiteiligen Charles-Eames-Sessel aus Kirschbaum und schwarzem Leder.

Jobst Hegmann wies mit der Hand auf das Sofa.

»Kaffee?«

»Sehr gern, vielen Dank.«

Er füllte eine Tasse aus der kleinen Thermoskanne, die auf dem Tisch stand. Holly beobachtete ihn unauffällig. So sah also ein ehemaliger Politaktivist aus. Eigentlich hatte sie jemanden mit langem Haar und Vollbart erwartet, aber die Zeiten waren wohl wirklich vorbei.

»Milch? Zucker?«

»Milch, bitte.«

Er stellte die Tasse vor Holly ab, die sich lächelnd bedankte.

»So, und nun schießen Sie los«, befahl er.

Sie holte Luft, öffnete den Mund und schloss ihn wieder. Ganz plötzlich überfiel sie das Gefühl, ihr Einfall sei vollkommen aus der Luft gegriffen, eine Wahnidee ohne Sinn und Verstand. Sie musste verrückt geworden sein. Ihr war schwindelig, das Summen in ihren Ohren kehrte zurück.

Hegmanns erwartungsvoller Blick ruhte auf ihr. Nein, sie konnte jetzt nicht abhauen, wenigstens versuchen musste sie es.

»Es ist … ich möchte Ihnen nicht zu nahe treten, aber Sie haben doch eine Tochter?«

Er sah sie regungslos an. Nach einer Weile sagte er: »Ich hatte eine Tochter.«

»Was … ist mit ihr passiert?«

»Sie ist verschwunden. Vor achtunddreißig Jahren. Warum wollen Sie das wissen?«

»Ich wurde vor achtunddreißig Jahren geboren. Meine Eltern haben mich ausgesetzt. Ich bin auf der Suche nach … irgendeiner Spur, einem Hinweis. Dabei stieß ich zufällig auf den Zeitungsartikel über Ihre Tochter. Und da stand etwas, das mich stutzig gemacht hat.«

»Ja?«

Sein aufmerksamer Blick ruhte unverändert auf ihr. Holly fühlte sich wie in der mündlichen Abiturprüfung, der Schweiß brach ihr aus, sie wusste nicht, wohin mit den Händen.

»Es war die Rede von einem Mann arabischen Aussehens, nach dem im Zusammenhang mit Ihrer Tochter gefahndet wurde.«

Holly griff in ihre Tasche und holte eine Klarsichthülle mit den Zeitungsausschnitten hervor.

»Hier, da ist sein Phantombild. Vielleicht erinnern Sie sich.« Sie reichte ihm den Ausschnitt. Nach einigem Zögern griff er danach.

»Ich wurde im Marienkrankenhaus abgelegt, mit einem Skarabäusanhänger um den Hals«, fuhr Holly fort. »Die Krankenschwester, die mich gefunden hat, beobachtete am gleichen Tag einen südländisch aussehenden jungen Mann vor dem Krankenhaus, der sich auffällig verhielt. Und da dachte ich …«

Holly brach ab. Kompletter Schwachsinn. Ein aus dem Wunsch geborenes Konstrukt, das nichts mit der Wirklichkeit zu tun hatte. Sie schüttelte den Kopf, wollte aufstehen, sich bei ihrem Gastgeber entschuldigen und gehen.

»Und da dachten Sie, der junge Mann könnte derselbe sein, nach dem später gefahndet wurde. Und das verschwundene Mädchen vielleicht seine Freundin. Und die beiden … Ihre Eltern.«

Verblüfft über seine schnelle Auffassungsgabe, sah Holly ihn an. Sie nickte zögernd.

»Nicht sehr wahrscheinlich, was meinen Sie?«, sagte Hegmann.

»Nein, nicht sehr wahrscheinlich«, stimmte Holly zu, »aber doch immerhin … möglich.«

»Möglich ist vieles, mein Kind.«

Holly zog den Kissenbezug aus ihrer Tasche hervor.

»Erkennen Sie den?« Sie reichte Hegmann das hellblaue Stück Stoff, der griff danach, und seine Augen weiteten sich. Dann reichte er ihn schnell zurück und sagte: »Nein. Nie gesehen.«

»Sie haben ihn sich ja gar nicht genau angeschaut«, sagte Holly. »Sehen Sie, er ist in sich gemustert, an so was erinnert man sich doch, wenn es die Bettwäsche ist, in der man mal geschlafen hat.«

Im gleichen Moment spürte Holly, dass sie zu weit gegangen war.

Förmlich sagte Hegmann: »Sie haben sicher Verständnis, dass ich Ihre Ausführungen für ziemlich weit hergeholt halte. Bitte gehen Sie jetzt.«

Holly wollte protestieren, dann besann sie sich.

»Natürlich«, sagte sie. »Ich möchte Sie nur darum bitten, über das nachzudenken, was ich Ihnen erzählt habe. Vielleicht fällt Ihnen doch noch etwas ein, das meine These stützt.«

Sie legte eine Visitenkarte auf den Tisch.

»Vielen Dank, dass Sie Zeit für mich hatten.«

Sie steckte den Bezug und den Zeitungsausschnitt in ihre Tasche, ging aus dem Appartement und ließ Hegmann in Gedanken versunken sitzen.

11

Holly verfiel in einen Zustand, den sie als lähmend empfand. Sie wusste nicht, was sie weiter hätte unternehmen können, alle Spuren waren irgendwo versandet. Stundenlang saß sie vor dem Computer, gab Begriffe in die Suchmaschine ein und wusste doch, dass es zu nichts führen würde. Die Arbeit an ihrem Buch hatte sie aufgegeben, nur hie und da machte sie sich ein paar Notizen, um ihr schlechtes Gewissen zu beruhigen. Nichts war ihr gleichgültiger als die Beziehungsprobleme anderer Leute, dabei hatte sich nun auch noch ihre Freundin Diana dem Kreis der Krisengeschüttelten angeschlossen und rief täglich an.

Ihr Liebhaber hatte seiner Ehefrau die Affäre mit Diana gestanden. Offenbar hatte er gehofft, sie würde mit Verständnis reagieren, das Verhältnis vielleicht sogar dulden. Jetzt machte die Frau ihm furchtbare Szenen und hatte obendrein nichts anderes im Sinn, als ihre Rivalin regelrecht zu verfolgen.

»Du kannst dir nicht vorstellen, was sie veranstaltet«, sagte Diana entnervt. »Sie stürmt plötzlich in mein Büro, schreit herum, erzählt meinen Kollegen, ich hätte ihr den Mann weggenommen, und droht damit, sich umzubringen. Dann rennt sie zum Fenster und reißt es auf, sämtlich Leute hinterher, sie bricht weinend zusammen und wird vom Notarzt abtransportiert.«

»Absolut filmreif«, kommentierte Holly.

»Wenn's nicht so tragisch wäre, könnte man es komisch finden«, bestätigte Diana. »Aber ich habe Angst, dass sie völlig austickt. Wenn sie sich selbst entleibt, ist das ihr Problem, aber ich fürchte, dass Mark oder ich irgendwann ein Messer zwischen den Rippen haben.«

»Ich will nicht moralisch klingen«, sagte Holly, »aber du hast gewusst, dass er verheiratet ist.«

»Aber ich habe nicht gewusst, dass er so ein Idiot ist! Ich meine, sein schlechtes Gewissen in allen Ehren, aber welcher intelligente Mann glaubt ernsthaft, die Ehefrau gibt freundlich lächelnd ihre Zustimmung zu einer Geliebten? Dabei will ich ihn seiner Frau ja gar nicht wegnehmen! Diese ganze Gattinnen-Nummer kann mir gestohlen bleiben.«

Holly ertappte sich dabei, dass sie das Ganze ziemlich lächerlich fand. Was waren schon eine eifersüchtige Ehefrau, ein bisschen Drama und Aufregung? Davon abgesehen, hatte Diana ein Leben, das zwar anstrengend war, aber eine klare Struktur hatte. In der Woche den Job, jedes zweite Wochenende kinderfrei, Weihnachten, Ostern und Geburtstag mit den Großeltern. Sie wusste wenigstens, wohin sie gehörte.

Holly hingegen kam es so vor, als wäre sie aus allen Zusammenhängen gefallen. Die Ungewissheit über ihre Herkunft bestimmte ihr ganzes Leben, sie hatte jedes Gefühl dafür verloren, wer sie war und wohin sie gehörte.

Eine neue, quälende Frage hatte sich in ihrem Gehirn verkrallt und marterte sie. Warum hatte ihre leibliche Mutter sich ihrer entledigt wie eines lästigen Ge-

genstandes, eines kaputten Spielzeugs? Ihr Verantwortungsgefühl hatte gerade dazu gereicht, das zuckende Handtuchbündel nicht in den Müll zu werfen. Mehr hatte sie offenbar nicht gefühlt.

Aber wenn sie den Weg ins Krankenhaus auf sich genommen hatte, weil sie gewollt hatte, dass ihr Kind lebte, wieso hatte sie es dann nicht gleich adoptieren lassen? Dann gäbe es Dokumente und Hinweise, die eine Suche ermöglichen würden. Holly hätte eine Chance, ihre leiblichen Eltern ausfindig zu machen. Jetzt würde sie wohl für immer auf Vermutungen angewiesen sein, ihre Sehnsucht nach Gewissheit war ohne Hoffnung.

Holly hatte auch überlegt, ob sich vielleicht alles ganz anders abgespielt haben könnte. Ob ihre Mutter sie im Krankenhaus entbunden hatte und dann abgehauen war. Das würde erklären, warum sie ausgerechnet dort gelegen hatte. Aber dann wäre der Name der Mutter registriert gewesen, ihr Verschwinden bemerkt worden. Holly wälzte die Gedanken hin und her, beleuchtete die wenigen Fakten, die sie kannte, von allen Seiten, aber sie kam nicht weiter.

Was blieb, war das übermächtige Gefühl, nicht gewollt gewesen zu sein. In den ersten Stunden ihres Lebens hatte ihre Mutter Nein zu ihr gesagt. Nicht einmal der Anblick des Neugeborenen, die Hormonausschüttung, der ganz normale Mutterinstinkt hatten dazu geführt, dass sie ihr Kind hatte behalten wollen. Irgendetwas musste stärker gewesen sein.

Hollys Gedanken wanderten zurück zu ihrer Begegnung mit Jobst Hegmann. Sie schämte sich, dass sie einem Wildfremden ihre abstruse Theorie unterbreitet und dabei womöglich alte Wunden wieder aufgerissen hatte.

Und doch. Als sie ihm den Kissenbezug gereicht hatte, war etwas mit ihm vorgegangen, was sie nicht hatte deuten können. War es der Ärger über die Zumutung gewesen, sich mit den Hirngespinsten einer Fremden auseinandersetzen zu müssen? Oder hatte er das Kissen erkannt, und es war die Erinnerung gewesen, die ihn verwirrt und erschreckt hatte?

Holly glaubte nicht, dass ein zweiter Versuch, zu ihm vorzudringen, erfolgreich sein könnte. Hegmann würde sie wohl kurzerhand vor die Tür setzen, womöglich sogar ein Hausverbot gegen sie erwirken. Der Weg schien, so kurz nachdem sie ihn beschritten hatte, verbaut.

»Ich bin's, Mutter.«

Der Hörer in Hollys Hand schien sich schlagartig aufzuheizen, Hitze schoss durch ihren Körper. »Hallo«, sagte sie gepresst.

»Ich dachte, wir sollten mal miteinander reden.«

Fast sechs Wochen waren seit der Verlobungsfeier vergangen, alle hatten Holly beschworen, endlich ihre Mutter zu treffen, aber sie hatte sich standhaft geweigert.

Jetzt saß sie in der Falle. Ihrer Mutter direkt zu sagen, dass sie nicht mit ihr sprechen wolle, war etwas anderes, als sich einfach tot zu stellen.

»Ich weiß nicht, ob ich das kann«, sagte sie wahrheits gemäß.

»Dass es dir schwerfällt, verstehe ich«, sagte Margarete, »aber ich fürchte, wir werden es uns nicht ersparen können.«

Wieso eigentlich nicht, dachte Holly. Warum muss ich mir ihre Erklärungen und Entschuldigungen anhören, warum soll ich ihr erzählen, was sie bei mir angerichtet hat, warum muss ich mich überhaupt noch mit ihr beschäftigen, die mich belogen und betrogen hat und sich bei all dem auch noch edelmütig vorkommt?

Mitten in ihre Überlegungen hörte sie etwas, womit sie nicht gerechnet hatte.

»Du kannst mich, wenn das dein Wunsch ist, aus deinem Leben streichen. Aber zuvor hörst du dir bitte an, was ich dir zu sagen habe.«

Margarete hatte diesen Satz mit einer Entschiedenheit gesprochen, die keinen Widerspruch duldete.

Hollys Abwehr geriet ins Wanken. Also gut, dann würde sie ihr die Gelegenheit geben, sich zu rechtfertigen. Und danach nie wieder ein Wort mit ihr sprechen. Dieser Gedanke half ihr.

»Wann und wo?«, fragte sie knapp.

»Es wäre schön, wenn du zu mir kommen könntest. Es gibt ein paar Dinge, die ich dir zeigen möchte. Morgen würde passen.«

In dieser Nacht konnte Holly nicht schlafen. Ruhelos wälzte sie sich hin und her, bis Chris genervt aufstöhnte.

»Was ist denn, Holly? Warum bist du so unruhig?«

»Tut mir leid«, murmelte sie.

Chris drehte sich zu ihr und nahm sie in den Arm. »Was ist bloß mit dir passiert? Du bist gar nicht mehr die Frau, die ich kenne.«

Holly lachte bitter auf. »Wie kannst du mich kennen, wenn ich mich nicht einmal selbst kenne?«

»Das ist doch Quatsch. Du bist doch nicht nur das Produkt deiner genetischen Eltern und deiner Herkunft. Du bist der Mensch, der du immer warst. Das hat sich doch nicht geändert.«

»Alles hat sich geändert«, sagte Holly düster. »Wenn ich nicht herausfinde, woher ich komme, weiß ich nicht, wie ich weiterleben soll.«

Nach einer Pause sagte Chris: »Wenn du so weitermachst, geht alles kaputt. Du bist überhaupt nicht mehr anwesend. Die Kinder verstehen nicht, was mit dir los ist. Dass du nicht mit Timo ins Krankenhaus gefahren bist, wird er dir so schnell nicht verzeihen.«

Holly biss sich auf die Lippen. Als Timo neulich mit dick verbundener Hand aus der Klinik zurückgekommen war, hatte er ihr einen Blick zugeworfen, den sie nicht vergessen konnte. Trauer hatte sie darin gesehen und die bange Frage, ob sie je wieder für ihn da sein würde, wenn er sie bräuchte. Sie hatte sich furchtbar geschämt, ihn so im Stich gelassen zu haben. Aber gleichzeitig diese Taubheit in sich gespürt, diese Unfähigkeit, die Gefühle der anderen an sich heranzulassen.

»Du würdest am liebsten so tun, als wäre nichts passiert«, sagt Holly vorwurfsvoll.

»Du doch auch«, gab er zurück. »Du bist deiner

Mutter wochenlang ausgewichen. Du redest mit niemandem, nicht mit deinen Freundinnen, nicht mit mir.«

»Stimmt nicht«, sagte Holly schwach, aber sie wusste, dass er recht hatte. Sie hatte weder Karin noch Diana von ihrer Entdeckung erzählt. Und Jochen hatte sie eine dramatische Geschichte von Lea aufgetischt, die angeblich unter schwerer Dyskalkulie litt und mehrmals die Woche zum Rechentraining musste, was leider so viel Zeit kostete, dass sich das Erscheinen des Buches um mindestens ein halbes Jahr verzögern würde. Jochen hatte hörbar mit den Zähnen geknirscht, aber wie jeder Verleger wusste er, dass der Autor das Tempo vorgibt und sonst keiner.

»Solange es mir nicht geht wie Siegfried Unseld mit Wolfgang Koeppen, ist alles in Ordnung«, hatte er mit aufgesetzter Munterkeit erklärt.

»Wieso, was war denn da?«, hatte Holly gefragt.

»Unseld hat Koeppen jahrelang Vorschüsse gezahlt und am Ende kein Buch bekommen. Dafür ist ein schöner Briefwechsel entstanden, über die Unfähigkeit des Autors, zu schreiben, und die Unfähigkeit des Verlegers, sich das einzugestehen.«

»Keine Sorge, so schlimm wird's schon nicht kommen.«

Als Holly sich schon verabschiedet hatte, hörte sie Jochen sagen: »Und wenn du mir irgendwann erzählen willst, was wirklich das Problem ist, kannst du das gern tun.«

Sie war nicht mehr darauf eingegangen und hatte das Büro verlassen.

Chris' Hände massierten sanft ihre Schultern. »Ich an deiner Stelle würde mir professionelle Hilfe suchen.«

»Was soll das heißen?«

»Ich glaube, dass du in einer Art Schockzustand bist. Du igelst dich immer weiter ein, fixierst dich auf die Vorstellung, du müsstest nur herausfinden, wer deine Eltern sind, und alles wäre in Ordnung.«

»*Nur* ist gut«, sagte Holly, »meine Eltern zu finden, ist ungefähr so wahrscheinlich, wie einen ganz bestimmten Kieselstein aus dem Starnberger See zu fischen.«

»Eben. Du solltest den Plan begraben und dich wieder auf dein eigentliches Leben konzentrieren.«

»Mein *eigentliches* Leben. Was soll denn das sein?«

Er drehte sie um und zog sie an sich. »Das hier. Du, ich, die Kinder.« Er machte eine Pause, dann sagte er leise: »Wenn du so weitermachst, wirst du alles verlieren.«

Während der Fahrt zum Haus ihrer Mutter musste Holly sich zwingen, nicht einfach umzukehren, nach Hause zu fahren und sich nie mehr bei Margarete zu melden. Ihr Widerwille gegen dieses Zusammentreffen war so groß, dass ihr Magen sich verkrampfte. Verkrümmt saß sie hinter dem Steuer und überlegte, wann die Schmerzen schlimm genug wären, um als Entschuldigung dienen zu können. Aber sie wusste ja genau, dass sie die Konfrontation mit Margarete höchstens verschieben, nicht aber vermeiden könnte.

Sie versuchte, an schöne Momente ihrer Kindheit zu denken. Das Erinnern einzelner Situationen fiel ihr zwar immer noch schwer, was sie aber zeit ihres Lebens gespürt hatte, war die Gewissheit, geliebt zu werden. Lori hatte ihr an jenem Nachmittag davon erzählt, wie glücklich ihre Eltern gewesen seien, als sie ihr Findelkind mit nach Hause hatten nehmen dürfen. Beide seien auf geradezu närrische Weise in sie verliebt gewesen, und Margarete sei mit Sicherheit die liebevollste und aufopferndste Mutter gewesen, die man sich hätte vorstellen können.

Warum nur hatte sie diesen einen, folgenschweren Fehler gemacht, sie über ihre Herkunft im Unklaren zu lassen? Es war, als löschte dieser Fehler alles andere aus.

Leise stöhnte Holly auf, der Schmerz wühlte in ihren Eingeweiden. Sie versuchte, in den Bauch zu atmen, sich zu entspannen.

Als sie angekommen war, blieb sie einen Moment im Auto sitzen. Im Rückspiegel sah sie ihr Gesicht und erschrak; zwei steile Falten über der Nasenwurzel, die Lippen zusammengepresst. Noch einmal atmete sie tief durch und versuchte, die Spannung aus ihrem Körper entweichen zu lassen. Dann stieg sie aus und ging mit entschlossenen Schritten auf die Haustür zu.

Margarete musste sie bereits beobachtet haben, die Tür öffnete sich, bevor sie klingeln konnte.

»Hallo, mein Liebes«, sagte sie, lächelte unsicher und trat einen Schritt zur Seite.

»Hallo.« Holly ging an ihrer Mutter vorbei ins Haus.

Das Erste, was sie sah, war Donna, deren hölzerner Körper repariert und mit Bandagen umwickelt war.

Sie sah aus wie jemand, der einen schweren Unfall hinter sich hat.

»Hübsch«, sagte Holly sarkastisch.

Margarete sah sie an, ohne zu antworten.

»Hat ein bisschen was … Demonstratives«, fuhr Holly fort, »aber sonst sehr gelungen. Und was ist aus Sina geworden?«

»Verschwunden«, sagte Margarete. »Spurlos.«

»Sieh doch mal im Garten nach«, erwiderte Holly. »Vielleicht ist sie aus dem Fenster gefallen.«

Margarete bedachte sie mit einem vielsagenden Blick, fragte aber nur: »Willst du in der Küche sitzen oder lieber im Wohnzimmer?«

Hollys erster Impuls ging Richtung Küche. Dort hatten sie immer zusammengesessen, als ihre Eltern noch ihre Eltern waren und Max und Felix ihre Brüder. Nun, da sie eine Art Gast im Haus war, schien ihr plötzlich das selten benutzte und eher ungemütliche Wohnzimmer passender zu sein.

»Wohnzimmer«, sagte sie und ging voraus.

»Ich habe Tee gemacht«, sagte Margarete. »Und Kuchen gebacken.«

Sie brachte ein Tablett, auf dem eine Kanne, zwei Tassen und ein Kuchen standen. Marmorkuchen mit Schokoglasur. Der Geburtstagskuchen ihrer Kindertage.

»Hat jemand Geburtstag?«

»Na ja«, sagte Margarete verlegen, »du gewissermaßen. Ist ja doch ein neuer Lebensabschnitt, oder?«

»Neuer Lebensabschnitt?«, wiederholte Holly entgeistert, dann lachte sie bitter auf. »So kann man es natürlich auch nennen.«

Die Mutter schenkte Tee ein und schnitt den Kuchen auf. Holly hätte am liebsten abgelehnt, es kam ihr alles so unpassend vor. Doch dann sah sie, dass Margaretes Hände zitterten, als sie das Kuchenstück auf den Teller legte. Vielleicht war sie längst nicht so selbstsicher, wie sie am Telefon getan hatte.

Bevor Holly aber Verständnis oder womöglich Mitgefühl entwickeln konnte, räusperte sie sich und sagte kühl: »Also, was hast du mir zu sagen?«

Margarete setzte sich, nahm ihren Teller auf den Schoß, rührte den Kuchen aber nicht an.

»Willst du mir nicht zuerst erzählen, wie's dir geht?«, fragte sie Anteil nehmend, was erneut Hollys Abwehr provozierte.

»Nein, will ich nicht«, sagte sie knapp. »Du hast mich hergebeten, du willst mir was sagen, also fang an.«

»Was ist nur los mit dir, Kind, warum bist du so gnadenlos?«

Margarete musterte sie mit jenem verletzten Ausdruck im Gesicht, den Holly und ihre Brüder früher den Bambi-Blick genannt hatten. Er hatte ihnen immer ein schrecklich schlechtes Gewissen gemacht.

»Komm mir nicht mit der Mitleidsnummer«, sagte Holly, »ich hab genug damit zu tun, meinen Kopf über Wasser zu halten, da kann ich mich nicht um die anderen kümmern.«

»Dann bist du zu allen so?«, fragte Margarete kopfschüttelnd, »zu Chris, zu den Kindern, den Brüdern?«

»Hör auf!«, schrie Holly, die sich kaum noch beherrschen konnte. »Sag mir endlich, was du mir zu sagen hast!«

Margarete stellte den Teller auf dem Couchtisch ab. »So geht es nicht, Holly. In dir ist so viel Wut, so viel Hass, dagegen komme ich nicht an.«

Holly senkte den Blick. In einem plötzlichen Impuls griff sie nach ihrem Teller und begann, große Bissen Kuchen in sich hineinzustopfen. Sie kaute und schluckte, ohne es richtig wahrzunehmen.

Molotow näherte sich und strich maunzend um ihre Beine. Sie stellte den Teller weg, nahm den Kater hoch und vergrub ihr Gesicht in seinem Fell. Das Tier, dem die Umklammerung unangenehm war, sträubte sich und sprang herunter.

»Tut mir leid«, sagte Holly gepresst. »Ich muss mal kurz raus.«

Sie öffnete die Glasschiebetür zum Garten und trat auf die Terrasse. In ihr tobten die widersprüchlichsten Gefühle. Margarete hatte recht, da waren Wut und Hass, aber gleichzeitig eine große Traurigkeit und das Bedürfnis, sich auf dem Schoß ihrer Mutter zusammenzurollen und gestreichelt zu werden. Sie wünschte sich, alles möge wieder sein wie früher. Damals war doch alles gut gewesen, oder?

Plötzlich fiel ihr ein Moment ein, in dem gar nichts gut gewesen, und die Gewissheit, geliebt zu werden, brüchig geworden war.

Sie ist gemeinsam mit den Eltern und ihren Brüdern auf dem Weg zum Schulsommerfest. Ihre Füße stecken in weißen Söckchen und neuen Riemchensandalen, auf die sie unbändig stolz ist. Obwohl die Schule ein ganzes Stück entfernt ist, will sie zu Fuß gehen, um die neuen Schuhe auszuführen. Die beiden Jungen quengeln nach einer Weile und wollen auf den Arm, ihr Vater nimmt Max hoch, ihre Mutter Felix.

Sie bleibt stehen, betrachtet neiderfüllt ihre beiden Brüder, die, wie es ihr scheint, triumphierend auf sie hinunterblicken.

»Ich will auch auf den Arm«, sagt sie.

»Aber Holly«, sagt ihr Vater, »du bist doch schon groß.«

»Trotzdem.«

Ihre Eltern lachen, Margarete tätschelt mit der freien Hand ihren Kopf und sagt: »Wir sind aber doch nur zwei!«

Sie sagt darauf wie aus der Pistole geschossen: »Warum habt ihr dann drei Kinder gekriegt?«

An die Antwort kann sie sich nicht mehr erinnern, nur noch an den seltsamen Blick, den ihre Eltern gewechselt haben.

Holly ging ein paar Schritte durch den Garten. Ihr Fuß stieß an etwas Hartes. Sie bückte sich und hob Sina auf, die etwas verwittert aussah, ansonsten aber unbeschädigt war. Sie wischte die Erde ab, schnippte einen ekligen, schwarzen Käfer weg, der es sich auf dem Holz bequem gemacht hatte, und trug sie ins Haus.

»Hier.« Sie reichte ihrer Mutter die Figur. Margarete nahm sie in beide Hände und betrachtete sie von allen Seiten.

»Unverletzt«, sagte sie erstaunt.

»Das kannst du nicht wissen«, sagte Holly. »Vielleicht sind ihre Verletzungen unsichtbar.«

Margarete sah sie aufmerksam an, Holly wandte den Blick ab. »Du wolltest mir was zeigen«, sagte sie.

»Stimmt«, sagte Margarete. »Ich habe noch etwas aufgehoben von … damals.«

Holly wurde ganz heiß. Sie folgte Margarete in ihr Schlafzimmer, ging mit ihr zum Schrank. Als Margarete ihn öffnete und aus dem hinteren Winkel der Schublade einen vergilbten Briefumschlag zog, hielt sie fast den Atem an.

»Was ist das?«, fragte sie.

Margarete reichte ihr den Umschlag, der ans Marienkrankenhaus adressiert und mit einer Marke frankiert war, die längst nicht mehr im Umlauf war. Der Stempel trug das Datum vom 4. September 1967. Holly griff in den Umschlag und zog ein zweites Kuvert heraus. Es trug die Aufschrift: An die neuen Eltern von Maria Holunder. Bitte weiterleiten.

Holly erkannte die Schrift. Es war dieselbe wie auf dem Zettel, der bei ihr gefunden worden war: »Bitte kümmert euch um mein Baby. Es tut mir leid.«

Sie öffnete den Umschlag und entnahm ihm ein Blatt. Enttäuscht starrte sie auf eine Ansammlung unverständlicher Schriftzeichen. Gleich darauf erkannte sie, dass es griechische Buchstaben waren. Ratlos sah sie zu Margarete auf.

»Verstehst du das?«

Margarete schüttelte den Kopf. »Ehrlich gesagt, nein.«

»Habt ihr nicht versucht, herauszufinden, was das heißt? Es ist griechisch, ihr hättet es übersetzen lassen können.«

Margarete seufzte. »Ich glaube … wir wollten es gar nicht wissen. Du warst gerade seit ein paar Tagen bei uns, als das Krankenhaus den Brief schickte. Wir waren so beschäftigt mit dir, mit der neuen Situation …«

»… und da hast du den Brief in eine Schublade gesteckt und dir achtunddreißig Jahre keine Gedanken mehr über ihn gemacht«, ergänzte Holly kopfschüttelnd. »Ich begreife euch einfach nicht, Papa und dich. Man kann doch die Vergangenheit nicht in eine Schublade packen und so tun, als hätte es sie nie gegeben!«

Hilflos hob Margarete die Schultern. »Wir wollten dich schützen. Du solltest nicht erfahren, was deine Mutter … dir angetan hat.«

»Du weißt doch überhaupt nicht, warum sie es getan hat«, rief Holly empört, »vielleicht war sie in einer furchtbaren Notlage, vielleicht sah sie keinen anderen Weg. Jedenfalls hast du kein Recht, sie zu verurteilen!«

»Ich verurteile niemanden«, gab Margarete sanft zurück, »dein Vater und ich dachten nur, du würdest ein glücklicherer Mensch werden, wenn du von all dem nichts wüsstest.«

Holly kaute auf ihrer Unterlippe. Wenn sie bedachte, in welche Verzweiflung sie durch ihre Entdeckung gestürzt worden war, konnte sie diese Überlegung nicht ganz von der Hand weisen. Trotzdem hatte niemand das Recht, ihr das Wenige vorzuenthalten, das über ihre Herkunft bekannt war.

»Ihr hättet mir wenigstens sagen müssen, dass ich adoptiert bin. Das wäre das Mindeste gewesen.« Und nach einer Pause: »Warum habt ihr mich überhaupt adoptiert? Ihr konntet doch Kinder bekommen!«

Sie bemerkte selbst, wie vorwurfsvoll sie klang, dabei wollte sie nur verstehen, was ihre Eltern zu diesem Schritt bewogen hatte.

Margarete seufzte, als wäre die Last der Erinnerung zu schwer für sie.

»Einige Zeit, nachdem dein Vater und ich geheiratet hatten, erkrankte er an einer schweren Hodenentzündung. Sein Arzt, der übrigens Doktor Mutter hieß, teilte ihm mit, er würde unfruchtbar bleiben. Diese Nachricht hat uns damals furchtbar getroffen, weil wir uns sehnlichst Kinder gewünscht haben. Wir haben uns sofort für eine Adoption vormerken lassen. Ja, und dann haben wir über dich in der Zeitung gelesen. Das Jugendamt hat uns unter mehr als zwanzig Bewerbern ausgewählt.«

»Und ... woher kommen dann Max und Felix?«, fragte Holly verwirrt.

Margarete lächelte. »Doktor Mutter hat sich geirrt. Wir haben ihm die Geburtsanzeigen geschickt, aber er hat nicht reagiert.«

»So ein Depp«, sagte Holly und musste lächeln, dann wurde sie wieder ernst. »Aber warum sollte ich das alles nicht wissen?«

»Du hättest irgendwann angefangen nachzufragen, wir hätten dich über die Umstände der Adoption belügen müssen, du hättest Nachforschungen angestellt und wärst sehr schnell auf die Wahrheit gestoßen.«

Holly dachte eine Weile nach, dann sagte sie tonlos: »Keine Wahrheit könnte so unerträglich sein wie eure Lüge. Alles, was ihr an Gutem für mich getan habt, hat durch sie seinen Wert verloren.«

Margarete versuchte, ihre Fassung zu bewahren. Zögernd, nach den richtigen Worten suchend, sagte sie: »Glaub mir, Holly, wir … wollten immer das Beste für dich, auch wenn wir vielleicht einen großen Fehler gemacht haben. Warum kannst du nicht wenigstens versuchen, uns zu verstehen?«

»Manchmal sind auch die besten Absichten keine Entschuldigung«, sagte Holly. »Ich muss akzeptieren, dass ihr euch so verhalten habt, verstehen muss ich es nicht und verzeihen schon gar nicht.«

Margaretes Augen füllten sich mit Tränen. »Und so kannst du weiterleben? Mit diesem Groll? Was ist mit Chris, verzeihst du wenigstens ihm?«

Holly hatte das Gefühl, innerlich zu vereisen. »Chris?«, fragte sie mit unsicherer Stimme, »was ist mit ihm?«

Margarete sah sie erschrocken an, als hätte sie unwissentlich ein Geheimnis preisgegeben.

»Nun … ich dachte, er wüsste Bescheid«, sagte sie, »darüber habt ihr doch sicher längst gesprochen?«

»Was meinst du?«, fragte Holly verwirrt. »Natürlich weiß er Bescheid, er war ja an dem Abend bei Max und Annika dabei.«

»Ja, natürlich«, sagte Margarete.

Holly sah sie misstrauisch an. »Hier stimmt doch was nicht, Mutter.«

»Ach, weißt du«, sagte Margarete ausweichend, »am besten, du sprichst mit ihm selbst.«

»Ja«, sagte Holly mechanisch, »mach ich.« Sie griff nach dem Blatt mit den griechischen Schriftzeichen. »Das hier nehme ich mit.«

»Natürlich«, sagte Margarete, »es gehört dir.« Sie folgte Holly zur Haustür.

»Was … hast du jetzt vor?«, fragte sie.

Holly drehte sich um. »Das, was du mit allen Mitteln zu verhindern versucht hast: die Wahrheit herauszufinden.«

Als sie ihr Elternhaus im Rückspiegel verschwinden sah, kam es Holly vor, als würde sich eine Tür in die Vergangenheit für immer schließen. Ziellos fuhr sie durch die Gegend, um Zeit zum Nachdenken zu gewinnen.

Noch immer konnte sie nicht begreifen, was ihre Mutter getan hatte, auch wenn ihre Motive ehrenwert gewesen sein mochten. Aber war diese Lüge nicht an sich schon so verabscheuungswürdig, dass sie selbst durch das ehrenwerteste Motiv nicht veredelt wurde?

Sie stellte sich vor, wie ihre Eltern sich in all den Jahren immer wieder solche Blicke zugeworfen hatten; Blicke, die das Unaussprechliche aussprachen, die den Kindern verborgen bleiben sollten und doch wahrgenommen wurden. Holly war überzeugt, dass Kinder solche Heimlichkeiten unterbewusst spüren. Es erschien ihr unvorstellbar, dass zwei Menschen Jahrzehnte mit einer solchen Lüge hatten leben können.

Und was war mit Chris? Was hatte Margarete da angedeutet? Es hatte geklungen, als hätte Chris bereits vor dem Abend der Verlobungsfeier etwas gewusst, aber das war unmöglich. Wieder fühlte Holly diese plötzliche innere Kälte und dann Panik und Hilflosigkeit.

Es musste ein Missverständnis sein. Es gab doch keine Geheimnisse zwischen ihr und Chris, jedenfalls keine von Bedeutung. Natürlich hatte jeder von ihnen einen Bereich, der dem anderen nicht zugänglich war, aber das waren harmlose, kleine Heimlichkeiten, die nichts mit ihrer Beziehung zu tun hatten.

So hatte Holly zufällig herausgefunden, dass Chris sich manchmal heimlich einen dieser albernen Sexfilme aus den Siebzigern ansah. Und sie hatte ihm – weil sie sich für ihre Ambitionen schämte – verschwiegen, dass sie an einem Kurzgeschichtenwettbewerb teilgenommen hatte. Schlimmere Verfehlungen konnte sie sich nicht vorstellen. Aber könnte sie noch für irgendetwas ihre Hand ins Feuer legen?

Ein nagender Zweifel hatte sich in ihr festgesetzt, und plötzlich konnte sie sich alles vorstellen.

Holly wendete mit quietschenden Reifen mitten auf der Straße und fuhr auf direktem Weg nach Hause. Sie stürmte in die Wohnung, durch den Flur und riss die Tür zum Wohnzimmer auf, wo Chris und Insa, die wie gewohnt auf dem Sofa lümmelten, erschrocken auseinanderfuhren.

»Raus«, herrschte Holly Insa an. »Du packst deine Sachen und verschwindest.«

»Was?« Insa starrte sie entgeistert an.

»Du hast schon verstanden«, sagte Holly.

»Sag mal, was ist denn in dich gefahren?«, schaltete Chris sich ein.

Holly antwortete nicht und stellte sich mit in die Hüfte gestemmten Fäusten an die Tür, um ihrer Forderung Nachdruck zu verleihen.

Insa, die offenbar begriffen hatte, dass dies nicht der Moment zum Diskutieren war, stand auf und schlängelte sich an Holly vorbei.

»Ist okay. Ich hab schon länger das Gefühl, nicht mehr erwünscht zu sein.«

»Und hast du dich mal gefragt, warum?«, bellte Holly.

Insa blickte sie aus großen Augen an. »Keine Ahnung.«

»Weißt du noch, wie du mir die Ohren vollgejammert hast? Tagelang, ach, was sage ich, wochenlang habe ich dir zugehört. Hast du mich in letzter Zeit auch nur *einmal* gefragt, wie es mir geht? Hast du mal mit angepackt, außer wenn es darum ging, Chris zu beeindrucken? Hast du irgendwas getan, außer den Kühlschrank leer zu fressen und meinen Mann anzubaggern?«

Holly hätte am liebsten stundenlang weiter gezetert, aber schnell wurde ihr klar, dass es gar nicht um all das ging. Sie hatte Insa einfach nur satt und wollte sie loshaben.

Insa setzte zu einer Entgegnung an, dann überlegte sie es sich anders. Sie ging in ihr Zimmer und kam wenig später mit einem Koffer und einer Tasche wieder heraus.

»Ich fahr dich«, bot Chris an.

»Du fährst nirgendwohin«, entschied Holly und hatte schon das Telefon in der Hand, um ein Taxi zu rufen.

Insa machte eine beschwichtigende Geste zu Chris, die Holly erneut auf die Palme brachte. Nur weil sich in diesem Moment die Taxi-Zentrale meldete, verbiss sie sich eine Bemerkung. Sie nannte die Adresse und legte auf.

Insa umarmte Chris und küsste ihn auf beide Wangen. »Danke für alles.«

Dann drehte sie sich zu Holly. »Dir auch, vielen Dank. Ich vermute mal, dass es dir aus irgendeinem Grund schlecht geht und ich es abkriege. Ich bin dir nicht böse«, sagte sie mit sanfter Stimme.

Holly hätte sie am liebsten geohrfeigt. Chris stand da wie ein begossener Pudel und schien von der Situation offensichtlich überfordert. Insa winkte noch mal kurz und ging mit ihrem Gepäck zum Lift. Holly schloss mit Nachdruck die Wohnungstür.

»So, und nun zu uns beiden«, sagte sie.

12

Holly saß am Küchentisch und starrte in die aufziehende Morgendämmerung. Ein eigenartig blaues Licht lag über den Dächern der Stadt und färbte sich allmählich rötlich. Die Luft war dunstig, leichte Schleierwolken bedeckten den Himmel. Es würde warm werden heute und sicher ein bisschen drückend.

Sie spürte eine seltsame Ruhe, die Gewissheit, dass ihr nichts Schlimmes mehr zustoßen könnte, da das Schlimmste schon eingetreten war.

Ihr Gesicht fühlte sich geschwollen an, das musste vom Weinen kommen, dabei hatte sie schon vor Stunden damit aufgehört. Ihre Kehle war wie aufgeraut, wahrscheinlich war sie heiser, aber das würde sie erst merken, wenn sie wieder spräche. Aber sie wollte eigentlich sowieso nie mehr sprechen. Sie wollte nur stumm dasitzen und warten, bis der Schmerz vergangen wäre.

Wie glücklich wäre sie, wenn Chris ihr einfach nur einen Seitensprung mit Insa gebeichtet hätte. Dann hätte sie ihn anschreien können, hätte geweint und mit den Fäusten auf seinen Brustkorb eingeschlagen, und schließlich wäre sie in seine Arme gesunken, nachdem er ihr viele Male versichert hätte, wie leid es ihm tue und dass es nichts zu bedeuten habe. Insgeheim wäre sie stolz gewesen, dass sie ihren Freundinnen auch mal etwas Interessantes zu erzählen hätte. Karin und Diana wären glatt vom Hocker gekippt: Chris, der treue, zuverlässige, anständige Chris hatte seine Frau betrogen!

Sie hörte schon ihre Kommentare: Da könne man mal wieder sehen, dass Männer zu allem fähig seien und man ihnen keinen Meter über den Weg trauen könne, hätte Diana verkündet. Ausgerechnet Diana, die selbst einen verheirateten Mann dazu verführt hatte, seine Frau zu betrügen.

Das sei sicher nichts Ernstes, Chris würde sie lieben und bestimmt zu ihr zurückkehren, hätte Karin – die eigene Ehekrise vor Augen – sie beschwichtigt.

Holly überlegte weiter. Selbst wenn Chris ihr eröffnet hätte, er habe sich in Insa verliebt, hätte er sie nicht härter treffen können als mit dem, was er ihr gestanden hatte. In diesem Fall hätte sie versucht, großzügig zu sein, hätte sich klargemacht, dass niemand dagegen gefeit wäre, sich in einen anderen Menschen zu verlieben, dass dies noch lange nicht das Ende sein müsste, sondern eine Phase sein könnte, die man gemeinsam durchstand, um am Ende vielleicht umso glücklicher wieder vereint zu sein. Sie hätte um ihn kämpfen können, hätte ihm zeigen können, wie wichtig er für sie war und wie sehr sie ihn liebte.

Alles wäre besser gewesen als das, was sie in dieser Nacht erfahren hatte.

Nachdem Insa gegangen war, hatte sie Chris in die Küche gezogen und erklärt, dass sie sofort mit ihm sprechen müsse. Er hatte versucht auszuweichen und nach ihrem Treffen mit Margarete gefragt. Sie hatte versprochen, ihm alles zu erzählen, aber vorher müsste er ihr eine Frage beantworten. Chris hatte sie auf eine Weise angesehen, die ihr hätte klarmachen müssen, dass er die Frage längst kannte. Aber sie hatte sich weiter an die Hoffnung geklammert, alles wäre nur ein Missverständnis.

Sie hatten sich an den Tisch gesetzt. Sie auf den Platz, auf dem sie jetzt noch saß, Chris ihr gegenüber.

Sie hatte seine Hand genommen und ihn eindringlich angesehen. »Du musst mir jetzt die Wahrheit sagen!«

Chris hatte geseufzt. »Ich habe nichts mit Insa, ehrlich.«

»Das wollte ich gar nicht wissen«, sagte Holly, »aber danke für die Auskunft.«

Sie wusste nicht, woher sie die Gewissheit nahm, aber aus irgendeinem Grund war sie sicher, dass Chris die Wahrheit sagte. Er war genau der treue, zuverlässige und anständige Mann, für den ihn alle hielten. Eine Sekunde überlegte sie, ob sie froh darüber war oder es insgeheim doch bedauerte.

»Warum hast du sie rausgeworfen?«, fragte er.

»Sie ging mir auf die Nerven«, erklärte Holly. »Außerdem hat sie doch alles probiert, um dich rumzukriegen. Ich wollte dich der Versuchung nicht länger aussetzen.«

Chris musterte sie. »Wie ich dazu stehe, interessiert dich wohl gar nicht?«

»Ehrlich gesagt, im Moment nicht. Ich habe andere Sorgen.« Sie musterte ihn mit einem prüfenden Blick, der seine Wirkung nicht verfehlte.

Chris wurde sichtlich nervös und fuhr sich mit den Händen durchs Haar. »Sie hat sich verplappert, stimmt's?«

Holly horchte auf. »Wen meinst du?«

»Na, Margarete.«

»Ich weiß nicht, ob man es so nennen kann«, sagte sie vorsichtig.

Chris, plötzlich unsicher geworden, ob sie beide das Gleiche meinten, taxierte sie forschend. »Sag mir doch einfach, worüber ihr gesprochen habt.«

»Sag du mir doch einfach, was du mir verschweigst.«

Sie beobachteten sich wie zwei Boxer, die umeinander herumtanzen und warten, bis der andere seine Deckung aufgibt. Plötzlich holte Chris tief Luft, als hätte er genug von dem Ganzen und wollte sich von einer Last befreien.

»Ich wusste es«, sagte er.

»Du wusstest was?«, fragte Holly in dem verzweifelten Versuch, das Unabänderliche noch abzuwenden. Dabei kannte sie die Antwort längst.

»Dass du ein Findelkind warst. Dass deine Eltern dich adoptiert haben. Dass sie nicht wollten, dass du es erfährst.«

Der Klang seiner Worte schien in der Stille, die folgte, minutenlang nachzuhallen. Holly saß einfach nur da und lauschte dem Echo. Ihr Blick irrte durch die Küche, als wollte sie versuchen, seine Worte einzufangen, um sich jedes einzelne genau anzusehen, zu untersuchen, ob sie zusammengesetzt wirklich das ergaben, was sie verstanden hatte.

Irgendwann landete ihr Blick bei ihm. »Woher wusstest du's?«, hauchte sie, kaum hörbar.

Chris stand auf und begann, im Raum umherzugehen.

»Dein … Vater«, begann er stockend. »Er war schon krank damals, sehr krank. Es war abzusehen, dass er sterben würde. Eines Tages bat er mich zu sich; ich sollte kommen, ohne dass du etwas davon erfährst. Dann hat er mir alles erzählt. Und mir das Versprechen abgenommen, dass ich es dir nie, niemals, unter keinen Umständen sage.«

Chris war am Fenster stehen geblieben und blickte mit dem Rücken zu Holly in die Dunkelheit.

»Warum hat er das getan?«, fragte Holly. Ihre Kehle war wie zugeschnürt, die Stimme nur noch ein heiseres Flüstern.

Chris drehte sich zu ihr um, blieb aber in sicherer Entfernung von ihr an seinem Platz.

»Damit ich dich besser verstehen kann. Er dachte, dieses … Ausgesetzt-worden-Sein, es hätte … Spuren in deiner Seele hinterlassen, und er hatte Angst, dass dieses Trauma eines Tages an die Oberfläche kommen würde. Ich sollte davon wissen, um dir dann vielleicht helfen zu können.«

Holly saß in sich zusammengesunken da und starrte den dunklen Fleck auf der hölzernen Tischplatte an, vermutlich Olivenöl. Daneben war ein Astloch, es hatte eine interessante Form, wie ein Gesicht mit einem staunend zum O geformten Mund. Mechanisch fuhr

Holly mit dem Zeigefinger die Strecke vom Ölfleck zum Astloch und wieder zurück. Dann sah sie auf.

»Und, hast du's schon mal bemerkt, das Trauma?«

Chris kam zurück zum Tisch, ging vor ihr in die Hocke und wollte sie mit den Armen umfassen. Sie stieß ihn weg.

»Fass mich nicht an!«, kreischte sie in einer Lautstärke, die ihn erschrocken einen Sprung zur Seite machen ließ.

»Bis du verrückt?«, zischte er. »Du weckst die Kinder auf!«

»Geh weg!«, schrie Holly unvermindert laut. Prompt waren gleich darauf Schritte auf dem Flur zu hören, und Lea kam schlaftrunken in die Küche gewankt.

»Jemand ist gestorben«, jammerte sie verstört, »es war so laut!«

»Niemand ist gestorben«, sagte Chris beruhigend, »Du hast nur schlecht geträumt.« Er wollte sie auf den Arm nehmen und ins Bett zurücktragen, aber in diesem Moment brach Holly in Schluchzen aus, und Lea riss sich los und lief zu ihr.

»Mama, was ist? Tut dir was weh?«

Holly nickte unter Tränen und versuchte mit aller Kraft, den verzweifelten Schrei zurückzuhalten, der sich in ihrer Brust formte. Ihr Leben schien vor ihren Augen zu zerfallen, alles, was ihr jemals Halt gegeben hatte, entglitt ihr. Aber sie durfte nicht schreien, sie musste stark sein. Kinder konnten nur stark werden, wenn ihre Eltern es waren.

»Ich habe Bauchschmerzen«, sagte sie mit zusammengebissenen Zähnen, »morgen ist es sicher besser.«

»Bestimmt?«, fragte Lea, und Holly rang sich ein Lächeln ab. »Bestimmt.«

Einigermaßen beruhigt ließ Lea sich von Chris ins Bett zurückbringen.

Als er wieder in die Küche kam, lag Holly mit dem Oberkörper auf dem Tisch, das Gesicht in den Armen vergraben, und weinte stumm.

Vorsichtig legte Chris eine Hand auf ihre Schulter.

»Nicht wieder schreien«, bat er. »Lass dich doch trösten. Bitte.«

»Du willst mich trösten?« Holly sah auf, das Gesicht nass, die Augen gerötet. »Der Mensch, der den schlimmsten Verrat an mir begangen hat, den man sich vorstellen kann?« Sie lachte bitter auf und drehte sich von ihm weg.

Chris rang die Hände. »Was hätte ich denn tun sollen? Dein Vater nimmt mir auf dem Sterbebett ein Versprechen ab, und du wirfst mir vor, dass ich es gehalten habe?«

»Mein Vater ist seit fünfzehn Jahren tot!«, fauchte sie.

Chris wanderte eine Weile schweigend weiter. Dann setzte er sich wieder ihr gegenüber an den Tisch. »Wenn ich sehe, wie es dir geht, wünschte ich, du hättest die Wahrheit nie erfahren.«

Holly schnaubte verächtlich. »Wie sagtest du neulich so richtig? Die Wahrheit hat die Neigung, ans Licht zu kommen, früher oder später.«

Darauf fiel Chris offenbar nichts ein, er blieb stumm.

Holly betrachtete ihn aus großer, innerer Entfernung. Seine eingezogenen Schultern, den ratlosen Gesichtsausdruck. Die Hände, die sonst immer wussten, wo sie anpacken mussten, um eine Sache in Ordnung zu bringen, lagen nutzlos auf dem Tisch.

Was hatte er ihr damals, nach der Laser-OP, auf die Frage geantwortet, ob er immer ehrlich zu ihr sei?

So ehrlich wie möglich.

Jetzt verstand sie die Bedeutung.

Die gleichen Worte hatte auch Margarete verwendet. Gegen den Vertrauensbruch ihres Mannes erschien Holly die Lüge ihrer Eltern plötzlich geringfügig, ja, fast rührend. Sie hatten wenigstens ihre gut gemeinten Gründe gehabt. Welchen Anlass aber hatte Chris, Jahre über den Tod ihres Vaters hinaus ein Versprechen zu halten, das so offensichtlich sinnlos und zerstörerisch war?

»Hast du dich nie gefragt, ob meine Eltern das Richtige tun? Hast du dir je überlegt, was passiert, wenn ich es doch erfahre?«, fragte sie mit neu erwachter Heftigkeit.

»Nein«, sagte er kleinlaut. »Ich habe einfach nur ein Versprechen gegeben und es gehalten, so wie man es mir beigebracht hat!«

»Und du hast nie mehr darüber nachgedacht?«

Aufseufzend schüttelte er den Kopf.

Warum, fragte sich Holly verzweifelt, dachten alle anderen, sie wüssten, was richtig wäre?

Ihr fiel ein, wie sie als Kind eine Weile geglaubt hatte, sie wäre krank, und alle um sie herum würden ihr vorspielen, es wäre nicht so. In ihrer Straße lebte ein geistig behindertes Mädchen, das jeden Morgen mit ihr an der Bushaltestelle wartete. Holly beobachtete es, abgestoßen und fasziniert zugleich, und konnte nicht aufhören, sich zu fragen, ob das Mädchen sich über seinen Zustand im Klaren wäre. Irgendwann war sie überzeugt, dass es kein Bewusstsein für seine Andersartigkeit hatte. Von diesem Tag an glaubte sie, dass auch mit ihr etwas nicht stimmte.

Da war sie, stellte Holly jetzt verblüfft fest, die Ahnung, dass es ein Geheimnis gab, das sie nicht kannte, die anderen aber schon. Das war es wohl, was die meisten Adoptierten spürten, nur dass bei ihr diese Ahnung so gut kaschiert gewesen war, dass sie den Zusammenhang bisher nicht gesehen hatte.

»Woran denkst du?«, fragte Chris. »Was hast du jetzt vor?« Er sah sie an, als erwartete er ein Urteil, das über ihr zukünftiges Schicksal entscheiden würde.

»Es ist vorbei«, sagte sie. »Ich kann nicht einfach so mit dir weiterleben und so tun, als wäre nichts gewesen.«

Chris sah erschrocken auf. »Was willst du damit sagen?«

Holly hob die Schultern und ließ sie fallen. »Weiß ich noch nicht.«

Sie spürte, dass durch Chris' Geständnis etwas unwiederbringlich verloren gegangen war. Was dieser Verlust bedeutete und wie er sich auswirken würde, das wusste sie noch nicht.

»Triff keine voreiligen Entscheidungen«, bat Chris, »du bist in einem Ausnahmezustand. Vielleicht sollten wir erst mal drüber schlafen?«

»Geh schon vor«, sagte Holly, die jetzt ganz ruhig war, »ich bleibe noch ein bisschen hier sitzen.«

Das war vor vier Stunden gewesen, stellte sie fest, als sie auf die Uhr sah. Draußen war es inzwischen hell geworden, die Sonne warf einen Lichtstreifen auf die Tischplatte. Gleich würden die Kinder aufstehen, sie würde Frühstück machen, Chris würde ihr lächelnd die Tasse mit ihrem Kaffee reichen. Sie würde die Kinder an der Tür verabschieden und in die Küche zurückkehren, wo Chris sie ansehen und fragen würde: »Hast du deinen Mann eigentlich heute schon geküsst?«

Holly schlang fröstelnd die Arme um ihren Oberkörper.

Nein, dachte sie, so würde es nicht sein. So würde es nie mehr sein.

Später, als Timo und Lea in der Schule waren, saß sie am Schreibtisch, übermüdet und gleichzeitig voller Unruhe.

Chris war mit den Kindern aufgestanden, hatte Kaffee gemacht und ihr die Tasse mit einem fragenden, unsicheren Lächeln gereicht. Sie hatte seinen Blick nicht erwidert, sich aber bemüht, die gewohnten Abläufe einzuhalten, um die Kinder nicht zu beunruhigen.

»Wo ist Insa?«, hatte Timo gefragt.

»Die ist gestern Abend ausgezogen«, hatte Holly so beiläufig wie möglich geantwortet, worauf Lea in Tränen ausgebrochen war.

»Uhund wer mahacht mir jetzt meinen Zohopf?«, hatte sie laut schluchzend gefragt und sich aufs Küchensofa geworfen.

Es hatte Holly einen Stich versetzt. Als wäre sie nicht in der Lage, ihrer Tochter Zöpfe zu flechten! Das hatte sie schließlich auch getan, bevor Insa aufgetaucht war.

Auch die Kinder hatten sich von ihr entfernt, kein Wunder. Holly war verzweifelt darüber, dass sie ihr inniges Gefühl für die beiden nicht wiederfinden konnte. Es war wie eine Krankheit, die sie befallen hatte und gegen die sie machtlos war.

»Insa kommt uns bestimmt besuchen«, log sie mit schlechtem Gewissen.

Bei den Au-pair-Mädchen hatte sie das auch jedes Mal behauptet, aber bis auf Lenka war kein Mädchen je zu Besuch gekommen.

Immer wieder hatte sie an diesem Morgen Chris' fragenden Blick auf sich gespürt und sie war ihm ausgewichen, so gut sie konnte. Nachdem die Kinder das Haus verlassen hatten, war sie sofort in ihr Arbeitszimmer gegangen. Wenig später hatte sie gehört, wie Chris seine Sportsachen aus dem Schrank holte und sich zum Laufen umzog. Sie kannte das, bei Stress und seelischer Belastung musste er sich bewegen. Als die Tür hinter ihm ins Schloss gefallen war, schien seine Frage noch immer in der Luft zu hängen: »Woran denkst du? Was hast du jetzt vor?«

Holly senkte den Blick wieder auf das Blatt in ihrer Hand. Sie studierte die Schriftzeichen und überlegte, wer sie übersetzen könnte.

Jochen! Er hatte in der Schule nicht nur Latein, sondern auch Altgriechisch gelernt, worauf er sich immer eine Menge eingebildet hatte. Sie griff zum Telefon und bat ihn um Hilfe.

»Fax es mir rüber«, sagte er, »ich versuch's. Ist immerhin eine Weile her.«

Holly legte das schon etwas brüchige Papier vorsichtig auf die Glasplatte des Faxgerätes, dann tippte sie die Nummer ein. Während sie auf Jochens Rückruf wartete, grübelte sie weiter vor sich hin.

Warum ausgerechnet Griechisch? Es kam ihr vor, als sei in den Hinterlassenschaften ihrer Mutter ein Rätsel versteckt, das sie lösen musste, um alles zu verstehen.

Der Zettel mit der Bitte, sich um ihr Baby zu kümmern, und dem Zusatz, es tue ihr leid – das war eine klare Botschaft, daran war wohl nichts verschlüsselt. Der Skarabäus, ein ägyptisches Symbol – das war schon ungewöhnlicher. Warum hatte sie keinen Marienkäfer gewählt, einen hierzulande gängigen Glücksbringer, oder ein christliches Kreuz? Der Stoff des Kissenbezuges – keine Allerweltsqualität, sondern etwas Besonderes, an das man sich erinnert. Und dann, ein Tag, nachdem die Nachricht von ihrer Adoption in der Zeitung gestanden hatte, ein Brief an die neuen Eltern ihres Kindes. In Griechisch. Das ergab doch alles keinen Sinn.

Holly lehnte sich zurück und schloss die Augen. Fast wäre sie – erschöpft, wie sie war – eingenickt, da klingelte das Telefon.

»Das ist kein Griechisch«, erklärte Jochen. »Das sind griechische Buchstaben, aber sie bedeuten nichts. Jedenfalls nichts, was ich verstehen würde.«

»Danke«, murmelte Holly.

»Willst du mir nicht erklären, was das soll? Woher hast du diesen Brief?«

»Das ist eine lange, komplizierte Geschichte«, sagte Holly. »Eines Tages erzähle ich sie dir. Versprochen.«

»Ist diese Geschichte auch der Grund dafür, dass du nicht an deinem Buch weiterschreiben kannst?«

»Erraten«, sagte Holly.

»Dann wünsche ich dir, dass sie zu einem guten Ende kommt, was immer das bedeutet. Von mir aus hast du so viel Zeit, wie du brauchst.«

»Danke, Jochen«, sagte Holly, »du bist ein echter Freund.«

Nachdem sie aufgelegt hatte, drehte sie den Brief noch eine Weile hin und her, dann legte sie ihn in die Schublade zu den anderen Sachen.

Das Telefon klingelte wieder. Sie dachte, Jochen hätte etwas vergessen, und meldete sich gegen ihre Gewohnheit nicht mit ihrem Namen, sondern nur mit »Ja?«

Eine Männerstimme fragte: »Spreche ich mit Frau Berger?«

»Ja«, sagte sie, »Holly Berger. Wer ist da?«

»Hier spricht Jobst Hegmann. Ich würde Sie gern noch einmal sehen.«

Holly schluckte. Vor Aufregung bekam sie fast kein Wort heraus.

»Natürlich, ja … gern«, stammelte sie. »Soll ich … wieder zu Ihnen kommen?«

»Ich bitte darum«, sagte Hegmann in seiner merkwürdig antiquierten Sprechweise. »Wäre es Ihnen heute Nachmittag genehm? Oder passt Ihnen ein anderer Termin besser?«

»Heute Nachmittag ist perfekt«, sagte Holly.

Mit klopfendem Herzen betrat sie kurz vor fünfzehn Uhr das Foyer des Altenstiftes. Die gleiche Frau wie beim letzten Mal saß hinter dem Empfangstresen und fragte freundlich: »Wieder zu Herrn Hegmann?«

Holly nickte.

»Sie kennen ja den Weg.«

Sie fuhr in den zweiten Stock, ging den grau-rosa Flur entlang und klingelte bei Appartement 21. Diesmal wurde die Tür gleich geöffnet. Jobst Hegmann gab ihr nicht die Hand, nickte ihr nur zu.

»Kommen Sie rein.«

Wieder folgte sie ihm. Heute trug er eine Cordhose und einen leichten Cashmere-Pullover, dazu die Lederpantoffeln.

Auf dem runden Tisch stand kein Frühstückstablett, dafür war der Zeitungsstapel noch größer geworden.

»Setzen Sie sich.«

Holly setzte sich auf den gleichen Platz wie neulich. Hegmann blieb stehen und kramte in einer Schublade des runden Tisches, die er aufgezogen hatte.

»Ich möchte Ihnen etwas zeigen«, sagte er und legte eine Ansichtskarte vor ihr auf den Couchtisch, dann setzte er sich in seinen Eames-Sessel.

Holly fragte sich kurz, warum er ihr die Karte nicht in die Hand gegeben hatte. Es schien, als wollte er eine Berührung mit ihr auf jeden Fall vermeiden.

Sie nahm die Karte. Das Foto zeigte eine orientalisch anmutende Stadtansicht, die von einigen Kuppeln und einem Minarett dominiert wurde. Rotgoldenes Abendlicht färbte die Häuser und sorgte für den typisch kitschigen Ansichtskarten-Effekt. »Kairo«, las Holly.

»Drehen Sie die Karte um«, forderte Hegmann sie auf.

Sie befolgte die Anweisung und war elektrisiert. Die gleiche Schrift. *Ihre* Schrift!

»Lesen Sie!«, befahl er.

Holly senkte ihren Blick auf die Buchstaben, die vor ihren Augen tanzten.

»Liebe Eltern, macht euch keine Sorgen um mich. Ich lebe, aber ich lebe *mein* Leben. Verzeiht, wenn ich euch Schmerz zugefügt habe, aber es gab keinen anderen Weg für mich. Eure Elsa«

Holly blickte auf, direkt in die kühlen Augen von Hegmann hinter den randlosen Brillengläsern.

»Das ist die letzte Nachricht, die ich nach ihrem Verschwinden von meiner Tochter erhalten habe«, sagte er. »Fast vier Jahre hat sie sich Zeit gelassen, um uns zu schreiben. Meine Frau war damals schon tot.«

Holly wartete, aber er sagte nichts mehr, so als wäre es nun an ihr, die richtigen Schlüsse zu ziehen.

Sie räusperte sich. »Ich glaube, ich verstehe nicht, was Sie meinen.«

»Mein Gott, denken Sie doch nach!«, polterte er ungeduldig.

»Sie wollen sagen …«, begann Holly erneut, aber er unterbrach sie.

»Ihre Vermutung war richtig. Meine Tochter hatte sich mit einem jungen Mann eingelassen, dessen Familie aus Ägypten stammte. Sie sind wohl das Resultat.«

Seine Worte trafen sie wie ein Faustschlag.

Sie sind wohl das Resultat.

Ungläubig starrte sie ihn an. So einfach war es also. Und sie hatte es geahnt, gegen alle Wahrscheinlichkeit.

»Haben Sie … ich meine, wussten Sie, dass Ihre Tochter ein Kind erwartet?«, fragte sie schließlich.

»Nein. Ich hatte keine Ahnung. Wir hatten damals wenig Kontakt mit unserer Tochter. Um die Wahrheit zu sagen, wir waren völlig mit ihr zerstritten. Sie können sich vielleicht vorstellen, wie mir zumute war, als Sie neulich hier aufgetaucht sind mit diesem … Kissenbezug.«

Er wandte sich ab, offensichtlich um seine Bewegung vor ihr zu verbergen.

Hollys Gedanken schienen sich zu überschlagen. Richtig, der Bezug. In dem Moment hatte sich in seinem Gesicht etwas gerührt und Holly hatte den Eindruck gehabt, er würde etwas wiedererkennen. Ihre Geschichte allein hätte nicht genügt, er ahnte damals ja nicht einmal, dass seine Tochter ein Kind zur Welt gebracht hatte.

»Dann sind Sie also tatsächlich …«, begann Holly ungläubig, »… Ihr Großvater«, fiel er ihr ins Wort. »Aber, bitte, keine Sentimentalitäten.«

Diesen Hinweis hätte er sich sparen können; Holly war keineswegs nach Gefühlsausbrüchen zumute. Seine reservierte Haltung lud dazu auch nicht ein.

»Was … was war der Grund für den Streit mit Ihrer Tochter?«, fragte sie stattdessen.

Er machte eine unwillige Handbewegung, als wäre es ihm lästig, sich mit den alten Geschichten zu befassen. Aber da er sich nun einmal entschlossen hatte, mit ihr zu sprechen, ließ er sich schließlich doch zu einer Antwort herab.

»Politik«, sagte er knapp.

Politik? Man konnte sich mit dem eigenen Kind so sehr über politische Ansichten zerstreiten, dass dieses Kind auf Nimmerwiedersehen verschwand?

»Was meinen Sie genau?«, fragte Holly nach.

»Ich war ein Anhänger der sogenannten Kulturrevolution«, erklärte er, »achtundsechzig, Sie wissen schon. Ich war keiner von den Jungen, die unreflektiert die Parolen der anderen nachplapperten. Ich war schon älter, hatte Philosophie und Politik studiert, ich wusste, wovon ich sprach. Meine Tochter war völlig unpolitisch. Sie weigerte sich, die Notwendigkeit des Umsturzes zu erkennen, gab sich dem Eskapismus hin. Das haben wir nicht ertragen, meine Frau und ich. Heute halte ich die meisten Ideen von damals übrigens für verfehlt. Ein riesiger Irrtum, eine große Lebenslüge, das nur am Rande.«

Holly begann zu ahnen, warum dieser Mann so verbittert war.

»Eskapismus?«, hakte sie schüchtern nach.

»Sie wurde religiös«, brach es voller Verachtung aus ihm heraus. »Mit sechzehn hat sie sich taufen lassen. Mit siebzehn verkündete sie, sie wolle ins Kloster gehen. Nach dem Abitur verschwand sie, tauchte aber immer wieder auf. Wenn wir uns gesehen haben, wurde nur gestritten und geschrien. Wir wollten sie mit allen Mitteln vor dieser schrecklichen Dummheit bewahren. Irgendwann tauchte dieser junge Mann auf. Kopte, soweit ich mich erinnere. Wir hofften, sie würde sich in ihn verlieben und die Idee mit dem Kloster fallen lassen, aber dann hatten wir den Eindruck, als bestärkten sie sich in ihrem religiösen Wahn nur gegenseitig. Und eines Tages war sie verschwunden. Zuerst haben wir uns nichts gedacht, sie war oft monatelang weg, hat aber zwischendurch wenigstens mal kurz angerufen, damit wir uns nicht allzu sehr sorgten. Diesmal blieben die Anrufe plötzlich aus. Drei Wochen nach dem letzten Telefonat haben wir die Polizei alarmiert.«

Erschöpft von seiner Erzählung atmete er ein und aus und lehnte sich in seinem Sessel zurück.

Holly überlegte fieberhaft, was sie unbedingt noch erfahren wollte, erfahren musste.

»Haben Sie … ein Foto von ihr?«

»Ein Foto?« Seine Stimme klang plötzlich schwach, als wäre ihm zu Bewusstsein gekommen, was sich gerade abspielte, und als wäre es zu viel für ihn.

»Ja, bitte«, sagte Holly leise, fast flehend.

Mit großer Mühe, als sei er schlagartig um Jahre gealtert, erhob er sich aus seinem Sessel und schlurfte zu einem Schrank. Er öffnete ihn und suchte ein Weile darin herum. Dann kehrte er zurück, ein Album mit dunkelgrünem Einband in den Händen.

Hollys Herz begann zu rasen.

Er setzte sich, blätterte hin und her und schien sie vergessen zu haben. Irgendwann reichte er ihr das Album aufgeschlagen hinüber. Sie griff danach, drehte es zu sich und betrachtete das Foto eines jungen Mädchens, das vor einem Gebäude strahlend eine Mappe schwenkt. Die Farben waren verblasst, aber Holly konnte erkennen, dass sie ein grün-gelb gemustertes Kleid im typischen Sechzigerjahre-Stil trug, dazu weiße, enge Stiefel und große, runde Ohrringe. Sie hatte dunkles Haar, das offen auf die Schultern fiel und in der Mitte gescheitelt war. Sie wirkte fröhlich und lebenslustig und hatte nichts von einer religiösen Sektiererin an sich.

»Das Abiturfoto«, sagte Hegmann. »Sie hat ihr Zeugnis in der Hand. Eins Komma vier. Sie hätte alles studieren können, Jura, Philosophie, Medizin. Sie war ein sehr kluges Mädchen, wissen Sie. Außerdem musikalisch. Sie spielte wunderbar Cello.« Aus der Hosentasche holte er ein Stofftaschentuch und schnäuzte sich.

Holly sah diskret weg und betrachtete das zweite Foto, das auf der Seite aufgeklebt war. Es zeigte Elsa mit ihren Eltern. Die Mutter – Hollys Großmutter – wirkte mit ihrem geblümten Kleid und den dunklen Locken wie ein Edel-Hippie-Mädchen, obwohl sie schon über vierzig gewesen sein musste. Hegmann hatte halblanges Haar, trug eine runde Nickelbrille und einen weißen Leinenanzug. Ein attraktives Paar mit einer vielversprechenden Tochter, dachte Holly. Die Risse, die das Verhältnis zwischen Eltern und Kind schon damals gehabt hatte, waren nicht zu erkennen.

»Was war sie für ein Mensch?«, fragte Holly, als Hegmann seine Fassung wiedergefunden hatte.

Er überlegte lange. »Sie war vor allem unglaublich

eigenwillig«, sagte er. »Wenn sie sich etwas vorgenommen hatte, zog sie es durch. Um jeden Preis.«

Warum hat sie dann die Sache mit mir nicht durchgezogen, schoss es Holly durch den Kopf. Das konnte doch nur heißen, dass sie mich nicht gewollt hat, um keinen Preis. Oder hatte es noch andere Gründe gegeben?

Zögernd fragte sie: »Wenn Sie und Ihre Frau damals von der Schwangerschaft gewusst hätten, wie hätten Sie reagiert? Hätten Sie Ihrer Tochter geholfen?«

»Natürlich«, sagte Hegmann sofort. »Wir hätten sie ins Ausland gebracht und den Eingriff bezahlt.«

Holly erstarrte. Er bemerkte ihren Gesichtsausdruck und sagte: »Sie müssen das nicht persönlich nehmen. Aber ein junges Mädchen mit solchen Zukunftsaussichten ... es wäre sträflich gewesen, wenn wir als Eltern anders gedacht hätten.«

Holly konnte sich des Gedankens nicht erwehren, dass sie sich einem solchen Vater auch nicht anvertraut hätte. Dass sie auch abgehauen wäre, um ihr eigenes Leben zu leben. Aber hätte sie es auch um den Preis einer Kindesaussetzung getan?

Hegmann saß fast regungslos da. Holly spürte, dass seine Kraft immer mehr nachließ. Auch sie ertrug seine Gegenwart kaum mehr, trotzdem musste sie noch eine Sache wissen.

»Was, glauben Sie, ist aus ihr geworden? Haben Sie irgendeine Idee, wo sie sein könnte?«

Hegmanns Blick war stumpf geworden, die übliche Wachheit daraus verschwunden. Langsam schüttelte er den Kopf. »Sie kann überall auf der Welt sein, wenn sie noch lebt. Ich sagte Ihnen ja, die Karte aus Kairo war das letzte Lebenszeichen. Und das liegt vierunddreißig Jahre zurück.«

»Haben Sie denn nie einen Versuch unternommen, sie zu finden?«, fragte Holly ungläubig.

»Es war ihr freier Wille, zu gehen. Ich war immer ein Anhänger des freien Willens.«

Das klang nach einem Schlusswort, dachte sie, und sie irrte sich nicht. Hegmann erhob sich, Holly ebenfalls. Sie reichte ihm die Hand. Nach kurzem Zögern ergriff er sie, hielt sie einen Moment fest.

»Leben Sie wohl«, sagte er.

»Auf Wiedersehen«, sagte Holly, wandte sich ab und ging Richtung Tür.

»Warten Sie«, hörte sie seine Stimme hinter sich.

Sie blieb stehen, drehte sich noch mal um. Er hatte das Album vom Tisch genommen und trug es ihr nach.

»Nehmen Sie das mit«, sagte er. »Ich habe keine Verwendung mehr dafür.«

13

Donnernd erhob sich der Düsenjet von der Startbahn und stieg in den blauen Frühsommerhimmel. Holly blickte aus dem Fenster und sah die Stadt unter sich verschwinden, die Felder, Häuser und Autos immer kleiner werden, bis nur noch ein braun-grüner Flickenteppich zu sehen war, der mehr und mehr im Dunst versank.

Sie lockerte ihren Griff um die Armlehnen ihres Sitzes, an denen sie sich während des Starts instinktiv festgeklammert hatte. Der Sitz neben ihr war frei, am Gang saß ein Geschäftsmann im blauen Anzug, der seine langen Beine mühsam verstaut hatte und seither in einer Wirtschaftszeitung las.

Holly atmete tief durch. Sie flog nicht besonders gern. Erst wenn der Start vorbei war und der Motor diesen ruhigen, eintönigen Klang angenommen hatte, gelang es ihr, sich zu entspannen.

Sie war aufgewühlt und erschöpft zugleich; die Ereignisse der letzten Tage hatten sich überschlagen. Erst allmählich kam sie wieder zu sich.

Nach ihrem Besuch bei Jobst Hegmann (es widerstrebte ihr, ihn Großvater zu nennen) hatte sie sich in ihrem Arbeitszimmer eingeschlossen und sich mit dem Album beschäftigt. Jedes einzelne Foto hatte sie mit brennenden Augen angesehen und versucht, so viel wie möglich aus den Bildern herauszulesen.

Elsa an ihrem sechzehnten Geburtstag; bei einer Einladung ihrer Eltern, umgeben von Leuten im typischen Sechzigerjahre-Intellektuellen-Look; mit der Mutter im Garten; mit ihrem Cello an Weihnachten, einen skeptischen Ausdruck im Gesicht. Ein Foto mit Schulfreundinnen, eines, auf dem sie, Kopf und Körper halb abgewendet, in die Lektüre eines Buches vertieft ist. Ein anderes, auf dem sie den Kopf vom Buch hebt und dem Betrachter in die Augen sieht. Entschlossener, fast ernster Blick. Das dunkle Haar schulterlang, meist offen, manchmal hochgesteckt. Stilvolle, sicher nicht ganz billige Kleidung. Unübersehbar ein Mädchen aus gutem Hause.

Das Album umfasste die letzten drei Jahre vor dem Schulabschluss; nach dem Abiturfoto kamen nur noch wenige Bilder, die letzten Seiten waren leer.

Holly war völlig versunken gewesen in den Anblick dieses fremden Lebens, das so fundamental mit ihrem eigenen verbunden war und ihr zum ersten Mal eine Ahnung davon gab, wo ihre Wurzeln lagen.

Nach langer Zeit hatte sie das Album zugeklappt. Jetzt endlich gab es genügend Informationen, um eine Suchanzeige aufzugeben. Sie setzte sich an den Computer, wählte sich ins Netz ein und ging auf die Adoptions-Website. Nachdem sie sich angemeldet hatte – die Benutzer dieser Seite mussten registriert sein –, klickte sie auf das Anzeigenformular und schrieb.

Ich suche Elsa Hegmann, geb. 1948, verschwunden im September 1967 aus München Letztes Lebenszeichen 1971 aus Kairo. Ich bin ihre Tochter, geb. 1967, wurde im Marienkrankenhaus in München abgelegt und später adoptiert. Wer irgendwelche Hinweise hat oder meine Mutter kennt – bitte dringend melden.

Es folgten ihr Name und ihre E-Mail-Adresse. Aufgeregt las sie den Text noch dreimal, bevor sie ihn abschickte.

Endlich ging es voran mit ihrer Suche! Holly war in geradezu euphorischer Stimmung und hätte all die Neuigkeiten für ihr Leben gern mit jemandem geteilt. Am liebsten natürlich mit Chris. Aber das war unmöglich.

Sie kam einfach nicht darüber hinweg, dass er sie all die Jahre so hintergangen hatte. Wie konnte man einen Menschen lieben, mit ihm leben und ihm das zentrale Geheimnis seines Lebens vorenthalten? Das war Verrat und hatte mit Liebe nichts zu tun.

Wann immer sie sich vorgestellt hatte, dass Chris und sie in eine Krise geraten oder sich trennen könnten, waren ihr die typischen Auslöser in den Sinn gekommen: Entfremdung, ein Seitensprung, eine neue Liebe. All das hätte sie sich vorstellen können; es wäre ja auch zu merkwürdig gewesen, wenn sie und Chris das einzige krisenresistente Paar in einer Umgebung voller Beziehungsdramen geblieben wären. Mit dem aber, was die Krise tatsächlich auslöste, hatte sie nicht rechnen können.

Eine Flut des Misstrauens war über sie hereingebrochen; alles, was Chris je gesagt oder getan hatte, schien zweifelhaft. Wann war er ehrlich gewesen, wann hatte er sie belogen? Wenn er mit einer so riesigen Lüge hatte leben können, fielen kleinere Lügen für ihn vielleicht gar nicht mehr ins Gewicht?

In einer guten Beziehung muss man sich darauf verlassen können, dass der Partner einen spiegelt, dass man ehrliche und unmittelbare Reaktionen aufs eigene Verhalten und die eigene Wahrnehmung erhält. Das, was Chris ihr geliefert hatte, war der Blick in einen Zerrspiegel gewesen, ein Bild, das mit der Wirklichkeit nichts zu tun hatte.

Aber wem könnte sie sich jetzt noch anvertrauen, mit wem ihre Erlebnisse teilen?

Ihr wurde bewusst, dass niemand von ihrer Suche wusste, dass sie noch immer mit keinem darüber gesprochen hatte. Sie hatte allein bleiben wollen mit dem Schock und der Trauer über ihre Entdeckung; nun war sie auch allein mit ihrer Freude über die erste konkrete Spur.

Ein Gong ertönte, die Anschnallzeichen erloschen. Holly ließ ihren Gurt geschlossen, man wusste ja nie. Plötzlich auftretende Turbulenzen, Luftlöcher – nicht, dass ein Gurt im Notfall viel ausgerichtet hätte, aber er stellte eine gewisse Beruhigung dar.

Die Stewardess kündigte an, dass gleich Essen und Getränke verteilt würden, anschließend gebe es Gelegenheit, zollfrei einzukaufen. Holly warf einen Blick ins Bord-Magazin, die überteuerten Kosmetika und Spielsachen stellten keine Verlockung für sie dar.

Auch das Menü sah nicht nach einem kulinarischen

Höhepunkt aus, aber Holly zwang sich, etwas zu essen. Anschließend bestellte sie Kaffee und sah aus dem Fenster. Sie hatten die Alpen in südöstlicher Richtung überflogen, die letzten Gipfel waren im Dunst verschwunden, nun dehnte sich ein endloses Wolkenmeer unter ihnen aus.

Am Abend jenes denkwürdigen Tages hatte sie Chris und die Kinder zu einer Familienkonferenz zusammengerufen. Von dieser Einrichtung durfte jedes Familienmitglied Gebrauch machen, das eine Beschwerde vorzubringen oder den anderen etwas Wichtiges mitzuteilen hatte. Früher hatten sie häufig Konferenzen abgehalten, bei denen es um Themen wie Zimmeraufräumen, Abspülregelungen und Taschengelderhöhung gegangen war. Seit einiger Zeit waren die Zusammentreffen seltener geworden, dabei hätte es sicher eine Menge auch gewichtigerer Anlässe gegeben, wie Holly sich selbstkritisch eingestehen musste.

Als sie zu viert um den Küchentisch saßen, platzte Timo sofort heraus: »Ihr trennt euch, stimmt's?«

Holly wechselte einen schnellen Blick mit Chris und bedauerte, sich nicht vorher mit ihm abgesprochen zu haben. Die Krise zwischen ihm und ihr war eine Sache, aber was die Kinder betraf, mussten sie weiter an einem Strang ziehen.

»Ich bleibe bei Mama«, sagte Lea, »die kocht besser.«

»Und ich bei Papa, der erlaubt mehr«, entschied Timo.

»Na, dann ist ja alles klar«, sagte Chris.

Die Kinder sahen ihn entsetzt an.

»Außer, dass wir uns gar nicht trennen«, ergänzte er lächelnd.

Sei dir da mal nicht so sicher, dachte Holly und sagte: »Kann ich jetzt bitte mal zu Wort kommen, schließlich habe ich die Konferenz einberufen.«

Die Blicke der Kinder richteten sich erwartungsvoll auf sie.

Holly holte weit aus. Sie erwähnte noch mal den Abend bei Max und Annika, erzählte von dem Umschlag mit den rätselhaften Botschaften ihrer Mutter und den Nachforschungen, die sie seither angestellt hatte. Sie versuchte, ihren Kindern zu beschreiben, wie verzweifelt und traurig sie gewesen sei, als sie begriffen habe, dass ihre Mutter sie nicht hatte behalten wollen – ganz anders als sie, die sich Timo und Lea so sehr gewünscht habe. Sie entschuldigte sich für die letzten Wochen, in denen sie bestimmt nicht sehr liebevoll und aufmerksam gewesen sei, und erklärte, dass es im Moment nichts Wichtigeres für sie gebe, als vielleicht ihre Mutter finden zu können.

»Warum willst du denn unbedingt deine Mutter finden, wenn sie dich gar nicht wollte?«, fragte Timo mit finsterem Gesichtsausdruck.

Holly schluckte. Diese Frage hatte sie sich natürlich auch schon gestellt. Nicht genug damit, dass es äußerst unwahrscheinlich war, ihre Mutter überhaupt zu finden. Bei positivem Ausgang ihrer Suche liefe sie außerdem Gefahr, sich eine Abfuhr zu holen. Trotzdem gab es nur eine Antwort darauf.

»Gerade deshalb«, sagte Holly. »Ich muss versuchen, herauszufinden, was die Gründe dafür waren. Ob sie mich nicht wollte oder nicht behalten konnte. Was sie sich gedacht hat, als sie mich in dem Krankenhaus abgelegt hat. Ob es ihr egal war, was aus mir wird, oder ob sie gehofft hat, dass ich in gute Hände komme.«

»Warum ist denn das bloß so wichtig?«, fragte Lea verständnislos. »Du bist doch bei uns in guten Händen!«

Holly musste lächeln. Es war schwierig, Kindern, die erwünscht und geliebt waren, die wussten, wohin sie gehörten und ihren Platz in der Welt hatten, diese Gefühle zu erklären.

Chris ergriff die Gelegenheit, etwas zu sagen. »Jeder von uns ist Teil eines Ganzen und steht in einer langen Reihe zwischen seinen Vorfahren und seinen Nachkommen«, erklärte er. »Das gibt den Menschen Sicherheit und das Gefühl, dazuzugehören. Bei eurer Mutter ist diese Reihe unterbrochen. Sie weiß nicht, wer ihre Eltern und ihre Vorfahren sind, und das macht sie unsicher und traurig. Ihr wisst übrigens auch nicht, wer eure Großeltern und Vorfahren mütterlicherseits sind. Eure Kinder werden es eines Tages auch nicht wissen ...«

Lea unterbrach das düstere Zukunftsszenario. »Klar weiß ich, wer meine Großeltern sind. Deine Eltern, und Oma Margarete.«

»Eben nicht«, sagte Holly. »Ihr seid mit Oma Margarete nicht verwandt, weil sie nicht meine richtige Mutter ist.«

Leas Augen füllten sich mit Tränen. »Sie ist nicht meine Oma?«, fragte sie mit zitterndem Stimmchen.

»Nicht deine richtige Oma«, sagte Holly, »aber das macht nichts, weil sie dich lieb hat und du sie auch. Dafür muss man nicht verwandt sein.«

»Aber wenn es nichts macht, warum musst du dann diese andere Mutter finden?«

Holly wusste nicht weiter. Sie konnte erklären, so viel sie wollte, für die Kinder würde das Ganze unverständlich, ja bedrohlich bleiben.

»Eines Tages werdet ihr es verstehen«, sagte sie, um die Diskussion zu beenden. »Auf jeden Fall wollte ich euch sagen, dass ich für einige Zeit verreisen muss, nach Ägypten, genauer gesagt nach Kairo.«

»Ägypten? Da gibt's Terroristen«, sagte Timo. »Und Kairo hat die höchste Mordquote der Welt.«

Lea brach in lautes Weinen aus. Holly nahm sie in die Arme. »Mach dir keine Sorgen, mein Schatz, das stimmt so nicht.«

»Natürlich stimmt das!«, rief Timo empört.

»Hör auf, verdammt noch mal!«, schrie Holly, die plötzlich die Nerven verlor. »Kairo hat zwanzig Millionen Einwohner, so viele Mörder kann's also dort nicht geben. Und Terroristen gibt's überall auf der Welt!«

»Auch in Deutschland?«, fragte Lea schluchzend.

»Schau her, was du angerichtet hast!«, herrschte Holly ihren Sohn an.

»So, und nun kommen wir mal alle schön wieder runter«, sagte Chris in beruhigendem Tonfall. »Holly hört auf zu schreien, Lea hört auf zu weinen, und Timo hört auf, seiner Schwester Angst zu machen. Und dann reden wir in Ruhe weiter, klar?«

Was Timo betraf, war die Konferenz für ihn beendet. Er verließ den Tisch und sagte beim Rausgehen zu Holly: »Weißt du was, mir ist ganz egal, was mit dir passiert.« Damit knallte er die Küchentür hinter sich zu.

Bei der Erinnerung an diesen Moment schossen Holly die Tränen in die Augen. Bis zu ihrer Abreise hatte Timo seinen Groll nicht überwunden, während Lea ihr kaum noch von der Seite gewichen war.

Dabei hatte es so viel zu tun gegeben. Holly hatte Flüge und ein Hotel in Kairo gebucht, einige Bilder ihrer Mutter und ihre Unterlagen kopieren lassen. Sie hatte versucht, über das Goethe-Institut und andere deutsche Vertretungen Kontakte zu knüpfen, um im Notfall eine Anlaufstelle zu haben. Und dann war der Zufall in Gestalt von Diana ihr zu Hilfe gekommen. Holly hatte – ohne die genauen Gründe zu erläutern – von ihren Reiseplänen erzählt, worauf die Freundin sich erinnerte, dass eine ihrer Schulkameradinnen vor Jahren nach Kairo gegangen sei und vielleicht noch dort wäre. Sie hatte angeboten, nachzuforschen, und am nächsten Tag hatte Holly die E-Mail-Adresse von Inga Nobis erhalten, die als Ärztin in einem Krankenhaus im Armenviertel Ard el Liwa arbeitete und sich bereit erklärt hatte, Holly am Flughafen abzuholen und ihr so weit wie möglich behilflich zu sein. Holly war heilfroh darüber; die Vorstellung, allein in einer Stadt wie Kairo anzukommen, in einem Land, dessen Sprache sie nicht kannte, von dessen Kultur sie wenig wusste und die ihr Angst machte, hatte sie bedrückt.

Der Abschied war schrecklich gewesen. Lea hatte sich weinend an sie geklammert, Timo hatte sich nicht umarmen lassen. Chris hatte sie mit einem derartig traurigen Lächeln angesehen, dass sie um ein Haar ihre Reisetasche auf den Boden geworfen und alles abgeblasen hätte.

Doch dann war es ihr wie in Trance gelungen, sich zu verabschieden und aus der Wohnung zu gehen, ohne sich noch einmal umzusehen. Eine Begleitung zum Flughafen hatte sie sich verbeten, sie hasste Abschiedsszenen vor Publikum. Stattdessen hatte sie in der S-Bahn gesessen und während der ganzen Fahrt geweint.

Das Seltsame war, dass sie inzwischen selbst nicht mehr sicher war, ob sie zurückkommen würde oder ob sie im Begriff war, in ein neues, ganz anderes Leben aufzubrechen. Die Ereignisse der letzten Wochen hatten so vieles ins Wanken gebracht, dass sie fürchtete, jeder Schritt auf ihrer Suche könnte sie weiter von dem entfernen, was bisher ihr Leben gewesen war. Und doch wusste sie, dass sie diese Suche fortsetzen musste.

Die Maschine landete pünktlich um sieben Uhr abends in Kairo. Holly passierte die Passkontrolle, erstand für fünfzehn Euro ein Visum, nahm ihr Gepäck in Empfang und trat durch eine automatische Glastür in den Ankunftsbereich. Vor der Absperrung drängten sich Hunderte von Menschen, Männer im Burnus, viele Frauen mit Kopftüchern, dazwischen westlich gekleidete Geschäftsleute.

Unsicher sah sie sich nach ihrer Abholerin um, die

sich selbstironisch als »Ritter-Sport« beschrieben hatte – »quadratisch, praktisch, gut. Und blond.«

Holly brauchte nicht lange, um eine Frau zu entdecken, auf die diese Beschreibung passte. Inga Nobis war höchstens eins sechzig groß, äußerst kompakt und hatte einen hellblonden Haarschopf, der inmitten der dunklen Menschen geradezu aufzuleuchten schien. Lächelnd und winkend kam sie auf Holly zu, die als Erkennungszeichen eine zusammengerollte ZEIT im Arm hielt, umarmte sie kurzerhand und sagte in breitestem Kölner Dialekt: »Tut das jut, mal wieder jemanden aus der Heimat zu sehen!«

Sie lotste Holly durch eine Meute aufdringlicher Taxifahrer, die ihre Dienste zu sicher überhöhten Preisen anboten, zu ihrem Wagen. Als sie das klimatisierte Gebäude verließen, fühlte sich Holly, als würde ihr jemand mit einem Fön warme Luft ins Gesicht blasen. Glücklicherweise hatte auch das Auto eine Klimaanlage, aber da Inga das Fenster auf ihrer Seite geöffnet hatte, um Fußgänger über die Straße zu winken oder andere Verkehrsteilnehmer zum Bremsen zu bewegen, war deren Wirkung deutlich eingeschränkt. Erst auf der mehrspurigen Schnellstraße fuhr sie die Scheibe hoch, und es wurde kühler im Wagen.

»Nu erzähl mal, wat de hier vorhast«, forderte sie Holly auf, die zu einer umständlichen Rede ansetzte, wie dankbar sie für die spontane Hilfe sei und wie froh, nicht auf sich allein gestellt zu sein. Aber Inga wedelte ungeduldig mit der Hand. »Ach, kein Gedöns, das ist doch selbstverständlich unter Freunden. Wie jeht es denn der Diana?«

Holly berichtete von Dianas beruflichen Erfolgen und privaten Verwicklungen, was bei Inga ein breites Grinsen auslöste.

»Dat ist typisch«, sagte sie, »schon in der Schule hat sie den Jungs den Kopp verdreht! Und wat is jetzt mit dir?«

Während Hollys Geschichte hörte Inga aufmerksam zu. Dann sagte sie trocken: »Dat is ja mal ein Ding. Und nu willste hier, in dieser Riesenstadt, nach deiner Mutter suchen, die vor bald vierzig Jahren verschwunden ist?«

Holly nickte.

»Na, dann mal los«, sagte Inga fröhlich und drückte aufs Gas, als sich eine Lücke vor ihr auftat. »Wie heißt dein Hotel?«

Holly nannte Namen und Adresse und sah staunend zu, wie Inga sich durch den mörderischen Verkehr Richtung Zentrum kämpfte. Die Ägypter schienen keine Spuren zu kennen, sie rasten einfach in der höchstmöglichen Geschwindigkeit nebeneinander her. Halsbrecherische Überholmanöver ließen Holly mehrmals den Atem anhalten, und Inga kicherte, als ihre Beifahrerin erschrocken aufquietschte.

Der Name des »Hotel Luxor«, das im siebten Stock eines großen, alten Gebäudes lag, weckte zwar vage Assoziationen an Luxus, als sie aber – nach einer endlos erscheinenden Fahrt in einem Aufzug, der wie ein Metallkäfig aussah – oben angekommen waren, verflüchtigte sich dieser Gedanke schnell.

Ein staubiges, mit orientalischem Schnickschnack

überladenes Foyer, in dem das einzig Lebendige ein paar Topfpalmen zu sein schienen, weckte keine großen Hoffnungen in Bezug auf die Qualität der Zimmer. Erst, nachdem sie energisch auf eine Glocke geschlagen hatten, rührte sich etwas, und aus dem Hinterzimmer schlurfte ein alter Mann, der sie aus rot unterlaufenen Augen ansah.

Inga sprach ihn auf Arabisch an, er blätterte in einem großen Buch. Nach langem Suchen fand er Hollys Namen, der auf eine Weise geschrieben war, die auch sie nicht hätte entziffern können.

Er murmelte etwas, Inga übersetzte: »Deinen Pass.«

»Spricht er kein Englisch?«, fragte Holly leise.

Inga zuckte die Schultern. »Nicht viel, fürchte ich.«

Der Alte reichte einen Schlüssel mit einer abgegriffenen, roten Samttroddel über den Tresen.

Sie trugen Hollys Tasche den langen, verwinkelten Flur entlang. Im Zimmer angekommen, warfen sie das Gepäck auf ein schmales Bett, dessen Sprungfedern quietschten.

»Keine Minibar?« Holly durchsuchte den winzigen Raum.

Inga lachte. »Du bist hier nicht im ›Nile Hilton‹!«

Holly stöhnte. »Ich sterbe vor Durst. Weißt du was, ich spring schnell unter die Dusche, und dann gehen wir was essen.«

»Is jebongt«, gab Inga zurück.

Sie bummelten durch die Straßen, und Holly staunte über das Gewimmel. So viele Menschen!

»Ist hier immer so viel los?«, fragte sie.

»Abends wird es kühler«, erklärte Inga, »dann kommen die Leute aus ihren Häusern.«

Horden von Jugendlichen, fast ausschließlich junge Männer, kamen ihnen entgegen, musterten sie neugierig, riefen ihnen ein »welcome to Cairo« oder »how are you?« zu. Die wenigen Frauen waren fast alle in Begleitung ihrer Männer, und zu Hollys Überraschung trugen – bis auf ein paar Ausnahmen – alle Kopftücher. Die wirkten zwar oft wie ein modisches Accessoire, lässig ums Haar geschlungen, in schreienden Farben, mit Glitzer oder Stickerei verziert, bedeuteten aber wohl mehr. Die jungen Mädchen trugen Jeans und Turnschuhe dazu, die älteren Frauen oft die traditionellen bodenlangen Gewänder. Einmal sah Holly eine gänzlich verschleierte Frau, deren dunkel glühende Augen durch einen schmalen Schlitz blitzten. Es war ein buntes, exotisches Bild, auf das sie nicht gefasst gewesen war. Gleichzeitig wurde ihr klar, dass sie und Inga in dieser Umgebung die Exotinnen waren; die vielen Blicke, die sich auf sie richteten, machten ihr fast ein bisschen Angst.

»Trägst du auch manchmal Kopftuch?«, wollte sie wissen.

Inga nickte. »Manchmal nervt es mich, ständig angestarrt und angesprochen zu werden, dann wickle ich mir das Ding um den Kopf, und Ruhe ist.«

»Ist es nicht unangenehm bei der Hitze?«

»Anfangs schon. Aber man gewöhnt sich dran.«

»Glaubst du, die Frauen hier tragen ihre Kopftücher freiwillig?«

Inga lachte auf. »Freiwillig? Sagen wir, sie machen aus der Not eine Tugend.«

»Sie werden also unterdrückt?«

»Na, wat glaubst du denn? Das ist eine patriarchalische Gesellschaft, hier haben die Männer das Sagen. Und die springen zwar gern mal mit einer von den westlichen Touristinnen in die Kiste, die sie wegen ihrer Freizügigkeit so verachten, aber ihre eigenen Frauen müssen vor lüsternen Blicken geschützt werden.«

»Ganz schön bigott«, stellte Holly fest.

»Und das ist noch nicht alles«, fuhr Inga fort, die in Fahrt gekommen war. »Die Frauen werden sogar beschnitten! Kürzlich war hier eine Konferenz, bei der sie einen Film über eine Beschneidung gezeigt haben, eine echt bestialische Schweinerei. Und was war? Die männlichen Teilnehmer sind reihenweise aus den Latschen gekippt!«

Plötzlich betrachtete Holly das fremdartige, scheinbar so lebensfrohe Treiben um sich herum mit gemischten Gefühlen. Aus den hell erleuchteten Läden erklang arabische Musik, die Autos hupten sich durch die Menschen, die mitten auf der Straße gingen, es wurde gerufen, gestritten, gelacht. Die Abgase und der Staub vermischten sich mit der Wärme zu jenem charakteristischen Geruch Kairos, der Holly nicht mehr aus der Nase gehen sollte. Ihre Augen brannten, immer wieder musste sie husten.

»Smog«, stellte Inga fest. »Auch daran gewöhnt man sich.«

»Und an den Müll?«, fragte Holly mit Blick auf die vielen achtlos weggeworfenen Plastiktüten und Flaschen, »gewöhnt man sich an den auch?«

Inga folgte ihrem Blick. »Das ist nichts«, sagte sie. »In anderen Stadtteilen ist es viel schlimmer.«

Sie erreichten die Straße des 26. Juli, und Inga steuerte auf ein großes Restaurant zu. »GAD« stand in großen Neonlettern über dem Eingang. Im ersten Stock saßen die Leute an langen Tischen, Inga sprach mit dem Kellner, der ihnen zwei Plätze zuwies.

»Was möchtest du essen?«, fragte Inga.

Holly zuckte die Schultern. »Keine Ahnung, ich weiß ja nicht, was es gibt.«

»Dann suche ich was aus«, schlug Inga vor und griff nach der Karte.

Nachdem der Kellner die Bestellung entgegengenommen hatte, fragte Holly ihre Begleiterin, was sie hierher verschlagen hatte.

»Willste dat wirklich wissen?«, fragte Inga zweifelnd, und Holly nickte.

Inga war, wie man so sagt, »gut verheiratet« gewesen, der Mann ein erfolgreicher Industrieller, die Ehe leider kinderlos. Ihrem Mann zuliebe verzichtete sie auf ihren Beruf als Ärztin, um ihn möglichst oft auf Reisen begleiten zu können, daneben war sie in verschiedenen Hilfsorganisationen aktiv. Alles sah nach einem geglückten Leben aus, bis Inga beim Reiten schwer verunglückte. Die Diagnose der Ärzte lautete: Querschnittslähmung.

»Und du glaubst et nit«, sagte sie auf ihre unnachahmliche Art, »der Kerl war so schnell weg, dat de nich mal sein Kondensstreifen mehr jesehen hast.«

»Wie«, fragte Holly ungläubig, »der hat dich sitzen lassen, in dieser Situation?«

»Er schiebt keine Frau im Rollstuhl rum, hat er mir erklärt. Nur, dass ich nach drei Monaten wieder raus war aus dem Rollstuhl. Da hat er aber schon mit der anderen zusammenjelebt.«

»Eine andere Frau gab's auch noch?«, fragte Holly fassungslos.

»Ja, wat glaubst du denn?«, sagte Inga. »Ich hab ihn dann um die Hälfte seines Vermögens erleichtert und bin nach hierher abgehauen. Von der Kohle hab ich das Krankenhaus gebaut.«

»Wie, gebaut?«, fragte Holly verständnislos.

»Na, Grundstück gekauft, Baugenehmigung beantragt, Bauunternehmer beauftragt, fertig.«

»Und heute arbeitest du in deinem eigenen Krankenhaus?«

Inga lachte. »Nein, das habe ich einer großen Hilfsorganisation jeschenkt, die jetzt als Träger fungiert.«

Holly war sprachlos.

Der Kellner brachte eine Reihe kleiner Teller, auf denen köstlich aussehende Vorspeisen angerichtet waren. Holly tauchte Stücke ihres Fladenbrotes hinein, und Inga erklärte ihr, was sie aß.

»Das ist Foul, Bohnenpüree mit Olivenöl, das hier ist Tahina, Sesampüree, das hier Moussaka, eine Auberginen-Zwiebel-Paprika-Mischung. Das ist Baba hanusch, Auberginenpüree mit Knoblauch, und das kennst du sicher, das ist Falafel.«

»Mmh!« Holly war begeistert.

Zwischen zwei Bissen fragte sie: »Und warum ausgerechnet Kairo?«

»Ich war früher ein paarmal als Touristin hier. Teures Hotel, Chauffeur, Shopping und Sightseeing. Einmal bin ich zufällig in einem Müllsammlerviertel gelandet, wo die Menschen davon leben, dass sie den Abfall der Reichen einsammeln, von Hand sortieren und die brauchbaren Teile verkaufen. Von dem Erlös müssen sie noch Prozente an so eine Müllmafia abdrücken. Dazwischen rennen ihre Kinder herum und spielen mit den Schweinen, die den organischen Abfall aus dem Dreck rauswühlen. Da habe ich mich dermaßen für mein dekadentes Leben geschämt, dass ich mir geschworen habe, was für diese Leute zu tun.«

Holly war sehr nachdenklich geworden.

»Und … wie geht es dir hier?«

»Mir ist es noch nie so gut gegangen«, sagte Inga strahlend, und man sah ihr an, dass es stimmte.

Der Hauptgang wurde aufgetragen: Lamm mit Aprikosen, dazu brauner Reis. Holly hätte nie gedacht, dass ihr orientalische Gerichte so schmecken würden.

Als sie fertig waren, faltete Inga ihre Serviette zusammen und beugte sich vor.

»Und, wie willst du nun deine Suche beginnen?«

Holly erzählte, ihre Mutter habe als junges Mädchen ins Kloster gehen wollen. Es gebe aber Hinweise, dass sie nach der Sache mit dem ungewollten Kind Deutschland verlassen habe und nach Ägypten gegangen sei. Sie frage sich also, ob sie möglicherweise hier Zuflucht in einem Kloster gefunden habe.

»Ein katholisches Frauenkloster in Ägypten? Kannste vergessen«, sagte Inga. »Das Land ist zu neunzig Prozent islamisch, der Rest sind Kopten, die mehr oder weniger unterdrückt und verfolgt werden. Nur das

Müllsammeln überlassen die Moslems ihnen, mit dem Dreck und den Schweinen wollen sie nichts zu tun haben.«

Holly horchte auf. Hatte Hegmann nicht gesagt, Elsas Freund sei Kopte gewesen?

»Was sind die Kopten genau?«, fragte sie.

»Die Kopten begreifen sich als Nachfahren der pharaonischen Urbevölkerung Ägyptens, außerdem sind sie Christen. Die Messen sind ziemlich ähnlich wie bei den Katholiken, mit Liturgie und Abendmahl, aber ohne Predigt.«

Holly war elektrisiert. Vielleicht war das die richtige Spur!

»Weißte was«, schlug Inga vor, »am besten, du gehst für den Anfang mal ins Koptische Museum. Ich schicke dir morgen früh Ashraf, unseren Geschäftsführer, er wird dich begleiten.«

»Kann er Englisch?«, fragte Holly hoffnungsvoll.

»Noch besser«, grinste Inga, »er spricht Deutsch. Hat in Berlin studiert.«

Holly griff über den Tisch nach ihrer Hand und drückte sie.

»Dich haben die Götter geschickt!«

»Nä, bloß die mannstolle Jagdgöttin Diana!«

14

Am nächsten Morgen wurde Holly von einem, mit Jeans und T-Shirt bekleideten, ungefähr dreißigjährigen Mann in Ingas Wagen abgeholt.

»Hallo, ich bin Ashraf«, stellte er sich vor und gab Holly die Hand.

Schwarze Augen, olivenfarbene Haut, gewinnendes Lächeln. Seine Hand fühlte sich gut an in ihrer.

»Holly«, erwiderte sie lächelnd, »vielen Dank für Ihre Begleitung!«

»Mach ich doch gern«, sagte er und ließ seine weißen Zähne blitzen, »so komme ich mal aus dem Büro raus!«

Sein Deutsch war nahezu akzentfrei. Er war erst seit einem Jahr wieder in Kairo, zuvor hatte er sechs Jahre in Berlin studiert und mit einer Deutschen zusammengelebt, sagte er zur Erklärung.

»Was hat Ihnen an Deutschland gefallen?«, fragte sie.

»Das Wetter, das Essen und Harald Schmidt.«

Holly musste lachen. »Harald Schmidt, das verstehe ich. Über das Essen kann man reden. Aber das Wetter?«

»Ich liebe Regen und Kälte«, sagte Ashraf.

»Na, dann sind Sie ja hier genau richtig«, gab Holly spöttisch zurück.

Der Asphalt schien bereits zu glühen, obwohl es noch nicht mal zehn Uhr war, und Holly fragte sich, wie man es als Mitteleuropäer auf Dauer hier aushalten konnte. Es waren zwar weniger Menschen auf der Straße als in der Nacht, aber die Autos, Kleinbusse, sogenannte Pick-up-Taxis und Mopeds, dazwischen hie und da Eselskarren oder Pferdegespanne verursachten bereits wieder Verkehrschaos.

Das Koptische Museum lag im Zentrum von Alt-Kairo im Süden der Stadt, ungefähr fünfzehn Minuten von ihrem Hotel entfernt. Unterwegs wies Ashraf sie auf Sehenswürdigkeiten wie den Manial-Palast und den Nilometer hin.

»Was ist ein Nilometer?«, fragte Holly und schämte sich, dass sie sich auf ihre Reise so gut wie gar nicht vorbereitet hatte. Andererseits: Sie war ja nicht als Touristin hier.

»Der Nilometer misst den Pegelstand des Flusses«, erklärte Ashraf, »früher hat sich daran die Höhe der Steuern bemessen. Hoher Stand bedeutete Fruchtbarkeit, also wurden hohe Steuern erhoben, niedriger Stand hieß Dürre und niedrige Steuern.«

Er bog in eine Straße ein und bremste. Bewaffnete Polizisten umringten das Fahrzeug, Ashraf ließ die Scheibe herunter und erklärte, wohin sie wollten. Erschrocken beobachtete Holly, wie ein Polizist mit einem Hund das Auto umrundete, offenbar auf der Suche nach Sprengstoff. Schließlich durften sie die Einfahrt ins koptische Viertel passieren. Ashraf fuhr an einigen Kleinbussen von Touristikunternehmen vorbei und stellte den Wagen am Straßenrand ab.

»Warum kontrollieren die so streng?«, fragte Holly.

»Angst vor Anschlägen.«

Holly erinnerte sich, gelesen zu haben, dass es Anschläge auf koptische Einrichtungen gegeben hatte, bei denen zahlreiche Menschen zu Tode gekommen waren. Sie versuchte, ihr leicht mulmiges Gefühl zu verdrängen.

Als Erstes führte Ashraf sie in die El Moallaqa, die sogenannte »hängende Kirche«, die auf den Relikten der Feste Babylon errichtet worden und eine Zeit lang Sitz des koptischen Patriarchen gewesen war. An einer Stelle konnte man durch eine Glasscheibe im Boden erkennen, wie tief das Fundament lag und wie die Kirche durch Querstreben gestützt wurde. Die drei Seitenaltäre waren Maria, Johannes dem Täufer und dem heiligen Georg gewidmet. Wegen Restaurierungsarbeiten waren nicht alle drei zugänglich. Wo es möglich war, bewunderte Holly kunstvolle Elfenbein- und Zedernholzarbeiten.

»Das ist eine der schönsten Kirchen in ganz Ägypten«, flüsterte Ashraf ihr zu, und sie nickte.

Ganz in der Nähe befand sich das Koptische Museum, das nach längerer Renovierung gerade wieder eröffnet hatte. Erneut mussten sie eine Sicherheitsschleuse passieren, Hollys Tasche wurde durchleuchtet, ihre Kamera musste sie abgeben.

Die neunundzwanzig Säle des Museums gingen von einem runden, mit Glas überdachten Innenhof ab, der mit hellen Steinen gefliest war und von zwei riesigen Palmen flankiert wurde. Das Gebäude selbst barg ein Sammelsurium an kunstvollen Türen, Fenstergittern,

Balkonen und Beschlägen; alle stammten aus koptischen Häusern und Kirchen. Innen befanden sich Gegenstände des alltäglichen Lebens, kunstvolle Textilien, wertvolle, alte Bücher, außerdem Wandgemälde und Grabsteine aus Klöstern. *Sankt Jeremiah*, las Holly, *Sankt Antonius, Sankt Apollo.*

»Woran erkennt man, ob es Männer- oder Frauenklöster sind?«, fragte Holly.

»Das weiß ich nicht«, sagte Ashraf bedauernd, »aber vielleicht kann ich hier jemanden fragen.«

Keiner der Museumsdiener war zu sehen, deshalb gingen sie weiter. Vor einem großen Fresko, auf dem zwei Engel den mit Girlanden geschmückten Jesus trugen, blieb Holly stehen.

»Das sind ja griechische Buchstaben«, sagte sie und deutete auf die Schriftzeichen über dem Bild.

»Das ist koptisch«, sagte Ashraf, »sie verwenden die gleiche Schrift.«

Holly schlug sich mit der Hand an die Stirn. Das war des Rätsels Lösung! Aufgeregt zappelte sie vor Ashraf hin und her. »Ich habe ein Schriftstück, ich glaube, es ist auf Koptisch. Haben Sie eine Idee, wo ich es übersetzen lassen könnte?«

Ashraf überlegte. »Vielleicht hier? Ich werde fragen.«

Am anderen Ende des Saales entdeckte er einen der Aufpasser, ging hin, sprach mit ihm und winkte Holly zu sich. Zusammen verließen sie das Gebäude in Richtung Nebenhaus. Dort war die Verwaltung untergebracht.

Ashraf klopfte an eine der Türen, wurde hereingebeten, und nachdem eine sehr reservierte Sekretärin sich sein Anliegen angehört hatte, bat sie ihn und Holly, zu warten. Durch eines der kunstvoll geschnitzten, mit Arabesken verzierten Holzfenster sahen sie hinaus in den Hof, wo sich einige Besucher im Schatten einer Dattelpalme niedergelassen hatten. Niemand nahm Anstoß daran, dass sie Essen und Getränke auspackten.

Ashraf fragte sie, um welche Art Schriftstück es sich handelte, und Holly antwortete: »Um einen Brief.«

»Um einen Brief?«, wunderte er sich. »Sie meinen, ein historisches Dokument?«

Holly lächelte. »Nun ja, wenn Sie ein Alter von achtunddreißig Jahren als historisch bezeichnen, dann ja. Allerdings wäre dann auch ich eine Antiquität, und dagegen verwahre ich mich.«

Ashraf sah sie ziemlich ratlos an, und Holly beschloss, ihn aufzuklären. Als sie gerade eine Kurzfassung ihrer Geschichte erzählt hatte, winkte die Sekretärin sie zu sich und sagte etwas auf Arabisch.

Ashraf übersetzte. »Wo haben Sie den Brief?«

»Im Hotel.«

Die Sekretärin nickte. »You can bring it here or send a fax«, sagte sie.

Holly sah Hilfe suchend zu Ashraf. »Aber die Übersetzung wird auf Arabisch sein, nicht wahr?«

»Ja, und ich übersetze dann weiter ins Deutsche«, schlug er vor.

Sie nickte und erinnerte ihn daran, nach den Frauenklöstern zu fragen.

Ashraf sprach wieder mit der Sekretärin, die zuckte gelangweilt mit den Schultern und antwortete auf Arabisch.

»Sie schickt eine Liste mit«, sagte er.

Dann bekam er einen Zettel mit der Faxnummer, sie bedankten sich und verließen das Museum.

Die Mittagshitze näherte sich ihrem Höhepunkt. In einem kleinen Laden kauften sie kalte Cola, die Holly dankbar hinunterstürzte. Ashraf reichte ihr eine Packung Kekse, die nach Kokos schmeckten.

»Es gibt hier noch mehr Kirchen«, sagte er, »gleich da drüben zum Beispiel die Kirche Abu Serga. Sie wurde über der Krypta gebaut, in der die Heilige Familie auf der Flucht gewohnt haben soll. Wollen wir sie ansehen?«

Warum nicht, dachte Holly, wo ich schon mal da bin. Sie nickte, und sie setzten ihren Rundgang fort. Über einen Friedhof mit gewaltigen Grabsteinen und Engeln aus Marmor, die arabische Inschriften trugen, gingen sie auf eine kleine Kapelle zu.

Die Heilige Familie auf der Flucht.

Plötzlich sah Holly ihre Mutter vor sich, das neugeborene Baby im Arm, neben ihr den jungen Vater. Lag es nicht nahe, nach Ägypten zu fliehen? Waren sie nicht ebenfalls bedroht, nicht von König Herodes, aber doch von dem tyrannischen Vater Hegmann? Doch wenn sie geflohen waren, warum hatten sie dann ihr Kind nicht mitgenommen?

Holly blieb stehen und lehnte sich an einen Grabstein.

»Was ist?«, fragte Ashraf besorgt. »Geht es Ihnen nicht gut?«

»Nur die Hitze«, sagte sie. »Entschuldigen Sie.«

»Schon gut.« Er lächelte sie an.

Schweigend betrachtete Holly die kleine, eher unscheinbare Kirche, deren Hauptattraktion darin bestand, dass sie der heiligen Familie Zuflucht geboten hatte, wie auf Schildern in mehreren Sprachen zu lesen war. Sie stieg die wenigen Stufen in die Krypta hinab und versuchte sich vorzustellen, wie die Verfolgten sich gefühlt hatten in dem winzigen Raum, vor ihren Häschern verborgen, versorgt von Menschen, die ihnen heimlich etwas zu Essen brachten. Sogar ein Luftloch entdeckte sie.

Danach führte Ashraf sie zur Kirche der Heiligen Barbara.

»Wer war diese Barbara?«, wollte Holly wissen.

»Eine jungen Frau aus Vorderasien, die von ihrem Vater getötet wurde, weil sie zum Christentum konvertierte«, antwortete er.

Holly schluckte trocken. War es nicht genau das, was auch zwischen ihrem Großvater und ihrer Mutter passiert war? Er hatte an die Revolution geglaubt, sie an Gott. Für ihn war seine Tochter gestorben, weil sie seine Überzeugungen nicht geteilt hatte.

Ashraf, der Hollys Nachdenklichkeit bemerkte, fragte unsicher, ob er ihr noch mehr zeigen solle.

»Unbedingt«, sagte sie. »Ich habe das Gefühl, diese sehr merkwürdigen Dinge hier bringen mich dem Ziel meiner Suche immer näher.«

Als Nächstes führte er sie zur Ben-Ezra-Synagoge. Hier würde es nichts geben, das an ihre Familiengeschichte erinnerte, dachte Holly. Aber sie hatte sich geirrt.

»Bis zum achten Jahrhundert war dies eine koptische Kirche«, erklärte Ashraf. »Auch hier hat sich die heilige Familie auf der Flucht vor Herodes versteckt. Und genau hier, wo diese Kirche steht, wurde der Korb mit dem Baby Moses an Land getrieben.«

Holly starrte ihn an. Das war doch nicht möglich. Konnten das alles Zufälle sein? Ohne dass sie es merkte, traten Tränen in ihre Augen. Erschrocken fasste Ashraf sie am Arm.

»Alles in Ordnung?«, fragte er.

Aufschluchzend lehnte sie ihren Kopf an seine Brust, und er legte tröstend seinen Arm um sie.

Holly blieb den Nachmittag über im Hotel. Nachdem sie das Faktotum dazu gebracht hatte, den Brief mit einem Begleitschreiben ans Museum zu faxen, lag sie auf dem Bett, fächelte sich Luft zu und las in einem Ägyptenführer, den sie in dem Souvenirshop unten erstanden hatte.

Mehr, als dass es hier Pyramiden gab und über neunzig Prozent des Landes aus Wüste bestanden, hatte sie bisher nicht gewusst. Höchste Zeit, sich ein paar Grundkenntnisse anzueignen.

Zwischendurch ließ sie das Buch immer wieder sinken und dachte an die Ereignisse des Vormittages. Es kam ihr vor, als hätte irgendeine Vorsehung sie an all diese Orte geführt, deren Geschichte sich auf seltsame Weise mit ihrer persönlichen zu vermischen schien. Oder begann sie bereits, in alles etwas hineinzudeuten, weil sie um jeden Preis eine Spur erkennen wollte? Ungeduldig wartete sie nun auf die Liste der Frauenklöster und die Übersetzung des Briefes. Diese würden hoffentlich weitere Mosaiksteine in ihrem Bild ergeben. Was für eine Verrücktheit, dass ihre Mutter Koptisch gelernt hatte, eine Sprache, die – ähnlich wie Latein – nicht mehr gesprochen wurde, sondern nur noch in religiösen Zusammenhängen eine Rolle spielte. War das nicht ein weiteres Indiz dafür, dass Elsa die Absicht gehabt hatte, nach Ägypten zu gehen und sich der koptischen Kirche anzuschließen? Obwohl alles so vage schien, fügte sich doch immer wieder ein Teil ans andere.

Was Holly nicht vorhergesehen hatte, war, dass sie so leicht aus der Fassung zu bringen war.

Beschämt fiel ihr ein, dass sie tatsächlich an Ashrafs Brust geweint hatte. Nachdem sie sich beruhigt hatte, war sie schließlich einen Schritt zurückgetreten, hatte sich die Nase geputzt und verlegen gesagt: »Schrecklich, diese emotionalen Frauen, stimmt's?«

Ashraf hatte freundlich erwidert: »Das macht mir gar nichts.«

Na ja, dachte Holly, auch arabische Frauen waren schließlich nicht gerade unemotional, aber sie blieben unter sich und warfen sich nicht fremden Männern an den Hals.

Als bis siebzehn Uhr keine Antwort aus dem Museum gekommen war, rief sie Ashraf auf seinem Handy an.

»Stellen Sie sich vor, ich habe immer noch nichts gehört!«, rief sie theatralisch.

»Sie kennen das ägyptische Tempo nicht. Wir können froh sein, wenn wir im Laufe der nächsten zwei Wochen eine Antwort kriegen«, sagte er lachend.

»Waaas? Aber so lange bin ich gar nicht hier!«

»Vielleicht geht es ja schneller«, sagte er beschwichtigend. »Ich werde morgen dort anrufen.«

»Danke«, sagte Holly und, ohne nachzudenken, »würden Sie heute Abend mit mir ausgehen?«

Seine Antwort kam prompt. »Worauf haben Sie Lust? Essen, Bauchtanz, Disco?«

»In dieser Reihenfolge, bitte!«

»Um acht bin ich da.«

Kaum hatte sie aufgelegt, fragte sich Holly, ob sie noch alle Tassen im Schrank hätte. Brauchte sie wirklich zu dem ganzen Chaos, das derzeit in ihrem Leben herrschte, noch erotische Verwicklungen?

Ashraf gefiel ihr, keine Frage. Und wenn sie seine Signale richtig deutete, gefiel sie ihm auch. Also gab es nur eines: Sie würde schön die Finger von ihm lassen.

Sie streckte ihre linke Hand vor und schüttelte sie mit ihrer Rechten, als wollte sie eine Abmachung mit sich selbst besiegeln.

»Versprochen?«

»Versprochen.«

Sie hielt die Untätigkeit nicht mehr aus, deshalb beschloss Holly, in das Internet-Café an der Ecke zu gehen, das sie im Vorbeifahren entdeckt hatte. Als Erstes überprüfte sie, ob jemand auf ihre Suchanzeige reagiert hätte, aber natürlich hatte niemand geschrieben.

Dafür war ein Brief von Lea da, der sie vor ihrer Abreise versprochen hatte, alle paar Tage ihre Mails zu checken und immer gleich zu antworten.

»Liebe Mama, wie geht es Dir? Hast Du schon Deine Mutter gefunden? Ist es warm in Ägypten? Hast Du schon eine Piramide gesehen? Ich hab Dich lieb und denke an Dich. Ein Kuss von Lea«

Der Anblick des Wortes »Piramide«, in dem die ganze Fremdheit und Unverständlichkeit ihrer Unternehmung enthalten zu sein schien, rührte Holly. Sie schrieb zurück:

»Liebe Lea, vielen Dank für deine Mail, es war schön, hier anzukommen und gleich einen Gruß von Dir zu finden! Mir geht es gut, hier ist es sehr heiß, aber eine Pyramide habe ich noch nicht gesehen, weil sie ein Stück außerhalb der Stadt stehen. Dafür war ich schon im Museum und in verschiedenen Kirchen. Heute Abend gehe ich zum Bauchtanz. Meine Mutter habe ich noch nicht gefunden, aber ich hoffe sehr, dass es mir bald gelingen wird. Es umarmt Dich, in Liebe,
Mama«

Plötzlich überfiel sie eine schreckliche Sehnsucht nach ihren Kindern, Chris und dem Leben, das sie bis vor ein paar Wochen geführt hatte. Warum nur hatte sie in dem verdammten Ordner herumwühlen müssen, warum hatte sie den braunen Umschlag öffnen müssen, warum hatte sie diese Entdeckung machen müssen, die in ihre friedliche, kleine Existenz eingeschlagen war wie eine Bombe?

Nun saß sie in Kairo, getrieben von der riesigen Hoffnung und der winzigen Wahrscheinlichkeit, einen

Menschen zu finden, von dem sie glaubte, er könnte all das wieder in Ordnung bringen, was in Unordnung geraten war. Es war einfach verrückt.

Ihr Blick schweifte über die restlichen ungelesenen Mails. Eine war von Felix.

»Lange nichts gehört, vielleicht sollten wir doch mal reden. F.«

Übertriebene Emotionalität war jedenfalls nicht das, was man ihrem Bruder vorwerfen konnte.

»Bin in Kairo, melde mich nach Rückkehr. Gruß, H.«, nahm sie seinen Stil auf.

Ob er es merken würde?

Der Rest waren die üblichen Mitteilungen und Anfragen, die sie, wenn nötig, beantwortete. Dann gab sie nacheinander die Suchbegriffe »koptische Klöster«, »ägyptische Nonnenklöster« und »Ordensfrauen in Ägypten« ein, obwohl sie es damit schon zu Hause probiert hatte. Die Ausbeute hier war genauso gering. Ein paar allgemeine Abhandlungen über Klöster und den koptischen Glauben, die üblichen Wikipedia-Artikel, ein paar Biografien interessanter Ordensfrauen, aber kein einziger Hinweis auf ein noch existierendes koptisches Frauenkloster in Ägypten.

Holly wollte schon aufgeben, da stieß sie auf den neu eingestellten Bericht eines jungen Deutschen, der sein freiwilliges soziales Jahr im Salam Center im Kairoer Bezirk Ezbet el Nakhl absolvierte. Das war ein Sozialzentrum mit Kindergarten, Krankenhaus, Behindertenwerkstätten und Schule. Und es wurde betrieben von den Daughters of St. Mary – einem koptischen Frauenorden!

Holly stieß ein Triumphgeheul aus, sodass der junge Typ an der Kasse erschrocken zu ihr herübersah.

»Sorry«, sagte sie schnell und lächelte ihn beruhigend an.

Fieberhaft las sie den Bericht und gab den Namen des Ordens in die Suchmaschine ein. Sie erhielt massenhaft Seiten, auf denen alle möglichen St.-Mary-Einrichtungen in aller Welt auftauchten, und es dauerte lange, bis sie auf die richtige stieß.

Die alles entscheidende Frage war: Seit wann gab es den Orden in Kairo?

Endlich fand sie, was sie suchte, und ihre Enttäuschung war riesig. Das Zentrum der Töchter der Heiligen Maria in Ezbet el Nakhl war erst 1976 gegründet worden – neun Jahre, nachdem ihre Mutter nach Ägypten gekommen war.

Schlagartig verlor Holly jede Zuversicht. Wahrscheinlich war die ganze Idee nur ein Hirngespinst, ihre Mutter nie in einem Kloster gewesen und längst nicht mehr in Ägypten. Was für ein Schwachsinn, hierher zu kommen, um einem Phantom nachzujagen! Am liebsten hätte sie vor Verzweiflung losgeheult.

War diese ganze Reise vielleicht eine Flucht? Je weiter sie in die Vergangenheit vordrang, desto weniger musste sie sich mit der Gegenwart auseinandersetzen; mit dem, was sie nicht ertragen zu können glaubte: dem Schmerz, den Chris ihr durch sein Schweigen zugefügt hatte. Einem Schweigen, dass einer unverzeihlichen Lüge gleichkam.

Es musste doch unzählige Momente gegeben haben, in denen ihm sein Vertrauensbruch bewusst gewesen war. Jedes Mal, wenn Holly von ihrer Mutter und ihrem Vater gesprochen hatte, jedes Mal, wenn eines der Kinder Oma zu Margarete gesagt hatte. Jedes Mal, wenn sie ein Familienfest gefeiert hatten, jedes Mal, wenn über Ähnlichkeiten oder angeblich vererbte Eigenschaften spekuliert worden war.

Und er hatte ja nicht nur sie belogen, sondern auch ihre Kinder, die in der trügerischen Gewissheit aufgewachsen waren, zu wissen, wer ihre Großeltern, Urgroßeltern und Ururgroßeltern waren, die Max und Felix für ihre Onkel hielten und in Wahrheit ebenso wurzellos waren wie sie selbst.

Holly biss sich auf die Lippen, bis sie Blut schmeckte. Dann öffnete sie ein Mail-Formular und begann in die Tasten zu hacken.

»Lieber Chris,
gerade habe ich begriffen, dass ich Dir nicht verzeihen kann, was Du getan hast. Alles war nur eine große Lüge. Deine Tränen bei der Geburt unserer Kinder, dem innigsten und bewegendsten Moment unseres gemeinsamen Lebens – Lüge. Deine Schwüre, ich sei die Frau, die Du immer lieben würdest – Lüge. Deine Zärtlichkeiten, Deine Leidenschaft – Lüge. Alles, was Du den Kindern beigebracht hast – Lüge. Wie kannst Du Dir anmaßen, Timo und Lea zu anständigen Menschen erziehen zu wollen, obwohl Du selbst ein Lügner bist?

Du hast den Menschen, der Dir rückhaltlos vertraut hat, hintergangen. Und Du hast es nicht für ein paar Tage oder Wochen getan, weil Du Dir unsicher warst, wie Du Dich verhalten solltest. Nein, Du hast diese Lüge fünfzehn Jahre lang aufrechterhalten, nachdem mein Vater längst schon tot war. Spätestens da hättest Du entscheiden müssen, wem von uns beiden Du Dich mehr verpflichtet fühlst.

Ich kann es einfach nicht begreifen, Chris. Und ich kann es nicht verzeihen.

Holly«

Holly starrte auf die Buchstaben, die vor ihren Augen verschwammen. Nachdem sie den Brief mehrmals gelesen hatte, löschte sie ihn. Dumpf und niedergeschlagen blieb sie sitzen und starrte auf die Tastatur.

»Are you ready?«

Ein schwitzender Mann im Anzug wollte auf ihren Platz. Sie sah auf die Uhr und schüttelte den Kopf; es war immer noch eine Stunde, bis Ashraf sie abholen würde. Um den Anschein zu erwecken, sie wäre beschäftigt, tippte sie der Reihe nach die Namen von koptischen Heiligen ein, die ihr heute Morgen im Museum aufgefallen waren. Antonius, Jeremiah, Josef, Georg, Theodor. Nichts. Sie versuchte es in der englischen Schreibweise und stieß in einem kirchengeschichtlichen Text auf ein St. Theodore Convent in Kairo, Harret el Roum. Es war die Rede davon, dass dort Nonnen lebten, anders als im Josefs- oder Antoniuskloster, die von Mönchen bewohnt waren. Und die Entstehung des Konvents wurde aufs zwölfte Jahrhundert datiert!

Mit einem Schlag war Holly wieder voller Energie. Sie würde weitersuchen, jetzt erst recht. Und da sie irgendwo anfangen musste, könnte sie genauso gut im St.-Theodor-Kloster anfangen, sofern es noch existierte.

Ashraf stand pünktlich vor dem Hotel – allerdings ohne Auto.

»Inga lässt grüßen«, sagte er, »leider braucht sie den Wagen. Aber wir können mit dem Taxi fahren, es ist nicht weit.«

»Wohin?«, wollte Holly wissen.

»Überraschung«, lächelte Ashraf, und Hollys Gemütszustand hellte sich bei seinem Anblick sofort auf. Sie konnte sich nicht erinnern, je mit einem besser aussehenden Mann ausgegangen zu sein. Seine schwarzen Augen blitzten sie an, zu einer grauen Hose trug er ein weißes Hemd ohne Krawatte, das den Olivton seiner Haut zur Geltung brachte. Besonders mochte Holly seine Hände, deren Druck sich weich und fest zugleich anfühlte und von denen sie sich nicht vorstellen konnte, dass sie jemals kalt waren.

Sie seufzte unhörbar. Wenn sie sich doch einfach dem Abenteuer überlassen könnte, leichtsinnig und ohne an die Folgen zu denken. Aber so war sie noch nie gewesen. Vernunft oder so etwas wie ein Gefühl für Verantwortung hatten sie vor sogenannten Seitensprüngen immer zurückschrecken lassen.

Schön blöd, dachte sie plötzlich, du mit deiner altmodischen Idee von Monogamie. Die Leute um dich herum gehen fremd, dass es nur so kracht, und du machst einen auf züchtige Ehefrau. Und wofür? So, wie die Dinge liegen, musst du dich Chris gegenüber doch wohl nicht mehr verpflichtet fühlen.

Sie schenkte Ashraf ein verführerisches Lächeln. »Na, dann los!«

Am frühen Morgen erwachte Holly vom Ruf des Muezzin. Mühsam öffnete sie die Augen und blinzelte ins Licht. Aus dem Fenster ihres Zimmers sah sie auf die Mauern und Kuppeln der Stadt, die von der Morgensonne rosa bestrahlt wurden. Die Silhouette erschien ihr plötzlich seltsam vertraut. Sie richtete sich halb auf, streckte die Hand aus und suchte in den Sachen auf ihrem Nachttisch.

Da war sie, Elsas Ansichtskarte aus Kairo, die Hegmann zu ihrer Überraschung in das Fotoalbum gesteckt hatte. Das intensive Rot war künstlich – in Wahrheit war das Licht über Kairo meistens gelblich ockerfarben –, aber die Perspektive fast dieselbe. Das Foto musste hier in der Nähe aufgenommen worden sein. Lange betrachtete Holly die Karte, die ihr einziger Hinweis darauf war, dass ihre Mutter damals nach Ägypten gegangen und vielleicht, ganz vielleicht noch hier war. Wenn man nach so langer Zeit ein erstes Lebenszeichen nach Hause schickt, dachte Holly, dann überlegt man doch genau, was das für ein Zeichen sein soll. Und wenn die Karte aus Kairo kommt, dann will man dem Adressaten damit etwas mitteilen.

Vielleicht hatte Elsa gerade dieses Motiv gewählt, weil es dem Blick ähnelte, den sie kannte; sollte es ein Hinweis darauf sein, in welchem Teil der Stadt sie sich aufgehalten hatte? Ihre Mutter liebte ja solche verschlüsselten Botschaften, wie Holly inzwischen wusste.

Sie setzte sich im Bett auf. Wer weiß, vielleicht war Elsa damals sogar hier in dem Hotel abgestiegen – so alt, wie das Luxor wirkte, existierte es mindestens schon fünfzig Jahre. In jedem Fall war sie auf den gleichen Straßen gegangen wie Holly, hatte die gleichen alten Gemäuer gesehen, die gleiche heiße Wüstenluft geatmet.

Wie mochte sie sich damals gefühlt haben bei ihrer Flucht nach Ägypten? War sie allein oder mit ihrem Freund? Hatte sie ihn geliebt und wollte mit ihm zusammenbleiben? Oder hasste sie ihn dafür, dass er sie in diese Situation gebracht hatte? War sie erleichtert, dass sie das Baby los war, oder bereute sie bereits, was sie getan hatte? Welchen Plan hatte sie für ihr Leben, das nicht so sein sollte, wie ihre Eltern es gewünscht hatten, sondern »ihr eigenes«? Was war aus ihrer Klosteridee geworden?

Wenn sie wirklich so gläubig war, dachte Holly, müsste sie sich – nach dem, was sie getan hatte – nach Buße und Läuterung gesehnt haben. Wo sonst als im Kloster hätte sie die finden können? Aber wäre sie dorthin gegangen, wenn sie ihren Freund noch gehabt hätte?

Seit sie hier war, wurde in Holly der Wunsch immer stärker, etwas über ihren Vater zu erfahren. Als sie in der vergangenen Nacht in Ashrafs Gesicht geblickt hatte, war sie plötzlich zu Elsa geworden, die in das Gesicht ihres ägyptischen Freundes blickt. Vielleicht hatte Ashraf Ähnlichkeit mit ihrem Vater, vielleicht fühlte sie sich deshalb zu ihm hingezogen?

Sie ließ sich wieder aufs Kissen sinken. Ein leichter

Schmerz pochte in ihren Schläfen. Obwohl sie in einem islamischen Land waren, hatten sie gestern Nacht reichlich und mühelos Alkohol bekommen.

Zuerst waren sie mit dem Taxi zum Nilufer gefahren, an die Anlegestelle des »Marriott Maxime« Hotels. Dort hatten sie ein Schiff bestiegen, das den Fluss hinabglitt, während ein exquisites Dinner mit edlen Weinen serviert wurde und dazu ein Bauchtanzprogramm ablief. Die nächtliche Stadt zog gemächlich an ihnen vorbei, das Innere des Schiffes war festlich mit Kerzen und Kristalllüstern beleuchtet, und Holly genoss den Luxus in vollen Zügen. Trotzdem hatte sie ein schlechtes Gewissen, weil Ashraf für den Abend vermutlich ein Monatsgehalt hinblätterte. Spontan beschloss sie, ihm das Du anzubieten.

»Ich bin die Ältere und außerdem die Frau. Laut Benimm-Ratgeber hast du keine Chance, abzulehnen.«

»Dann kapituliere ich«, sagte er lächelnd.

Sie hoben ihre Weingläser und stießen an.

Wieder an Land, schlug er vor, in den Cairo Jazz Club zu gehen, den einzigen Ort in der Stadt, wo seiner Meinung nach anständige Musik gespielt wurde. Holly willigte unter der Bedingung ein, dass sie die Drinks bezahlen dürfe.

Der Club lag auf der anderen Seite des Nils im Hochparterre eines unscheinbaren Geschäftshauses. Ausgerechnet an diesem Abend wurde hier kein Jazz gespielt, sondern eine mittelmäßige Rockband coverte alte Hits von »Smoke on the Water« bis »I'm Going Home«.

Holly sah sich um, das Lokal wurde von zwei großen, geschwungenen Bartresen dominiert, die Raum für die Band ließen. Orientalische Lampen und rote Polstersessel sorgten für die nötige Atmosphäre. Die Gäste waren überwiegend reiche Ägypter und westliche Ausländer, vermutlich Geschäftsleute und diplomatisches Personal. Aufgestylte junge Frauen lehnten an der Bar, präsentierten ihre Designertäschchen und stellten sich in Positur, wenn ein interessanter Mann in die Nähe kam.

Sie setzten sich, ein wenig vom Trubel entfernt, in eine Nische, und Holly studierte die englischsprachige Getränkekarte. »Hier gibt es einen ›Wein der guten Hoffnung‹«, sagte sie grinsend, »ob man von dem schwanger wird?«

»Da kenne ich eine zuverlässigere Methode«, gab Ashraf zurück, ohne eine Miene zu verziehen.

»Gott bewahre«, sagte Holly, »mein Bedarf ist gedeckt.«

»Findest du es nicht schön, Kinder zu haben?«

»Doch, wunderschön. Aber auch ziemlich anstrengend.«

Ashrafs Blick wurde nachdenklich. »Ich hätte gern Kinder, aber mir fehlt die richtige Frau.« Seine Augen richteten sich auf Holly. »Es ist schwer, wenn man zwischen den Kulturen lebt. Mit einer traditionell denkenden, ägyptischen Frau könnte ich nicht zusammen sein. Und welche aufgeklärte Europäerin würde ihren Beruf und alles aufgeben, um hierher zu kommen?«

»Eine, die dich liebt«, sagte Holly einfach. »Man kann

doch auch als Frau hier ein ausgefülltes Leben führen – sieh dir Inga an!«

»Aber Inga wird nie mehr einen Mann finden!«

»Wieso nicht?«

»Weil eine geschiedene Frau in ihrem Alter hier keine Chance hat.«

»Sie ist gerade mal vierzig!«, sagte Holly empört.

»Eben. Für die Männer hier ist das jenseits von Gut und Böse.«

»Auch … für dich?«

Ashraf lachte. »Inga ist nicht mein Typ, aber sonst mag ich reife Frauen.«

Zu ihrem Ärger errötete Holly. Sie hoffte, dass er es bei der schummrigen Beleuchtung nicht bemerkt hatte.

Der Kellner kam, und sie bestellten Stella-Bier und salziges Popcorn.

Ashraf und sie sprachen wie sehr vertraute Freunde miteinander, er wollte vieles über ihr Leben in Deutschland wissen, sie fragte nach seiner Arbeit im Krankenhaus und nach seinen Eltern und Geschwistern.

Irgendwann fragte er: »Willst du tanzen?«

Holly lehnte ab, ohne zu überlegen. Sie hatte seit Jahren nicht mehr getanzt. Dann dachte sie: Warum eigentlich nicht? Niemand kannte sie, es war völlig egal, welches Bild sie abgäbe. Sie stand auf, nahm Ashraf bei der Hand und sagte: »Doch! Ich will!«

Verschwitzt und glücklich verließen sie gegen zwei Uhr morgens den Club.

Beim Abschied vor dem Hotel hielt Ashraf sie an

den Schultern fest und sah ihr in die Augen. Er beugte sich vor und küsste sie zart auf beide Wangen.

Das Klingeln des Telefons auf dem Nachttisch holte Holly in die Gegenwart zurück.

»Ich habe heute meinen freien Tag«, hörte sie Ingas Stimme, »hast du schon Pläne?«

»Weißt du, wo Harret El Roum ist?«

Inga überlegte einen Moment. »Ich glaube, in der Nähe der Al Azhar Moschee. Warum?«

»Dort gibt es vielleicht noch ein koptisches Frauenkloster.«

»Vielleicht?«

»Im zwölften Jahrhundert war es noch da«, sagte Holly.

»Na, dann!«, hörte sie Ingas fröhliche Stimme. »In einer Stunde?«

»Lass dir Zeit«, bat Holly, »ich bin noch etwas derangiert.«

»Verstehe«, sagte Inga, und Holly konnte ihr breites Grinsen ahnen.

Eine gute Stunde später stieg Holly zu Inga ins Auto.

»Wie war's mit Ashraf?«, fragte Inga als Erstes.

»Nett. Sehr nett.«

»Nett? Ashraf ist ein Traum von einem Mann! Attraktiv, kultiviert, bescheiden. Wenn ich zwanzig Jahre jünger wäre …«, Inga verstummte und setzte einen gewollt verruchten Blick auf.

»Zufällig bin ich aber fast zehn Jahre älter als er und außerdem verheiratet.«

»Zu schade! Was gibt's Neues?«

Holly erzählte ihr von den Ergebnissen ihrer Internetrecherche.

»Nicht gerade ermutigend, was?«, fasste Inga das Gehörte zusammen. Doch als sie Hollys betrübte Miene sah, fuhr sie schnell fort: »Aber du bist ja erst am Anfang! Wer weiß, was du noch herausfindest!«

Inga parkte ihren Wagen in einiger Entfernung zur Al Azhar Moschee. Den Rest des Weges gingen sie zu Fuß. Hier war das alte Kairo mit seinem Gewirr von Gassen und Gässchen; Inga kannte sich erstaunlich gut aus, und nach einiger Zeit stießen sie tatsächlich auf ein Sträßchen mit dem Namen Harret El Roum. Sie folgten seinem Verlauf, und schließlich öffnete sich nach links ein Durchgang in einen großen Hof, an dessen rückwärtigem Gebäude ein Kreuz angebracht war. Eine Kirche, ganz ohne Zweifel.

Sie betraten den Hof, und Holly entdeckte rechts eine Art Pförtnerloge, in der eine junge, schwarz gekleidete Nonne saß. Als sie näher kamen, erkannten sie, dass es sich um ein Lädchen handelte, in dem gemalte Ikonen, Textilien und andere Handarbeiten verkauft wurden. Auch Hühnereier und verschiedene Flaschen mit unbestimmtem Inhalt wurden angeboten.

Inga sprach die junge Schwester an, und die bestätigte ihr, dass sie tatsächlich im St.-Theodor-Kloster seien.

»Sag ihr, wir sind von der Presse«, schlug Holly vor. »Ich schreibe einen Bericht über koptische Klöster. Frag sie, ob jemand uns ein paar Auskünfte geben könnte.«

Die junge Schwester nickte eifrig, dann nahm sie das Telefon und wählte eine Nummer. Sie sagte etwas auf Arabisch, dann bat sie Holly und Inga, ihr zu folgen. Sie führte sie in einen Raum, der wie ein kleines Wohnzimmer aussah, nur dass statt Landschaftsbildern oder Sonnenuntergängen Bilder von Heiligen und koptischen Patriarchen an den Wänden hingen. Eine andere Nonne tauchte auf und servierte heißen, süßen Tee. Nach ungefähr zehn Minuten betrat eine dritte Ordensschwester das Zimmer, die offensichtlich eine höhere Position in der Hierarchie bekleidete. Sie sprach Englisch und sogar einige Brocken Deutsch.

Holly bedankte sich höflich für die Gastfreundschaft, holte Block und Stift aus ihrer Tasche und begann eine Reihe allgemeiner Fragen über das Kloster zu stellen.

»Wie viele Schwestern gibt es hier?«, fragte sie, und die Nonne nannte eine Zahl. Holly verstand »seventy«, es hätte aber auch »seventeen« heißen können. »Hier leben wirklich siebzig Frauen?«, vergewisserte sie sich.

»Nicht Frauen«, sagte die Schwester.

Holly verstand nicht. »Aber, Klosterschwestern sind doch auch Frauen«, sagte sie.

»Nicht Frauen«, wiederholte die Schwester leise lächelnd.

Jetzt begriff Holly. Klar, beim Eintritt ins Kloster waren sie unberührt, im strengen Sinne des Wortes also keine Frauen.

Es handelte sich hier um einen kontemplativen Orden; die Schwestern leisteten keine Sozialarbeit, sondern beschränkten sich aufs Beten und die Herstellung jener Produkte, die am Eingang verkauft wurden. Davon und von Spenden lebten sie.

Holly erkundigte sich, ob sie Ausländerinnen aufnehmen würden und erfuhr, dass es eine Schwester aus Jordanien gebe. Sonst seien alle Ägypterinnen.

Dann fragte sie, ob es Verbindungen mit dem anderen koptischen Frauenorden in Kairo gebe, den Daughters of St. Mary.

Das Gesicht der Schwester wurde abweisend. Nein, es gebe keine Verbindungen. Man sehe es innerhalb der koptischen Kirche nicht gern, dass ein Orden seinen abweichenden Weg gehe und sich aus der Kontemplation verabschiedet habe. Bischof Athanasios, der Gründer des Marientöchter-Ordens, sei ein sehr eigensinniger Mann gewesen. Das heutige Oberhaupt der koptischen Orden in Kairo, Papst Shenouda der Dritte, vertrete eine gänzlich andere Politik.

Holly spürte, dass sie einen empfindlichen Punkt berührt hatte, und vermied es, das Thema zu vertiefen. Es klang so, als seien die Daughters of St. Mary Rebellinnen innerhalb der koptischen Kirche. Das war genau das, was ihrer Einschätzung nach zu ihrer Mutter passen würde. Holly konnte sich nicht vorstellen, dass das aufgeklärte und intelligente Mädchen von damals sich für den Rest seines Lebens dem Beten und Handarbeiten verschrieben hatte. Wenn Elsa in einen Orden gegangen war, dann gewiss in einen, der sozial tätig war.

Sie stellte eine letzte Frage, obwohl sie die Antwort zu kennen glaubte.

»Wäre es denkbar«, begann sie vorsichtig, »dass eine

Frau Ihrem Orden beitritt, die bereits ein Kind geboren hat?«

Die Schwester sah sie mit einer Mischung aus Erstaunen und Herablassung an.

»Selbstverständlich nicht«, lautete die Antwort.

Holly bedankte sich und stand auf. Die Schwester verabschiedete sich mit leichtem Händedruck und einem flüchtigen Lächeln. Sie schien bereits wieder in anderen Sphären zu schweben.

Holly und Inga besichtigten noch die Kirche und die Heiligenschreine von Sankt Noffer und Sankt Theodor. Theodor hatte sich – ähnlich wie auch der heilige Georg – als Drachentöter hervorgetan und dadurch, dass er selbst unter Folter dem Christentum nicht abgeschworen hatte. Der Legende nach wurde er dreimal getötet, zweimal holte der Herr ihn ins Leben zurück, aber als ihm beim dritten Mal der Kopf abgeschlagen wurde, konnte selbst Gott nichts mehr für ihn tun. So wurde aus ihm ein Märtyrer und vielfacher Wundertäter.

Besonders gefiel Holly die Legende vom heiligen Noffer, der sechzig Jahre allein in der Wüste ausgeharrt hatte, um ein gottgeweihtes Leben zu führen. Gott hatte es ihm gedankt, indem er ihn an eine Quelle geführt und ihm Engel geschickt hatte, die ihm Essen brachten.

Holly und Inga tranken noch aus einem Wasserhahn neben dem Schrein, aus dem angeblich heiliges Wasser floss, dann betraten sie das Lädchen. Holly kaufte einen kleinen, gewebten Wandteppich; weniger, weil er ihr gefiel, als aus dem Bedürfnis heraus, sich erkenntlich zu zeigen. Dann verließen sie das Kloster.

»Und jetzt?«, fragte Inga.

»Zum Salam-Center«, sagte Holly. »Es wurde erst 1976 gegründet, aber vielleicht ist sie ja später dort eingetreten.«

Sie klammerte sich an diese allerletzte Spur, weil ihre Suche sonst zu Ende gewesen wäre. Diesen Gedanken aber wollte sie nicht denken, geschweige denn aussprechen.

Inga sah sie zweifelnd an, dann zuckte sie die Schultern. »Na, dann los.«

15

Sie hatten das Auto stehen lassen und waren mit der Metro in den Norden von Kairo gefahren. Die Straßen im Stadtteil Ezbet el Nakhl waren so schlecht, dass man als Autofahrer riskierte, mit einer gebrochenen Achse liegen zu bleiben.

»Ich will dir was zeigen«, sagte Inga, und Holly bemühte sich, mit ihr Schritt zu halten, ohne in eines der Löcher zu treten und sich den Knöchel zu verstauchen.

Die meisten Häuser waren aus Ziegeln grob zusammengemauert, für Putz oder Farbe hatte wohl das Geld nicht gereicht. Hier und da hatte man überraschend einen Blick auf Felder voller Kohlköpfe; Holly begriff, dass die Gegend früher ländlich gewesen war und sie auf einer ehemaligen Ackerfläche standen.

Es wimmelte von Menschen, die geschäftig irgendwelche Sachen hin- und hertransportierten, kleine Mädchen balancierten Tabletts voller Fladenbrote auf dem Kopf, vollgeladene Eselskarren mit schiefen Rädern rumpelten über die Schlaglöcher.

Horden von Kindern liefen ihnen nach oder beäugten sie neugierig und riefen: »How are you?« oder: »What's your name?« Holly wollte stehen bleiben und mit den niedlich aussehenden Kindern sprechen, aber Inga winkte sie weiter.

»Lass es«, sagte sie, »sonst kommen wir nicht mehr vom Fleck.«

Holly drehte sich um und folgte ihr und spürte in diesem Moment einen scharfen Schmerz im Rücken. Sie fuhr herum, eine Gruppe Jungen mit Plastikpistolen stob auseinander.

»Hier entlang«, sagte Inga, und sie verließen die breite Straße, gingen durch einige kleinere Gässchen und erreichten ein Gebäude, das offensichtlich eine Schule war. Ein Mann bewachte das Tor, Inga sprach ein paar Worte mit ihm, und er öffnete es. Der Unterricht war schon vorbei, niemand war zu sehen. Inga steuerte auf eine Außentreppe zu, sie stiegen zwei Stockwerke hoch bis aufs flache Dach des Gebäudes. Sie führte Holly an die Brüstung und sagte: »Schau.«

So weit das Auge reichte, überblickte sie eine Landschaft aus Müll, aus der sich die Umrisse von Wellblechhütten und Holzverschlägen erhoben. Dazwischen lagerten, ordentlich aufgeschichtet, blaue und weiße Plastiksäcke, die einzigen Farbtupfer in der monochromen, braungrauen Szenerie, die – von der Sonne mit eigenartigem Glanz übergossen – einem fantastischen, surrealen Film zu entstammen schien. Fassungslos starrte Holly hinab. Sie erkannte Hunde und Schweine, die sich durch den Dreck wühlten, dazwischen Menschen. Der infernalische Gestank stieg bis hier herauf, und über allem schwebte der Ruf der Muezzins, die zum Nachmittagsgebet riefen.

»Inshallah«, murmelte Holly. Wie war es nur möglich, dass selbst das größte Elend den Menschen ihren Glauben nicht nehmen konnte? Oder vielleicht war es ja umgekehrt: Je elender ihre irdische Existenz war, desto dringender bedurften die Menschen des Glaubens.

»Dat haut einen vom Hocker, nä?«, sagte Inga, und Holly nickte stumm.

Nach einer Weile stiegen sie vom Dach, verließen das Schulgelände und bogen in eine Gasse ein. Der Gestank nahm ihnen jetzt fast den Atem, der Boden war übersät mit Abfällen, bei jedem Schritt mussten sie aufpassen, nicht in irgendetwas Fauliges, Schmieriges zu treten.

Sie erreichten die Verschläge der Müllsammler, die in Lumpen gekleidet mitten im Dreck saßen und mit bloßen Händen sortierten. Ihre Haut war vom Schmutz zerfressen und dunkel gebeizt; Holly war überzeugt, dass keine Seife, kein Schrubben sie jemals wieder sauber waschen könnte. Ein Baby saß weinend am Boden, das verschmierte Gesicht voller Fliegen. Ein paar größere Kinder spielten mit Plastikabfällen.

Holly war sicher, nie etwas Schockierenderes gesehen zu haben. Entsetzt und gleichzeitig fasziniert blickte sie auf die Szenerie.

Eine junge Frau mit einem wunderschönen Gesicht, in verdreckte Fetzen gehüllt, sah auf und blitzte sie böse an. Holly sah beschämt weg. Ohne es zu wollen, hatte sie diese Menschen angestarrt, als wären sie Tiere im Zoo. Wie verhielt man sich richtig angesichts solchen Elends? Indem man es ignorierte? Indem man hinsah? »Lass uns weitergehen«, flüsterte sie Inga zu, und sie kehrten auf die breite Straße zurück, die zum Salam-Center führte.

Vor dem Eingang zum Konvent befand sich keine Straße mehr, sondern eine brackige Wasserfläche. Einige Ladenbesitzer hatten Sandsäcke vor die Tür gelegt, um das Wasser aufzuhalten. Die Passanten gingen ganz am Rand, sprangen von einer kleinen Erhebung zur nächsten.

»Was ist denn hier passiert?«, fragte Holly.

»Wasserrohrbruch. Man kann froh sein, dass es nicht die Kanalisation ist, was auch vorkommt. Hier wohnen viel zu viele Menschen auf viel zu engem Raum.«

Sie betraten das Center durch eine Tür in einem grauen, eisernen Tor.

Ein Pförtner meldete sie telefonisch an.

»Ich habe ihm gesagt, dass du extra aus Deutschland gekommen bist und es um eine äußerst wichtige Angelegenheit geht«, sagte Inga.

»Stimmt ja auch«, erwiderte Holly.

»Äußerst wichtig für dich.« Inga grinste. »Der Pförtner hat aber verstanden, es sei äußerst wichtig für den Konvent. Vermutlich rechnet man dort jetzt mit einer Riesenspende.«

Holly erschrak. Inga klopfte ihr gut gelaunt auf die Schulter. »Keine Sorge«, sagte sie, »auch kleinere Beträge sind willkommen.«

Holly nahm sich vor, tatsächlich etwas zu spenden.

Sie überquerten eine freie Fläche, um die sich schäbige, ärmliche Gebäude gruppierten. Im einzigen Neubau waren das Kinderheim, die Behindertenwerkstatt und das Krankenhaus mit dem Pflegezentrum untergebracht. Rechts lag ein Spielplatz, links eine Grünfläche mit ein paar halb vertrockneten Palmen.

Ein Stück weiter, eingezäunt und von einem spärlich bepflanzten Garten umgeben, lag der Konvent der Daughters of St. Mary.

»Der Konferenzraum ist gleich hier unten im Erdgeschoss«, sagte Inga. »Wir platzen mitten in eine Besprechung, aber die Priorin sagte, sie schiebt uns dazwischen.«

Sie klopften und betraten einen kleinen Raum, in dem eine Gruppe von Schwestern, alle in derselben blaugrauen Tracht, eng zusammensaßen. Ihre Köpfe waren den Besuchern neugierig zugewandt. Hollys Blick ging schnell von einer zur anderen, um zu prüfen, ob eine Frau im Alter ihrer Mutter darunter wäre, aber die Nonnen waren bis auf eine ziemlich jung.

Eine kräftige, nicht sehr große Frau, die als Einzige eine schwarze Tracht mit weißem Spitzenkragen trug, erhob sich.

»Welcome«, sagte sie, »my name is Tasuni Maria, I'm the prior of this convent.«

Holly erinnerte sich, dass »tasuni« das arabische Wort für Klosterschwester war. Sie und Inga gaben ihr die Hand und grüßten mit einem Nicken in die Runde, dann setzten sie sich auf die angebotenen Plätze. Wieder wurde süßer Tee gereicht, diesmal aus Gläsern, die sie kaum anfassen konnten, so heiß waren sie.

Einige der Schwestern verabschiedeten sich und verließen den Raum, andere blieben sitzen und musterten die Gäste neugierig.

Inga stellt sich und Holly auf Arabisch vor, weil sie annahm, nicht alle Schwestern könnten Englisch.

»Du kannst Deutsch sprechen«, forderte sie Holly auf, »ich übersetze.«

Holly räusperte sich nervös und holte die Unterlagen aus ihrer Tasche. Sie erklärte, dass sie auf der Suche nach einer Deutschen sei, die vor achtunddreißig Jahren vermutlich nach Kairo gekommen und möglicherweise Ordensschwester geworden sei. Ihr Name sei Elsa Hegmann, sie müsse inzwischen siebenundfünfzig sein. Ob irgendeine der Anwesenden sie vielleicht zufällig kenne oder etwas über ihren Verbleib wisse?

Sie hob zwei Fotos von Elsa hoch und zeigte sie in die Runde. So habe sie damals ausgesehen, erklärte sie.

Die Schwestern betrachteten die Bilder und tuschelten. Die Priorin sah aufmerksam in die Runde. Ihr selbst war keinerlei Regung anzumerken. Schließlich wandte sie sich an Holly.

»Why do you search this person?«, wollte sie wissen.

»Because she's my mother«, antwortete Holly.

Ein Raunen ging durch die Gruppe, das Wort »mother« hatten offenbar alle verstanden. Neugierig musterten sie Holly. Schnelle, fragende Blicke gingen zur Oberin, als warteten sie auf das Signal, zu reden oder zu schweigen. Der Blick der einzigen älteren Schwester ruhte nachdenklich auf Holly.

Die Priorin stand auf.

»Sorry«, sagte sie, »but we don't know this person.«

Wie auf Kommando erhoben sich auch die anderen Schwestern, umringten Holly und sprachen auf sie ein. Auch wenn Holly den Wortlaut nicht verstand, so begriff sie doch, dass es Bekundungen des Bedauerns waren, weil man ihr nicht hatte helfen können.

Inga und sie wurden zur Tür eskortiert und verabschiedet.

Als sie das Gebäude bereits verlassen hatten und Richtung Tor gingen, huschte eine der Schwestern knapp an Holly vorbei, die sich erschrocken umdrehte. Es war die ältere, die sie so merkwürdig angesehen hatte. Im selben Moment flüsterte sie Holly etwas zu.

Das Ganze war so schnell gegangen und hatte Holly so verwirrt, dass sie nichts verstanden hatte.

»Excuse me?«, rief sie ihr nach, aber die Schwester reagierte nicht.

Eine zweite Schwester überholte sie, rief der anderen etwas zu, diese blickte sich erschrocken um und war im nächsten Moment verschwunden.

»Es klang wie … ›bin ich Chef‹ oder ›mir ist schlecht‹, sagte Holly und raufte sich die Haare.

»Das kann ja nicht sein«, erklärte Inga energisch, »die konnte sicher kein Deutsch.«

Sie waren zurück nach Downtown gefahren, wo sie zwischen Wasserpfeife rauchenden Männern in einem Teehaus saßen und Holly verzweifelt versuchte, sich den Klang der kurzen, geflüsterten Botschaft der Klosterschwester zu vergegenwärtigen.

»Vielleicht war's doch Englisch?«

Holly überlegte. »Jenny Swift?«

»Swift, wie der Dichter? Der hieß nicht Jenny mit Vornamen, sondern Jonathan«, sagte Inga und grinste, »auch wenn er vielleicht 'ne Jenny war.«

»Es waren drei Silben, ganz sicher«, sagte Holly und

lauschte in sich hinein. »Da-da-da. Ich-bin-Chef. Mir-ist-schlecht. Jen-ny-Swift.«

Sie sah fragend zu Inga. »Und wenn wir zurückgehen und sie suchen?«

Inga schüttelte den Kopf. »Da war irgendwas komisch«, sagte sie. »Sonst hätte die Schwester doch was sagen können, als alle zusammen waren. Ich glaube nicht, dass du aus der was rauskriegst.«

Holly nickte. Auch ihr war die Situation seltsam vorgekommen, insbesondere die Blicke der Priorin, die ihre Mitschwestern zu warnen schienen. Außerdem hatte die Priorin die Fotos nicht mal angesehen. Weil sie sich nicht dafür interessierte? Oder weil sie längst wusste, von wem die Rede war?

Es gab viele Interpretationsmöglichkeiten. Was blieb, war der Eindruck, dass sie auf etwas Interessantes gestoßen waren. Nur, worauf?

»Gott sei mit dir, mein Kind. Ich kann nicht bei dir sein, aber mein Auge wird auf dir ruhen. Dein Leben wird glücklich sein, denn du bist eine Frucht der Liebe.«

Ashraf hob den Kopf, das Schriftstück in seiner Hand zitterte leicht. »Schön«, sagte er.

Holly saß da und starrte auf das Original des Briefes, dessen Übersetzung Ashraf gerade vorgelesen hatte. Sie tat einen tiefen Atemzug.

»Willst du weinen?« Ashraf machte eine einladenden Bewegung in Richtung seiner Brust.

Holly lächelte, ihre Augen schimmerten feucht. Energisch sog sie die Luft ein. »Wie würdest du das deuten?«, fragte sie ihn.

Er blickte erneut auf das Blatt. »Na ja, es klingt, als wollte sie dir erklären, dass es einen Grund dafür gab, dass sie dich nicht behalten konnte. Dass sie etwas Wichtiges zu tun hatte und dich deshalb zurücklassen musste. Dass sie aber sicher ist, dass es dir gut gehen wird. Und dass du nicht das Ergebnis einer unglücklichen Beziehung bist, sondern das Kind von Liebenden.«

Holly atmete tief. »Weißt du, welche Befreiung es für mich ist, das zu erfahren? Dass ich nicht einem lieblosen One-Night-Stand entstamme oder gar einer Vergewaltigung? Es hat mich am Anfang völlig fertig gemacht, dass ich das nicht wusste.«

Sie warf einen Blick auf die Übersetzung. »Was meint sie, wenn sie schreibt ›mein Auge wird auf dir ruhen‹? Wie sollte das möglich gewesen sein, wenn sie hier in Ägypten war und ich in Deutschland?«

Ashraf überlegte. »Vielleicht hatte sie Kontakt zu deinen Adoptiveltern?«

Holly schüttelte den Kopf. »Ausgeschlossen.«

»Oder sie hat sich Informationen über die Behörden besorgt. Wer ist für Adoptionen zuständig, das Jugendamt?«

Holly nickte nachdenklich. War das vorstellbar? Ohne dass man Margarete und Klaus davon in Kenntnis gesetzt hatte?

Vielleicht wäre es möglich gewesen. Wie sie inzwischen aus ihren Recherchen und aus Erfahrungsberichten Betroffener wusste, waren Mitarbeiter in Jugendämtern eine besondere Spezies, die schon mal eigenmächtig handelten, wenn sie das Kindswohl bedroht sahen. Vielleicht hatte der für sie zuständige

Mitarbeiter entschieden, dass es ihrem Wohl nicht zuträglich wäre, von Erkundigungen ihrer Mutter zu wissen?

Sie hatte keine Nachforschungen beim Jugendamt angestellt, weil sie sich nichts davon versprochen hatte. Vielleicht war das ein Fehler gewesen.

»Hast du auch die Liste mit den Frauenklöstern bekommen?«, fragte Ashraf.

»Nein«, sagte Holly, »aber ich hab schon auf eigenen Faust recherchiert. Heute war ich mit Inga im Salam-Center.«

»Und? Habt ihr was herausgefunden?«

»Nicht viel«, sagte Holly, »außer, dass sie irgendwas zu wissen schienen, das sie uns nicht sagen wollten. Eine der Schwestern hat mir was zugeflüstert, das ich nicht verstanden habe. Jetzt bin ich so schlau wie vorher.«

»Was hat sie denn gesagt?«

Holly hob hilflos die Hände und ließ sie fallen. »Ich weiß es nicht. Es klang wie bin-ich-Chef, mir-ist-schlecht, Jen-ny-Swift oder so ähnlich.«

Ashraf hörte aufmerksam zu und kniff die Augen zusammen.

»Noch mal«, forderte er sie auf, »in dem Ton, in dem sie es gesagt hat.«

Holly beugte sich näher zu ihm und wiederholte flüsternd die Worte, versuchte, ihre Melodie nachzuempfinden. Ashraf schloss die Augen und richtete seine ganze Konzentration darauf. Er murmelte etwas, lauschte, murmelte wieder.

Dann öffnete er die Augen und flüsterte: »Beni Suef.«

»Jaaa!«, rief Holly, »das war es, genau so hat es geklungen!« Und nach einer Pause: »Was bedeutet das?«

»Das ist der Name einer Stadt, ungefähr hundertzwanzig Kilometer südlich von Kairo.«

»Was gibt es dort? Was könnte sie gemeint haben?«, Hollys Stimme klang aufgeregt.

Ashraf zuckte die Schultern. »Keine Ahnung, aber das lässt sich bestimmt herausfinden.« Nach einer Pause fragte er: »Hast du heute schon was vor?«

»Nein. Wieso?«

»Du bist eingeladen. Meine Eltern würden dich gern kennenlernen.«

Überrascht sah sie ihn an. »Das ist sehr nett. Aber, warum?«

»Weil ich ihnen erzählt habe, dass du eine interessante Frau bist.«

Holly zögerte. »Du … du hast ihnen aber hoffentlich auch gesagt, dass ich achtunddreißig bin, zwei Kinder habe und verheiratet bin? Ich meine, damit sie sich nichts Falsches erwarten!«

Ashraf lächelte. »Keine Panik. Niemand erwartet irgendwas von dir.«

Holly wusste, dass Ashrafs Familie wohlhabend war, aber das Anwesen auf dem Mokkatam-Berg, zu dem er sie am Abend brachte, übertraf alle ihre Erwartungen. Das moderne, im orientalischen Stil eingerichtete Haus lag in einem üppigen Garten mit einem Pool, der – von innen beleuchtet – wie ein riesiger Smaragd funkelte. Holly verspürte große Lust, hineinzuspringen, aber sie hatte kein Schwimmzeug mit.

Als würde Ashraf ihre Gedanken erraten, sagte er: »Meine Schwester kann dir einen Badeanzug leihen.«

Ashrafs Eltern, ebenso kultiviert und attraktiv wie ihr Sohn, begrüßten Holly mit großer Herzlichkeit. Der Vater war ein athletischer Mann mit kurzem, welligem Haar, das an den Seiten schon weiß war, und einem Schnurrbart. Er erinnerte Holly an den früheren ägyptischen Präsidenten Nasser. Die Mutter war trotz einer gewissen Korpulenz eine elegante Erscheinung, sie trug ein Gewand aus kupferroter Seide und einen lässig geschwungenen Schal im Haar. Holly fragte sich, ob er die moderne Version des Kopftuchs darstellen oder seine Trägerin einfach nur schmücken sollte.

Beide sprachen perfekt Englisch und baten Holly auf die Terrasse, wo bereits kalte Getränke und Knabbereien vorbereitet waren. Sie bewunderte den Blick über die beleuchtete Stadt, die aus dieser Entfernung glitzernd schön war und nichts von dem Elend ahnen ließ, das in ihr herrschte. Die Kontraste, die Holly heute erlebt hatte, hätten größer nicht sein können.

»Sie sind also Schriftstellerin?«, fragte Ashrafs Mutter interessiert.

»Ja, aber ich schreibe keine Romane, sondern nur Sachbücher«, schränkte Holly ein.

»Wer weiß, vielleicht schreiben Sie ja doch irgendwann einen Roman? Mein Sohn hat uns erzählt, sie hätten eine sehr ungewöhnliche Familiengeschichte!«

Holly war überrascht, wie detailliert Ashraf seine Eltern über sie informiert hatte, und sie war nicht sicher, ob ihr das recht war. Andererseits, was hätte es gebracht, ein Geheimnis daraus zu machen?

»Bisher sieht es mehr nach einer Kurzgeschichte aus«, erwiderte Holly. »Sehr weit bin ich mit meinen Nachforschungen noch nicht gekommen.«

»Das ändert sich gerade«, sagte Ashraf, der in diesem Moment auf die Terrasse kam. Er trug einen Computerausdruck bei sich.

»Ich habe ein bisschen weitergesucht. Der Orden der Daughters of St. Mary hat sich bereits in den Sechzigerjahren in Ägypten niedergelassen, und zwar in …?« Er brach ab und sah Holly herausfordernd an.

»Beni Suef?«, riet sie.

»Genau. Dort steht das Mutterhaus, in dem an die achtzig Nonnen leben; der Konvent im Salam-Center mit achtzehn Schwestern ist nur eine Zweigstelle.«

Holly hielt es vor Aufregung kaum mehr auf dem Stuhl. Das also hatte die Schwester ihr sagen wollen!

»Wann können wir hinfahren?«, fragte sie.

»Morgen, wenn du willst.« Ashraf sah sie mit liebevollem Spott an. »Länger könntest du doch sowieso nicht warten!«

Sie erklärte seinen Eltern hastig, was diese Neuigkeit bedeutete, und dass sie nun vielleicht doch hoffen konnte, ihre Mutter zu finden. Fiebrige Unruhe hatte sie ergriffen.

Nach dem Essen, das sie ebenfalls auf der Terrasse einnahmen, zogen Ashrafs Eltern sich zurück. Sie blieben zu zweit sitzen und blickten eine Weile schweigend auf die Stadt mit ihren vibrierenden Lichtern. Darüber spannte sich ein weiter Sternenhimmel, die Luft war warm und still.

»Willst du schwimmen?«, fragte Ashraf.

»Jetzt, mit vollem Magen? Ich habe gelernt, da kann man ertrinken.«

»Ich rette dich«, versprach er und zog sie an der Hand von ihrem Stuhl hoch. »Komm, wir sehen im Zimmer meiner Schwester nach, ob wir einen Badeanzug für dich finden.«

Holly genierte sich ein bisschen, aber das leuchtende Wasser des Pools sah zu verführerisch aus. Sie fanden einen Bikini, der ihr passte, dazu ein Tuch, in das sie sich einwickelte. Als sie aus dem Badezimmer kam, stand Ashraf in Badehose vor ihr. Verstohlen musterte sie ihn. Unter der dunklen Haut seines Oberkörpers zeichneten sich deutlich die Muskeln ab. Er hatte Haare auf der Brust, aber nicht zu viele. Seine Beine waren gut proportioniert und durchtrainiert. Sie konnte nichts an ihm entdecken, was ihr nicht gefallen hätte. Umso enger zog sie das Tuch um ihren Körper. Sie wollte nicht, das er die dünnen Risse sah, die nach den Schwangerschaften an ihrem Bauch zurückgeblieben waren, außerdem schämte sie sich für ihre Oberschenkel, die nicht mehr so glatt waren wie früher.

Am Rand des Schwimmbads ließ sie das Tuch zu Boden gleiten und machte einen Kopfsprung. Das Wasser umfing sie weich und angenehm warm, als sie auftauchte, prustete sie vor Vergnügen.

»Traumhaft!«, rief sie aus. »Du hast vielleicht ein Glück!«

Sie schwammen um die Wette, Holly hatte keine Chance gegen Ashraf, der mit langen, ruhigen Zügen das Becken durchmaß. Nach einiger Zeit machten sie eine Pause und hielten sich am Beckenrand fest.

»Wodurch ist dein Vater so reich geworden?«, fragte sie ohne Umschweife. Ashraf hatte ihr erzählt, sein Vater sei Molekularbiologe, aber als Wissenschaftler brachte man es wohl kaum zu solchem Wohlstand.

»Er berät die Regierung in Fragen der Seuchenprävention und Hygiene«, sagte Ashraf. »Aber eigentlich ist es meine Mutter, die Geld hat. Sie kommt aus einer sehr wohlhabenden Familie.« Glück muss man haben, dachte Holly.

»Reichtum ist ein zweischneidiges Schwert«, fuhr Ashraf fort. »In einer Umgebung wie dieser hast du eigentlich immer ein schlechtes Gewissen, und außerdem ist es langweilig, wenn man sich alles leisten kann. Es fehlt die Herausforderung.«

»Diese Art Langeweile würde ich aushalten.«

»Nicht auf die Dauer, glaub mir. Ich müsste nicht arbeiten, ich könnte von den Zinsen des Vermögens leben, das meine Eltern für mich angelegt haben. Aber das wäre doch nur sinnlos und öde.«

»Deshalb machst du also den Job im Krankenhaus«, sagte Holly, die sich schon gefragt hatte, warum ein brillanter, gut ausgebildeter Wirtschaftsfachmann ein Krankenhaus in einem Kairoer Armenviertel leitet. Ashraf tauchte plötzlich unter. Holly erschrak, als sie seine Hände um ihre Hüften fühlte. Er zog sie ins Tiefe, ihre Beine trieben nach oben, bis sie waagerecht auf dem Wasser lag. Sie fühlte, wie er unter sie tauchte und auf seinen Rücken nahm. Schnaufend und prustend wie ein Wal durchpflügte er das Becken, bis sie das Gleichgewicht nicht mehr halten konnte und kreischend in Wasser rutschte.

»Frau über Bord!«, rief Ashraf und tat so, als drohe sie zu ertrinken. Er umfasste sie mit beiden Armen, zog sie an den Rand und hielt sie fest.

»Siehst du, ich habe dich gerettet«, sagte er grinsend.

Seine plötzliche Nähe irritierte Holly, sie spürte seinen Körper an ihrem, wollte sich an ihn schmiegen, aber etwas hielt sie zurück. Ein leichtes Zittern durchfuhr sie.

»Mir ist kalt, ich gehe raus.«

Sie zog sich am Beckenrand hoch, stieg aus dem Pool und griff nach dem Tuch.

Er folgte ihr, und sie setzten sich nebeneinander auf zwei Liegestühle.

»Manchmal geschehen Dinge, mit denen man nicht rechnet«, sagte er vieldeutig.

»Das Leben ist voller Überraschungen«, pflichtete sie ihm bei und hätte sich für diesen dämlichen Satz am liebsten geohrfeigt.

Die Fahrt nach Beni Suef führte sie aus der Stadt hinaus, am Yachthafen vorbei, durch Industriegebiete hindurch, immer am Nil entlang, bis sie in einer scheinbar anderen Welt angekommen waren.

Holly sah Bauern mit großen Schöpfkellen und Tragekörben, Holzpflüge, die von Wasserbüffeln gezogen wurden, Reiter auf Kamelen. Traktoren sah sie keine, die Arbeit wurde offenbar ausschließlich mit der Kraft von Mensch und Tier erledigt.

Staunend betrachtete Holly die üppigen Felder, auf denen Mais, Hirse, Reis, Früchte und Gemüse wuchsen. Die Erde war grün, wohin man sah, und der Himmel spannte sich sattblau über ihnen. Endlich hatten sie die gelbliche Smogwolke Kairos hinter sich gelassen, Holly sog die frische Luft tief in ihre Lungen.

»Lebst du gern in der Stadt?«, fragte sie Ashraf, der seinen linken Arm aus dem geöffneten Fenster lehnte und vor sich hin pfiff.

»Ich habe immer in der Stadt gelebt«, sagte er, »zuerst in Kairo, dann in Berlin, jetzt wieder hier. Ich kenne es nicht anders.«

»Warum bist du zurückgekommen?«

Er schob seine Sonnenbrille in die Stirn und sah sie von der Seite an.

»Weil hier meine Heimat ist.«

»Und … deine Freundin?«

»Wollte in Deutschland bleiben.«

»Bist du traurig?«

Er schob die Brille wieder herunter, sodass sie den Ausdruck seiner Augen nicht sehen konnte.

»Es ist, wie es ist«, sagte er.

»Ah, ein Stoiker«, sagte Holly mit leisem Spott.

»Wenn du damit meinst, dass mir alles scheißegal ist, dann irrst du dich.«

Holly sah ihn überrascht an. Ein so deutsches Wort wie »scheißegal« aus seinem Munde zu hören, erstaunte sie dann doch.

»Das habe ich nicht gemeint. Ich wollte nur rausfinden, wie viel sie dir … bedeutet hat.«

»Nicht genug, sonst wäre ich geblieben«, sagte er, und es klang, als sei für ihn das Thema beendet.

Hollys Gedanken wanderten zu den beiden letzten Abenden. Sie war verwirrt von Ashraf. Zuerst erzählte er ihr, wie gern er Kinder hätte, dann behauptete er, reife Frauen zu mögen. Er stellte sie seinen Eltern vor wie eine Verlobte, er lockte sie mit eindeutiger Absicht in den Pool, ohne ihr dann wirklich zu nahe zu kommen. Er sagte Sätze wie: »Manchmal geschehen Dinge, mit denen man nicht rechnet.« Und er verbrachte Tage damit, ihr bei ihrer Suche zu helfen. Was hatte das alles zu bedeuten?

Ein paarmal hatte Holly sich vorgestellt, wie es sein würde, wenn sie einfach hier bliebe. Sie könnte mit ihm zusammen sein, solange sie Lust dazu hätte, ohne schlechtes Gewissen, ohne an die Zukunft zu denken.

Sie könnte sich eine Arbeit suchen, sicher würde Inga ihr dabei helfen. Sie könnte Arabisch lernen, ein völlig neues Leben beginnen. Alles erschien plötzlich vorstellbar.

Holly war immer sicher gewesen, dass Chris und sie zusammenbleiben würden. Dass sie vielleicht Krisen haben würden, die üblichen Höhen und Tiefen einer langjährigen Ehe, aber dass sie es letztlich schaffen würden. Seit sie wusste, dass er sie belogen hatte, war diese Sicherheit dahin. Die Enttäuschung über sein Verhalten hatte sie innerlich erstarren lassen, hatte alles Warme, Lebendige, Zärtliche, das sie einst für ihn empfunden hatte, abgetötet.

Eine Trennung hätte sie sich bisher nicht vorstellen können; sie hatte sich geschworen, ihren Kindern all das Leid zu ersparen, das sie ringsum beobachtete. Das Geschachere um Besuchszeiten, die subtilen Störmanöver der getrennten Partner, die Sehnsucht der Kinder nach dem abwesenden Elternteil. Sie kannte kein geschiedenes Paar, bei dem reibungslos funktionierte, was sich die Partner bei der Trennung vorgenommen hatten. Zu tief waren die Verletzungen, zu groß die Versuchung, die Kinder zu instrumentalisieren.

»Woran denkst du?«

Sie schreckte hoch und sah zu Ashraf, der sie anlächelte.

»Ich … ähm, ich frage mich, ob wir sie in Beni Suef wirklich finden werden.«

Es sah ja tatsächlich so aus, als läge Holly mit ihrer These richtig, und sie müssten in Beni Suef auf ihre Mutter stoßen. Oder zumindest auf eine Spur, die zu ihr führte.

Aber Holly hatte das ungute Gefühl, die Vorgänge im Kairoer Konvent würden nicht folgenlos bleiben. Die zweite Schwester hatte offenbar etwas mitbekommen, möglicherweise hatte die Priorin inzwischen Kenntnis davon, und ein Anruf von ihr würde genügen, damit keine Seele in Beni Suef jemals von Elsa Hegmann gehört hätte. Falls diese tatsächlich Wert darauf legte, nicht gefunden zu werden.

Die Landschaft veränderte sich, nun fuhren sie an Baumwollfeldern und Zuckerrohrplantagen vorbei. Beni Suef, die Hauptstadt der gleichnamigen Provinz, war nicht mehr weit entfernt. Industrieanlagen zur Verarbeitung der Rohstoffe lagen rechts und links der Straße, flankiert von Lagerhallen, vor denen altersschwache Lkw parkten.

Sie fuhren durch ärmliche Vorortsiedlungen bis ins Zentrum, das nicht weniger ärmlich war.

»Als Erstes suchen wir ein Hotel für dich«, schlug Ashraf vor.

»Wieso nur für mich«, fragte Holly erschrocken, »du willst mich doch wohl nicht allein lassen?«

»Ich muss zurück«, sagte Ashraf, »ich habe einen Job.«

»Kannst du nicht ein paar Tage Urlaub machen?«

»So einfach ist das nicht und schon gar nicht so kurzfristig.«

»Aber du bist doch der Chef!«

»Eben deshalb«, sagte er.

Holly kroch auf der Stelle die Angst in die Glieder. Offenbar konnte man es ihr ansehen, denn Ashraf sagte lächelnd: »Hey, du bist schon groß!«

»Aber ich spreche kein Arabisch. Ich kann's nicht mal lesen. Ich werde mich verirren und schreckliche Sachen zu essen kriegen, weil ich mich nicht verständigen kann.«

»Du kannst mich jederzeit anrufen«, sagte er, »dann übersetze ich die Speisekarte für dich.«

Er hielt vor einem gelblich verputzten Gebäude gegenüber dem Bahnhof.

»Hotel Pharao,« las Holly.

»Ist das okay?«

Sie zuckte die Schultern. »Keine Ahnung. Wie weit ist es vom Kloster entfernt?«

»Vielleicht fünf bis zehn Minuten?«

»Okay«, sagte Holly, »in welcher Richtung?«

Er deutete hinter sich. »Da lang.«

Holly nickte, und sie stiegen aus. Ashraf trug ihr die Tasche ins Hotel, das in seiner Kargheit so ziemlich das Gegenteil des plüschigen Luxor war. Immerhin gab es nicht nur ein Telefon, sondern sogar einen Computer, der aber ausgeschaltet war. Hinter dem Empfangstresen hockte ein sehr dünner Junge, der aussah wie höchstens sechzehn und eine englische Begrüßung radebrechte.

Ashraf verhandelte länger mit ihm, dann nickte er Holly zu. »Einzelzimmer, nach hinten raus. Sogar mit Bad!«

»Ist das was Besonderes?«

Ashraf blickte sie mit leichtem Vorwurf an, und sie schämte sich. Wahrscheinlich hatten die meisten Einwohner von Beni Suef nicht einmal fließendes Wasser.

»Kann ich hier überhaupt allein auf die Straße?«

»Nachts vielleicht besser nicht.«

Das waren ja Aussichten, dachte Holly. Hoffentlich hatte sie genügend Lesestoff mit. Einen Fernseher würde es in ihrem Zimmer wohl kaum geben, und wenn, könnte man sicher nur arabische Sender empfangen.

Sie fühlte sich plötzlich wie die einsamste Frau auf der Welt.

Der Junge kam hinter seinem Tresen hervor und nahm ihr die Tasche ab. Zielstrebig ging er auf eine Treppe zu.

»Also, dann«, sagte Ashraf.

Holly vergewisserte sich mit einem schnellen Blick,

dass der Junge außer Sicht war, dann umarmte sie Ashraf.

»Danke für alles«, sagte sie. »Ich bin so froh, dich getroffen zu haben.«

»Ich auch«, sagte er. »Wir sehen uns wieder, ganz bestimmt.«

Er küsste sie rechts und links auf die Wange, dann hielt er einen Moment inne und drückte schließlich einen zarten Kuss auf ihre Lippen.

Bevor es dunkel wurde, huschte Holly kurz auf die Straße und kaufte bei einem Lebensmittelhändler zwei gefüllte Teigtaschen und eine große Flasche Wasser. Zurück in ihrem Zimmer legte sie sich aufs Bett, das einer Gefängnispritsche ähnelte, und las in ihrem Reiseführer.

Die Geräuschkulisse war anders als in Kairo; es war viel ruhiger, die einzelnen Lärmquellen deutlicher auszumachen. Da schrie ein Kind, dort schlug eine Tür zu, dann hörte sie das Klagen einer Frau. Ein Moped heulte auf, ein Hund bellte lange und durchdringend. Die akustischen Zeugnisse menschlicher Anwesenheit in ihrer unmittelbaren Umgebung verstärkten Hollys Gefühl von Einsamkeit nur noch.

Chris und die Kinder saßen jetzt zu Hause beim Abendessen, vermutlich gab es Tiefkühlpizza oder Nudeln mit Fertigsoße. Sie redeten und lachten zusammen, und wahrscheinlich dachten sie nicht mal an Holly. Sie nahm ihr Handy und wählte die Nummer.

Es klingelte lange, bis jemand abhob. »Hallo?«, hörte sie Leas Stimme.

»Hallo, meine Süße, hier ist Mama! Wie geht's euch?«

Der erhoffte Gefühlsausbruch blieb aus. Unbeeindruckt sagte Lea: »Gut. Wir essen gerade.«

»Das dachte ich mir«, sagte Holly betont munter, »was gibt's denn?«

»Papa hat Thailändisch bestellt.«

Im Hintergrund waren Stimmen und Lachen zu hören.

»Was ist denn da los?«, fragte Holly. »Habt ihr Besuch?«

»Insa ist da«, erklärte Lea.

Holly schluckte. »Wie nett«, presste sie hervor.

»Mit ihrem neuen Freund«, fuhr Lea fort.

Na, das war ja schnell gegangen, dachte Holly. Nachdem Chris nicht angebissen hatte, musste sie sich blitzartig anderweitig orientiert haben. Nun wollte sie ihm vermutlich vor Augen führen, was ihm entgangen war. Oder diente das ganze Manöver dazu, ihn eifersüchtig zu machen, um seinen Jagdtrieb anzustacheln? Miststück.

»Gibst du mir mal Timo?«, bat Holly.

»Tiiimo, Mama ist dran«, hörte sie ihre Tochter rufen. Dann wieder ihre Stimme am Telefon: »Er will nicht. Möchtest du mit Papa sprechen?«

»Nein, danke, ich will euch nicht weiter stören. Sag allen viele Grüße. Ich hab dich lieb.«

»Ich dich auch«, sagte Lea, und schon hatte sie aufgelegt.

Holly hielt es nicht mehr aus auf dem Bett. Sie sprang auf, ging unschlüssig im Zimmer auf und ab und überlegte, was sie tun sollte. Plötzlich bekam sie Lust auf ein Bier. Unten im Hotel gab es eine kleine Bar, vielleicht konnte sie dort eines bekommen.

Sie ging die Treppe hinunter und auf den Tresen zu, an dem ein paar Männer standen und Stella-Bier aus Flaschen tranken. Offenbar nahmen es nicht alle so ernst mit dem Alkoholverbot.

»Two Stella«, bestellte Holly mit energischer Stimme und hob zwei Finger, um ihrem Wunsch Nachdruck zu verleihen.

Die Einheimischen betrachteten sie mit einer Mischung aus Befremden und Besorgnis. Eine Bier trinkende Europäerin in Jeans schien hier eine ziemliche Provokation darzustellen.

»Tut mir leid, Jungs«, sagte Holly, freundlich in die Runde lächelnd, »darauf kann ich jetzt leider keine Rücksicht nehmen.«

Der Kellner schob zwei Flaschen über den Tresen, Holly bezahlte und trat den Rückzug an.

Sie ließ sich wieder aufs Bett fallen und setzte die erste Flasche an. Nein, dachte sie, mit dem Islam würde sie sich nicht anfreunden können. Eine Religion, die Bier verbietet und Frauen unterdrückt, war absolut nicht ihr Ding. Das Einzige, was ihr gefiel, waren die Kleidervorschriften. Wie viel eleganter nahmen sich die verhüllten Ägypterinnen gegen die westlichen Touristinnen aus, die ungeniert ihre Blößen zur Schau trugen, inklusive wabbeliger Schenkel und aus dem Ausschnitt quellender Brüste. War es wirklich ein Ausdruck von Freiheit, seinen Mitmenschen solche Anblicke zuzumuten? Ästhetischer waren jedenfalls die

Einheimischen, fand Holly. Religion oder Moral waren ihr dabei ziemlich egal.

Sie las noch eine Weile, dann machte sie das Licht aus und lauschte in die Dunkelheit, bis sie einschlief.

Am nächsten Morgen erwachte sie früh und überlegte, ob sie einfach auf die Straße gehen und das Kloster suchen könnte und wie sie sich verhalten müsste, um keinen Anstoß zu erregen. Sie fühlte sich unsicher; bisher war sie immer in Begleitung von Inga oder Ashraf gewesen, nun müsste sie zum ersten Mal allein zurechtkommen in diesem fremden Land.

Je länger sie darüber nachdachte, desto wütender wurde sie. Sie würde sich überhaupt nicht in ihrer Bewegungsfreiheit einschränken lassen! Sie würde gehen, wohin sie wollte, und tun, was ihr richtig erschien. Und wenn jemand ihr dumm käme, würde sie laut losschreien. Das wurde zumindest in ihrem Reiseführer für den Fall unerwünschter Annäherung empfohlen.

Voller Tatendrang stand sie auf, wusch sich, so gut es ging, an dem Rinnsal im Bad, das aus einer dünnen Wasserleitung floss.

Sie packte ihre Unterlagen und den Reiseführer in ihre Tasche und marschierte entschlossen aus dem Hotel. Sie würde einfach in die Richtung gehen, die Ashraf ihr gezeigt hatte, und sich irgendwie durchfragen. Aber vorher brauchte sie einen Kaffee.

Es dauerte eine ganze Weile, bis sie etwas fand, das einem Kaffeehaus ähnelte. Als sie eintrat, richteten sich die Blicke der anderen Gäste auf sie – alles Männer.

Holly versuchte, sich so ungezwungen wie möglich zu verhalten; sie setzte sich und wartete auf die Bedienung. Nichts geschah. Irgendwann stand sie auf, ging an den Tresen und fragte: »Coffee?«

Unendlich langsam füllte ein Mann in traditioneller Kleidung ein Glas mit einem schwarzen Gebräu.

»Milk?«, fragte Holly.

Er lächelte sie freundlich an und zuckte die Schultern.

»You from?«, erkundigte er sich.

»Germany«, gab Holly zurück.

»Ah ... Klinsemanne!«, sagte er. Die anderen Männer sahen neugierig, aber ohne jede Feindseligkeit zu ihr herüber.

Holly bedankte sich lächelnd, füllte zwei Löffel Zucker in das Glas und trug es an ihren Platz. Der Kaffee schmeckte gut, war aber so stark, dass sie um ihre Magenschleimhaut fürchtete. Tapfer trank sie ihn trotzdem aus.

Beim Verlassen des Lokals sagte sie: »Thank you, bye, bye.« Einige der Männer erwiderten ihren Gruß mit einem Winken, der Mann hinter dem Tresen rief noch mal: »Klinsemanne!«

Erleichtert stellte Holly fest, dass es hier offenbar doch nicht so gefährlich war, wie sie gedacht hatte.

Als sie das Gefühl hatte, im Kreis zu laufen, sprach sie eine zahnlose Alte an.

»Monastery?«, fragte sie, »Convent? Daughters of Saint Mary?«

Die Alte lachte sie freundlich an und ging weiter.

Sie versuchte ihr Glück bei einem Jungen, der aus

einer Kiste Orangen verkaufte, und bei einem Polizisten, der an einer stark befahrenen Kreuzung, deren Verkehr er offenbar regeln sollte, an einer Balustrade stand und rauchte.

Er nickte eifrig mit dem Kopf und schickte sie in die Richtung, aus der sie gekommen war. Als sie sich nach einer Weile umsah, entdeckte sie den Uniformierten, der ihr in einiger Entfernung folgte. Sie erinnerte sich, dass Ashraf sie gewarnt hatte, in Beni Suef könne es ihr passieren, dass sie Polizeischutz bekäme, ohne welchen beantragt zu haben. Die Behörden hätten gern ein Auge auf die Touristen, teils um sie zu beschützen, teils um sie zu kontrollieren.

Sie blieb stehen, drehte sich zu ihm und hob fragend die Hände. Er wies die Straße entlang, zeigte dann nach rechts. Sie ging weiter und bog in die nächste, kleine Seitenstraße ab. Ob er sie in eine Falle lockte? Unsicher sah sie sich um, an der Ecke erschien ihr selbsternannter Beschützer und nickte aufmunternd. Sie ging einige Schritte weiter und entdeckte an der Hauswand neben einem Eingangstor ein unscheinbares Schild in Arabisch und Englisch. »Convent of the Daughters of St. Mary«.

Hollys Herz begann heftig zu klopfen. Sie blieb stehen und überlegte, was sie tun sollte. Einfach hineinspazieren und nach ihrer Mutter fragen? Die Angst vor einer Enttäuschung war plötzlich so übermächtig, dass sie am liebsten weggelaufen wäre. Plötzlich war sie überzeugt, dass alles nur ein Irrtum sein könnte. Unmöglich, dass das Ziel ihrer Suche nur wenige Meter von hier entfernt wäre.

Den Blick unverwandt auf das Schild gerichtet, hockte sie sich auf einen Mauervorsprung und dachte nach. Nun war sie so weit gefahren und hatte so vieles auf sich genommen, dass sie doch nicht einfach unverrichteter Dinge umkehren könnte.

Ein Brief! Sie würde einen Brief schreiben. Sollte ihre Mutter wirklich hier sein, könnte sie in Ruhe entscheiden, ob sie antworten wollte oder nicht.

Sie nahm ihren Block und einen Stift aus der Tasche. Oh mein Gott, was schrieb man in einem solchen Fall?

»Hallo, ich bin Deine Tochter und wollte mal eben schauen, wie's Dir so geht?«

Oder: »Sehr geehrte Frau Hegmann, wie Sie sich vielleicht erinnern, haben Sie vor achtunddreißig Jahren eine Tochter zur Welt gebracht. Diese befindet sich hier und würde Sie gern kennenlernen?«

Nein, das ging alles nicht. Holly kaute unschlüssig auf dem Stift herum. Schließlich beschränkte sie sich auf die Worte:

»Der Skarabäus hat mich hierher geführt. Holly Berger.«

Sie legte die Kopie des übersetzen Briefes und ihre Visitenkarte dazu und notierte den Namen des Hotels darauf.

In Ermangelung eines Kuverts wand sie ein Gummiband um die Papiere, das sich nach längerer Suche in den Tiefen ihrer Tasche fand. Sie schrieb »Sr. Elsa« darauf. Dann fiel ihr ein, dass sie als Nonne sicher einen anderen Namen angenommen hatte, und schrieb noch »Hegmann« darunter.

Als sie das große, schwere Eingangstor aufdrückte, sah sie den kleinen Verschlag, in dem ein alter, irgendwie vertrocknet wirkender Mann mit einer schwarzen, viel zu großen Kappe saß.

»Excuse me, I've a letter for one of your sisters.«

Beim Stichwort »sister« winkte er verstehend und wies mit der Hand auf ein Gebäude, das auf der anderen Seite des Innenhofes lag.

Sie betrat den Eingangsbereich des Klosters, wo hinter einem Tisch mit ein paar Papieren und einem Telefon eine Schwester in der vertrauten graublauen Nonnentracht saß.

Holly ging lächelnd auf sie zu.

»Hello, I've a letter for one of your sisters.« Sie reichte ihr den Brief, die Nonne nahm ihn und nickte ihr freundlich zu.

Einen Moment blieb Holly unschlüssig stehen, dann wandte sie sich zum Ausgang.

Lieber Gott, flüsterte sie, jetzt bist du dran. Wenn du willst, dass wir uns finden, dann sorg dafür, dass der Brief in die richtigen Hände kommt.

Sie ging über den Innenhof, in dessen Mitte ein großes, koptisches Kreuz aus Eisen emporragte, und trat auf die Straße hinaus.

Der Polizist hatte vor dem Kloster Stellung bezogen und auf sie gewartet. Holly nickte ihm freundlich zu, um ihm zu bedeuten, dass sie seine Mission für beendet hielt. Bald darauf stellte sie jedoch fest, dass er ihr weiter folgte. Zuerst ärgerte sie sich, dann dachte sie, dass ein persönlicher Bodyguard vielleicht gar nicht so übel wäre.

Den Rest des Tages wanderte sie – ihren Beschützer im Schlepptau – ziellos durch die Stadt, was zur Folge hatte, dass sie sich bald ganz gut orientieren konnte. Das Hotel war tatsächlich kaum fünf Minuten Fußmarsch vom Kloster entfernt, sie war am Morgen nur einen Umweg gegangen.

An einem der Verkaufsstände aß sie Falafel und deckte sich mit Obst und Wasser ein. In einem vollgestopften Ramschladen entdeckte sie ein hölzernes Backgammon-Spiel. Das könnte sie gegen sich selbst spielen, falls die Langeweile zu groß werden würde. Außerdem kaufte sie ein weiteres Notizheft, denn sie hatte beschlossen, die Zeit zu nutzen und aufzuschreiben, was seit ihrer Entdeckung geschehen war.

Zurück im Hotel machte sie einen Mittagsschlaf. Sie träumte wirres Zeug von Nonnen, die mit fliegenden Rockschößen vor ihr davonliefen, dabei sollten sie nur eine Lieferung Falafel im Kloster abgeben und sicherstellen, dass die Biervorräte ausreichend waren.

Gegen fünf wachte sie auf, verschwitzt und durstig. Sie machte sich frisch, trank Wasser und aß Pfirsiche. Dann legte sie sich bäuchlings aufs Bett und fing an zu schreiben.

16

Bis zum Abend des dritten Tages geschah nichts. Kein Brief, kein Anruf, nicht die geringste Reaktion.

Holly lag die meiste Zeit tatenlos in ihrem Zimmer. Nachdem sie das halbe Heft vollgeschrieben, mehrere Partien Backgammon gespielt und den Reiseführer mehrmals gelesen hatte, fiel ihr nichts mehr ein, was sie tun könnte. So starrte sie in die Luft, lauschte auf die mittlerweile vertrauten Geräusche und gab sich den halb geträumten, halb fantasierten Bildern hin, die sich in ihrem Kopf formten. Sie war ganz klein, glaubte die Arme ihrer Mutter zu spüren, ihre Hand, die zärtlich über den Flaum auf ihrem Kopf strich. Dann fühlte sie sich getragen, die junge Elsa eilte mit ihr durch das Foyer des Marienkrankenhauses, legte das Bündel, in dem das Baby schrie, lieblos auf dem Boden ab. Kurz vor dem Einschlafen sah sie sich selbst in einem Weidenkorb einen Fluss hinabtreiben, empfand die Bewegung des Wassers, war ganz allein, verlassen, voller Angst. Sie schreckte hoch, realisierte, wo sie war, und legte sich seufzend wieder hin, um zu warten.

Immer wieder überlegte sie, ob sie zum Kloster gehen und fragen sollte, ob es dort jemals eine Elsa Hegmann gegeben hatte. Aber sie hatte Angst vor der Antwort. Solange sie wartete, gab es noch Hoffnung.

Es dämmerte bereits. Sie schloss die Augen und

wünschte sich, einzuschlafen und erst wieder zu erwachen, wenn ihre Mutter vor ihr stünde.

Leise klopfte es an der Tür. Ruckartig fuhr Holly hoch, ihr Herz begann zu rasen.

»Ja?«, sagte sie atemlos.

Der Türknauf drehte sich, die Tür ging auf. Holly sprang vom Bett und lief ihrem Besucher entgegen.

»Ashraf!«

Ihre Lethargie war wie weggeblasen.

»Ich hoffe, ich störe nicht«, sagte Ashraf, höflich wie immer.

»Sonst noch was«, sagte Holly, »ich freue mich total! Können wir ausgehen, was essen?«

Als sie das Hotel verließen, sah sie sich gewohnheitsmäßig nach ihrem Polizisten um, konnte ihn aber nicht entdecken. Klar, abends, wenn sie wirklich einen Beschützer bräuchte, war er nicht da! Wie gut, dass Ashraf gekommen war!

Sie gingen in ein einfaches Lokal mit traditioneller Küche, wo sie wieder die einzige Frau war – diesmal aber in Begleitung. Die Männer sahen nur kurz zu ihnen herüber, dann verloren sie das Interesse.

Holly erzählte, und Ashraf sah sie entgeistert an.

»Du sitzt seit drei Tagen hier rum und tust nichts?«

»Was heißt nichts, ich warte.«

»Aber, das ist doch verrückt! Du weißt nicht mal, ob sie jemals hier war, und anstatt einfach zu fragen, schreibst du einen Brief?«

»Das Ganze ist verrückt«, sagte Holly. »Vielleicht bin ich verrückt.«

Ashraf nahm ihre Hand. »Morgen gehen wir hin,

und du fragst, okay? Und wenn du es nicht tust, werde ich es tun.«

»Okay«, sagte Holly kleinlaut.

Nach dem Essen wünschte sich Holly einen Spaziergang am Nil. Sie stellte sich das als sehr romantisch vor. Ashraf blickte sie skeptisch an, wollte ihr aber offenbar ihren Wunsch erfüllen, und so gingen sie Richtung Fluss. Statt auf lauschigen Wegen am Wasser landeten sie in einer Art Mini-Disney-Land, einem grellen und lärmigen Vergnügungspark, in dem Eltern ihre bunt gekleideten Kinder in die Wagen der Fahrgeschäfte hoben oder vor künstlichen Monstern fotografierten. Eine Weile sahen sie zu, Ashraf kaufte ihr eine klebrige, rosarote Süßigkeit, dann wanderten sie zurück.

In einer ruhigen Straße griff er nach ihrer Hand, und sie entzog sie ihm nicht. Zurück auf der belebten Hauptstraße ließ er sie wieder los, und sie gingen in gebührendem Abstand ins Hotel zurück.

Ashraf hatte ein eigenes Zimmer genommen, das auf demselben Flur lag wie ihres.

»Mit Bad?«, fragte Holly lächelnd.

»Gab's nicht mehr«, sagte er.

»Wenn du Lust hast, komm vorbei«, hörte Holly sich sagen, »ich habe einen Whirlpool.«

Im gleichen Moment schoss ihr die Röte ins Gesicht. Ashraf sah sie verblüfft an, dann lachten beide.

Im Aufzug sprachen sie nicht. Auf dem Flur verabschiedeten sie sich, und jeder ging in sein Zimmer. Holly warf sich aufs Bett und raufte sich die Haare.

Was war bloß in sie gefahren! Musste sie sich auf ihre alten Tage unbedingt noch eine Abfuhr holen?

Wenige Minuten später klopfte es leise. Sie hob den Kopf. »Ja?«

Die Tür wurde aufgedrückt, und Ashraf schlüpfte ins Zimmer.

Das kleine Kuvert trug einen graublauen Aufdruck, ähnlich der Farbe ihrer Nonnentracht. »Daughters of St. Mary, Beni Suef«. Der Umschlag war nicht verschlossen, die Lasche nur nach innen gesteckt.

Der junge Hoteldiener hatte Ashraf den Umschlag ausgehändigt, als sie nach unten kamen, dabei stand unübersehbar Hollys Name darauf. Zitternd hatte sie die Hand ausgestreckt, als er gesagt hatte: »Für dich.«

Nun stand sie da, im kahlen Eingangsbereich des Hotels unter dem neugierigen Blick des Jungen, der intuitiv verstanden hatte, dass es hier um etwas Interessantes ging, und sich nicht im Geringsten um Diskretion bemühte.

Holly steckte den Umschlag in ihre Tasche.

»Lass uns rausgehen«, flüsterte sie heiser, »ich will allein sein.«

Sie gingen bis zu einem kleinen Platz. Im Schatten einiger Maulbeerbäume setzten sie sich auf eine steinerne Bank. Holly zog die Lasche heraus und nahm ein kleines Kärtchen aus dem Umschlag.

»Please call the convent, Sr. Agapy, Prior.«

Darunter eine Telefonnummer.

Holly hob langsam den Blick. Das war's dann also. Alles umsonst.

»Also, los, lass uns anrufen!«, rief Ashraf mit blitzenden Augen und wählte schon die Nummer auf seinem Handy.

»Nein!«, rief Holly. »Ich will es nicht hören!«

»Was willst du nicht hören?«

»Dass sie tot ist!«

»Wieso denn tot?«, sagte Ashraf verständnislos. »Davon steht doch hier überhaupt nichts. Diese Nachricht kann alles Mögliche bedeuten.«

»Sie ist tot«, sagte Holly, »ich fühle es.«

»Weißt du was«, sagte Ashraf, »ich glaube allmählich, du willst deine Mutter gar nicht finden!«

Holly schloss die Augen und lehnte sich an seine Schulter, sodass ihre Stirn seinen Hals berührte. Sie sog seinen Duft ein, spürte das Pulsieren des Blutes unter seiner Haut. Sie dachte an die unendlich zarte Berührung seiner Fingerspitzen auf ihrem Körper, an ihre wachsende Erregung, die Sehnsucht, ihn in sich zu spüren, die qualvolle Süße der Erwartung, die fast schmerzhaften Sekunden vor der Erlösung.

So war es mit allem im Leben. Wenn es einmal geschehen war, konnte es nie mehr geschehen, jedenfalls nicht auf dieselbe Weise. Diese Furcht vor dem unwiederbringlich letzten Augenblick vor der Erfüllung – das war es, was sie auch jetzt wieder spürte.

»Doch«, sagte sie leise, »ich will sie finden. Aber ich habe schreckliche Angst vor dem Moment, in dem ich sie gefunden habe.«

Ashraf streichelte zärtlich ihr Gesicht, dann setzten sie sich wieder aufrecht und in gebührendem Abstand hin, wie es sich hier für Mann und Frau in der Öffentlichkeit gehörte.

Ashraf begleitete sie zum Kloster, wollte aber an dem Gespräch nicht teilnehmen. Holly hatte angerufen und um einen Termin bei der Priorin gebeten, der ihr für den Nachmittag versprochen worden war.

Zum zweiten Mal überquerte sie den Innenhof mit dem großen Kreuz und betrat das Gebäude. Die Schwester am Empfang war offenbar informiert, sie stand gleich auf und bedeutete Holly, ihr zu folgen. Vor einer Tür blieb sie stehen und klopfte, dann öffnete sie und machte einen Schritt zur Seite, um Holly vorbeizulassen.

Die Oberin erhob sich von ihrem Schreibtisch und kam langsam auf sie zu. Sie war an die Sechzig, hatte ein ausdrucksvolles Gesicht mit erstaunlich wenigen Falten und trug eine große Brille. Sie war keine Ägypterin, was Holly etwas überraschte. Aber warum sollten nicht auch Angehörige anderer Nationalitäten im Kloster Karriere machen?

»Ich bin Schwester Agapy«, stellte sie sich auf Englisch vor und musterte Holly mit Augen, die durch die Brillengläser merkwürdig vergrößert wurden. »Sie müssen Miss Berger sein.«

»Holly Berger, ja.«

Sie schüttelten sich die Hände, und Holly setzte sich auf einen Stuhl, den die Priorin ihr zurechtrückte. Unter ihrem Blick hatte sie das Gefühl zu schrumpfen.

»Wir hatten bereits Nachricht, dass Sie kommen würden«, sagte Schwester Agapy, »was können wir also für Sie tun?« Ihre Augen schienen sich an ihr festzusaugen.

Sieh mal an, der Klosterfunk, dachte Holly, genau, wie sie vermutet hatte.

»Ich bin auf der Suche nach einer Deutschen namens Elsa Hegmann. Ich habe einen Brief für sie hier im Kloster abgegeben. Und dann kam Ihre Nachricht.«

»Wie kommen Sie darauf, dass Frau Hegmann bei uns im Kloster lebt?«

Hollys Mut sank ins Bodenlose. Das klang, als wäre sie auf der völlig falschen Fährte.

»Nun, das ist eine lange Geschichte. Aber ich habe gute Gründe, anzunehmen, dass es zumindest irgendwann einen Kontakt zwischen Frau Hegmann und Ihrem Konvent gegeben hat. Möglicherweise in den Anfangsjahren. Sie kam 1967 nach Ägypten.«

Die Priorin nickte, dann öffnete sie eine Schublade ihres Schreibtisches.

»Was ist das für ein Schreiben?«, fragte sie und hielt die Kopie der Übersetzung in der Hand.

»Ein Brief, den Frau Hegmann geschrieben hat, vor … achtunddreißig Jahren.«

»An wen?«

»An ihre Tochter.«

»Wie alt sind Sie?« Die Augen der Priorin funkelten hinter der Brille.

»Achtunddreißig.«

In ihrem Gesicht zuckte es kaum merklich. Umständlich legte sie den Brief zurück in die Schublade, dann sah sie Holly mit dem Ausdruck des Bedauerns an und sagte: »Schwester Sunita ist derzeit nicht im Konvent.«

Holly starrte sie an und versuchte, den Sinn dieser Worte zu begreifen.

»Schwester Sunita?«, fragte sie schließlich.

»Beim Eintritt in den Orden nehmen die Frauen einen anderen Namen an als äußeres Zeichen für die Abkehr von ihrem bisherigen Leben.«

»Das heißt ... meine Mutter lebt also tatsächlich hier?«

»Zeitweise«, sagte Schwester Agapy. »Sie ist häufig auch in unseren Schwesterhäusern in Kairo, Mokkatam und Matareya.«

»Wo ... ist sie jetzt?«

»Im Ausland. In Schweden, genauer gesagt. Sie sammelt dort Spenden.«

Holly brauchte einen Moment, um das Gehörte zu verdauen. Dann kam ihr ein Gedanke.

»Weiß sie denn überhaupt von meinem Brief?«, fragte sie.

Die Priorin blickte Holly sanft an, als wollte sie um Entschuldigung bitten.

»Schwester Sunita ist nicht zufällig abgereist. Sie ... wünscht kein Zusammentreffen mit Ihnen.«

Holly war wie vom Donner gerührt. Einen Moment saß sie ganz still, dann fragte sie zögernd: »Und sie hat auch nichts für mich hinterlassen? Keine Nachricht, keinen Brief?«

Die Priorin schüttelte stumm den Kopf. In ihrem Gesicht zeichnete sich ein Schmerz ab, als könnte sie nachfühlen, was in Holly vorging. Sie beugte sich plötzlich vor und griff nach Hollys Hand.

»Erzählen Sie mir doch etwas von sich, dann werde ich es Ihrer Mutter berichten.«

Holly schüttelte nur stumm den Kopf und zog ihre Hand zurück. Alle Kraft war aus ihr gewichen.

Sie wusste nicht, wie sie aus dem Büro gekommen war, den Flur zurück bis zum Ausgang, durch den Hof, zum Tor hinaus. Sie kam erst wieder zu sich, als sie in Ashrafs Armen lag und hemmungslos schluchzte.

»Sie will mich nicht sehen«, weinte sie, »sie hat meinen Brief bekommen und ist abgehauen, stell dir das vor!«

Ashraf zog sie in einen Hauseingang, dieser Auftritt war ihm offenbar doch etwas zu emotional für die Öffentlichkeit.

»Du musst versuchen, sie zu verstehen«, sagte er. »Sicher war es ein Schock für sie.«

»Sie hätte mir schreiben können«, schluchzte Holly, »ein paar Worte wenigstens, statt mich von einer Fremden abfertigen zu lassen.«

»Vielleicht hat sie Angst.«

»Ich hatte auch Angst und bin trotzdem hierher gefahren.«

Ashraf gab es auf, sie mit Worten beruhigen zu wollen, er hielt sie im Arm und wiegte sie leise hin und her.

Es dauerte lange, bis Holly ihre Fassung einigermaßen wiedergefunden hatte. Sie gingen ins Hotel, wo sie ihre Taschen packten und bezahlten. Dann fuhren sie zurück nach Kairo. Sie sprach während der gesamten Fahrt nicht, starrte nur wortlos aus dem Fenster.

Zwei Tage später saß Holly im Flugzeug nach Deutschland.

Zum Abschied hatte sie sich mit Inga getroffen, die versucht hatte, sie auf ihre liebevoll-ruppige Art zu trösten.

»Wer dich nicht will, hat dich nicht verdient!«, posaunte sie. »Aber ich weiß schon, dat nutzt dir jetzt auch nit viel.«

»Ich verstehe das einfach nicht«, sagte Holly zum hundertsten Mal. »Jemand legt lauter Spuren, und wenn er endlich gefunden wird, macht er sich aus dem Staub. Das passt doch nicht zusammen!«

»Aber jetzt weißt du immerhin, dass sie hier ist! Vielleicht könnt ihr euch ein anderes Mal treffen?«

Holly schüttelte energisch den Kopf. »Für mich ist Schluss. Ich habe schließlich auch meinen Stolz.« Aber noch während sie sprach, war ihr klar, dass es darum nicht ging. Sie wollte nur den Schmerz, den eine weitere Zurückweisung bedeutet hätte, nicht ertragen.

Ihre Enttäuschung wandelte sich allmählich in Wut. Was war das für eine merkwürdige Auffassung von Christlichkeit, das eigene Kind zu verstoßen und sich stattdessen lieber für Fremde einzusetzen? Warum hatte sie sich ihrer Verantwortung nicht gestellt, vor achtunddreißig Jahren nicht und jetzt auch nicht?

Vielleicht hatte Inga recht, dachte Holly bitter. Vielleicht war ihre Mutter es gar nicht wert, dass sie sich ein Treffen mit ihr so sehnlichst wünschte.

Der Start war vorbei, das Motorengeräusch beruhigend eintönig. Holly stellte ihre Lehne nach hinten und schloss die Augen. Die letzten zwei Nächte hatte sie kaum geschlafen und fühlte eine bleierne Müdigkeit. Aber auch jetzt gelang es ihr nicht, das Gedankenkarussell in ihrem Kopf zu stoppen.

Inga hatte ihr das Krankenhaus gezeigt, das sie gebaut hatte und in dem sie und Ashraf arbeiteten. Es war für Holly beeindruckend gewesen, zu sehen, was Menschen erreichen können, die sich ganz und gar einer Sache verschreiben. Fast beneidete sie Inga um ihr Engagement, das keinen Raum ließ für Selbstzweifel und Grübeleien.

Wie oft sie selbst darüber nachdachte, ob sie das richtige Leben führte, den richtigen Beruf ausübte, als Mutter alles richtig machte, sich richtig ernährte. Wie oft sie sich fragte, ob es ihr gut ginge, wie sie sich hierbei oder dabei fühle, wie sie sich voraussichtlich morgen fühlen würde.

Inga hatte für solche Überlegungen keine Zeit. Sie schuftete zwölf Stunden täglich, damit unterernährte Straßenkinder nicht an einem Infekt starben und obdachlose Alte durch Trachome nicht ihr Augenlicht verloren. Sie kämpfte – gemeinsam mit Ashraf – um Zuschüsse und Spenden, um Geräte und Personal.

Beim Abschied hatte Holly sie gefragt: »Was würdest du an meiner Stelle jetzt tun?«

Inga hatte sie angelächelt. »Ich wäre stolz, dass ich sie gefunden habe. Und ich würde mich darauf freuen, nach Hause zu kommen, zu Menschen, die mich lieben.«

Ashraf hatte sie zum Flughafen gebracht. Sie hatten sich lange umarmt.

»Du hast mir gezeigt, dass ein Teil von mir hier verwurzelt ist«, sagte Holly schließlich, »obwohl ich nicht gefunden habe, wonach ich gesucht habe.«

Er küsste sie auf beide Wangen.

»Manchmal geschehen Dinge, mit denen man nicht gerechnet hat«, sagte er, »und manchmal geschehen sie zur falschen Zeit.« Er drückte ihr ein Päckchen in die Hand. »Zur Erinnerung.«

»Danke«, sagte Holly. »Danke für … alles.« Fast riss sie sich von ihm los und rannte zu der Sicherheitsschleuse. Er sollte nicht merken, wie nahe ihr der Abschied ging.

Im Warteraum packte sie sein Geschenk aus. Es war eine kleine, gläserne Pyramide, vermutlich als Briefbeschwerer gedacht. Auf einem Zettel stand:

> »Weil Du die Einzige bist, die je nach Ägypten kam und die Pyramiden nicht gesehen hat. Aber so hast Du einen Grund, wiederzukommen.
>
> In Liebe, Ashraf«

Die Nacht mit ihm. Er war zur richtigen Zeit zu ihr gekommen, und alles hatte sich richtig angefühlt. Holly hatte endlich aufhören können zu denken, und es war ihr gar nicht schwer gefallen. Sie hatte sogar vergessen, sich für ihren Bauch und ihre Oberschenkel zu schämen, und sie hatte Ashraf ansehen und sich in der Verzückung seines Gesichtes wiederfinden können, und am anderen Morgen hatte sie ihm in die Augen geblickt, und alles war leicht gewesen.

Wenn sie früher darüber nachgedacht hatte, wie es wäre, Chris zu betrügen (was für ein dummes und unpassendes Wort), hatte sie sich immer vorgestellt, welche Schuldgefühle sie danach haben würde. Aber davon spürte sie nichts. Diese Nacht hatte nur etwas mit ihr und Ashraf zu tun und nicht das Geringste mit Chris. Es gab also keinen Grund für ein schlechtes Gewissen.

Dennoch war sie verwirrt. Darüber, dass etwas, was sie für unvorstellbar gehalten hatte, ganz einfach gewesen war. Und darüber, dass sie für einen kurzen Moment überlegt hatte, warum etwas so Wundervolles gleich wieder vorbei sein musste.

Irgendwann war Holly eingeschlafen, sie schreckte erst hoch, als die Stimme der Stewardess den beginnenden Landeanflug ankündigte.

»Bitte schnallen Sie sich an, stellen Sie Ihre Rückenlehnen in eine aufrechte Position und klappen Sie die Tische hoch.«

Holly griff nach ihrer Tasche und holte den Schminkspiegel heraus. Sie wischte die Wimperntusche ab, die sich während des Schlafes unter ihren Augen abgesetzt hatte und ihr das Aussehen einer Morphinistin gab. Dann puderte sie ihre Nase und versuchte, die Lippen nachzuziehen, was wegen des wackelnden Flugzeugs zu keinem überzeugenden Ergebnis führte.

Wenige Minuten später setzte die Maschine auf der Landebahn auf.

Nieselregen, elf Grad. Der Himmel grau in grau.

Die Stewardess sagte ihr Abschiedssprüchlein auf, die Passagiere wühlten in den Ablagen nach ihrem Handgepäck.

Je näher der Moment des Wiedersehens mit ihrer Familie kam, desto deutlicher verlangsamten sich Hollys Bewegungen. Sie war eine der Letzten, die das Flugzeug verließen. Dann sah sie zu, wie ihre Reisetasche auf dem Gepäckband zweimal im Kreis fuhr, bis sie sich endlich entschließen konnte, sie zu nehmen.

Durch die automatische Glastür ging sie hinaus und blickte sich um. Zuerst sah sie niemanden. Dann entdeckte sie, halb verdeckt von einer Gruppe Jugendlicher mit »Willkommen Tini & Ralf«-Schildern, Chris und die Kinder.

Sie winkte ihnen mit aufgesetzter Fröhlichkeit zu. Lea kam auf sie zugelaufen und flog ihr in die Arme. »Mama!« rief sie, »hast du mir was mitgebracht?«

Holly schmiegte das Gesicht ins Haar ihrer Tochter. »Hallo, meine Süße! Klar habe ich dir was mitgebracht.«

Glücklicherweise hatte Inga sie daran erinnert, etwas für die Kinder zu kaufen – Holly hätte es vergessen. Für Lea hatte sie eine Tonfigur der Göttin Isis gefunden, für Timo einen Fotoband über die Pharaonengräber und für Chris hatte sie im Duty-free-Shop noch schnell eine Flasche Brandy besorgt.

Timo sagte »hallo, Mama« und ließ sich widerstrebend von ihr umarmen, Chris blieb in einiger Entfernung stehen und sagte steif: »Willkommen daheim.«

Holly dachte, dass sie auf ihn zugehen und ihn mit einer Umarmung begrüßen sollte, aber sie blieb wie angewurzelt stehen. »Hallo«, sagte sie, »danke fürs Abholen.«

»Kein Problem«, sagte er, kam einen Schritt auf sie zu und nahm ihr die Tasche ab. In einem kleinen Konvoi gingen sie ins Parkhaus.

Lea bestürmte ihre Mutter mit Fragen über Ägypten. Ob die Menschen dort arm seien, was es zu Essen gebe, ob die Kinder Schuluniformen tragen müssten, ob sie auch Handys und iPods hätten, ob im Fernsehen Sendungen wie »Ägypten sucht den Superstar« liefen.

Holly bemühte sich, alles so gut wie möglich zu beantworten, musste aber zugeben, dass sie vieles nicht wusste.

Timo schwieg fast die ganze Zeit, brummte nur hie und da einen abfälligen Kommentar zum Geplapper seiner Schwester.

Erst als sie im Auto saßen, stellte Lea die entscheidende Frage.

»Hast du eigentlich deine Mutter gefunden?«

Holly schluckte. »Nein«, sagte sie und presste die Lippen zusammen.

17

Holly ging durch die Straßen ihrer Heimatstadt und fühlte sich seltsam fremd. Sie entdeckte Häuser, die ihr noch nie aufgefallen waren, Läden, auf die sie noch nie geachtet hatte. Sie war noch mit dem Blick des Reisenden unterwegs, mit jener übergroßen Bereitschaft, alles wahrzunehmen und zu beachten, woran die Einheimischen längst achtlos vorübergehen.

Der Spruch »Wegfahren, um nach Hause zu kommen« fiel Holly ein. Wer seine innere Heimat verliert, braucht einen Ort, an dem er sicher ist. Holly fühlte sich nirgendwo mehr sicher. Selbst in ihren eigenen vier Wänden kam sie sich vor wie ein Eindringling. Plötzlich nahm sie die Brüchigkeit von allem wahr, die feinen Risse im Verputz, die abblätternde Farbe an den Türen, die Lücken im Parkett, und alles schien ihr ein Sinnbild für die Brüchigkeit all ihrer Beziehungen und aller Gewissheiten.

Das Jugendamt war in einem Bürokomplex an einer verkehrsreichen Straße untergebracht. Holly sah an der grauen Fassade hoch. Hier wurden Schicksale verwaltet, Lebenslinien gezogen. Ob Problemfamilien betreut werden mussten, ob ein Kind zu einer Pflegefamilie kam, ob ein Adoptionsantrag angenommen wurde, all das wurde hier entschieden. Sie stellte sich vor, dass es für die Mitarbeiter sicher oft schwierig war, die richtige Balance zwischen behördlicher Korrektheit und dem nötigen Verständnis für die Probleme der Menschen zu finden, vielleicht manchmal sogar unmöglich.

Sie hatte einen Termin bei der zuständigen Abteilungsleiterin. Frau Rieg, vierter Stock, links den Flur entlang, vorletzte Tür rechts. Holly klopfte und trat ein.

An einem ausladenden Schreibtisch saß eine zierliche Frau mit halblangem, braunem Haar und einer Lesebrille auf der Nasenspitze. Sie hatte ihren Drehstuhl ein Stück nach hinten geschoben und las aufmerksam in einer Akte mit rotem Deckel. Auf beiden Seiten des Schreibtisches lagen Stapel von Akten in unterschiedlich farbigen Hüllen. Holly fragte sich, was die einzelnen Farben bedeuten mochten.

Als sie näher trat, legte die Frau den roten Ordner weg und rollte zum Schreibtisch zurück.

»Guten Tag«, sagte sie. »Nehmen Sie doch Platz.«

»Ich bin Holly Berger, wir hatten telefoniert.«

»Ah«, sagte Frau Rieg mit plötzlich erwachtem Interesse, »die Findelfrau!«

Findelfrau, dachte Holly überrascht. Wie passend.

»Ehrlich gesagt habe ich mich nach der Lektüre Ihrer Akte gewundert, warum Sie nicht schon viel früher gekommen sind«, sagte Frau Rieg.

»Ich habe erst vor ein paar Wochen von meiner ungeklärten Herkunft und der Adoption erfahren.«

Die Frau sah sie ungläubig an. »Ihre Eltern haben Ihnen nichts gesagt? Das kann doch nicht wahr sein!«

»Oh doch«, sagte Holly. »Leider.«

Die Frau schüttelte missbilligend den Kopf. »Es ist längst erwiesen, dass Adoptierte mit ihrer Situation sehr viel besser zurechtkommen, wenn sie Bescheid wissen. Wir ermuntern die Eltern, von Anfang an mit dem Thema offen umzugehen.«

Holly freute sich natürlich, dass die Frau ihren Standpunkt teilte, trotzdem fühlte sie sich plötzlich verpflichtet, ihre Eltern zu verteidigen.

»Ich bin sicher, sie haben es gut gemeint«, sagte sie.

»Bestimmt«, sagte Frau Rieg, »aber anders wäre es leichter für Sie gewesen. Und nun sind Sie auf der Suche nach Ihren leiblichen Eltern, nehme ich an.«

»Woher wissen Sie das?«

»Nun, früher oder später suchen die meisten. Aber in Ihrem Fall ... ganz ehrlich, sehe ich wenig Hoffnung. Schließlich ...«

»Ich habe meine Mutter bereits gefunden«, warf Holly schnell ein.

Frau Rieg war die Verblüffung anzumerken. »Sie haben was? Das ist ja unglaublich! Wie haben Sie das geschafft?«

Holly erzählte vom Verlauf ihrer Recherche; dabei wurde ihr selbst erst richtig bewusst, welche Mischung aus Zufällen, Intuition und detektivischem Spürsinn nötig gewesen waren, um die richtige Spur zu finden.

»Ich weiß also, wo sie lebt, ich war sogar dort – aber sie will mich nicht sehen«, beendete sie ihre Erzählung.

Frau Rieg nickte wissend. »Das kommt leider häufiger vor, als man glaubt. Abgebende Mütter haben oft große Schuldgefühle und fürchten die Konfrontation mit der Vergangenheit. Ihre Mutter hat Sie ja sogar … wie soll ich sagen …«

»… ausgesetzt«, ergänzte Holly, »sprechen Sie es ruhig aus. Sie hat mich nicht nur weggegeben, sie hat mich regelrecht weggeworfen. Sie hat allen Grund, sich schuldig zu fühlen.«

»Vielleicht ist sie eines Tages stark genug, Ihnen zu begegnen«, sagte Frau Rieg tröstend. »Es passiert oft noch ganz viel, wenn der Kontakt erst mal da ist.«

»Vielleicht.« Holly zuckte zweifelnd die Schultern. »Mich interessiert, ob meine Mutter irgendwann in diesen ganzen Jahren den Versuch gemacht hat, etwas über mich herauszufinden. Wie es mir geht, wie ich mich entwickele …« Sie brach ab und schluckte.

Frau Rieg nahm die Akte, in der sie zuvor gelesen hatte, und Holly begriff, dass es ihre war.

»Ausgeschlossen«, sagte sie. »Sie hätte sich als Mutter ja gar nicht ausweisen können. Auf keinen Fall hätte sie irgendwelche Informationen von uns erhalten.«

»Auf keinen Fall?«, insistierte Holly. »Auch nicht, wenn einer Ihrer Mitarbeiter beschlossen hätte, sagen wir mal, eigenmächtig zu handeln?«

»Das ist gegen das Gesetz. Das hätte niemand hier getan, dafür lege ich meine Hand ins Feuer.«

Das klang so entschieden, dass Holly nichts übrig blieb, als ihr zu glauben.

Also nicht einmal das. Ihre Mutter hatte nicht einmal das Versprechen aus ihrem Brief gehalten. Es war ihr völlig gleichgültig gewesen, was aus ihrem Kind geworden war.

»Allerdings …«, hörte sie die Stimme von Frau Rieg

wie aus weiter Ferne, »gibt es gewisse Personen, denen wir Auskunft hätten geben dürfen.«

»Gewisse Personen?«, fragte Holly verständnislos.

»Nun ja, Seelsorger, Ärzte, Hebammen ... Personen, mit denen wir als Behörde zu tun haben und die der Schweigepflicht unterliegen.«

In Hollys Kopf arbeitete es heftig. »Wollen Sie mir damit sagen, dass in meinen Fall ... eine solche Person ... involviert gewesen ist?«, fragte sie zögernd.

Frau Rieg nickte stumm.

»Jemand, der sich auch später nach mir erkundigt hat?«

Ihr Gegenüber nickte erneut.

»Wie ... oft kamen diese Nachfragen?«

»Ungefähr einmal im Jahr«, sagte Frau Rieg.

»Können Sie mir sagen, um wen es sich handelt?«, fragte Holly aufgeregt.

»Leider nein. Das unterliegt dem Datenschutz.«

»Wie bitte?«, sagte Holly verständnislos, »diese Person durfte Informationen über mich erhalten, aber ich darf nicht wissen, wer sie ist?«

»Genauso ist es.«

Holly überlegte. »Und wenn Sie nun diese Person fragen würden, ob es ihr recht ist, dass ich Kontakt zu ihr aufnehme ... wäre das vorstellbar?«

Frau Rieg wiegte den Kopf. »Ich denke, das wäre prinzipiell vorstellbar. Die Frage ist nur, ob es praktisch möglich ist.«

»Warum sollte es nicht möglich sein?« Holly wurde immer ungeduldiger.

Frau Rieg hielt den Ordner mit ihrer Akte hoch.

»Der letzte Kontakt zu der Person liegt zwanzig Jahre zurück.«

Zwanzig Jahre. Das hieß, mit ihrer Volljährigkeit hatte das Interesse dieser Person an ihr geendet.

Zwanzig Jahre hieß auch, diese Person könnte tot, ausgewandert oder x-mal umgezogen sein.

»So lange schon«, sagte Holly mit einem resignierten Seufzer.

Frau Rieg nickte. »Das ist das Problem.«

Holly hob den Blick und sah sie bittend an. »Würden Sie es wenigstens versuchen?«

»Klar versuche ich es«, sagte Frau Rieg. »Sonst hätte ich Ihnen ja nicht davon erzählt.«

Auf dem Heimweg grübelte Holly unablässig darüber nach, wer diese geheimnisvolle Person sein könnte.

Am wahrscheinlichsten erschien ihr, dass Elsa sich einem Geistlichen anvertraut hatte. Aber hätte der ihr nicht ins Gewissen geredet und sie dazu gebracht, ihr Baby zu behalten? Oder sie zumindest von einer Adoption überzeugt? Hätte er sich so weit instrumentalisieren lassen, in Elsas Auftrag nach dem Wohlergehen des ausgesetzten Kindes zu fragen? Oder war das gar nicht in Elsas Auftrag geschehen?

So viele neue Fragen. Holly wurde fast verrückt bei dem Gedanken, dass sie wieder einmal nichts tun konnte, als zu warten.

Beim Betreten der Wohnung hörte sie Geräusche aus der Küche. Sie hatte keine Lust, Chris zu sehen, mit ihm zu sprechen. Er war ihr auf eine Art fremd geworden, die sie selbst völlig ratlos machte. Kurz überlegte sie, ob sie einfach in ihr Zimmer gehen sollte, schließlich gab sie sich einen Ruck, öffnete die Küchentür und sagte: »Ich bin wieder da.«

»Schön«, gab Chris zurück und hob kaum den Blick von seinem Servierbrettchen, auf dem er ein Brot mit Käse, Tomaten und Senf dekoriert hatte. Normalerweise fragte er, ob sie schon gegessen habe, ob er ihr etwas machen solle, ob sie einen Tee wolle. Heute sagte er nichts, nahm sein Brett vom Küchenblock und setzte sich an den Tisch.

Holly sah ihm zu. Er versuchte nicht einmal, mit ihr zu sprechen. Wenn man sich schuldig fühlt, hat man doch den Wunsch, sich zu rechtfertigen, dem anderen die Beweggründe für das eigene Verhalten zu erklären. Bedeutete die Tatsache, dass Chris nicht reden wollte, etwa, dass er sich immer noch im Recht fühlte?

Sie schloss die Küchentür. Sein abweisendes Verhalten irritierte sie weniger als die fragenden, vorwurfsvollen Blicke aus der letzten Zeit. Am liebsten wäre es ihr, wenn er sie in Ruhe ließe. Vielleicht könnten sie zukünftig einfach nebeneinander her leben und sich gegenseitig in Ruhe lassen.

Holly seufzte. Sie wusste, dass es unmöglich war, so zu leben, wenn man Kinder hatte. Wie Seismografen registrierten die beiden die kleinste atmosphärische Störung. Erst gestern Abend hatte Lea angespannt zwischen ihnen hin- und hergesehen und plötzlich angefangen zu weinen.

»Was ist denn?«, hatte Holly erschrocken gefragt.

»Ihr habt euch überhaupt nicht mehr lieb!«, hatte Lea geschluchzt.

»Wie kommst du denn darauf?«

»Ihr schaut euch nicht mehr an, ihr redet so komisch höflich miteinander, als würdet ihr euch gar nicht kennen.«

Chris sagte: »Es stimmt, dass Mama und ich uns zurzeit nicht besonders gut verstehen. Aber das kommt in jeder Beziehung mal vor. Ihr streitet ja schließlich auch.«

»Wir sind Geschwister«, stellte Timo fest, »und wir bleiben für immer Geschwister, egal, wie viel wir streiten.«

»Und wir bleiben immer eure Eltern, egal, wie viel wir streiten«, sagte Holly.

»Super Spruch«, erwiderte Timo. »Das sagen Eltern immer, bevor sie sich trennen.«

Chris lächelte. »Damit scheinst du ja eine Menge Erfahrung zu haben.«

»Ich nicht, aber meine Freunde. In meiner Klasse sind vierundzwanzig Schüler. Von achtzehn sind die Eltern getrennt. Und ich schätze mal, mindestens fünfzehn von ihnen haben vorher diesen Spruch gehört.«

Es war also völlig ausgeschlossen, auf Dauer die Illusion eines normalen Familienlebens aufrechtzuerhalten, wenn es zwischen ihr und Chris so blieb, wie es war. Holly hatte keine Ahnung, wie sie diesem Dilemma entkommen sollte.

»Mädelsabend« stand in der Betreffzeile von Dianas E-Mail. Und im Text: »Liebe Holly, Karin ist übermorgen für einen Abend in der Stadt und möchte uns unbedingt sehen. Ich schlage vor, Ihr kommt zu mir. Garantiert männerfreie Zone! Ich koche, Du bringst den Wein mit. Einverstanden? Liebe Grüße, Diana«

Holly freute sich darauf, ihre zwei besten Freundinnen wiederzusehen und mit ihnen zu reden. Sie nahm sich vor, die beiden endlich in ihr Familiengeheimnis einzuweihen. Eigentlich war es unverzeihlich, dass sie es nicht schon längst getan hatte.

Sie mailte umgehend ihre Zusage zurück und rief in der Weinhandlung an, um sich drei Flaschen ihres Lieblingsrotweins reservieren zu lassen, die sie auf dem Weg abholen würde.

Frauenfreundschaften sind eine komische Sache, dachte Holly. Solange man jung ist, gibt es nur den Augenblick, und man kann sich nicht vorstellen, dass sich jemals etwas ändert. Dann wird man Mutter, und mit einem Mal ist alles anders. Man erlebt das Gleiche, aber nichts mehr gemeinsam. Jahrelang redet man über die Kinder, dann kommen die Beziehungskrisen. Man wird zum Produkt seiner Lebensumstände, von denen man glaubt, sie seien selbst gewählt, dabei halten sie einen fest im Griff und verändern einen zu jemandem, der man nie sein wollte.

Holly versuchte, sich zu erinnern, wann sie zuletzt mit Diana über etwas gesprochen hatte, das nicht mit den Kindern, deren Vätern oder sonstigem Beziehungskram (Eltern, Schwiegereltern …) zu tun hatte. Über Bücher zum Beispiel. Über politische Fragen. Es musste während ihrer WG-Zeit gewesen sein. Auch mit Karin war es seit Jahren nur um Privates gegangen. Welche Schule die Kinder besuchen, welche Nationalität das Au-pair-Mädchen haben sollte, wie viel ehelicher Sex normal ist, ob man mit über vierzig noch erotisch anziehend ist.

Andererseits: Gespräche mit Freundinnen schaffen eine Geborgenheit, ein Gefühl des Verstandenwerdens, wie es mit keinem Mann jemals möglich wäre.

Holly überlegte, ob sie Karin und Diana von ihrem Abenteuer mit Ashraf erzählen sollte. Einerseits widerstrebte es ihr, denn es bestand die Gefahr, dass eine von ihnen sich verplapperte. Andererseits konnte sie der Versuchung kaum widerstehen, ihr Image als langweilige Spießerin und Mustergattin endlich zu ruinieren.

Diana öffnete die Tür, eine rot-weiß gestreifte Küchenschürze über der Jeans, das Haar verwuschelt, mit rosigem Gesicht. Holly grinste. Ihre Freundin sah aus, als hätte sie gerade Sex gehabt, dabei kochte sie nur.

»Komm rein«, sagte Diana und küsste sie auf beide Wangen, »ich versuche gerade, das Wok-Gemüse nicht anbrennen zu lassen.«

Holly folgte ihr in die Küche, wo bereits für drei gedeckt war.

»Hier«, sagte sie und stellte den Wein auf den Tisch.

»Danke.« Diana rührte hektisch mit einem Holzschaber in der Pfanne herum. »Ich werde nie begreifen, warum es immer heißt, Wok-Gerichte seien fettarm und schmackhaft. Wenn ich nicht einen halben

Liter Öl nehme, brennt mir alles an. Und während die eine Hälfte noch halb roh ist, ist der Rest schon Matsch.«

Holly fand es äußerst befriedigend, dass es außer ihr auch andere Frauen gab, die nicht mal eben fünf Gänge auf den Tisch zauberten, ohne dass sich auch nur eine Strähne aus ihrer Frisur löste. Sie war genervt von den vielen selbst ernannten Kochgurus, die jeden verachteten, der nicht mindestens zehn Gerichte auf Drei-Sterne-Niveau zubereiten konnte.

»Komm, ich helf dir«, bot sie an und hob den Deckel eines anderen Topfes, in dem Reis war, der ebenfalls schon verdächtig zu riechen begann. Sie hob den Topf vom Herd und stocherte darin herum. »Geht gerade noch«, befand sie.

»Wenn alles schiefgeht, bestelle ich 'ne Pizza«, verkündete Diana.

»Wo ist denn Karin?«, fragte Holly. »Ist sie noch nicht da?«

»Gerade angekommen«, sagte Diana und schmeckte die Soße ab. »Sie macht sich noch frisch.«

Gleich darauf hörte Holly die Tür des Badezimmers.

»Erschrick nicht …«, konnte Diana gerade noch murmeln, da kam Karin bereits in die Küche. Holly traute ihren Augen nicht. Ihre früher so strahlende, attraktive Freundin war nur noch ein Knochengerüst. Die Hose schlotterte um ihre mageren Hüften, das einstmals so schöne Gesicht war spitz und ausgehöhlt. Sie musste mindestens zehn Kilo abgenommen haben.

»Oh mein Gott …«, stammelte Holly und umarmte sie, »du bist ja so … schlank geworden!«

»Irgendwas muss ich von der ganzen Scheiße doch haben«, sagte Karin trocken, »Diät muss ich jedenfalls nicht mehr halten.«

»Wenn ich das vorher gewusst hätte«, sagte Diana, »hätte ich irgendeine Kalorienbombe fabriziert, mit fetter Sahnesoße und so!«

Holly öffnete eine Flasche Wein und goss die Gläser voll. Einerseits war sie voller Mitgefühl für ihre Freundin, andererseits konnte sie nicht begreifen, wie man sich von einem Mann so abhängig machen konnte. Ihr Leben sei sinnlos, sie sei nichts wert ohne ihren Mann, hatte Karin einmal gesagt. So etwas würde Holly nicht einmal denken. Und sie würde auch nicht hungern, bis sie nur noch Haut und Knochen wäre. Allerdings hatte sie es leicht: Nicht einmal der schlimmste Liebeskummer hatte ihr je den Appetit verdorben.

Sie verteilte die Gläser an ihre Freundinnen. »Worauf trinken wir?«, fragte sie.

»Darauf, dass wir überlebt haben«, sagte Karin sarkastisch. »Ich diese unfreiwillige Schlankheitskur, und Diana die Anschläge ihrer Rivalin. Und du?«

Holly überlegte kurz. »Fünfzehn Jahre ehelicher Routine«, sagte sie, »na, dann prost!« Sie hoben die Gläser, stießen miteinander an.

»Setzt euch«, befahl Diana, »Essen ist fertig.«

»Was für Anschläge?«, fragte Holly nach dem ersten Bissen.

Diana verdrehte die Augen. »Ich hab dir doch von der durchgeknallten Gattin meines Geliebten, also eigentlich meines Exgeliebten, erzählt. Nachdem sie in der Firma Hausverbot hatte, fing sie an, mir hier aufzulauern. Eines Tages stand sie mit einer Knarre im Hausflur. War zwar nur eine Gaspistole, wie sich hinterher rausstellte, aber ich bekam den Schreck meines Lebens.«

Holly verschluckte sich fast an ihrem Essen. »Eine Pistole? Die Frau ist ja gemeingefährlich!«

»Fand die Polizei auch«, sagte Diana. »Die haben sie erst mal in die Psychiatrie geschafft. Keine Ahnung, wie lange ich jetzt vor ihr sicher bin.«

»Und Mark?«

»Bombardiert mich mit E-Mails, in denen immer nur steht, wie leid ihm alles täte und ob ich ihm jemals verzeihen könnte.«

»Und?«

»Ich bin doch nicht lebensmüde. Das hätte er sich mal vorher überlegen sollen. Ein Kavalier genießt – und schweigt.«

Karin legte ihre Gabel ab, mit der sie im Essen herumgestochert hatte.

»Ich finde furchtbar, was du da sagst. Mach dir mal klar, dass ich genau in der Situation dieser Ehefrau bin. Meinst du, das ist ein Spaß?«

»Tut mir leid«, sagte Diana, »ich wollte dich nicht verletzen. Aber mal ganz ehrlich: Wenn Ulf die Sache mit der SMS nicht versiebt hätte, wäre doch nie irgendwas passiert, und du wärst immer noch eine glückliche Ehefrau.«

»Du meinst also«, sagte Karin ungläubig, »die eigentliche Verfehlung der Männer ist nicht, dass sie ihre Frauen bescheißen, sondern dass sie sich dabei erwischen lassen?«

Diana nickte. »Genau.«

»Und wenn du die Betrogene wärst, wie würdest du dich dann fühlen?«

»Was ich nicht weiß, macht mich nicht heiß«, sagte Diana. »Solange die Sache zwischen mir und meinem Mann in Ordnung ist, kann mir doch egal sein, was er sonst so treibt.«

»Aber eine Beziehung, in der einer fremdgeht, ist doch nicht in Ordnung!«, empörte sich Karin.

»Ich glaube, du verwechselst Sex mit Liebe«, schaltete Holly sich ein. »Das eine hat aber nicht zwingend etwas mit dem anderen zu tun.«

»Im Gegenteil«, sagte Diana und kicherte, »je weniger du einen Mann kennst, desto besser ist der Sex!«

Karin schüttelte den Kopf. »Ich glaube nicht, dass du wirklich so abgebrüht bist. Wahrscheinlich hast du noch nie einen Mann wirklich geliebt.«

»Da könntest du recht haben«, sagte Diana und lachte übertrieben. »Und wenn ich so sehe, was die Liebe anrichten kann, dann bete ich zum lieben Gott, dass es so bleibt!«

Eine ungemütliche Stille senkte sich über den Tisch, und Holly dachte, es könnte der richtige Moment sein, das Thema zu wechseln.

»Hört mal«, begann sie, »ich wollte euch schon länger etwas erzählen …«

»Gleich«, sagte Diana, bremste sie mit einer Handbewegung und sagte zu Karin gewandt: »Aber du hast uns noch gar nicht erzählt, wie es dir inzwischen ergangen ist.«

Karin schien nur auf das Stichwort gewartet zu haben und berichtete ausgiebig von den neuesten Entwicklungen aus dem Krisengebiet, zum Beispiel, dass Ulf die Beziehung mit seiner Geliebten nicht beenden, allerdings auch nicht aus ihrem gemeinsamen Haus ausziehen wolle.

»Er hat sich eben noch nicht endgültig entschieden«, sagte sie. »Und für mich heißt das, es besteht die Möglichkeit, dass er zurückkommt.«

»Für mich heißt das, er hat keine Lust, etwas an der für ihn sehr komfortablen Situation zu ändern«, sagte Holly, »und warum sollte er auch, solange du mitspielst?«

Diana hatte interessiert zugehört. »Was ist mit seiner Freundin? Will sie ihn ganz oder ist sie so bescheiden wie ich und gibt sich mit der Rolle der Geliebten zufrieden?«

»Bestimmt nicht«, sagte Karin, »die wird nicht ruhen, bis sie ihn für sich allein hat.«

»Warum stellst du ihm nicht die Koffer vor die Tür? Dann muss er sich entscheiden.«

Karin antwortete nicht. Bestimmt fürchtete sie, er könnte sich gegen sie entscheiden. Deshalb stellte sie ihn lieber erst gar nicht vor die Wahl.

Holly kam ein Gedanke. »Wie wäre es«, begann sie, »wenn du Ulf ein Angebot machtest?«

»Was denn für ein Angebot?«

»Du sagst ihm, dass du seine Freundin akzeptierst, und er zwei Abende in der Woche mit ihr verbringen darf, außerdem vier Wochenenden im Jahr und eine Woche Urlaub. Im Gegenzug muss er ihr den Job kündigen.«

Karin starrte sie verblüfft an. »Meinst du das ernst?«

»Klar meine ich das ernst«, sagte Holly. »Er wird das Angebot annehmen, weil es ihm erspart, eine Entscheidung zu treffen. Er wird seiner Freundin einen guten Job bei einer anderen Firma besorgen und glauben, damit hätte er alle Probleme gelöst. Aber wie lange wird es ihm wohl Spaß machen, mit dem Einverständnis seiner Ehefrau zu seiner Geliebten zu gehen wie ein Schulbub, der Mamis Erlaubnis zum Spielen bekommen hat? Und wie wird es seiner Freundin gefallen, wenn sie kapiert, dass sie ihn niemals ganz haben kann, weil er eine so tolerante Ehefrau hat? Vielleicht kommt die Stunde der Wahrheit sogar schon viel früher, weil ihr die Karriere wichtiger ist als die Beziehung zu Ulf, und sie lieber auf ihn verzichtet als auf ihren Job?«

Diana lächelte anerkennend. »Die Idee ist so perfide, dass sie glatt von mir stammen könnte. Egal, was dabei herauskommt, Karin, du kannst nur gewinnen!«

Karin sah zweifelnd von einer zur anderen. »Was ist das hier, der ›Club der Teufelinnen‹?«

»Willst du deinen Mann zurück oder nicht?«, fragte Holly.

»Manchmal weiß ich es nicht mehr«, gab Karin zu.

»Weißt du was«, Diana erhob ihre Stimme, »es wird der Tag kommen, an dem du ihn nicht mehr willst. «

»Und woher weißt du das?«

»Weil Frauen sich durch eine Krise weiterentwickeln, Männer meistens nicht. Und am Ende steigen die Frauen wie Phönix auf, und die Männer bleiben als Häufchen Asche zurück.«

Diese Prognose fand Holly zwar etwas optimistisch, aber sie schien Karin zu gefallen. »Wenn es nur schon so weit wäre«, seufzte sie.

Diana schenkte die Weingläser wieder voll. »Bis dahin hilft nur Alkohol«, sagte sie. »Und jetzt Schluss mit dem Trübsinn, wer will Nachtisch?«

Sie sprang auf und holte eine Schüssel aus dem Kühlschrank. »Französische Vanillemousse«, verkündete sie.

»Dr. Oetker?«, fragte Holly.

»Willst du mich beleidigen?«, erwiderte Diana entrüstet. »Die ist aus dem tollen Feinkostladen um die Ecke, ich weiß doch, was sich gehört!«

Nach zwei Flaschen Wein wurde die Stimmung ausgelassener, Holly fand einfach keinen passenden Moment, um von ihren Erlebnissen zu berichten.

Plötzlich wandte Diana sich zu ihr und fragte: »Wie war's eigentlich in Kairo?«

Holly überlegte. Sollte sie jetzt …? Wieder verließ sie der Mut.

»Ganz gut«, sagte sie deshalb nur.

»Was hast du eigentlich dort gemacht?«, fragte Karin.

»Ach, nur ein bisschen für mein Buch recherchiert. Gespräche mit Frauen geführt, über Ehe im Islam, veränderte Rollenbilder und so. Da dürfen Männer übrigens immer noch mehrere Frauen haben, sofern sie alle ernähren können. Passiert nicht oft, aber kommt vor.«

»Und wie gehen die Frauen damit um?«, wollte Karin wissen.

»Sie sind eifersüchtig, vermute ich, aber sie finden sich offenbar damit ab.«

»Ich bin nicht eifersüchtig«, sagte Diana, »ich kenne das Gefühl gar nicht.«

»Glück gehabt«, sagte Holly.

»Vielleicht sollte ich zum Islam übertreten«, sinnierte Karin.

»Genau, dann kannst du mit allen Nebenfrauen zusammenwohnen, ihr könnt euch bei der Hausarbeit und der Kinderbetreuung abwechseln und abends Karten spielen!«, spann Diana den Gedanken begeistert weiter. »Eigentlich stelle ich mir so einen Harem richtig nett vor!«

Karin zog eine Grimasse. »Witzig.«

»Ich soll dich herzlich von Inga grüßen«, sagte Holly. »Die ist ja echt der Knaller!«

»Ja, nicht wahr?«, sagte Diana. »Sie wollte schon damals die Welt verbessern, als wir noch in der Schule waren, und weil die anderen lieber kiffen und knutschen wollten, ist sie allein auf Demos gegen Nachrüstung und Atomkraft gegangen.«

»Inga lebt anspruchsloser als wir alle, und es geht ihr trotzdem besser als uns«, bemerkte Holly nachdenklich.

»Wieso geht's dir denn nicht gut?«, fragte Karin. »Bei dir läuft doch immer alles super!«

»Das sieht vielleicht so aus«, erwiderte Holly. In der Sekunde, in der sie beschlossen hatte, ihren Freundinnen doch alles zu erzählen, klingelte das Telefon.

Diana griff nach dem Apparat und meldete sich.

»Du?«, sagte sie wenig begeistert. »Was ist denn?«

Dann hörte sie zu, ihr Gesicht erstarrte. »Ich komme«, sagte sie und sprang auf.

»Das war Benno«, erklärte sie. »Diese Irre hat meine Kinder bedroht, ich muss sofort zu ihnen.«

»Was hat sie denn getan?«, fragte Holly.

Diana lief aufgescheucht umher und sammelte ihre Autoschlüssel, das Handy und die Handtasche ein.

»Sie hat die Mädchen nach der Schule abgepasst und ihnen erzählt, ihrer Mutter würde etwas Schreckliches zustoßen, wenn sie nicht die Finger von Mark ließe. Sie sind beide ganz verstört. Diese Psychopathin! Wieso haben sie die bloß wieder rausgelassen?«

Sie griff nach ihrer Jacke und hob kurz die Hand. »Seid mir nicht böse. Ich ruf später an.« Und weg war sie.

Karin schüttelte den Kopf. »Das kommt eben davon, wenn man sich mit einem verheirateten Mann einlässt!«

»Hör auf«, sagte Holly ungehalten, »die Moralkeule nutzt jetzt auch keinem.«

Die Freundin verzog beleidigt das Gesicht.

Sie räumten das Geschirr in die Maschine und spülten die Töpfe ab, dabei tranken sie die restliche Flasche Wein aus. Das Gespräch tröpfelte dahin.

»Ich mach mich auf den Weg«, sagte Holly und umarmte Karin, deren abgemagerter Körper sich anfühlte wie der eines Kindes. »Erzähl mir dann, wie Ulf auf dein Angebot reagiert hat!«

Karin sah sie ohne zu lächeln an. »Ich dachte immer, ich bin mehr für dich als ein Fall für dein Ratgeberbuch.«

»Was redest du denn da? Natürlich bist du das!«

»Davon merke ich nichts. Du bist anders geworden. Irgendwie … hart. Dabei bräuchte ich gerade jetzt so sehr eine Freundin, die zuhört und Verständnis hat.«

Holly sah sie an. »Ich auch«, sagte sie und verließ die Wohnung.

18

Holly schrieb an Felix. »Bin wieder da, Du wolltest doch mal reden. H.«

»Echt? Hab vergessen worüber«, schrieb er zurück.

Dieser Feigling, dachte Holly. Ging der Auseinandersetzung aus dem Weg wie immer.

»Jugendlicher Alzheimer?«, konterte sie.

Keine Reaktion.

Holly wurde wütend. Sie öffnete ein neues Mail-Formular und hackte in die Tasten.

»Pass mal auf, Du feiges Würstchen! Ich weiß, ich habe Mist gebaut. Aber sogar Max und Annika haben mir verziehen. Ich habe inzwischen mit Mutter geredet. Es gibt also keinen einzigen verdammten Grund, warum Du sauer auf mich sein könntest. In sechs Wochen ist die Hochzeit von Max und Annika, davor will ich mit Dir sprechen, sonst mache ich dort einen Skandal, der den bei der Verlobung in den Schatten stellt, verstanden???«

Es dauerte keine anderthalb Minuten, dann kam die Antwort.

»Ja, ja, reg Dich bloß nicht auf! Ich habe wenig Zeit im Moment, wenn's ruhiger wird, melde ich mich. Versprochen!«

Holly grinste in sich hinein. Immerhin war er leicht einzuschüchtern.

Felix fehlte ihr. Sie litt unter seiner Zurückweisung

ebenso wie unter Timos fortdauernder Ablehnung. Ihr Bruder und ihr Sohn waren sich sehr ähnlich. Beide blickten mit einer merkwürdigen Distanz auf die Welt, beide waren stark auf sich selbst bezogen, beide vertrugen keine Kritik. Sie hatte sich immer schon über diese Ähnlichkeiten gewundert, aber nun, seit sie wusste, dass die beiden nicht einmal miteinander verwandt waren, erschien ihr dieses Phänomen umso merkwürdiger.

Seit ihrer Rückkehr hatte Holly das Gefühl, überhaupt nicht mehr an ihren Sohn heranzukommen. Er reagierte einsilbig, wenn sie ihn ansprach, manchmal ging er mitten in einem Satz von ihr aus dem Zimmer. Wenn die Familie zusammensaß, tat er sich durch boshafte Bemerkungen hervor. Natürlich war vieles von seinem Verhalten auf die Pubertät zurückzuführen, aber manchmal fürchtete Holly, Timo wäre dabei, sich für immer von ihr zu entfernen.

Sie fasste den Entschluss, sich richtig Zeit für die Kinder zu nehmen und als Erstes mit jedem von ihnen einen ganzen Tag zu verbringen. Beim Abendessen fragte sie die beiden, was sie gern tun würden.

»Ich will shoppen gehen«, begann Lea sofort, »ich brauche zwei Jeans, jede Menge T-Shirts, einen Bikini und eine Sonnenbrille. Und neue Turnschuhe. Dann können wir eine Pizza essen und am Schluss … ins Kino!«

Holly überschlug die Posten im Kopf und kam auf rund zweihundert Euro.

»Das klingt nach einem ziemlich teuren Ausflug«, begann sie vorsichtig.

»Aber ich brauche endlich was Richtiges zum Anziehen! Die in meiner Klasse lachen mich schon aus, wenn ich immer mit meinen H&M-Klamotten ankomme.«

Vierhundert Euro, dachte Holly. Die Zeit des jugendlichen Konsumterrors hatte nun offenbar auch bei ihrer Tochter begonnen. Mit Timo diskutierte sie schon seit Längerem bei jedem Kleiderkauf darüber, warum man für ein T-Shirt vierzig statt zwanzig Euro hinblättern musste, nur weil der Name irgendeiner Skater-Marke draufstand. Er konnte es ihr zwar auch nicht erklären, war aber unerschütterlich in seinen Forderungen, und so besaß er sehr wenig Kleidung – die allerdings von den angesagten Herstellern.

»Ich dachte eigentlich, wir unternehmen was Schönes miteinander«, sagte Holly.

»Shoppen ist doch schön«, sagte Lea mit flehendem Blick.

Dieser Meinung war Holly durchaus nicht, sie hasste Shoppen. Andererseits könnte sie vielleicht das eine oder andere vernünftige Kleidungsstück für den Herbst durchsetzen und sich so einen weiteren Einkaufstag ersparen.

»Überredet«, sagte sie, und Lea strahlte.

»Und was willst du an unserem Tag machen?«, fragte Holly, zu Timo gewandt.

Er musterte sie mit undurchdringlicher Miene.

»Nichts.«

Holly schluckte. »Heißt das, du willst nichts machen oder nichts mit mir machen?«

»Beides.«

»Und warum nicht?«

»Klamotten kaufe ich ab jetzt allein, also mit Lars oder Ben zusammen. Und was sollen wir sonst zusammen machen?«

»Radtour, Bergwanderung, Kino, Theater, Konzert …«, zählte Holly auf.

»Ich gehe doch nicht mit meiner Mutter ins Konzert!«

»Wir könnten in dieses Restaurant gehen, wo es die Riesenschnitzel gibt, weißt du noch?«

»Keine Lust.«

»Weil du nicht mit mir reden willst?«

»Kann sein.«

»Und wie soll das weitergehen mit dir und mir? Willst du mich anschweigen bis zum Abitur?«

»Vielleicht mache ich ja gar kein Abitur.«

»Waaas?« Holly kreischte auf und merkte im gleichen Moment, dass sie auf eine gezielte Provokation hereingefallen war. Sie ärgerte sich über sich selbst und ließ ihren Zorn umgehend an ihrem Sohn aus.

»Du kannst mich mal gern haben. Dann machen wir eben nichts zusammen. Aber komm bloß nicht angewanzt, wenn du wieder irgendwas von mir brauchst!«

Timo schickte ihr einen vernichtenden Blick, und Holly hätte am liebsten losgeheult.

Ein paar Tage später war sie mit Jochen in einem neuen Café in der Nähe des Verlages verabredet. Weiße Ledermöbel, schwarze Lacktische, japanische Vasen. Sehr cool, sehr puristisch. Holly gefiel es.

Er hatte angerufen, um sich nach Leas Dyskalkulie zu erkundigen.

»Ach komm«, hatte Holly gesagt, »du weißt, dass sie keine Rechenschwäche hat.«

»Macht nichts«, hatte Jochen erwidert, »können wir uns trotzdem treffen?«

»Wenn du mich dazu bringen willst, weiterzuschreiben, dann vergiss es. Ich kann einfach im Moment nicht.«

»Keine Sorge, es geht um was anderes.«

Holly las in der Karte. Man konnte achtundzwanzig verschiedene Mineralwassersorten bestellen, außerdem einhundertundzwölf verschiedene Sorten Tee und ayurvedische Gerichte. Sie entschied sich für einen weißen Tee, der zu ihrer Enttäuschung nicht weiß, sondern hellgrün war.

Jochen kam mit ein paar Minuten Verspätung, er sah schlecht aus. Unter seiner Bräune ahnte sie eine Blässe, die auf zu viel Arbeit und zu wenig Schlaf schließen ließ.

»Was ist los?«, fragte Holly, nachdem sie sich begrüßt hatten.

»Der Teufel ist los«, sagte Jochen.

»Im Verlag?«

»Nein. Zu Hause.«

»Also los, erzähl schon«, forderte sie ihn auf, »ich werde mich bemühen, so objektiv wie möglich zu sein.«

Jochen räusperte sich nervös. »Die Sache ist schnell erzählt. Stella ist schwanger.«

»Soll ich mich jetzt freuen?« Holly zog fragend die Brauen hoch.

»Das Kind ist nicht von mir.«

»Woher weißt du das so genau?«

»Ich habe mich vor Jahren schon sterilisieren lassen.«

»Weiß Stella das?«

»Bisher nicht.«

»Ach du Scheiße.«

»Du sagst es.« Jochen versank in tiefes Nachdenken, Holly tat es ihm gleich. Irgendwie erschien es ihr gerecht, dass zur Abwechslung auch mal ein Mann das Opfer war; in letzter Zeit hatte sie fast nur Geschichten von Frauen gehört, die betrogen wurden. Trotzdem tat ihr alter Freund ihr leid.

»Hat sie denn behauptet, das Kind sei von dir?«, fragte sie nach einer Weile.

»Nicht ausdrücklich. Sie hat mir einfach nur mitgeteilt, sie sei schwanger.«

»Und wie hast du reagiert?«

»Überrascht. Aber das war ja auch kein Wunder, das Thema Kinder hatte bisher nie eine Rolle zwischen uns gespielt. Ich war sicher, sie wollte keine.«

Das passt zu Stella, dachte Holly. Nach Jahren der Golfturniere, Partys und Shopping-Exzesse hat sie offenbar jetzt eine Sinnkrise, und was muss dann her? Ein Baby. Sie seufzte. Das Kind tat ihr jetzt schon leid.

»Ich denke, ihr müsst erst mal eure Beziehung klären«, sagte sie. »Das Kind ist ja vermutlich nicht per Windbefruchtung entstanden, zumindest einmal muss sie mit einem anderen Kerl in der Kiste gewesen sein. Vielleicht hat sie längst eine Affäre.«

Jochen rieb sich die geröteten Augen. Holly fürchtete, er könnte anfangen zu weinen. Heulende Männer machten sie völlig fertig. Sie fand, Männer durften nach einer verlorenen Fußball-WM weinen oder bei der Geburt ihrer Kinder. Alles andere galt nicht.

Jochen hatte sich wieder gefangen. »Ich hasse es, so abhängig von dieser Frau zu sein. Aber sie ist die erste, die es geschafft hat, mich wirklich zu faszinieren. Und das noch nach so langer Zeit. Ich will sie nicht verlieren.«

»Dann halt den Mund und zieh das Kuckuckskind auf«, sagte Holly lapidar. »Du wärst in guter Gesellschaft; man schätzt, dass zehn Prozent aller Kinder untergeschoben sind.«

»Wenn man es nicht weiß, ist es ja auch kein Problem«, sagte Jochen. »Aber glaubst du wirklich, ich könnte ein Kind lieben, von dem ich weiß, dass es nicht meines ist?«

»Das Kind kann doch nichts dafür«, sagte Holly einfach.

Jochen überlegte. »Das stimmt. Aber ich glaube, so ein guter Mensch bin ich nicht.«

»Was nicht ist, kann ja noch werden«, sagte sie und lächelte.

»Danke«, sagte Jochen. »Ich denk drüber nach.« Und nach einer Pause: »Aber jetzt erzähl mir von dir.«

Holly erschrak, darauf war sie nicht gefasst gewesen. »Ach, weißt du«, sagte sie ausweichend, »es ist alles ein bisschen kompliziert bei mir, ich weiß nicht, ob dich das wirklich interessiert.«

»Natürlich interessiert es mich«, sagte Jochen und sah sie mit einem offenen, aufmerksamen Blick an.

Holly gab sich einen Ruck und begann zu erzählen. Je länger sie sprach, desto leichter fiel es ihr. Sie machte kaum eine Pause, und als sie geendet hatte, fühlte sie sich so erleichtert, dass sie am liebsten geweint hätte.

Jochen war wie elektrisiert. »Das ist ja unglaublich!«, sagte er. »So eine Geschichte habe ich noch nie gehört, jedenfalls nicht von jemandem, den ich kenne.«

»Es passiert auch relativ selten, dass Kinder ausgesetzt werden«, sagte Holly, »entweder werden sie gleich umgebracht oder zur Adoption freigegeben.«

»Unglaublich!«, wiederholte Jochen. »Auch dass du deine Mutter gefunden hast nach so langer Zeit!«

»Was nutzt es mir, wenn sie nicht mit mir reden will?«

Jochen dachte nach. »Vielleicht solltest du ihr doch noch mal schreiben, jetzt, wo sie sich vom ersten Schreck erholt hat.«

Holly schüttelte den Kopf. »Ehrlich gesagt, im Moment habe ich nicht den Mut. Eine zweite Abfuhr möchte ich mir ersparen.«

»Und was willst du stattdessen tun?«

Sie zuckte die Schultern. »Warten. Vielleicht meldet sich die Frau vom Jugendamt.«

»Willst du nicht nach deinem Vater suchen?«

»Von meinem Vater weiß ich nichts, absolut nichts – außer, dass er Ägypter war. Wie soll ich da suchen?«

»Mit dem Namen deiner Mutter. Vielleicht gibt es jemanden, der beide kannte. Hast du's übers Internet versucht?«

»Ich habe eine Anzeige auf so eine Adoptions-Seite gestellt. Ist aber nichts gekommen.«

Jochen nickte. »Wäre ja auch ein Riesenzufall.«

Er winkte nach der Bedienung, einem schwarz gekleideten Mädchen mit einer langen, weißen Kellnerschürze, und bestellte einen Ingwertee.

Nachdenklich sah er Holly an. »Und nun stell dir vor, mein Sohn fragt mich in zwanzig Jahren, ob ich wirklich sein Vater bin. Oder er kriegt irgendwie raus, dass ich es nicht bin. Das kann ich ihm doch nicht antun!«

Holly lächelte. »Woher weißt du, dass es ein Sohn ist?«

»Das weiß ich gar nicht. Ich stelle es mir nur vor.« Träumerisch fuhr er fort: »Ich würde ihm Radfahren beibringen und Skifahren. Ich würde ihm meine Fußballbilder schenken und meine Blechschildersammlung.«

»Du wünschst dir ja ein Kind!«, stellte Holly überrascht fest.

Er zuckte verlegen die Schultern. »Kann sein.«

»Na, dann sprich mit Stella! Verlang die Wahrheit von ihr ohne Rücksicht auf Verluste. Dann erfährst du, ob sie das Kind mit dir bekommen will oder ob sie schon auf dem Absprung ist.«

»Da heißt es immer, Frauen wären das emotionale Geschlecht, dabei seid ihr dermaßen pragmatisch«, stellte Jochen kopfschüttelnd fest.

Holly grinste. »Was bleibt uns anderes übrig? Wir müssen den Erhalt der Spezies sichern.«

Beim Abschied sagte Jochen beiläufig: »Du könntest natürlich auch das andere Buch schreiben.«

»Welches andere Buch?«, fragte Holly.

»Na, das über die Suche nach deinen Eltern.«

Holly schnappte kurz nach Luft. »Du bist und bleibst …«, begann sie.

»… ein zynisches Arschloch«, vollendete Jochen lächelnd.

Beim Betreten des Flurs fiel Holly fast über einen aufgeklappten Koffer.

Die Tür zum Schlafzimmer stand offen. Chris wühlte so tief im Schrank, dass sein Oberkörper fast verschwunden war.

»Und was wird das, wenn's fertig ist?«, fragte Holly.

»Ich packe ein paar Sachen und ziehe in die Werkstatt«, verkündete er und zog den Kopf aus dem Schrank.

»Wie?«, fragte Holly. »Du willst da drüben wohnen?«

»Genau.«

»Aber da ist doch gar kein Bad und keine Küche, und überhaupt, wie soll denn das gehen?«

»Ich habe ein Bett aufgestellt, Klo und Waschbecken sind da, duschen kann ich hier.«

In Hollys Kopf wirbelte es. Das kann doch nicht wahr sein, dachte sie, dass dieser Typ einfach seinen Kram packt und geht!

»Und kochen?«, fragte sie. »Wo willst du kochen?«

»Herdplatte und Wasserkocher sind drüben, mehr brauche ich nicht. Wenn du weg bist, kann ich ja hier essen.«

»Und … warum das alles?«

Chris baute sich vor Holly auf und sah sie an. »Das fragst du noch?«

»Ja«, sagte sie angriffslustig, »das frage ich. Wer hat denn hier Grund, sauer zu sein? Du oder ich?«

»Hier geht's nicht mehr um Sauersein oder solchen

Kinderkram. Du bist dabei, diese Familie kaputt zu machen, und das schau ich mir nicht weiter an.«

»Da haust du lieber ab, was? Wie wär's, wenn du mir helfen würdest?«

»Du lässt dir ja nicht helfen«, sagte Chris. »Du hast dir noch nie helfen lassen bis auf das eine Mal, wo ich dich aus dem Gästeklo befreit habe.«

»Ich wünschte, du hättest es nicht getan«, knurrte Holly, »dann wäre uns viel erspart geblieben.«

Chris' Gesicht starrte sie ungläubig an. »Das meinst du jetzt nicht ernst, oder?«

In Holly schrie es: Nein, natürlich meine ich das nicht ernst, bitte lass mich nicht im Stich, sondern hilf mir, meinen Zorn gegen dich zu überwinden! Aber sie sah ihn nur an und sagte: »Und wie ernst ich das meine.«

Er drehte sich schweigend um und fuhr fort, Kleidungsstücke einzupacken.

Holly ging aus dem Zimmer. »Und räum den Scheißkoffer weg«, zischte sie, »bevor sich jemand ein Bein bricht.«

Chris kam nicht zum Essen. Er hatte ein paar Dosen und Tütensuppen aus der Speisekammer mitgenommen und versorgte sich offenbar selbst.

Holly kochte absichtlich aufwändig. Spaghetti carbonara, dazu gemischten Salat mit extra viel Avocado für Lea und einen süßen Quark zum Nachtisch.

Timo kam in die Küche, sah den von Holly mit Tischdecke und bunten Papierservietten liebevoll für drei gedeckten Tisch und fragte: »Hat Papa also endlich die Nase voll von dir?«

»Was soll denn das heißen?«, fuhr sie auf, mahnte sich aber sofort zur Ruhe. Sie durfte die Situation nicht wieder eskalieren lassen. »Chris ist drüben in der Werkstatt. Er hat einen wichtigen Auftrag und muss länger arbeiten.«

»Das glaubst du doch selbst nicht«, sagte Timo und schob sich auf seinen Stuhl.

»Was glaubst du doch selbst nicht?«, echote Lea, die gerade hereinkam.

Holly antwortete nicht, sondern nahm Leas Teller auf. »Wie viel möchtest du, mein Schatz?«

»Viel«, sagte Lea. »Das Mittagessen war heute wieder so was von beschissen.«

An zwei Tagen der Woche hatten die Kinder Nachmittagsunterricht und aßen in der Schule. Holly war heilfroh über dieses Angebot, aber die Kinder schimpften unablässig und machten ihr ein schlechtes Gewissen.

»Du sollst nicht beschissen sagen«, rügte sie ihre Tochter und fuhr mit sanfter Stimme fort: »Dafür gibt's heute sogar Nachtisch.«

Jetzt wurde auch Lea misstrauisch. »Was ist denn los? Wieso kochst du plötzlich so leckere Sachen?«

»Tu ich das nicht immer?«, sagte Holly und füllte auch Timos Teller.

»Na ja«, sagte Lea gönnerhaft, »du gibst dir Mühe.«

Holly biss die Zähne zusammen. Man konnte nicht behaupten, dass die Kinder sich seit ihrer Rückkehr vor Nettigkeit überschlugen.

»Wo ist Papa?«, fragte Lea.

»Der arbeitet heute länger.« Holly fragte sich, was

sie den Kindern morgen erzählen sollte, übermorgen und die nächsten Tage oder Wochen. Und was würde sie ihnen erzählen, wenn es zur endgültigen Trennung käme? Ihr Magen krampfte sich zusammen.

»Guten Appetit!«, sagte sie und setzte ein munteres Lächeln auf.

Während des Essens waren die beiden wortkarg, auch auf direkte Fragen erhielt Holly nur knappe Antworten. Als ihre Teller leer waren, verdrückten sie sich aus der Küche, ohne beim Abräumen zu helfen.

»Und was ist mit dem Nachtisch?«, rief Holly ihnen nach.

»Später.« Das war Lea.

»Will keinen«, kam es von Timo. Gleich darauf sah Holly durchs Küchenfenster, wie er über den Hof in die Werkstatt lief. Sollte Chris doch seinem Sohn ruhig selbst erklären, was er sich bei seiner überstürzten Auszugsaktion gedacht hatte.

Als sie später aus der Küche trat, hörte sie Geräusche aus Leas Zimmer.

Sie öffnete dir Tür, Lea lag auf dem Bett und weinte.

»Was ist denn?«, fragte Holly erschrocken und setzte sich neben sie. Als Antwort wurde das Schluchzen lauter. Sie streichelte ihrer Tochter den Rücken, verstärkte den Druck ihrer Finger, bis die sanfte Massage ihre Wirkung zeigte, und Lea sich etwas beruhigte.

»Timo hat gesagt, Papa will nicht mehr bei uns wohnen«, kam es verschnupft aus dem Kissen.

In Holly kochte die Wut hoch. Dieser durchtriebene kleine Bastard!

»Das ist doch gar nicht wahr«, sagte sie beruhigend. »Chris und ich streiten uns zurzeit, das wisst ihr. Manchmal ist es gut, ein bisschen Abstand zwischen zwei Streithähne zu bringen, deshalb schläft Papa jetzt mal in der Werkstatt, das ist alles.«

Jetzt musste sie diesen idiotischen Einfall von Chris auch noch verteidigen, dachte sie erbost.

Als Lea schlief, ging sie in Timos Zimmer und stellte ihn zur Rede. »Warum hast du Lea Angst gemacht?«

»Ich habe ihr keine Angst gemacht.«

»Du hast ihr gesagt, Papa wolle nicht mehr bei uns wohnen. Glaubst du, das macht ihr keine Angst?«

»Aber wenn's doch so ist.«

»Hat Papa das gesagt?«

»Frag ihn doch selber.«

Hilflos stemmte Holly die Hände in die Seiten. »Ich finde dein Verhalten absolut beschissen, weißt du das?«

»Du sollst nicht beschissen sagen«, erwiderte Timo gleichmütig.

»Ich sage, was ich will«, erklärte Holly mit zornbebender Stimme.

»Ich auch«, gab er zurück.

Etwas wie ein heller Lichtblitz loderte vor ihrem Gesicht auf. Gleichzeitig hörte sie Timos markerschütternden Schrei. Und spürte den Schmerz in ihrer rechten Hand.

Oh mein Gott, dachte sie und schloss für einen Moment entsetzt die Augen. Als sie sie wieder öffnete, sah sie das Blut. Ihr Ehering hatte die Haut an Timos Wange zum Platzen gebracht.

Holly saß zusammengesunken in der Küche. Sie war vor Timo auf die Knie gefallen und hatte ihn um Verzeihung gebeten, sie war in die Werkstatt gelaufen und hatte Chris geholt, damit er bei Lea bleiben könnte, solange sie mit Timo ins Krankenhaus führe, sie hatte alle Schuld auf sich genommen, aber es hatte nichts genutzt.

»Ich will nicht, dass du mitfährst«, hatte Timo ruhig gesagt. »Wenn sie mich fragen, wie das passiert ist, was soll ich dann sagen? Dass meine Mutter mir ins Gesicht geschlagen hat? Und du stehst daneben?«

Sie hatte sich so geschämt, dass sie nur gemurmelt hatte: »Du hast recht. Mein Gott, es tut mir so leid.«

Dann waren sie weg gewesen, und Holly hatte einen Moment überlegt, ob sie den Kopf ins Gasrohr stecken oder aus dem Fenster springen sollte.

Glücklicherweise hatte Lea nichts mitbekommen. Leise öffnete sie die Tür zu ihrem Zimmer: Sie schlief fest. Nichts hatte Holly jemals mehr beruhigt als der Anblick ihrer schlafenden Kinder. Sie trat ans Bett ihrer Tochter, sah sie eine Weile an und lauschte ihren ruhigen Atemzügen. Solange sie schliefen, konnte ihnen nichts zustoßen. Wenigstens ein paar Stunden am Tag waren sie sicher. Außer vor ihrer eigenen Mutter, dachte Holly und kämpfte mit den Tränen.

Nach einer guten Stunde kamen Chris und Timo zurück. Auf Timos Wange prangte ein großes Pflaster. Er ging wortlos in sein Zimmer.

»Sie mussten nicht nähen«, sagte Chris, »das ist ein Klammerpflaster. Es hält die Wundränder zusammen. Wahrscheinlich behält er eine kleine Narbe.«

Holly wollte zu Timo, es drängte sie, noch einmal mit ihm zu sprechen.

»Lass ihn«, hielt Chris sie zurück. »Es ist spät, er sollte jetzt besser schlafen.«

»Hat der Arzt … ich meine, wollte er wissen, was passiert ist?«, fragte Holly zaghaft.

Chris nickte.

»Was … hat Timo gesagt?«

»Dass er sich am Bettpfosten gestoßen habe.«

»Hat der Arzt es geglaubt?«

»Er fragte, ob Timo den Bettpfosten geärgert hätte, und Timo sagte, ja, ziemlich. Ich hab hinterher kurz mit dem Arzt gesprochen und ihm alles erklärt. Ich denke, er hat verstanden, dass es ein einmaliger Ausrutscher war.«

»Danke«, sagte Holly.

»Wir reden morgen weiter«, sagte Chris und ging ohne Gute-Nacht-Gruß aus der Wohnung.

Am nächsten Morgen fühlte Holly sich elend und hatte Kopfschmerzen. Sie hatte kaum geschlafen. Chris kam zum Frühstück aus der Werkstatt herüber, was sie dankbar registrierte. Wahrscheinlich wollte er die Kinder nicht noch mehr beunruhigen.

Lea fragte sofort, was mit Timos Wange passiert sei. Timo blickte unsicher von seiner Mutter zu seinem Vater, aber bevor er etwas sagen konnte, erklärte Holly, ihr sei gestern im Streit die Hand ausgerutscht, und es tue ihr wahnsinnig leid.

»Boah«, sagte Lea, »du hast Timo geschlagen? Das hätte ich nie von dir gedacht!«

Holly spürte hinter Leas Empörung einen Hauch Übertreibung, zielsicher eingesetzt, um die ohnehin gut sichtbare Zerknirschung ihrer Mutter noch zu verstärken. Ihre Kinder spürten jede Schwäche, und sie liebten es, sich moralisch überlegen zu fühlen.

Als die beiden weg waren, wollte Chris offensichtlich ihr Gespräch vom Vorabend fortsetzen.

»Ich finde, du solltest unbedingt eine Therapie machen«, sagte er.

»Weil mir einmal die Hand ausgerutscht ist? Was für ein Quatsch.«

»Genau diese Antwort zeigt, dass du dringend eine bräuchtest.«

»Was soll eine Therapie denn bringen?«

»Dass es dir wieder besser geht, dass du wieder mit uns klarkommst, mein Gott, wofür so eine Therapie eben gut ist!«

»Du weißt es also selbst nicht«, stellte Holly fest. »Du denkst, du kannst mich in Reparatur schicken, damit ich wieder reibungslos funktioniere. Aber so einfach ist das nicht.«

»Das habe ich auch nicht behauptet«, sagte Chris.

»Dann verschon mich mit deinen Ratschlägen und überleg lieber, ob dein Umzug in die Werkstatt so eine tolle Idee war«, sagte sie aggressiv.

Chris schüttelte ratlos den Kopf. »Ich verstehe dich nicht, Holly. Du bist wütend auf mich und willst mich eigentlich gar nicht hier haben. Und wenn ich mich dann in Sicherheit bringe, nimmst du es mir übel!«

»Ich nehme dir übel, dass dir die ganze Sache nicht mal leidzutun scheint. Ich nehme dir übel, dass du absolut nichts tust, um mein Vertrauen zurückzugewinnen. Und dass du dir nicht mal Mühe gibst, mich zu verstehen.«

»Merkst du nicht, dass du Ursache und Wirkung verwechselst?«, sagte Chris eindringlich. »Dein Zorn ist so groß, dass du mich gar nicht mehr an dich ranlässt. Also ziehe ich mich zurück. Und dann lässt du deine Wut an den Kinder aus.«

»Das ist nicht wahr!«, rief Holly. »Timo hat mich provoziert, er wollte, dass ich ausraste.«

»Du willst allen Ernstes ihm die Schuld an deiner Unbeherrschtheit zuschieben?«

Holly fühlte sich in die Enge getrieben. Musste er sie weiter quälen? Als wären ihre Schuldgefühle nicht schon groß genug.

»Klar, du bist mal wieder der unfehlbare Supervater, und ich mache alles falsch«, sagte sie gekränkt.

Ratlos sah Chris sie an. »Ich weiß wirklich nicht, wie wir es ohne Hilfe schaffen sollen.«

»Dann geh du doch zur Therapie«, sagte Holly spitz und wunderte sich im gleichen Moment, dass er ihr für diese Frechheit keine klebte.

19

Holly hatte nicht mehr daran geglaubt, noch einmal vom Jugendamt zu hören, aber dann erhielt sie diese Mail:

»Liebe Frau Berger, ich hatte Ihnen versprochen, den Aufenthaltsort der Kontaktperson in Erfahrung zu bringen. Es war nicht einfach (deshalb hat es auch so lange gedauert), aber es ist mir gelungen. Die Dame ist allerdings sehr zögerlich. Zuerst wollte sie auf gar keinen Fall die ›alte Sache wieder aufrollen‹, wie sie sich ausdrückte. Ich war dann ein bisschen penetrant und habe ihr erklärt, wie wichtig es für Sie wäre, was sie auch verstanden hat. Sie bat sich Bedenkzeit aus und hat sich nun wieder gemeldet. Sie möchte allerdings ihre Adresse und Telefonnummer nicht preisgeben, sondern bat um Ihre Daten, um sich bei Ihnen melden zu können. Wären Sie einverstanden, wenn ich die entsprechenden Angaben weiterleite? Mit freundlichen Grüßen, Ilona Rieg«

Holly hob den Blick vom Bildschirm. Es war also kein Geistlicher, dem Elsa sich anvertraut hatte, sondern eine Frau. Nach der Definition von Frau Rieg konnte es sich nur um eine Ärztin oder Hebamme handeln. Vielleicht war es die Frauenärztin, bei der Elsa damals gewesen war? Sicher hatte es jemanden gegeben, der sie während ihrer Schwangerschaft betreut hatte.

Holly spürte das Jagdfieber wieder in sich aufsteigen, das sie anfangs so heftig befallen hatte, nach dem Rückschlag in Beni Suef aber erloschen war. Jetzt gab es eine neue Spur, die vielleicht sogar zu ihrem Vater führte!

Sofort schrieb sie zurück.

»Liebe Frau Rieg, vielen Dank für Ihre große Mühe, ich bin Ihnen so dankbar! Natürlich dürfen Sie meine Daten weitergeben! Und bitte sagen Sie der Dame (wer immer sie ist), dass es mir unendlich viel bedeuten würde, mit ihr zu sprechen. Herzliche Grüße, Holly Berger«

Hoffentlich würde die Frau es sich nicht im letzten Moment anders überlegen. Allein der Gedanke, dass sie nun erneut zum Warten verurteilt war, verursachte Holly schon Magenkrämpfe.

Nach langer Zeit öffnete sie wieder einmal die Schublade, in der sie alles aufbewahrte, was mit ihrer Suche zu tun hatte. Auch Ashrafs kleine Glaspyramide lag darin. Sie hatte sie absichtlich nicht aufgestellt, weil sie keine Lust hatte, Chris oder den Kindern zu erklären, woher sie die hatte. Sie nahm die Pyramide in die Hand und drehte sie hin und her. Das Licht fing sich im Glas und verursachte glitzernde Farbeffekte.

Dann griff sie nach den Papieren. Unzählige Male hatte sie alles studiert, unzählige Male versucht, etwas herauszulesen, was ihr vielleicht vorher entgangen sein könnte. Diesmal wog sie den Stapel nur in der Hand und legte ihn wieder zurück. Sie druckte die Mail von Frau Rieg und ihre Antwort aus und legte beides dazu.

Das Telefon klingelte. Abwesend nahm Holly den Hörer und meldete sich.

»Hier ist Lori«, sagte eine Stimme. »Ich wollte mal hören, wie es dir geht und wie du mit deinen Nachforschungen vorangekommen bist.«

»Lori«, sagte Holly erstaunt. Dann kam ihr ein Verdacht. »Du rufst aber nicht in Margaretes Auftrag an, oder?«

»Aber nein, Kind!«, rief Lori aus. »Wie kommst du denn auf so was! Ich halte Margarete für souverän genug, selbst bei dir anzurufen, wenn sie den Wunsch hat, dich zu sprechen.«

Das glaubte Holly nicht unbedingt. Margarete hatte sich zwar seit ihrem Besuch nicht mehr gemeldet, aber Holly hatte ihr ja auch unmissverständlich zu verstehen gegeben, dass sie keinen Wert darauf legte. Wäre es also verwunderlich, wenn Margarete Lori vorschicken würde? Und wenn schon, dachte sie plötzlich nachsichtig. Ich kann ihr doch nicht vorwerfen, dass sie mich vermisst.

»Ich bin okay«, sagte sie.

»Was hast du herausgefunden?«

»Eine Menge«, sagte sie nicht ohne einen gewissen Stolz. »Ich weiß inzwischen, wo meine Mutter lebt.«

»Tatsächlich? Erzähl doch mal!«

Aber Holly hatte keine Lust. »Weißt du was«, sagte sie, »ich wollte sowieso alles mal aufschreiben. Wenn ich fertig bin, kannst du es lesen.«

»Okay«, sagte Lori, »gute Idee!«

»Und wie geht's dir?«, fragte Holly höflich.

»Ganz gut. Meine Bandscheibe macht Ärger, aber das ist ja nichts Besonderes bei einem älteren Modell wie mir.«

»Und ... wie geht's Margarete?«

»Schätzchen«, sagte Lori, »wenn du das wissen willst, musst du selbst bei ihr anrufen. Ich bin nicht der Briefträger – weder für sie noch für dich.«

»Du hast recht«, sagte Holly, »entschuldige.«

»Keine Ursache. Sehen wir euch auf der Hochzeit von Max?«

Holly zögerte. Manchmal ging sie wie selbstverständlich davon aus, dabei zu sein mit Chris, Timo und Lea, ganz so, wie es sich gehörte. Dann fiel ihr ein, dass sie mit Chris im Streit war, dass Timo ihr vermutlich erklären würde, auf die Scheiß-Hochzeit könne sie allein gehen, und dass es auch sonst eine Menge guter Gründe gebe, der Feier fernzubleiben.

»Ich weiß es noch nicht«, sagte sie wahrheitsgemäß. »Es ist alles im Moment ... etwas kompliziert.«

»Lass dich nicht unterkriegen, hörst du?«

»Danke«, sagte Holly, »danke für deinen Anruf. Du hast mich an etwas Wichtiges erinnert.«

Als sie aufgelegt hatte, klangen ihre eigenen Worte in ihr nach.

Ich wollte sowieso alles mal aufschreiben.

Ja, das war es. Sie müsste das Buch schreiben, von dem Jochen gesprochen hatte. Vielleicht auch nur für sich selbst.

Holly schrieb und konnte kaum noch aufhören.

In Beni Suef hatte sie ja bereits begonnen, stichpunktartig zu notieren, was alles passiert war. Nun erzählte sie die Geschichte von Anfang an und viel genauer und ausführlicher, als sie es im Gespräch mit Jochen gekonnt hatte.

Sie hoffte, Timo und Lea würden ihre Geschichte eines Tages lesen. Vielleicht würden sie dann besser verstehen können, warum ihre Mutter sich so seltsam verhalten hatte. In erster Linie aber wollte sie versuchen, selbst zu verstehen, was passiert war.

Sie schrieb über ihre Kindheit und Jugend mit den Menschen, die ihre Familie gewesen waren. Über Margarete, Felix, Max und den Vater. Über die Rituale in ihrem Familienleben, vom gemeinsam gesungenen Gute-Nacht-Lied und vom Schmücken des Weihnachtsbaumes, vom Ostersonntag, an dem zum ersten Mal im Jahr Kniestrümpfe getragen werden durften, und von den Sportwettkämpfen im Garten.

Endlich tauchten Bilder auf, lebendige Erinnerungen, die bisher verschüttet gewesen waren. Holly hatte eine Tür aufgestoßen; Räume, die sie vorher nie betreten hatte, taten sich vor ihr auf.

Je länger sie sich mit der Vergangenheit beschäftigte, desto näher fühlte sie sich ihren Eltern wieder. Sie erinnerte sich an all die Liebe und all das Verständnis, das sie ihr entgegengebracht hatten.

Mit geliehenen Dingen muss man vorsichtiger umgehen als mit eigenen.

Diesen Satz hatte Holly oft von Margarete oder Klaus

gehört, und es schien, als hätten die beiden ihr »geliehenes« Kind mit besonderer Zartheit und Vorsicht behandelt.

Je länger Holly schrieb, desto mehr verflüchtigte sich ihr Zorn auf Margarete. Ja, es war ein Fehler gewesen, dem Findelkind seine Herkunft zu verschweigen, ein riesiger sogar. Aber muss man Fehler, die aus Liebe geschehen, nicht irgendwann verzeihen?

Holly war tief in ihren Gedanken versunken, als das Klingeln des Telefons sie hochschrecken ließ. Meist stellte sie es leise, während sie arbeitete, heute hatte sie es vergessen. Ausschalten wollte sie es nicht, da sie noch immer auf den Anruf der geheimnisvollen Dame wartete.

»Berger«, meldete sie sich.

»Felix. Ich bin in der Stadt.«

»Das ist ja schön!« Sie freute sich. »Wollen wir uns treffen?«

Sie verabredeten sich für den gleichen Abend.

Zum ersten Mal nach langer Zeit hatte Holly nicht mehr das Gefühl, die Vergangenheit halte sie fest im Würgegriff. Sie konnte wieder freier atmen.

Die Post bestand aus den üblichen Rechnungen, Mitteilungen und Werbeprospekten. Im Zeitalter der E-Mail schrieb kaum noch jemand Briefe, deshalb fiel der cremefarbene Büttenumschlag mit dem verschlungenen Monogramm aus den Buchstaben A und H auf der Rückseite sofort auf.

Holly ließ alle anderen Postsendungen achtlos auf den Küchentisch fallen und drehte das Kuvert in der Hand.

Die Adresse war mit feiner, schmaler Handschrift geschrieben, mit Tinte, nicht mit Kugelschreiber.

Sie nahm ein spitzes Küchenmesser aus der Schublade, schlitzte den Umschlag vorsichtig auf und zog den gefalteten Brief heraus. Es war nur ein Blatt, dicht mit der Hand beschrieben. Oben rechts wiederholte sich das Monogramm. Ohne Absender wie auf dem Umschlag.

»Sehr geehrte Frau Berger, oder vielleicht doch: Liebe Holly? Mein Name ist Andrea Hunold, wir sind uns nur einmal begegnet, und zwar bei Ihrer Geburt.

Ich war damals Hebammenschülerin und stand kurz vor dem Abschluss, als meine Freundin Elsa Hegmann mich überraschend bat, ihr beizustehen. Wir hatten uns länger nicht gesehen, ich hatte nicht einmal gewusst, dass sie ein Kind erwartete. Gemeinsam brachten wir Sie auf die Welt, ein wunderschönes, kleines Mädchen, gesund und kräftig. Ich dachte, meine Freundin müsste sehr glücklich sein. Wenig später erfuhr ich zu meinem Entsetzen, dass Elsa ihr Kind ausgesetzt hatte und ins Ausland verschwunden war. Von Ägypten aus nahm sie Kontakt mit mir auf und bat mich, herauszufinden, wie es ihrem Baby ging. Ich wollte erst nicht, wollte mit der ganzen Sache nichts zu tun haben. Dann hat sie mich doch überredet, und ich habe viele Jahre lang regelmäßig beim Jugendamt nachgefragt, wie es Ihnen geht, und diese Informationen an Elsa weitergeleitet. Inzwischen habe ich seit bestimmt zwanzig

Jahren keinen Kontakt mehr zu ihr. Ich konnte ihr nie verzeihen, was sie getan hat. Ich habe mir mein Leben lang Kinder gewünscht und konnte keine bekommen. Dafür habe ich geholfen, viele Tausend Kinder auf die Welt zu bringen. Ich hoffe, Ihre Fragen sind damit beantwortet.

Ich wünsche Ihnen alles Glück der Welt.

Ihre Andrea Hunold«

Holly drehte den Brief hin und her, nirgendwo stand eine Adresse oder Telefonnummer. Das war ja zum Verrücktwerden!

Sie sah sich den Stempel auf der Briefmarke an. Briefzentrum 40, las sie. Ihr nächster Griff war der zum Telefonbuch. Deutsche Post AG, Kundentelefon. Sechs Cent pro Minute aus dem Festnetz. Sie wählte, wartete. »Guten Tag und herzlich willkommen beim Kundentelefon der Deutschen Post«, schnarrte eine elektronische Stimme. Gleich darauf ertönte das Klingelzeichen, dann meldete sich eine freundliche, junge Frauenstimme. Holly fragte, wo sich das Postzentrum 40 befinde und erfuhr, dass es im Bereich Düsseldorf liege. Die Stimme erklärte, dass die Nummer des Briefzentrums den ersten zwei Ziffern der Postleitzahl entspreche, dass man also nicht den genauen Herkunftsort eines Briefes feststellen könne, aber doch immerhin die Gegend, aus der er kam. Sie rief die Auskunft an und erfuhr, dass es zweiundzwanzig Einträge mit dem Nachnamen Hunold in Düsseldorf gebe, allerdings keinen mit dem Vornamen Andrea.

Sie suchte die Nummer vom Jugendamt und rief sofort dort an. Frau Rieg war in einer Besprechung, die Sekretärin versprach ihren Rückruf.

Holly lief aufgeregt durch die Wohnung, immer hin und her. Beim Versuch, Tee zu kochen, zerbrach sie eine Tasse. Warten, warten, immer nur warten! Sie hätte alles dafür gegeben, etwas tun zu können.

Wie gut hatte Andrea Hunold ihre Mutter gekannt? Was wusste sie über ihre Gründe, das Kind auszutragen, aber nicht zu behalten? Hatte sie Hollys Vater gekannt? Warum hatte sie vor zwanzig Jahren aufgehört, sich nach ihr zu erkundigen?

Immer mehr Fragen kreisten in ihrem Kopf und machten sie ganz wirr.

Irgendwann fiel sie erschöpft aufs Bett, wollte nur für einen Moment die Augen schließen, schlief ein. Als das Telefon klingelte, war sie schlagartig wieder wach.

»Ja, Berger«, sagte sie atemlos.

»Rieg hier. Sie hatten angerufen?«

Holly erzählte von dem Brief, der so viele Fragen aufwarf und so wenige beantwortete.

»Ich muss unbedingt persönlich mit Frau Hunold sprechen«, sagte Holly drängend, »können Sie mir noch einmal helfen?«

Frau Rieg zögerte, überlegte, erwog verschiedene Möglichkeiten. Schließlich sagte sie: »Ich rufe Frau Hunold noch mal an. Aber das ist mein letzter Versuch!«

»Ich danke Ihnen!«, rief Holly erleichtert ins Telefon.

Die Unruhe ließ Holly bis zum Abend nicht los. Sie konnte es kaum erwarten, das Haus zu verlassen. Sie würde zu Fuß zu ihrer Verabredung mit Felix gehen, um sich etwas zu beruhigen.

Als die Kinder kamen, bereitete sie das Abendbrot vor und rief Chris in der Werkstatt an. »Essen ist fertig, kommst du rüber? Ich treffe gleich Felix.«

»Ich habe etwas vor«, sagte Chris.

»Du hast *was*?«

»Ich bin verabredet.«

»Und mit wem, wenn ich fragen darf?«

»Natürlich darfst du fragen«, sagte Chris, und es war klar, dass sie keine Antwort bekommen würde.

Holly wurde heiß vor Ärger. Nicht nur, weil er als Betreuer ausfiel und die Kinder den ganzen Abend vor dem Fernseher hängen würden, sondern weil er Verabredungen traf, ohne sie zu informieren.

»Kein Problem«, sagte sie eisig, »dann bleiben die Kinder eben allein. Ich nehme an, du hast die Sperre für den Sexkanal installiert, oder?«

Als er nicht antwortete, fuhr sie fort: »Ach richtig, du siehst dir ja selbst manchmal diese Filme an. Dann wirst du wohl die Fernbedienung verstecken müssen. Schönen Abend dann, ich muss los.«

Sie knallte den Apparat auf die Ladestation. Scheißkerl.

Chris würde die Fernbedienung natürlich nicht verstecken, aber Lea würde mit großem Geschrei verhindern, dass Timo einen Sexfilm einschaltete. Sie schüttelte sich bereits vor Ekel, wenn zwei Leute im Film nur Zungenküsse austauschten.

Erleichtert, als wäre sie aus dem Knast entkommen, sprintete Holly aus der Wohnung die Treppe hinunter.

Felix wartete im »Diner's«, einem Lokal, das mit seinen roten Sitzbänken und den rollschuhfahrenden Bedienungen amerikanischen Fünfzigerjahre-Charme versprühte.

Hollys Bruder liebte die Riesen-Steaks mit Farmerkartoffeln, flankiert von Kräuterbutter und Sauerrahm, die hier serviert wurden. Dazu gab es mexikanisches Bier, von dem Holly leider jedes Mal Kopfschmerzen bekam.

Felix saß schon in einer Ecke, ein Corona mit einer Limettenscheibe vor sich.

Er erhob sich halb, als sie an den Tisch trat, und begrüßte sie mit zwei scheuen Wangenküssen.

»Hallo«, sagte er.

»Schön, dich zu sehen!« Holly gab ihrer Stimme einen warmen Klang. Er sollte wissen, dass er nichts von ihr zu befürchten hatte. Sie setzte sich ihm gegenüber und lächelte ihn an.

»Wie geht's dir, was verkaufst du gerade?«

»Billardtische.«

»Im Ernst? Wer hat denn Platz für so ein Monstrum?«

»Leute mit großen Altbauwohnungen so wie ihr.«

Sie hob abwehrend die Hände. »Wage es nicht, meine Kinder anzuschärfen! Unsere Bude ist eh schon so vollgemüllt, außerdem kosten die Dinger sicher ein Vermögen.«

»Was schätzt du?«, fragte er listig.

»Nee, nee«, sagte Holly, »mit dem Trick hast du mir schon das Trampolin aufgeschwatzt. Ich will's gar nicht wissen.«

»Mit zweitausend bist du dabei. Komplett, mit Zubehör, aber ohne Ballrücklauf. Wenn du einen Münzeinwurf dazu nimmst, zahlen deine Freunde den Tisch.«

Holly grinste. Das war er, ihr Felix. Ihr geliebter, kleiner Bruder mit dem ausgeprägten Geschäftssinn.

»Zweitausend! Bei dir piept's wohl!«

»Für dich tausendachthundert. Na, sagen wir, tausendfünfhundert.«

»Nicht mal für tausend würde ich einen Billardtisch kaufen«, erklärte Holly entschieden. »Und jetzt Schluss damit!«

»Nein, warte noch«, sagte Felix. »Wenn du keine Schieferplatte nimmst, sondern eine Verbundplatte, wird es deutlich günstiger. Den Unterschied merken nur Profis. Na ja, wir wollen ehrlich sein, dreißig Prozent langsamer rollt die Kugel schon …«

»Hörst du jetzt auf?«, unterbrach Holly ihn halb lachend, halb ärgerlich. »Du hast mich doch wohl nicht hierher bestellt, um mir einen Billardtisch anzudrehen, oder?«

»Eigentlich schon«, sagte Felix, »blöd, dass du's gemerkt hast.«

Er grinste sein Zerknirschter-Junge-Grinsen, dann fragte er: »Wollen wir was zu essen bestellen?«

»Bestell du was, ich hab keinen Hunger«, sagte Holly, deren Magen seit dem Gespräch mit Chris ein einziger Knoten war.

»Damit du mir wieder alle Pommes wegfrisst? Kommt nicht infrage.«

Er winkte die Bedienung an den Tisch, bestellte sich ein Steak mit allen Zutaten und für Holly eine Portion

Farmerkartoffeln, eine Art scharf gewürzter, übergroßer Pommes mit Ketchup und Majo.

»Also, wieso sitzen wir hier?«, insistierte Holly.

Felix wurde ernst. »Irgendwie kann's ja nicht so bleiben zwischen uns, oder?«

»Du meinst, seit du mich bei Max und Annika angebrüllt hast?«

»Tut mir leid. Ich war wahnsinnig aufgeregt und ich habe mir Sorgen um Mutter gemacht.«

»Schon okay. Mein Auftritt war suboptimal.«

Sie grinsten beide verlegen.

»Wie … ist es denn danach weitergegangen?«, erkundigte er sich.

Holly gab ihm eine kurze Zusammenfassung der Ereignisse. »Und übrigens schreibe ich gerade alles auf. Sobald ich fertig bin, kannst du's lesen, wenn du willst.«

Felix nickte. »Vielleicht … kann ich ja noch was beitragen«, sagte er zögernd.

Sie musterte ihn aufmerksam. »Was meinst du?«

»Na ja«, sagte er und wand sich unbehaglich auf der roten Plastikbank, »mir ist da was klar geworden. Es liegt lange zurück, ich hatte es völlig vergessen. An dem Abend, als du … na ja, als du diese Bombe hast platzen lassen, da sprang es mich plötzlich wieder an. Vielleicht habe ich auch deshalb so heftig reagiert.«

Holly sah ihn gespannt an. »Was ist dir klar geworden?«

»Ich weiß nicht, ob du dich erinnerst, aber du warst eine Zeit lang ziemlich schwierig. Schlecht in der Schule, sozial auffällig. Du hast einer Mitschülerin ins Gesicht geschlagen und sie dabei verletzt. Es gab ein Riesentheater, und unsere Eltern waren ziemlich ratlos. Sie haben überlegt, ob du eine Therapie brauchst oder die Schule wechseln solltest. Ich muss ungefähr fünf oder sechs gewesen sein, und eines Nachts wachte ich auf und konnte nicht wieder einschlafen. Ich ging aufs Klo, und auf dem Rückweg hörte ich aufgeregte Stimmen aus dem Elternschlafzimmer. Klar habe ich mich angepirscht und gelauscht.«

»Und, was hast du gehört?«, fragte Holly.

»Zuerst verstand ich nicht, worum es ging, dann wurde mir klar, dass sie von dir sprachen. Ich schnappte zwei Sätze auf, die ich mir gemerkt habe. Mutter sagte: ›Wir haben immer gewusst, dass unser Findling es schwerer haben würde als andere.‹ Und Vater antwortete: ›So was kann uns mit Felix auch passieren.‹

Tief verstört ging ich zurück ins Bett und versuchte, zu verstehen, was ich gehört hatte.«

»Findling?«, sagte Holly leise. »So haben sie mich genannt?«

»Genau so«, sagte Felix. »Komischerweise hat mich das nicht weiter berührt. Mutter und Vater sagten ja öfter Sachen wie: ›Kinder suchen sich ihre Eltern selbst‹ oder ›Kinder sind Gäste, die nach dem Weg fragen‹. Ich schloss daraus, dass es verschiedene Wege gäbe, wie Eltern und Kinder zusammenfinden konnten, das schien mir also keine große Sache zu sein. Was mich viel mehr beunruhigte, war der Satz: ›So was kann uns mit Felix auch passieren.‹ Das klang unheilvoll und bestätigte meine ständige Sorge: dass die Eltern mich eigentlich nicht wollten.«

»Aber, wie bist du denn darauf gekommen?«, fragte Holly entgeistert.

»Sie machten doch öfter solche Witze, ich sei vom Himmel gefallen, mit mir hätte keiner mehr gerechnet, ich sei plötzlich aufgetaucht wie E. T.«

»Ja eben, das waren Witze! Sie waren total glücklich, dass sie Max und dich bekommen haben, nachdem ein bescheuerter Arzt Vater für zeugungsunfähig erklärt hatte.«

»Ist das wahr?«, fragte Felix ungläubig. »Woher weißt du das?«

»Von Mutter … ich meine, von Margarete.« Holly schüttelte den Kopf. »Es ist doch unglaublich, dass sie dir das nie erzählt haben!«

»Ich hatte keine Ahnung«, sagte Felix. »Deshalb also die Späße über mein unerwartetes Erscheinen. Und ich habe das immer so verstanden, dass ich nicht geplant und erwünscht gewesen sei!«

Auf einen Schlag begriff Holly ihren Bruder. Der kleine Felix, der sich abgelehnt fühlte und mit seinen Clownerien um Aufmerksamkeit buhlte. Der keinen Streit aushielt, weil er Angst hatte, nicht mehr geliebt zu werden. Der so gern etwas Tolles auf die Beine gestellt hätte, aber nicht genügend Selbstbewusstsein aufbrachte. Der sich anderen gegenüber in oberflächliches Verhalten rettete, weil jede tiefere Beziehung die Gefahr in sich barg, verletzt zu werden.

Plötzlich war Holly von heftiger Zuneigung zu ihrem Bruder erfüllt. Sie stand auf, setzte sich neben ihn und umschlang ihn mit beiden Armen.

»Und dann hast du dich vermutlich gefragt, warum

die Eltern irgendeinen Findling mitgenommen hatten, aber dich nicht wollten. Und du warst eifersüchtig und unglücklich, und vielleicht hast du mich sogar gehasst.«

In diesem Moment fühlte Holly, dass Felix' Körper zuckte. Erschrocken hob sie den Kopf von seiner Brust. Ihr Bruder weinte.

In dieser Nacht lag Holly wieder einmal lange wach und dachte nach.

Felix hatte es also längst gewusst, aber sein Instinkt hatte ihm gesagt, dass dieses Wissen gefährlich war, und so hatte er es verdrängt, bis es fast vergessen war. Aber der Keim dieses Wissens hatte all die Jahre in einem Winkel seines Unterbewusstseins überlebt wie ein Herpesvirus in einer Nervenzelle.

Wie viele von diesen Wissenskeimen wohl in jedem Menschen lauerten? In Menschen, die Schuld auf sich geladen oder Traumatisches erlebt hatten, die Dinge gesehen oder gehört hatten, die sie nicht hätten sehen oder hören dürfen?

Felix' Angst, verstoßen zu werden, war so groß gewesen, dass er ein ungeheuerliches Geheimnis für sich behalten hatte, bis er vergessen hatte, dass es überhaupt eines gab.

Wie sehr hat dieses Geheimnis uns alle beeinflusst, dachte Holly. Es ist, als würde geheimes Wissen all jene infizieren, die damit in Berührung kommen, wie ein unsichtbarer Krankheitserreger, der sich unbemerkt verbreitet und das Innere einer Familie zersetzt, bis sie eines Tages auseinanderbricht.

20

Holly starrte auf ihren Bildschirm und las zum dritten Mal, was Ashraf ihr in seiner E-Mail geschrieben hatte.

»Liebe Holly, ich hoffe, es geht Dir gut! Ich habe mich nicht gemeldet, weil ich Dich nicht stören wollte, aber nun ist etwas Seltsames geschehen, was ich Dir mitteilen möchte.

Ich musste immer wieder daran denken, wie traurig Du nach Deinem Besuch im Kloster warst, weil Du Deine Mutter nicht gesehen hast. Letzte Woche hatte ich in Beni Suef zu tun, und mir kam die Idee, ins Kloster zu gehen. Ich wollte versuchen, Deine Mutter zu überreden, mit Dir zu sprechen. Die Pforte war gerade nicht besetzt. Während ich wartete, sah ich mich um und entdeckte ein Plakat für einen Tag der offenen Tür im Kloster. Darauf waren die Schwestern des Ordens abgebildet, und ich suchte natürlich nach dem Foto von Schwester Sunita. Plötzlich fiel mir das Bild der Priorin auf, von der Du mir nach Deinem Besuch erzählt hast. Du hast sie als Europäerin Ende fünfzig mit einer großen Brille beschrieben. Zu meiner Überraschung war die Priorin Agapy auf dem Foto höchstens vierzig und Ägypterin. Die Frau, auf die Deine Beschreibung passt, war eindeutig Schwester Sunita.

Ich habe die Bilder mit meinem Handy abfotografiert, Du findest sie im Anhang.

Ich denke, Du wirst Dir selbst Deinen Reim darauf machen. Auf jeden Fall weißt Du jetzt, dass Dein Wunsch schon in Erfüllung gegangen ist, ohne dass Du es geahnt hast. Ich grüße Dich herzlich und hoffe, irgendwann von Dir zu hören.

Dein Ashraf

PS: Ich hoffe, Du bist mir nicht böse, dass ich so eigenmächtig gehandelt habe.«

Holly öffnete den Anhang. Zwei grobkörnige Fotos erschienen auf dem Bildschirm. Rechts das Gesicht einer Ägypterin, unter dem »Sr. Agapy, Prior« stand. Daneben das Gesicht der Frau, mit der sie gesprochen und die sich als Priorin ausgegeben hatte. Darunter stand »Sr. Sunita«. Beide Namen waren auch in Arabisch geschrieben.

Holly musterte das Gesicht ihrer Mutter und fragte sich, warum sie die Ähnlichkeit mit den Jugendfotos nicht gesehen hatte. Jetzt war sie so offensichtlich, dass es geradezu lächerlich war.

Holly wusste nicht, ob sie ihre Mutter verachten oder bemitleiden sollte. Sie wusste überhaupt nicht mehr, was sie fühlen oder denken sollte.

Als Holly ins Wohnzimmer kam, saßen ihre Kinder einträchtig auf dem Sofa und tuschelten miteinander – ein Anblick mit Seltenheitswert. Timo ließ normalerweise keine Gelegenheit aus, seine Schwester zu drangsalieren, entsprechend alarmiert war Holly.

»Ist irgendwas passiert?«, fragte sie misstrauisch. Die Köpfe der Kinder fuhren auseinander, Timo errötete.

»Nein, passt schon«, sagte er abwehrend.

»Alles okay«, flötete Lea.

»Mir könnt ihr's doch sagen«, schmeichelte Holly, »es gibt für alles eine Lösung.«

»Auch für zwei Fünfen im Zeugnis?« Timo sah hoch, offenbar selbst erschrocken darüber, dass ihm diese Worte herausgerutscht waren.

»Waaas?« Holly schrie auf wie von der Tarantel gestochen. Das Schuljahr war in wenigen Wochen zu Ende, wenn das stimmte, war Timo durchgefallen.

»In welchen Fächern?«, fragte sie und zwang sich, ruhig zu bleiben.

»Latein und Mathe.«

»Wieso erfahre ich davon erst jetzt?«

Timo bedachte sie mit einem vielsagenden Blick, und sie senkte schuldbewusst den Kopf. Sie hatte sich seit Wochen nicht mehr richtig um die Kinder gekümmert, hatte nicht mal gefragt, wann eine Schulaufgabe anstand. Wahrscheinlich hatte Timo ihr schon mehrere schlechte Noten verschwiegen, und nun war es zu spät.

»Weiß Papa davon?«, hörte sie sich fragen, als würde das einen Unterschied machen.

»Schon«, sagte Timo. »Er hat auch mit mir gelernt, aber es hat nichts genutzt.«

»Warum nicht?«

»Weil ich mir zurzeit einfach nichts merken kann«, sagte er, und Holly spürte seine Verzweiflung.

»Scheiße«, sagte sie schuldbewusst.

»Du sollst nicht Scheiße sagen«, kam es umgehend von Lea.

Holly seufzte unhörbar. Es war ihre Schuld. Sie hatte ihre Kinder vernachlässigt, hatte alles Chris überlassen, und vor allem hatte sie zugelassen, dass die beiden befürchten mussten, ihre Eltern könnten sich trennen. Durfte sie sich wundern, wenn so etwas passierte?

»Wie sieht's denn bei dir aus?«, erkundigte sie sich matt bei Lea.

»Deutsch und Englisch drei, Mathe vier, Kunst und Sport zwei. In Musik habe ich aber 'ne Eins!«

»Das beruhigt mich ungemein«, sagte Holly, »dann ist deine Zukunft ja gesichert.« Sie überlegte. »Und was ist mit Französisch?«

»Ach ja, hab ich vergessen. Eine Fünf. Aber mit der falle ich nicht durch!«

»Ich kriege mich kaum ein vor Freude.«

Resigniert fuhr Holly sich mit beiden Händen durchs Haar. Willkommen in der Wirklichkeit, dachte sie.

Einige Tage später klingelte das Telefon, und eine Frau mit leiser Stimme meldete sich. »Hier ist Hunold. Spreche ich mit Frau Berger?«

Holly brauchte einen Moment, bis sie begriff, wer dran war.

»Hunold? … Andrea Hunold?«

»Ganz recht.«

»Holly Berger! Vielen Dank, dass Sie anrufen!«

»Ich wollte erst nicht.«

Das habe ich gemerkt, dachte Holly. Laut sagte sie:

»Ich bin sehr froh, dass Sie sich melden. Ich habe so viele Fragen an Sie.«

»Aber ... am Telefon kann ich nicht so gut sprechen. Können Sie nicht herkommen?«

»Wo wohnen Sie denn?«

Andrea Hunold nannte einen kleineren Ort in der Nähe von Düsseldorf.

»Natürlich komme ich. Wann passt es Ihnen?«

»Wann Sie wollen. Ich habe nicht mehr viele Termine, wissen Sie. Ich bin seit Kurzem im Ruhestand.«

Holly vereinbarte mit ihr, sie am kommenden Samstag zu besuchen.

Am Flughafen Düsseldorf mietete Holly einen Fiat punto, das preiswerteste Modell, das sie finden konnte. Eine dreiviertel Stunde später erreichte sie den Ort, in dem Andrea Hunold wohnte.

Das Haus war ein nüchternes Gebäude aus den Sechzigern. Als Holly im dritten Stock aus dem Aufzug trat, hatte Frau Hunold schon ihre Wohnungstür geöffnet. Sie trug einen schlichten, grauen Faltenrock und eine weiße Bluse, was ihre Unscheinbarkeit noch unterstrich.

Holly musste an Elsa denken. An das attraktive, junge Mädchen auf den Bildern, an die imposante Frau, die sie getroffen hatte. Sie war das genaue Gegenteil der Person, die ihr jetzt gegenüberstand. Was hatte die beiden miteinander verbunden?

»So sehen Sie also aus.« Andrea Hunold begrüßte Holly mit einem leichten Händedruck und musterte sie interessiert. »Ich sehe meine Kinder nicht oft als Erwachsene wieder.«

Meine Kinder. So nannte sie also die Kinder, die sie zur Welt gebracht hatte. Holly nickte. »Das muss seltsam für Sie sein.«

Frau Hunold bat sie ins Wohnzimmer. Eine hellgraue Couchgarnitur, ein flacher Glastisch, ein Regal voller Bücher der gehobenen Unterhaltungsliteratur, ein paar Kohlezeichnungen von Tieren an der Wand. Holly erkannte einen Kranich, ein Rennpferd, einen Tiger.

»Kann ich Ihnen etwas anbieten?«, fragte ihre Gastgeberin. »Tee, Kaffee, Mineralwasser?«

»Ein Wasser, vielen Dank«, sagte Holly und sah ihr nach, wie sie mit trippelnden Schritten in die Küche ging und mit einem runden Tablett mit Gläsern und einer Wasserflasche wieder zurückkam.

Wie war sie wohl als Hebamme gewesen? Sicher sehr fähig und korrekt; Holly konnte sich nicht vorstellen, dass ihr je ein Fehler unterlaufen wäre. Ob sie wohl auch mit den Frauen gelacht und geweint und geatmet hatte? Sich in die aufgeregten und verunsicherten Väter einfühlen konnte?

»Sie hatten einen sehr schönen Beruf«, sagte Holly, »fehlt er Ihnen nicht?«

Frau Hunold füllte die Gläser und setzte sich. »Vierzig Jahre sind lang«, sagte sie. »Aber ich war sehr glücklich mit meiner Tätigkeit. Wegen eines Rückenleidens musste ich vorzeitig aufhören.«

»Was tun sie jetzt in Ihrer freien Zeit?«, erkundigte sich Holly.

Ein überraschter Blick streifte sie. Andrea Hunold schien nicht daran gewöhnt, dass jemand sich für sie interessierte.

»Ich muss viel Krankengymnastik machen, dann gehe ich gern spazieren, und einmal in der Woche lese ich in einer Schule Kindern vor. Die Schule liegt in einer Gegend, wo es viele Kinder gibt, aber kaum jemanden, der sich um sie kümmert.«

»Das finde ich toll!«, sagte Holly spontan.

»Sie glauben nicht, wie schlecht die Kleinen sich konzentrieren können. Immer nur Fernsehen und Computer. Dafür haben die Eltern Geld, aber für Bücher nicht.«

Diese Frau mochte klein und grau sein, aber sie versuchte, ihr Leben mit etwas Vernünftigem auszufüllen, dachte Holly ein wenig beschämt.

»Wie viele Kinder haben Sie?« Ihre Gastgeberin musterte sie neugierig.

»Zwei. Und ich habe ihnen immer ganz viel vorgelesen«, beteuerte Holly.

»Das ist gut. Ich habe übrigens Kuchen gebacken«, sagte Frau Hunold schüchtern, »möchten Sie vielleicht ...?«

»Ja, gern.« Holly lächelte.

Wieder Tippelschritte in die Küche und zurück.

»Käsesahne«, sagte Frau Hunold. »Ist leider nicht so gut geworden wie sonst.«

»Er ist perfekt«, widersprach Holly, nachdem sie probiert hatte. »Sie sollten mal meine Kuchen sehen!«

Sie aß einige Bissen, dann ließ sie die Gabel sinken. Ihre Neugier ließ sich nicht mehr zügeln. »Könnten Sie mir jetzt von meiner Mutter erzählen?«, bat sie. »Soviel ich weiß, sind Sie die Einzige, die Kontakt zu ihr hatte, nachdem sie weggegangen war.«

Frau Hunold sammelte einige Krümel mit der Gabelspitze auf. Dann stellte sie den Teller ab.

»Was möchten Sie denn wissen?«

Gespannt beugte Holly sich ein Stück vor.

»Woher Sie sich kannten, welche Art Freundschaft Sie verbunden hat, solche Dinge.«

Andrea Hunolds Gesichtsausdruck veränderte sich, ihre Aufmerksamkeit schien sich nach innen zu kehren. Erst nach einer längeren Pause begann sie zu sprechen.

»Elsa war das eindrucksvollste Mädchen in unserer Klasse. Ich bewunderte sie schon lange, bis wir uns endlich näher kennenlernten. Sie ging eine Weile mit meinem älteren Bruder und war oft bei uns zu Hause. Ich verließ die Schule mit der mittleren Reife und ging an die Hebammenschule. Elsa blieb und machte Abitur. Danach verlor ich sie aus den Augen. Erst einige Zeit vor der Geburt meldete sie sich wieder.«

»Was für ein Mensch war sie?«

»Furchtlos. Durchsetzungsfähig. Kraftvoll. Alles, was ich nicht war.«

»Auch … beliebt?«

»Bei manchen schon, andere konnten sie nicht ausstehen. Sie war eine starke Persönlichkeit. Leicht hat sie es niemandem gemacht. Auch nicht sich selbst.«

Das passte genau zu dem Bild, das Holly inzwischen von ihrer Mutter hatte.

»War sie denn damals schon religiös?«

»Oh ja, auf so eine trotzige Art. Mit sechzehn hat sie sich taufen lassen, was damals wirklich das Abwegigste war, worauf ein junger Mensch kommen konnte. Nachdem mit meinem Bruder Schluss war, fing sie an, vom Kloster zu sprechen. Gleich nach der Schule wollte sie eintreten. Ich habe es, ehrlich gesagt, nicht ernst genommen.«

»Kannten Sie ihre Eltern?«

Frau Hunold wandte den Blick zum Himmel. »Allerdings. Die Mutter war nett, wenn auch ziemlich versponnen. Der Vater war ein Tyrann. Er hat seine Tochter vergöttert und gleichzeitig wahnsinnig unter Druck gesetzt. Er hat sie mit seiner Liebe und seinen Erwartungen fast erstickt.«

Holly nickte nachdenklich. »Könnte es sein … dass Elsas Idee mit dem Kloster eine Art Flucht vor dem Vater war?«

Andrea Hunold nickte energisch. »Oh ja! Auf ihre Art war sie genauso radikal wie ihr Vater. Als er hörte, dass sie ins Kloster will, ist er völlig ausgerastet. Ich könnte mir vorstellen, dass er sie sogar geschlagen hat.«

Holly schluckte. So, wie sie Jobst Hegmann erlebt hatte, konnte sie sich das auch vorstellen. Noch mit über achtzig strahlte er eine gefährliche Unberechenbarkeit aus. Wie viel bedrohlicher musste er im Vollbesitz seiner Kräfte gewirkt haben!

Holly nahm all ihren Mut zusammen und stellte die Frage, die sie am allermeisten beschäftigte und deren Antwort sie fürchtete.

»Warum … wollte meine Mutter mich nicht haben?«

Frau Hunold holte tief Luft. »Das ist eine längere Geschichte, die ich nur teilweise kenne.«

»Erzählen Sie mir alles, was Sie wissen!«, bat Holly.

»Ungefähr zu der Zeit, als ihre Klosterpläne konkreter wurden, muss Elsa den jungen Mann kennengelernt haben, der später Ihr Vater wurde. Ich habe ihn nie gesehen, und Elsa hat wenig erzählt. Ich weiß nur, dass er Ägypter war und hier studiert hat. Zum Zeitpunkt Ihrer Geburt war er nicht mehr in Deutschland. Ich weiß nicht, warum.«

Holly hörte wie gebannt zu. Wenn ihr Vater hier studiert hatte, hieß das ja wohl, dass er aus einer gut situierten Familie stammte. Aber warum hatte er seine schwangere Freundin allein gelassen, und wohin war er gegangen?

»Hat Elsa Ihnen erzählt, ob mein Vater von der Schwangerschaft wusste? Ob sie überhaupt noch zusammen waren?«

Frau Hunold überlegte. »Wie gesagt, sie hat wenig von ihm erzählt, obwohl sie damals sogar einige Zeit bei mir gewohnt hat. Sie musste die letzten Wochen der Schwangerschaft so viel wie möglich liegen, weil die Gefahr einer Frühgeburt bestand. Ich hatte den Eindruck, dass sie sehr verliebt war und sich große Sorgen machte, weil er sich nicht meldete. Sie hat immer wieder versucht, ihn anzurufen, und unzählige Briefe geschrieben. Als sie nach der Geburt so überstürzt nach Ägypten gereist ist, hat sie ihn vermutlich gesucht.«

»Haben Sie erfahren, ob sie ihn gefunden hat? Sie hat doch schon bald darauf Kontakt zu Ihnen aufgenommen?«

Frau Hunolds Miene verdüsterte sich. »Ich habe nicht danach gefragt. Zuerst wollte ich gar nicht mit ihr sprechen, weil ich so entsetzt war, dass sie ihr Kind zurückgelassen hatte, aber sie hat es immer wieder versucht. Ich weiß noch genau, was sie damals zu mir gesagt hat.«

»Was?«, fragte Holly atemlos.

»Manchmal stellt das Leben dich vor eine furchtbare Entscheidung«, zitierte sie, »und egal, was du tust, am Ende wird es falsch gewesen sein.«

Holly stiegen Tränen in die Augen.

»Was ... was kann sie damit gemeint haben?«, fragte sie und wischte sich unauffällig übers Gesicht.

Andrea Hunold schüttelte den Kopf. »Ich weiß es nicht, sie hat es mir nie erklärt. Wir haben in all den Jahren nicht mehr miteinander gesprochen. Ich habe ihren Wunsch erfüllt und mich regelmäßig beim Jugendamt nach Ihnen erkundigt. Jedes Mal berichtete ich Elsa in einem Brief, was ich erfahren hatte. Wie es Ihnen ging, dass Ihre Familie umgezogen war, von der Geburt Ihrer Brüder, Ihren Schulleistungen. Nach Ihrem Abitur, Sie waren inzwischen volljährig, habe ich Elsa geschrieben, dass ich meinen Informationsdienst nun einstellen würde. Sie hat nicht geantwortet. Ich weiß nicht einmal, ob sie noch lebt.«

»Oh doch, sie lebt«, sagte Holly. »Ich habe sie sogar gesehen, als ich in Ägypten war.«

»Ist das wahr?« Andrea Hunold blickte sie mit großen Augen an.

Holly schilderte die Ereignisse von Beni Suef, erzählte von der Begegnung mit der vermeintlichen Priorin des Klosters, von Ashrafs Entdeckung.

»Ashraf?«, unterbrach Andrea Hunold. »Was für ein merkwürdiger Zufall! Wenn ich mich recht entsinne, war das der Name Ihres Vaters.«

»Tatsächlich?« Holly lächelte. Das Schicksal hatte doch verrückte Einfälle.

Als sie Frau Hunold verließ, fühlte Holly sich ein wenig erleichtert.

Die wichtigste Mitteilung war, dass Elsa sie nicht einfach so weggegeben hatte.

Sie fragte sich, zwischen welchen Möglichkeiten ihre Mutter hatte entscheiden müssen und warum sie geglaubt hatte, in jedem Fall die falsche Entscheidung zu treffen. Sie fragte sich, was aus ihrem Vater geworden war. Warum Elsa ins Kloster gegangen war, wenn sie ihn so geliebt hatte.

Holly konnte nicht aufhören zu grübeln, es gab noch immer so viele offene Fragen. Zu viele.

21

Entschlossenen Schrittes ging Holly durch die ihr wohlbekannten Straßen von Beni Suef, neben sich Ashraf, der ihre Reisetasche trug. Sie erreichten den Konvent der Daughters of St. Mary, passierten den Pförtner, der noch immer seine viel zu große, schwarze Kappe trug, und betraten den Innenhof.

Zielstrebig ging Holly auf das schmiedeeiserne Kreuz in der Mitte des Hofes zu und bedeutete Ashraf, die Tasche abzustellen. Sie zog den Reißverschluss auf und entnahm ihr eine zusammengerollte Isomatte sowie ein Fahrradschloss mit einer langen Kette. Nachdem sie auf der Matte Platz genommen hatte, schlang sie die Kette um ihren rechten Fuß und schloss sie um das Kreuz.

»So«, sagte Holly und drückte Ashraf den Schlüssel in die Hand, »jetzt wollen wir mal sehen, wer hier den größeren Dickschädel hat.«

Ashraf lächelte kopfschüttelnd. »Und wie lange willst du hier kampieren?«

»So lange es nötig ist«, sagte Holly. »Ich glaube nicht, dass die Sisters mich verhungern lassen. Das gäbe schlechte Presse.«

»Ich kann ja schon mal ein Foto machen«, sagte Ashraf grinsend, »für alle Fälle.«

Er zog sein Handy aus der Hosentasche und machte

einige Aufnahmen von der angeketteten Holly. Dann ging er in die Hocke.

»Wenn du mich brauchst, dann melde dich«, sagte er und drückte verstohlen ihre Hand.

Sie nickte. »Vielen Dank für deine Hilfe!«

Einen Moment hielt sie seine Hand fest, dann ließ sie seufzend los.

Er stand auf, warf ihr einen letzten Blick zu, in dem Unverständnis und Bewunderung sich die Waage hielten. Holly sah ihm nach, bis er verschwunden war.

Sie lehnte sich gegen das Kreuz, machte es sich mit einem zum Kissen gerollten Sweatshirt bequem und wartete.

Es dauerte nicht lange, bis eine Schwester aus dem Konvent auf sie zugelaufen kam.

»No picnic!«, sagte sie ungehalten und wies Richtung Ausgang.

Holly hob ihren Fuß und wies bedauernd auf die Kette.

Die Schwester stutzte und blickte ungläubig auf das massive Schloss. Dann machte sie eine Bewegung mit der Hand, als drehte sie einen Schlüssel, und legte ihr Gesicht in fragende Falten.

Holly zuckte die Schultern, um zu zeigen, dass sie leider nicht wisse, wo der Schlüssel sei.

Verwirrt zog die Schwester sich zurück.

Bald würde vermutlich die Oberin auftauchen, und dann würde Holly ihr erklären, dass sie den Boden dieses Klosters nicht verlassen würde, bevor sie mit ihrer Mutter alias Schwester Sunita gesprochen hätte.

Tasuni Sunita. Warum hatte ihre Mutter als Namen

für ihr Klosterleben ein Anagramm des arabischen Wortes für Ordensschwester gewählt? Noch eines dieser Rätsel, das Holly endlich zu entschlüsseln hoffte. Wer so viele Spuren legt, dachte sie, darf sich nicht entziehen, wenn er gefunden wird. Es war Hollys verdammtes Recht, mit ihr zu sprechen.

Eine Weile passierte nichts. Sie lehnte ihren Kopf an das Kreuz und schloss die Augen. Bleierne Müdigkeit überkam sie; fast zwanzig Stunden war sie unterwegs gewesen. Sie hatte so kurzfristig keinen Direktflug nach Kairo bekommen, also war sie mit dem Zug nach Frankfurt gefahren, dann nach Athen geflogen und dort umgestiegen. Dadurch war der Trip fast so lang geworden wie eine Reise nach Australien. Obendrein hatte er ungefähr so viel gekostet, Holly hatte ihr Konto restlos geplündert. All das war ihr gleichgültig. Sie war entschlossen, ihre Mutter zu treffen und ihr all die Fragen zu stellen, die sie beschäftigten.

Als sie hörte, wie sich schnelle Schritte näherten, öffnete sie die Augen. Die Schwester von vorhin rückte wieder an, einen Schlüsselbund schwenkend.

Holly grinste in sich hinein. Sie würde lange suchen müssen, um einen Schlüssel zu finden, der in ein deutsches Fahrradschloss passte. Bereitwillig streckte sie der Schwester ihren Fuß entgegen, und die probierte ungefähr zwanzig Schlüssel aus. Unverrichteter Dinge zog sie wieder ab.

Wenig später erschien sie erneut, diesmal mit zwei weiteren Schwestern. Die drei standen um Holly herum und diskutierten.

»I want to talk to Sister Sunita«, sagte Holly.

Die Schwestern tauschten Blicke, antworteten aber nicht.

»Or to Sister Agapy«, ergänzte Holly.

Die eine Schwester schüttelte energisch den Kopf, als sei es ausgeschlossen, die Priorin mit der Nachricht von dem ungebetenen Gast zu behelligen. Dann lief sie zum Pförtnerhäuschen und kam mit dem kleinen, vertrockneten Mann zurück, der einen Werkzeugkasten trug.

Jetzt wird's ernst, dachte Holly. Mit einem Bolzenschneider würde man vermutlich auch eine Kette Made in Germany knacken können.

Als der kleine Mann mit einer Riesenzange auf sie zukam, begann sie zu schreien.

»Schsch!«, machten die Schwestern und blickten sich nervös um. Offenbar sollte jedes Aufsehen vermieden werden.

Holly schrie lauter.

Der Pförtner wich zurück, die Zange schützend vor sich, und schüttelte den Kopf. Ein Schwall arabischer Worte brach aus ihm heraus, er warf die Zange in den Werkzeugkasten und schleppte ihn wieder zurück in sein Häuschen.

Die Schwestern berieten erneut. Irgendwann gingen sie zurück in das Gebäude. Die schwere Tür wurde zugeschlagen.

Es wurde dunkel, Holly richtete sich auf eine Nacht im Freien ein. Sie hatte Wasser und Proviant dabei, außerdem eine Taschenlampe und ein Buch. Sogar einen MP 3-Player von Lea hatte sie sich geliehen, aber so ganz konnte sie sich mit der Musik von Shakira und den Black Eyed Peas nicht anfreunden.

Holly erwartete nicht, dass heute noch viel passieren würde. Sie aß eine der mitgebrachten Teigtaschen und knabberte an einem Müsliriegel.

Plötzlich sah sie eine Gestalt durch die Dunkelheit auf sich zukommen. Es war der Pförtner mit einem großen Plastikbecher voller Tee. Er murmelte etwas auf Arabisch und bettete das Gesicht auf seinen Handrücken, womit er ihr vermutlich eine gute Nacht wünschte. Überrascht lächelte Holly ihn an und bedankte sich auf Englisch.

Nachdem sie den Tee getrunken und eine Weile gelesen hatte, legte sie sich hin und deckte sich mit ihrem Sweatshirt notdürftig zu. Die Temperatur war angenehm, die Wärme des Tages staute sich im Hof. Nur noch einzelne Lichter brannten im Konventsgebäude; die Schwestern gingen offenbar früh schlafen.

Holly blickte nach oben, der Himmel war sternenklar.

Lieber Gott, betete sie. *Bitte erweiche ihr Herz und bring sie dazu, dass sie mit mir spricht! Sie kann doch nicht so grausam sein, mich zum zweiten Mal zurückzuweisen.*

Bestimmt hatte sich unter den Schwestern bereits herumgesprochen, dass im Klosterhof eine Ausländerin campierte, die sich selbst ans Kreuz gefesselt hatte. Und wenn Elsa im Konvent war, hatte sie mit einem kurzen Blick durch das Fenster feststellen können, dass der Besuch ihr galt. Holly war zuversichtlich, dass sie ihr Ziel bald erreichen würde.

Dann allerdings wurde ihr klar, dass sie einen entscheidenden Umstand unberücksichtigt gelassen hatte. Sie musste pinkeln. Und zwar von Minute zu Minute dringender. Sie wusste nicht, ob die freundliche Geste des Pförtners auf ein Komplott der Schwestern zurückging, die ihr womöglich ein harntreibendes Gebräu geschickt hatten, oder ob es die schiere Menge Flüssigkeit war, auf jeden Fall war ihre Blase randvoll.

Holly überlegte. Schließlich bewegte sie sich so weit weg von ihrem Lagerplatz, wie es die Kette zuließ. Dann hockte sie sich hin und rollte die Isomatte als Sichtschutz um sich. Mit einer Hand hielt sie die Enden zusammen, mit der anderen versucht sie, Jeans und Unterhose abzustreifen. Es wäre deutlich einfacher gewesen, wenn sie einen Rock angehabt hätte. Aber sie hatte eben nicht genügend sorgfältig geplant. Schließlich gelang es ihr, sich zu erleichtern, ohne dass ihre Kleidung oder ihre Schuhe nass wurden. Triumphierend kehrte sie zu ihrem Lagerplatz zurück. Daran würde ihre Mission jedenfalls nicht scheitern!

Sie konnte nicht einschlafen. Ganz allein in dem dunklen Innenhof wurde ihr zunehmend mulmig. Sie glaubte, Tiere vorbeihuschen zu sehen, und plötzlich erglühten neben ihr die Augen einer Katze.

Vielleicht gab es ja auch anderes Viehzeug, Schlangen oder Skorpione? Panisch setzte sie sich auf und umschlang die Knie mit den Armen. Ein unheimliches Flattern kam schnell näher und entfernte sich wieder, und Holly brauchte eine Weile, um zu kapieren, dass es Fledermäuse waren. Nein, sie war keine Anhängerin des Freiluft-Campings.

Der folgende Morgen brachte das Wiedersehen mit einem alten Bekannten. Als Holly die Augen aufschlug, blickte sie direkt in das Gesicht des Polizisten, der sie bei ihrem letzten Besuch in Beni Suef so hingebungsvoll beschützt hatte. Flankiert von den drei Ordensschwestern, stand er vor ihr und sah streng auf sie hinab.

Sie richtete sich auf.

»Hello, how are you?«, grüßte sie freundlich.

Heute war er ganz offensichtlich nicht als ihr Beschützer da, sondern als Vertreter der Staatsgewalt. Er ließ sich nicht anmerken, ob er sie erkannte oder nicht, sondern forderte sie nur barsch auf: »You must go.«

Holly wies auf ihren gefesselten Fuß, der inzwischen leicht geschwollen war und schmerzte.

»I can't go«, erklärte sie. »And I want to talk to Sister Sunita.«

Fragend wandte er sich zu den Schwestern um, die arabisch auf ihn einredeten.

»Not possible«, sagte er.

»Why not?«

»Not here.«

»Then I want to talk to the prior, Sister Agapy«, sagte Holly, die sich nicht beirren ließ.

»Not possible«, wiederholte er.

»Why not?«

»Not here.«

»So I wait«, sagte Holly in der Hoffnung, dass diese Auskünfte nicht der Wahrheit entsprachen. Was, wenn Elsa und die Oberin auf einer wochenlangen Auslandsreise waren?

Der Polizist, mit der Situation offensichtlich überfordert, funkelte sie wütend an.

»You go now!«, befahl er erneut. Als Holly nicht reagierte, zog er mit einer schnellen Bewegung ein Paar altmodische Handschellen aus der Tasche und ließ sie um ihre Handgelenke schnappen.

Die Schwestern begannen zu kichern. Da begriff auch der Polizist, dass eine Verhaftung in diesem Fall nicht das geeignete Mittel war, und öffnete die Handschellen wieder. Danach versuchte er, mit dem gleichen Schlüssel Hollys Fußfessel zu öffnen, was erwartungsgemäß misslang.

Daraufhin erklärte er den Schwestern offenbar das Scheitern seiner Mission und verließ, so würdevoll es ihm möglich war, das Klostergelände.

Die Schwestern hatten ihre Fassung zurückgewonnen und blickten wieder ernst.

»Where is key?«, fragte die eine.

Holly erwiderte: »My friend has the key.«

»Where is friend?«

Holly zuckte die Schultern. »I don't know.«

Erneut machte sich Ratlosigkeit breit. Die Schwestern gingen schnatternd ins Gebäude zurück.

Einige Stunden vergingen. Immer wieder überquerten Schwestern und Besucher den Hof. Manche betrachteten Holly erstaunt, andere ohne größeres Interesse.

Eine sehr junge Schwester, die den Konvent von außen betrat, näherte sich und fragte besorgt, ob sie helfen könne.

»I want to talk to Sister Sunita«, wiederholte Holly stur.

»No problem«, sagte die Schwester, als sei nichts leichter, als diesen Wunsch zu erfüllen. Dann verschwand sie, und nichts passierte.

Obwohl sie durstig war, trank Holly so wenig wie möglich. Am helllichten Tag würde auch die Isomatte nur unzureichenden Sichtschutz beim Pinkeln bieten. Derzeit diente ihr die Matte als Sonnendach.

Die Zeit wurde ihr lang, ihre Zuversicht schwand. Seit mehr als sechs Stunden hatte sich niemand mehr um sie gekümmert. Es sah tatsächlich so aus, als hätten die reizenden Klosterschwestern ihre Taktik geändert und wollten sie durch Nichtbeachtung zum Aufgeben bringen.

Trotzig biss Holly die Zähne zusammen. So schnell würde sie nicht kapitulieren, auch wenn ihr der Gedanke an eine weitere Nacht hier draußen größtes Unbehagen bereitete.

Erst am frühen Abend erhielt Holly wieder Besuch, und noch bevor sie sich vorgestellt hatte, erkannte Holly anhand von Ashrafs Foto die Priorin des Konvents, Schwester Agapy. Sie näherte sich gemessenen Schrittes, ein Tablett in den Händen. Als sie Holly erreicht hatte, hockte sie sich hin, setzte das Tablett vor ihr ab und sagte in fließendem Englisch: »I think you might be hungry.«

Holly bedankte sich. Beim Anblick der appetitlich angerichteten Speisen lief ihr das Wasser im Mund zusammen. Sie hatte den ganzen Tag über nur zwei Müsliriegel und einen Apfel gegessen.

»Was kann ich sonst für Sie tun?«, erkundigte sich die Schwester.

Da sie keine Ahnung hatte, wie viel die Priorin wusste, erzählte Holly ihr die Kurzfassung ihrer Geschichte. Die Oberin hörte aufmerksam zu, ohne dass ihr Gesicht verriet, was sie dachte. Auch bei der Schilderung von Hollys Begegnung mit der vermeintlichen Priorin, die in Wahrheit Elsa gewesen war, zuckte sie nicht mit der Wimper.

»Ich werde diesen Ort nicht verlassen, bevor ich noch einmal mit meiner Mutter gesprochen habe«, endete Holly.

»Ich verstehe«, sagte Schwester Agapy höflich, aber unbeeindruckt. »Ihnen ist klar, dass Sie Hausfriedensbruch begehen?«

»Tut mir leid«, sagte Holly, »ich dachte, ein Kloster ist ein Ort, an dem man in der Not Zuflucht findet. Ich bin in Not.«

Die Oberin nickte, als leuchtete ihr dieses Argument ein. Dann sagte sie: »Aber es ist nicht in Ordnung, Menschen zu erpressen.«

Holly spürte Wut und gleichzeitig tiefe Verzweiflung.

»Es ist auch nicht in Ordnung, ein Kind auszusetzen und sich nie mehr zu melden. Oder die eigene Tochter zu täuschen, indem man sich für jemand anderen ausgibt. Am wenigsten in Ordnung ist es, keine Verantwortung für seine Handlungen zu übernehmen. Ich möchte nichts anderes, als mit meiner Mutter sprechen und ihr ein paar Fragen stellen. Ich finde, das ist nicht zu viel verlangt.«

Hollys Stimme war sehr leise. Sie hielt mit Mühe ihre Tränen zurück.

Die Priorin erhob sich. »Wir sind freie Menschen, auch hier im Kloster«, sagte sie. »Es ist Schwester Sunitas Entscheidung.«

»Ich weiß«, sagte Holly. »Ich werde warten.«

Als Holly nach einer weiteren Nacht, in der sie unzählige Male hochgeschreckt war, am frühen Morgen erwachte, hatte aller Mut sie verlassen. Ihr Fußknöchel schmerzte heftig, die Lippen waren trocken und rissig, in ihren Gedärmen rumorte es unheilvoll. Nein, so konnte es nicht weitergehen.

Während sie noch über einen Ausweg grübelte, sagte plötzlich eine Stimme hinter ihr auf Deutsch: »Guten Morgen.«

Sie fuhr herum und blickte in das Gesicht ihrer Mutter, die keine zwei Meter von ihr entfernt auf dem Boden saß. Sie war so überrascht, dass sie kein Wort herausbrachte.

»Du hast gewonnen«, sagte Schwester Sunita alias Elsa Hegmann. »Meine Sturheit hast du auf jeden Fall geerbt.« Ihre Augen hinter den Brillengläsern funkelten; Holly konnte nicht erkennen, ob aus Rührung oder vor Ärger.

»Heißt das, Sie ... sprechen mit mir?«

»Was bleibt mir anderes übrig?«, gab ihre Mutter zurück. »Es scheint dir ja sehr wichtig zu sein, wenn du dafür sogar die Gesellschaft von Ratten in Kauf nimmst.«

»Hier gibt es Ratten?« Hollys Augen weiteten sich vor Entsetzen.

»Na, klar«, sagte Elsa. »Wenn dich noch keine angeknabbert hat, hast du Glück gehabt! Also, wo ist der Schlüssel?«

Holly beugte sich vor und zog ihren linken Schuh aus. Sie rollte den Strumpf vom Fuß, und der Zweitschlüssel fiel heraus. Elsa griff danach und öffnete das Schloss. Als Holly die Kette abstreifte, durchfuhr sie ein stechender Schmerz. Sie versuchte aufzustehen, konnte mit dem rechten Fuß aber kaum auftreten. Erst nach einer Weile, als das Blut wieder ungehindert pulsierte, wurde es besser.

»Ich nehme an, du möchtest dich waschen und etwas frühstücken«, sagte ihre Mutter.

Holly nickte dankbar.

Eine Stunde später, nachdem Holly sich gewaschen und etwas gegessen hatte, führte Elsa sie in ihre spartanisch eingerichtete Zelle.

Holly sah sich um. Eine eiserne Bettstatt, daneben ein Holzhocker, der als Nachttisch diente. Darauf einige arabische und englische Bücher, ein altmodischer Wecker, der laut tickte, eine Lesebrille. An der Wand ein Schreibtisch, davor ein Holzstuhl. Über dem Bett ein koptisches Kreuz. Keine Bilder, keine Fotos. Nichts, was an ein früheres Leben erinnerte.

»Setz dich«, forderte Elsa sie auf und wies auf das schmale Bett. Sie selbst nahm sich den Stuhl.

»Warum leben Sie hier?«, fragte Holly.

»Es ist mein Zuhause.«

»Ich meine, warum sind Sie überhaupt ins Kloster gegangen?«

»Ich fühlte mich dazu berufen. Schon als junges Mädchen.«

Holly nickte. »Aber dann bin ich dazwischengekommen.«

»So würde ich es nicht ausdrücken«, sagte Elsa.

»Wie sonst?«

Elsa setzte sich aufrecht hin und holte tief Luft.

»Du bist also gekommen, um meine Geschichte zu hören und damit auch deine. Ich werde sie dir erzählen, so gut ich kann, und dabei so ehrlich wie möglich sein.«

»So ehrlich wie möglich.« Holly zuckte zusammen. Da war er wieder, der verdammte Satz, hinter dem sich so viel Schmerz und Lüge verbergen konnte.

»Sie müssen keine Rücksicht nehmen«, sagte sie schnell, »ich will hören, wie es wirklich war.«

»Bitte, hör auf, mich zu siezen«, bat ihre Mutter, »das ist irgendwie … absurd.«

Holly dachte, dass vieles andere viel absurder wäre, aber sie nickte.

Ihre Mutter schien sich zu sammeln, dann begann sie zu sprechen.

»Ich hatte einen Vater, der mir keine Luft zum Atmen ließ. Eine Mutter, die ihm hörig war. Um zu überleben, musste ich fliehen. Es gab nichts, was mein Vater mehr hasste als die Kirche. Also wollte ich ins Kloster.«

»Was hat dein Vater dir denn getan?«

Elsas Augen hinter den Brillengläsern wurden noch größer und dunkler, als sie schon waren.

»Das will ich nicht näher erläutern.«

»Ich war bei Andrea Hunold«, erzählte Holly. »Sie sagt, er hätte dich vergöttert.«

»Das, was manche Liebe nennen, ist für andere seelischer Missbrauch«, sagte Elsa. »Mein Vater hätte mich mit seiner Liebe fast in den Tod getrieben. Mit siebzehn wollte ich mich umbringen. Danach habe ich beschlossen, ins Kloster zu gehen. Und dann lernte ich deinen Vater kennen und erfuhr zum ersten Mal, was Liebe ist.«

Die Erinnerung ließ Elsas Gesicht für einen Moment aufleuchten. Gleich darauf hatte es wieder den gewohnt strengen Ausdruck.

»Erzähl mir von ihm«, bat Holly.

Elsas Stimme wurde sanft. »Er war für ein Jahr in Deutschland und studierte Maschinenbau. Als gläubiger Kopte suchte er Anschluss an junge Christen. Wir trafen uns auf einer Party in unserem Gemeindezentrum und verliebten uns sofort ineinander. Ashraf war ... er war wunderschön, er konnte zuhören, er verstand mich. Zum ersten Mal in meinem Leben verstand mich jemand.«

»Und dann wurdest du schwanger«, sagte Holly. Es war mehr eine Feststellung als eine Frage.

»Ja, und ich war glücklich! Ein Kind schien mir die Krönung unserer Liebe, ich stellte mir vor, wir würden heiraten, gemeinsam nach Ägypten gehen und dort leben, aber dann ... «

»Was ist denn passiert?«, fragte Holly atemlos. »Warum seid ihr nicht zusammengeblieben?«

Es fiel Elsa sichtlich schwer, weiterzusprechen. Nach all den Jahren schien die Erinnerung an die Vergangenheit sie noch immer zu quälen.

»Ich erzählte Ashraf von der Schwangerschaft. Er war entsetzt. Seine Eltern waren streng gläubig, sie hätten nach seinen Worten sogar die Ehe mit einer Katholikin abgelehnt. Und ein uneheliches Kind war einfach undenkbar. Ashraf hatte das Gefühl, ich hätte ihn in eine ausweglose Lage gebracht. Ich hoffte die ganze Zeit, er würde sich beruhigen, sich mit der Situation abfinden, ich glaubte auch fest daran, dass seine Eltern nicht so unerbittlich wären, wie er sie darstellte. Schließlich konnte ich ihn dazu bewegen, zu ihnen zu reisen, um ihnen mitzuteilen, was passiert war. Ende Mai 1967 reiste er ab, danach hörte ich nichts mehr von ihm. Ich wurde fast verrückt. Ich war überzeugt, seine Eltern hätten ihn gezwungen, den Kontakt zu mir abzubrechen. Ich wollte zu ihm fahren, aber es gab Komplikationen mit der Schwangerschaft, und ich musste liegen. Ich versuchte anzurufen, aber die Leitung war tot. Ich schrieb Briefe an die Adresse, die er mir gegeben hatte, aber erhielt keine Antwort. Ich war nur noch wütend und verzweifelt und konnte mir einfach nicht erklären, was geschehen war.«

Elsa nahm die Brille ab und rieb sich die Augen. Sie wirkte wie in Trance, schien Hollys Anwesenheit kaum noch wahrzunehmen.

»Nach der Geburt hatte ich nur einen Gedanken:

Ich muss Ashraf finden! Mit einem Neugeborenen wollte ich nicht reisen, außerdem war ich überzeugt, das Kind wäre schuld daran, dass ich Ashraf verloren hatte. Ich sah keinen anderen Weg, als das Baby …«, sie stockte und blickte Holly irritiert an, »als … dich irgendwohin zu bringen, wo man sich um dich kümmern würde. Irgendwie hatte ich die Vorstellung, dass ich dich wieder zurückholen könnte, wenn alles gut wäre und ich deinen Vater gefunden hätte. Ich … legte dir den Skarabäus um, den mir Ashraf geschenkt hatte, und brachte dich ins Marienkrankenhaus. Am nächsten Tag bekam ich hohes Fieber und musste meine Abreise um zehn Tage verschieben. So erfuhr ich noch, dass du Eltern gefunden hattest. Ich wollte, dass du eine letzte Botschaft von mir erhältst, und schrieb dir den Brief auf Koptisch. Wahrscheinlich wollte ich unbewusst einen Hinweis damit geben, genau wie mit dem Skarabäus. Und offenbar hast du meine Botschaften ja richtig gelesen, sonst wärst du nicht hier.«

Holly hatte gebannt zugehört. Endlich tauchten sie auf, all die fehlenden Puzzleteile. Eine Lücke nach der anderen schloss sich, und vor ihren Augen entstand allmählich ein Bild.

Ihr fiel etwas ein. »Die Krankenschwester, die mich gefunden hat, erzählte etwas von einem südländisch aussehenden Mann, den sie am selben Tag vor dem Krankenhaus beobachtet hat. Sie vermutete, er hätte etwas mit der Sache zu tun.«

Elsa schüttelte den Kopf. »Da hat sie sich geirrt, ich war allein.«

Wie merkwürdig, dachte Holly. Nur weil sie vermutet hatte, dass es zwischen dem Skarabäus und dem dunkelhäutigen Mann eine Verbindung gab, war sie auf die richtige Spur gestoßen. War es ein Zufall gewesen? Oder diese merkwürdige Kraft, die sie bei sich »Vorsehung« nannte, obwohl sie an so etwas eigentlich gar nicht glaubte?

»Hast du ihn denn gefunden, Ashraf … meinen Vater?«

Elsas Gesicht verdüsterte sich. »Als ich endlich reisefähig war, flog ich nach Ägypten. Ich fuhr in das Dorf von Ashrafs Familie nahe der israelischen Grenze, wo drei Monate zuvor der Sechs-Tage-Krieg getobt hatte. Wo das Haus stehen sollte, war nur noch ein Trümmerhaufen. Eine verirrte Rakete …« Elsa brach ab.

Holly blieb eine Weile stumm. Sie würde ihren Vater also nicht mehr finden können. Das Bild würde niemals vollständig sein.

»Hat denn irgendjemand von der Familie überlebt?«, fragte sie.

Ihre Mutter schüttelte den Kopf. »Keiner. Ashraf, seine Eltern und Großeltern, seine drei Geschwister – alle tot.«

Plötzlich verstand Holly. Nach diesem Schlag wollte Elsa in der Nähe ihres toten Geliebten bleiben. Und sie erinnerte sich ihrer ursprünglichen Berufung.

»Dann hast du beschlossen, hier ins Kloster einzutreten?«

»Ich lernte Bischof Athanasios kennen, einen sehr klugen und weltoffenen Mann. Er prüfte mich und meine Beweggründe und nahm mich dann bei den Daughters of St. Mary auf.«

»Und aus Elsa Hegmann wurde Schwester Sunita«, ergänzte Holly sinnend. »Warum hast du ausgerechnet diesen Namen gewählt?«

Elsa lächelte. »Ashraf und ich fühlten uns seelenverwandt, sein Kosename für mich war ›Schwesterchen‹. Als ich von der Seelenschwester zur Klosterschwester wurde, bildete ich ein Anagramm aus dem arabischen Wort für Schwester. Eine Spielerei, aber auch eine Erinnerung an ihn.«

»Es muss eine große Liebe gewesen sein«, sagte Holly fast ehrfürchtig.

Elsa seufzte. »Die größte Liebe ist immer die unerfüllte. Wer weiß, ob wir auf Dauer zusammen glücklich gewesen wären. Aber eines weiß ich mit Sicherheit: Ich hätte nie einen anderen Mann so lieben können. Deshalb bin ich hier im Kloster auch richtig.«

Es fiel Holly nicht schwer, sich vorzustellen, wie verzweifelt die junge Elsa gewesen sein musste. Aber sie fühlte nur mit der Elsa von 1967. Die Frau, die ihr heute gegenübersaß, war ihr eher fremd. Es kam ihr vor, als handele es sich um zwei gänzlich verschiedene Menschen.

Oberin Agapy befreite Schwester Sunita von ihren Aufgaben im Kloster, um Mutter und Tochter Gelegenheit zu geben, zusammen zu sein. Die beiden Frauen spazierten durch den Klostergarten, setzten sich in schattige Ecken des Innenhofes, hockten im Gemeinschaftsraum und immer wieder in Elsas Zelle, dabei sprachen sie unaufhörlich.

Holly bemerkte Eigenheiten an ihrer Mutter, die sie von sich selbst kannte. So zog sie beim Nachdenken die Augenbrauen zusammen wie sie, räusperte sich auf dieselbe Weise kurz-lang-lang und bewahrte ihre Taschentücher im Ärmel auf – mangels Taschen in der Schwesterntracht. Diese Gewohnheit hatte auch Holly angenommen, nachdem sie früher ständig Papiertaschentücher mitgewaschen und danach stundenlang die weißen Flusen von der Wäsche gezupft hatte.

Einmal beobachtete sie, wie Elsa eine Nummer notierte. Sie stellte fest, dass ihre Mutter, genau wie sie, die Einer vor den Zehnern schrieb – eine Eigenheit, die Holly selbst in der Schule nicht hatte ausgetrieben werden können.

Auch physische Ähnlichkeiten zwischen ihnen entdeckte sie wie die Form der Fingerkuppen und Fingernägel mit ihren ausgeprägten Monden oder den gezackten Haaransatz. Verblüffend fand Holly, dass sie beide ein identisch geformtes Muttermal an exakt derselben Stelle des Oberarmes hatten.

Auch ihre Augen ähnelten sich, was sie erst bemerkte, als Elsa ihre Brille abnahm. Nur ihre Fehlsichtigkeit hatte Holly nicht von Elsa geerbt.

»Dein Vater hatte eine leichte Kurzsichtigkeit, im Kino und in der Kirche trug er eine Brille«, erinnerte sich Elsa. »Außerdem hast du genau seine Kinnpartie und seinen Mund. Sogar die Form der Zähne ist ähnlich, das fiel mir sofort auf, als ich dich das erste Mal sah.«

Holly war tief berührt. Sie war also nicht vom Himmel gefallen wie das kleine Mädchen in dem Bilderbuch, das Margarete ihr früher vorgelesen hatte. Wie war noch der Titel? Holly kramte in ihrer Erinnerung.

Wie Engelchen seine Mutter sucht.

Warum bloß hatte Margarete ihr ausgerechnet eine Geschichte vorgelesen, in der ein elternloses Kind sich auf die Suche nach seiner Mutter macht? Hatte Margarete doch das Bedürfnis gehabt, eine Wahrheit zu offenbaren, die sonst unterdrückt wurde?

Trotz ihres »Urlaubs« verzichtete Schwester Sunita nicht auf die tägliche Essensausgabe für die Armen. Danach zeigte sie Holly den Kindergarten und die Krankenstation und führte sie durch die Viertel der Umgebung, deren Bewohner ohne die Unterstützung des Klosters kaum lebensfähig wären.

Es war, als wollten sie gemeinsam Elsas Welt vermessen, damit Holly besser verstehen könnte, warum ihre Mutter sich für dieses Leben entschieden hatte.

»Ich betrachte es auch als Buße, weißt du«, sagte Elsa, während sie gemeinsam durch ärmliche Gassen gingen, in denen die Wäsche quer zwischen den Häusern hing.

Plötzlich blieb sie stehen. »Es ist komisch«, sagte sie, »aber ich finde, deine Eltern hätten es dir sagen müssen. Und dabei bin ich doch selbst vor dir weggelaufen, als du schon vor mir gestanden hast! Warum ist die Wahrheit bloß so schwer zu ertragen?«

»Weil sie Schmerzen verursacht?«, fragte Holly. »Vielleicht wolltest du vergessen, dass du etwas Schreckliches getan hast, und meine Eltern wollten vergessen, dass sie gar nicht meine Eltern sind. Menschen sind sehr erfinderisch, wenn es darum geht, Schmerzen zu vermeiden.«

Elsa nickte nachdenklich, antwortete aber nicht. Sie setzte sich wieder in Bewegung.

»Ich war übrigens bei meinem Großvater«, sagte Holly unvermittelt.

Elsas Schultern strafften sich.

»Bei deinem Vater«, ergänzte Holly, als hätte es dieser Erläuterung bedurft.

»Er lebt also«, sagte Elsa knapp.

»Ja. Und er vermisst dich immer noch.«

Elsa schwieg.

»Hast du nie daran gedacht, ihm ein Lebenszeichen zu schicken? Immerhin ist er dein Vater.«

»Ich habe ihm damals eine Karte geschrieben.«

»Ich weiß. Er hat sie mir geschenkt.«

Ein überraschter Seitenblick ihrer Mutter traf sie. »Er hat sie so viele Jahre aufgehoben?«

Holly nickte.

»Habt ihr euch … gut verstanden?«

»Das würde ich so nicht sagen«, erwiderte Holly. »Ich glaube, er ist ein sehr schwieriger Mensch.«

Elsa lachte bitter auf. »So könnte man es sagen. Deshalb habe ich es auch vorgezogen, mein Leben ohne ihn zu leben.«

»Und deine Mutter? Hast du sie nicht vermisst?«

»Natürlich«, sagte Elsa, »schrecklich sogar. Aber sie war wie ein Teil meines Vaters, wie eines seiner Gliedmaßen. Man konnte sie ohne ihn nicht haben. Also musste ich mich auch von ihr trennen. Insgeheim habe ich immer gehofft, sie eines Tages wiedersehen zu können. Als Andrea mir schrieb, dass sie gestorben wäre, war ich am Boden zerstört. Ich bin sicher, er hat sie auf dem Gewissen.«

Holly behielt für sich, dass andere der Meinung waren, Elsas Verschwinden hätte ihrer Mutter das Herz gebrochen.

Am nächsten Tag reiste Holly ab. Zum Abschied überreichte sie ihrer Mutter den kleinen Schlüssel zum Fahrradschloss an einem silbernen Halskettchen.

Ihre Mutter drückte ihr einen der blassblauen Umschläge mit dem Aufdruck des Klosters in die Hand, die Holly schon kannte.

»Ich muss dir noch etwas sagen«, sagte Elsa und fasste Holly bei den Schultern, »es gab keinen Tag in meinem Leben, an dem ich nicht an dich gedacht hätte.«

Mit großen Augen blickte Holly in die Augen ihrer Mutter. »Du weißt nicht, was mir dieser Satz bedeutet«, sagte sie leise.

Elsa seufzte. »Der Blick zurück ist ein Blick in den Abgrund. Zuerst dachte ich, du hättest kein Recht, einfach hier aufzutauchen. Aber dann wurde mir klar, dass ich ja selbst vor langer Zeit die Spuren gelegt hatte, die dich hierher geführt haben. Bitte … bitte verzeih mir.«

Holly legte ihren Kopf an Elsas Schulter, auf den blaugrauen Stoff der Schwesterntracht, und sagte leise: »Ich hab dir doch längst verziehen.«

Zu Fuß ging sie zum Bahnhof und bestieg den Zug nach Kairo, wo Ashraf sie erwartete, um sie zum Flughafen zu bringen. Als sie am Nil entlangfuhren, hatte Holly einen Einfall.

»Hast du den zweiten Schlüssel noch?«, fragte sie.

Ashraf nickte. »Klar.«

»Gib ihn mir«, bat sie.

Er hielt an und fingerte den kleinen Schlüssel aus seinem Geldbeutel. Holly stieg aus, ging ans Ufer und warf ihn in den Fluss. Sie blieb einen Moment stehen und sah in das milchig-grüne Wasser, das noch fließen würde, wenn es sie längst nicht mehr gäbe.

Als Ashraf am Flughafen den Wagen geparkt hatte, sagte Holly: »Ich will dir was zeigen.« Sie nahm den blassblauen Umschlag aus ihrer Tasche und zog ein leicht vergilbtes Foto heraus. Darauf war ein junger Ägypter zu sehen, der erstaunliche Ähnlichkeit mit Ashraf hatte.

»Das ist mein Vater«, sagte Holly. »Er hieß wie du, Ashraf.«

Ashraf betrachtete das Bild und nickte, dann hob er den Blick zu Holly.

»Du bist etwas ganz Besonderes für mich«, sagte er. »Ich werde dich nicht vergessen.«

»Ich dich auch nicht«, sagte Holly, beugte sich zu ihm und küsste ihn. Dann nahm sie schnell ihre Tasche und stieg aus dem Auto. Auf dem Weg ins Flughafengebäude drehte sie sich noch einmal kurz um und winkte.

22

Bei ihrer Rückkehr warteten eine Menge Neuigkeiten auf Holly.

Von Karin war eine Briefkarte in edlem Bütten angekommen, auf der ihre neue Adresse stand. Neugierig rief sie dort an.

»Was ist passiert?«, fragte sie.

»Ganz einfach«, erklärte Karin, »ich habe Ulf die Entscheidung abgenommen und mir eine Wohnung in der Stadt gemietet. Nun soll er zusehen, wie er mit den Kindern klarkommt.«

»Und wie kommt er klar?«

Karin kicherte: »Er spannt ständig seine Tusse als Babysitter ein. Lange macht die das bestimmt nicht mehr mit.«

»Du willst ihn also immer noch zurück?«

»Ach, keine Spur«, sagte Karin wegwerfend, »ich will ihm nur noch das Leben ein bisschen schwer machen.«

»Du hast Nerven«, sagte Holly bewundernd. »Aber ist das nicht so was wie ›böswilliges Verlassen‹?«

»Mach dir keine Sorgen«, sagte Karin, »ich habe einen guten Anwalt.«

»Immerhin klingst du wieder fröhlich«, sagte Holly mit leichtem Unverständnis in der Stimme.

»Bin ich auch«, sagte Karin. »Mein Anwalt ist nämlich nicht nur ein guter Jurist, sondern auch ein fantastischer Liebhaber.«

»Na, herzlichen Glückwunsch«, sagte Holly perplex. Um Karin musste sie sich offenbar keine Sorgen mehr machen.

Anders sah es bei Diana aus.

»Seine Frau hat einen Suizidversuch gemacht und ist wieder in der Psychiatrie«, erzählte sie mit erschöpfter Stimme. »Ich habe Mark tausendmal erklärt, dass ich ihn nicht mehr will, dass die Sache für mich beendet ist, aber er lässt mir keine Ruhe. Ich überlege, ob ich mit den Kindern in eine andere Stadt ziehen soll oder sogar ins Ausland. Wenn diese Irre wieder rauskommt, sind wir doch unseres Lebens hier nicht mehr sicher.«

Wie absurd das alles ist, dachte Holly. Karin, deren ganze Lebensplanung zerbrochen ist, tröstet sich nach ein paar Monaten mit ihrem Scheidungsanwalt, und Diana, die nur ein bisschen Spaß haben wollte, kämpft buchstäblich ums Überleben.

»Wenn ich dir irgendwie helfen kann, dann sag es mir.«

»Niemand kann uns helfen«, sagte Diana. »Wir können nur hoffen, dass man sie nicht entlässt, bevor sie geheilt ist. Wenn diese Art Psychose überhaupt heilbar ist.«

Holly versuchte, ihrer Freundin Mut zuzusprechen, aber sie kam sich hilflos und lächerlich dabei vor.

Blieb noch Jochen. Seit ihrem letzten Treffen hatte Holly nichts mehr von ihm gehört.

Sie wählte seine Nummer im Verlag.

»Ich wollte dir nur sagen, dass du deinen Kopf mal wieder durchgesetzt hast«, sagte sie, »ich schreibe gerade meine Geschichte auf.«

Sie erzählte ihm von ihrer zweiten Reise nach Ägypten, ihrer Ankettungsaktion im Klosterhof, der Begegnung mit ihrer Mutter.

»Toll«, sagte er, als sie geendet hatte. »Das wird bestimmt der Knaller.« Er klang merkwürdig unbeteiligt.

»Was ist mit dir?«, fragte Holly, »du klingst so komisch.«

»Mir geht's nicht so gut«, sagte er.

»Stella hat sich also gegen dich entschieden?«

»Sie hat sich gegen das Kind entschieden. Und damit gegen mich.«

»Das verstehe ich nicht«, sagte Holly.

»Sie hatte tatsächlich eine längere Affäre«, erklärte Jochen. »Als sie schwanger wurde, hat der Typ kalte Füße gekriegt und ist abgehauen. Obwohl ich ihr angeboten habe, das Kind wie mein eigenes mit ihr aufzuziehen, hat sie sich für die Abtreibung entschieden. Da war es plötzlich aus bei mir. Alle Gefühle tot. Ich bin schon zu Hause ausgezogen, zurzeit wohne ich hier im Verlag.«

Holly schwieg. Da war ihr Freund, der elende Egomane, tatsächlich einmal über sich hinausgewachsen, und was hatte es ihm genutzt? Nichts. Das Leben ist ungerecht.

»Es tut mir so leid«, sagte sie.

»Schon okay. Endlich habe ich begriffen, wie Stella wirklich ist. Ich fürchte, du hattest recht.«

»Ich wünschte, ich hätte nicht recht, und du dafür mehr Glück«, sagte Holly. »Was hältst du davon, wenn wir die Idee mit dem Eheratgeber vorerst begraben?«

»Einverstanden«, sagte Jochen.

Zwei Tage nach ihrer Rückkehr kam Chris schon am Morgen zu ihr und bat sie, einen Ausflug mit ihm zu machen. Er wolle ihr etwas zeigen.

»Was denn?« Holly blickte ihn misstrauisch an. Sie war nicht gerade in der Stimmung für gemeinsame Unternehmungen, aber da sie die Situation nicht weiter belasten wollte, stimmte sie zu.

Im Auto schwiegen beide. Ein Berg unausgesprochener Fragen türmte sich zwischen ihnen auf, allen voran die, wie es mit ihnen weitergehen sollte.

Holly hatte Chris gleich nach der Rückkehr aus Ägypten von ihrer Mutter erzählt. Er hatte aufmerksam zugehört und am Ende nur gesagt: »Hoffentlich kannst du jetzt endlich in die Gegenwart zurückkommen.«

Ein bisschen mehr Anteilnahme hätte sie sich von ihm schon gewünscht; er schien nicht im Geringsten begriffen zu haben, welche Bedeutung diese Begegnung für sie hatte. Überhaupt schien er immer noch nicht verstanden zu haben, was passiert war und welchen Anteil er daran hatte. Wie sollte sie sich ihm unter diesen Umständen jemals wieder nahe fühlen?

»Also, wohin geht's?«, fragte sie, nachdem sie fast zehn Minuten schweigend gefahren waren.

»Ich möchte dir eine Schule zeigen. Eine Internatsschule, um genau zu sein.«

»Ein Internat?«„ wiederholte sie begriffsstutzig, »für wen denn?«

Im gleichen Moment verstand sie und schoss nach vorne, dass der Gurt sich ruckartig straffte. »Für Timo?«, rief sie aus. »Du willst Timo ins Internat schicken?«

»Er will es selbst«, sagte Chris.

»Weil du es ihm eingeredet hast!« Holly war außer sich vor Empörung. »Und wo willst du Lea entsorgen? Und mich? Kehr sofort um, ich will mit Timo sprechen!«

Chris ließ sich nicht aus der Ruhe bringen. »Es war sein Wunsch, dass ich es dir sage. Und dass ich dir die Schule zeige.«

Holly fiel in ihren Sitz zurück. »Was ist denn das für ein abgekartetes Spiel?«

»Von abgekartet kann keine Rede sein.« Chris versuchte, sie zu beruhigen. »Er hat schon vor Längerem den Wunsch geäußert. Als seine Leistungen immer schlechter wurden, haben wir ernsthaft darüber geredet. Er fühlt sich zu Hause nicht mehr wohl; einerseits spürt er, dass er sich allmählich von uns lösen sollte, andererseits hat er das Gefühl, er müsste die Krise zwischen uns beheben und uns wieder zusammenbringen. In diesem Konflikt wird er zerrieben.«

Holly dachte nach. »Es ist also unsere Schuld. Oder nein, meine. Will er weg, weil er mich hasst?«

»Vielleicht braucht er eine Art Sicherheitsabstand. Um uns nicht irgendwann hassen zu müssen.«

Holly fühlte sich plötzlich völlig kraftlos. Sie hatte sich wirklich bemüht, eine gute Mutter zu sein. Und trotzdem wollte ihr Sohn weg von ihr. Hieß das, sie hatte versagt? Oder hatte sie genau jetzt, in diesem Moment, die Chance, sich als gute Mutter zu erweisen?

Nach einer Weile sagte sie: »Wir können uns ein Internat gar nicht leisten.«

Chris räusperte sich. »Margarete will uns helfen. Sie würde zwei Drittel der Kosten übernehmen.«

»Margarete? Meine Mutter, die gar nicht meine Mutter ist, will ihrem Enkel, der gar nicht ihr Enkel ist, die Schule bezahlen? Wie kommt sie dazu?«

Chris zog scharf die Luft ein. »Jetzt komm aber mal runter. Das ist sehr großzügig von ihr.«

Holly boxte wütend in die Luft. »Scheiße, ja, das ist es. Aber ich will von ihr nichts annehmen.«

»Ich dachte, du wärst endlich zur Vernunft gekommen. Es ist deine Familie, verdammt! Alle sehen das so. Alle außer dir!«

Nach einer Stunde Fahrt erreichten sie die Schule, die in einem Schloss untergebracht war und äußerst idyllisch in der oberbayerischen Landschaft lag.

Die Heimleiterin, eine resolute Frau mit einem flotten Kurzhaarschnitt, führte sie durch die Räumlichkeiten. Spartanisch eingerichtete Zweierzimmer, ein Speisesaal mit langen Tischen, Klassenräume mit alten Holzdielen und modernen Computern.

»In jeder Klasse sind zwischen achtzehn und fünfundzwanzig Schüler«, erklärte sie, »wir können die Jugendlichen also sehr individuell fördern. Das pädagogische Konzept ist einfach: ›Übernimm Verantwortung für dich selbst.‹ Sie glauben nicht, wie Kinder wachsen, wenn man ihnen etwas zutraut.«

Nach dem Rundgang und einem ausführlichen Gespräch mit dem Schulleiter schlenderten Chris und Holly übers Schulgelände. Auf einer Koppel voltigierten einige Schüler auf schuleigenen Pferden, auf dem Sportplatz wurde Fußball gespielt, in einer Halfpipe machten die Skateborder ihre gewagten Sprünge. Sogar einen Sandplatz für Beachvolleyball gab es.

»Ich bin neidisch«, gab Holly unumwunden zu. »Auf so eine Schule wäre ich auch gern gegangen.«

»Frag mich mal«, sagte Chris. »Meine Eltern haben mir gerade mal erlaubt, die Zehnte zu machen. Auf einer Schule mit sechshundert Schülern. Hier sind es hundertachtzig.«

Holly blieb stehen. »Aber dann sehen wir Timo kaum noch! Er wird erwachsen, und wir sind nicht dabei.«

Chris legte tröstend den Arm um ihre Schultern. »Er kommt in den Ferien und alle zwei Wochen am Wochenende. Glaub mir, es ist für uns alle das Beste.«

Holly wischte sich verstohlen eine Träne aus dem Auge. Chris' Berührung tat ihr gut, sie sehnte sich danach, sich in seine Arme zu schmiegen. Er schob sie sanft und entschlossen zur Seite.

»Komm, wir fahren zurück.«

Abends klopfte Holly an Timos Zimmertür und trat ein. Er saß am Schreibtisch, vor sich das Lateinbuch, und es sah tatsächlich so aus, als lernte er. Bisschen spät, dachte Holly. Es war bereits Notenschluss, und er würde nicht versetzt werden. Aber schließlich lernt man ja fürs Leben, nicht für die Schule.

»Kann ich dich sprechen?«

»Klar.« Er klappte bereitwillig das Buch zu.

»Wir haben uns heute das Internat angesehen.«

Timo schwieg und sah sie erwartungsvoll an.

»Ist wirklich toll da«, sagte Holly. »Wie bist du auf die Idee gekommen?«

»Ein Typ aus meiner Klasse ist seit letztem Jahr dort. Er findet es echt cool.«

»Und du hast keine Angst, dass du Heimweh kriegst?«

»Am Anfang vielleicht schon. Aber das vergeht.«

»Hat es … irgendwas mit mir zu tun, dass du weg willst?«

Sein Blick irrte unsicher umher. »Na ja, besonders easy ist es nicht gerade mit dir.«

»Fühlst du dich von mir vernachlässigt?«

Er zuckte die Schultern. »Nicht direkt. Wir sehen uns ja kaum. Aber wenn, dann nörgelst du an mir rum.«

»Bist du mir noch böse wegen der Ohrfeige?«

»Nee, ist schon okay. Mich nervt es mehr, dass Papa und du so komisch miteinander seid. Lea könnt ihr was vormachen, aber nicht mir.«

»Sonst noch Gründe, warum du weg willst?«

»Das Sitzenbleiben. An der neuen Schule fällt es nicht auf, dass ich die Klasse wiederhole.«

Holly nickte. »Das verstehe ich.«

Timo sah sie hoffnungsvoll an. »Dann bist du also einverstanden?«

Sie seufzte. »Was bleibt mir denn anderes übrig? Ihr habt es doch schon so gut wie beschlossen.«

Zu ihrer Überraschung erhob er sich von seinem Schreibtischstuhl, um sie zu umarmen. Das hatte er seit Monaten nicht mehr getan. Im Gegenteil, er hatte jeden Versuch einer Berührung wütend zurückgewiesen.

»Du bist echt cool, Mama.« Das war mit Sicherheit das größte Kompliment, zu dem ihr Sohn fähig war.

Eine gute Mutter muss im richtigen Augenblick loslassen, dachte Holly, und dabei sprengte ihr der Schmerz fast den Brustkorb. Sie drückte Timo an sich, wünschte ihm eine gute Nacht und verließ sein Zimmer.

Wie in Trance nahm sie den Autoschlüssel, ging aus der Wohnung und fuhr weinend durch die nächtliche Stadt, den Lautstärkeregler des Radios weit aufgedreht. Die Stimme von Anna R, der Sängerin von Rosenstolz, kindlich-unschuldig und weiblich-verrucht zugleich, schwebte durch die Nacht.

Gehör ich hier denn noch dazu
Oder bin ich längst schon draußen
Zeit nimmt sich den nächsten Flug
Hab versucht ihr nachzulaufen

Bin doch gestern erst geborn
Und seit Kurzem kann ich gehen
Hab mein Gleichgewicht verlorn
doch kann trotzdem grade stehn

Wenig später stand Holly vor ihrem Elternhaus. Die Fenster im Erdgeschoss waren erleuchtet. Sie parkte und blieb sitzen, unschlüssig, was sie eigentlich hier wollte. Schließlich stieg sie aus und ging langsam zum Gartentor. Sie hob die Hand und drückte auf den

Knopf. Der Ton der Haustürklingel hallte durch die ruhige Straße.

Die Tür ging einen Spalt auf, und Margarete streckte den Kopf nach draußen.

»Ja, bitte?« Sie erkannte Holly. »Du? Ist was passiert?«

Es summte, Holly drückte das Gartentor auf. Im Lichtschein, der aus dem Haus auf den Weg fiel, ging sie auf Margarete zu, die an der Haustür stehen geblieben war.

In meinem Kopf ist so viel Wut
Gestern Nacht konnt ich nicht schlafen
Dass du da warst tat mir gut
Bitte stell jetzt keine Fragen

Denn ich würde nur bereun
Hätt ich mich an dir verbogen
War bestimmt nicht immer treu
Doch ich hab dich nie betrogen

Das bin ich, das bin ich, das allein ist meine Schuld,
das bin ich …

»Was ist denn hier los?«, fragte Holly verwundert, nachdem sie das Haus betreten hatte. Die Möbel waren nicht mehr an ihrem Platz, die Bilder abgehängt, überall standen Umzugskisten herum.

»Ich habe das Haus verkauft«, erklärte Margarete.

»Du hast was?« Holly starrte sie an.

»Es war sowieso zu groß für mich«, sagte Margarete, »ich habe mich einsam gefühlt.«

»Aber was ist mit deinen Figuren?«

Margarete seufzte. »Figuren eben. Keine Menschen. Als dann noch Molotow überfahren wurde …« Sie brach ab.

Hollys Augen füllten sich mit Tränen. »Molotow ist tot?«

Margarete nickte traurig.

Holly sah sich um. Sie hob die Schultern, ließ sie wieder fallen. »Aber … ich meine, das ist doch auch unser Zuhause, unser … Elternhaus!«

»Ach, jetzt plötzlich?« Die Schärfe in Margaretes Stimme war nicht zu überhören. Holly hatte nicht die Kraft, sich zu verteidigen.

»Wo ziehst du denn hin?«, fragte sie.

»Zu Lori«, sagte Margarete, »sie hat genug Platz.«

Wie betäubt ging Holly durchs Haus, wo nichts mehr so aussah wie früher, außer in den Kinderzimmern. Dort hatte Margarete noch nicht mit dem Ausräumen begonnen. Vielleicht hoffte sie, die Kinder würden es für sie tun.

Auf einem der Betten war ein Abdruck in der Daunendecke zu sehen, wie ihn Molotow hinterließ, wenn er seinen Mittagsschlaf hielt. Hinterlassen hatte. Der Gedanke an den toten Kater schnürte Holly den Hals zu. Auch wenn er sie oft genervt hatte mit seinem berechnenden Charakter und seiner Verfressenheit, so hatte er doch hierher gehört, und sie war regelrecht wütend, dass er sich hatte überfahren lassen. Wäre das nicht passiert, wäre Margarete vielleicht gar nicht auf die Idee gekommen, wegzuziehen.

Holly verstand selbst nicht, warum es ihr so viel ausmachte. Außer zu den üblichen Anlässen war sie nicht oft hier gewesen, sie mochte das Haus nicht einmal besonders. Aber es war in ihrer Vorstellung immer ein Zufluchtsort gewesen. Sie hatte nie darüber nachgedacht, aber zu wissen, dass es das Haus gab, hatte sie beruhigt und ihr geholfen, zurechtzukommen. Nun gab es keinen Ort mehr, an den sie flüchten könnte.

Holly kehrte ins Erdgeschoss zurück und entdeckte vor dem Eingang zum Keller mehrere Haufen, bestehend aus Holzstücken, Metallabfällen und anderen Materialien. Einen Moment blickte sie darauf, ohne zu begreifen.

Dann verstand sie. Es waren Zeugnisse eines Massenmordes. Margarete hatte die Figuren seziert, säuberlich in ihre Bestandteile zerlegt und die Materialien getrennt, damit man sie umweltgerecht entsorgen konnte.

Holly schauderte, der Anblick machte ihr Angst. Diese Figuren hatten Margarete so viel bedeutet, jede Menge Arbeit und Herzblut steckten in ihnen. Holly begriff nicht, wie sie ihre stummen Mitbewohner einfach so hatte meucheln können, nüchtern und mitleidlos. Wenn sie dazu fähig war, wer weiß, wozu sie noch fähig wäre. Würde sie sich womöglich etwas antun?

»Hast du Sina auch …?«, fragte Holly, als sie in die Küche kam, wo Margarete gerade einen Kräutertee abgoss.

»Nein, die habe ich aufgehoben. Ich wollte sie dir schenken.«

Das bestätigte Hollys Vermutung, Margarete hätte sie in der kleinen Holzpuppe verewigt: das Mädchen, von dem die Eltern immer fürchten, dass es eines Tages weggehen würde.

Schwer ließ sie sich auf einen Küchenstuhl fallen und nahm die heiße Tasse entgegen, die Margarete ihr reichte. Gedankenverloren pustete sie den Dampf weg, trank aber nicht.

»Wie hast du das fertiggebracht?«

»Ab einem gewissen Alter befreit man sich besser von ein paar Illusionen«, sagte Margarete vieldeutig.

Holly pustete weiter, nahm einen kleinen Schluck, verbrannte sich die Zunge.

»Wann musst du draußen sein?«, fragte sie und stellte die Tasse auf den Tisch.

»In zehn Tagen. Gut, dass du gekommen bist, du kannst dir ein paar Sachen ansehen und entscheiden, ob du sie haben willst. Sonst werfe ich sie weg.«

»Sachen?«

»Fotos, Briefe, Erinnerungen …«

Holly nickte. Mit einem Mal fühlte sie eine bleierne Müdigkeit. Die Vorstellung, sich wieder ins Auto zu setzen und nach Hause zu fahren, war ihr unerträglich.

»Darf ich … kann ich heute Nacht hier schlafen?«, fragte sie zaghaft.

Margarete blickte sie erstaunt an, dann nickte sie. »Natürlich.« Sie fuhrwerkte eine Weile in der Spüle herum, fragte, das Gesicht halb abgewandt: »Und, geht es dir gut?«

Holly hob zu einer Erwiderung an, ließ es aber dann bleiben. Was brachte es, wenn sie Margarete erzählte, was sie herausgefunden hatte? Dass sie nicht nur ihren Großvater, sondern sogar ihre Mutter gefunden hatte.

Dass sie alles über ihren Vater wusste, was herauszufinden war. Dass mit jedem Schritt, den sie in die Vergangenheit gemacht hatte, ihre Gegenwart ein Stück mehr auseinandergebrochen war. Dass sie manchmal selbst wünschte, sie hätte nie etwas von all dem erfahren.

»Ich weiß, dass ich dir sehr wehgetan habe«, sagte sie leise, »und das tut mir leid.«

Margarete legte stumm ihre Hand auf ihre. Ihr Blick war voller Schmerz, und sie wussten beide, dass es noch dauern würde, bis die Verletzungen geheilt wären.

Am nächsten Morgen erwachte Holly in ihrem ehemaligen Kinderzimmer. Das Bett hatte dieselben Bezüge wie früher, auch die Vorhänge mit aufgedruckten grün-roten Äpfeln waren noch dieselben. Sie schloss die Augen wieder und nahm die vertrauten Gerüche und Geräusche des Hauses in sich auf. Es war alles wie früher, als wäre die Zeit stehen geblieben. Gleich würde sie das Geschrei von Max und Felix hören, die sich nebenan eine Kissenschlacht lieferten, die schweren Schritte und die tiefe Stimme ihres Vaters, der die beiden ermahnte. Den Gong aus der Küche, der bedeutete, dass das Frühstück fertig war. Margaretes Rufen, wenn die Kinder zu lange brauchten, um aufzustehen.

Dann fiel ihr ein, in welchem Zustand das Haus inzwischen war. Dass nichts mehr so aussehen würde wie früher, sobald sie einen Fuß aus der Tür dieses Zimmers setzte. Sie rollte sich zusammen und wimmerte leise. Ein plötzlicher, heftiger Schmerz überfiel sie und der Wunsch, die Zeit rückwärtszudrehen, alles ungeschehen zu machen, was geschehen war.

Als sie sich endlich aufraffen konnte, das Bett zu verlassen, war Margarete schon ausgegangen. Sina lag auf dem Küchentisch, daneben ein Karton voller Sachen, die Holly aussortieren sollte.

Einige Tage später bekam sie zu ihrer Überraschung einen Brief von Elsa. Sie drehte ihn hin und her und zögerte, ihn zu öffnen. Sie glaubte, sich weiteren Überraschungen nicht gewachsen zu fühlen, legte ihn erst einmal auf ihren Schreibtisch und ließ den ganzen Tag verstreichen, bevor sie sich entschloss, ihn zu lesen.

»Liebe Holly,
ich habe seit Deiner Abreise viel nachgedacht. Ich muss mich der Sache mit meinem Vater ebenso stellen, wie ich mich – nach einigem Zaudern – der Begegnung mit Dir gestellt habe. Bitte leite beiliegenden Brief an meinen Vater weiter (ich habe seine aktuelle Adresse nicht).

Seit Du da warst, bin ich eine andere. Etwas in mir hat sich gelöst, ich fühle mich wie befreit. Mir war nicht bewusst, wie tief der Schmerz um Deinen Verlust saß, ja, ich wusste nicht einmal, dass es ihn gab.
Sei umarmt von Deiner Elsa (Mutter)«

Holly wog den Brief an Elsas Vater in der Hand, er musste viele Seiten enthalten. Spontan fasste sie den Entschluss, ihn Jobst Hegmann persönlich zu überbringen.

Am selben Nachmittag fuhr sie ins Altenstift Sankt Josef. Sie ging rasch durchs Foyer Richtung Lift, da wurde sie von der Pförtnerin aufgehalten.

»Sie wollen zu Herrn Hegmann?«

Holly nickte. Sie war überrascht, dass die Frau sie nach so vielen Wochen wiedererkannte.

»Er ist nicht hier. Er liegt im Krankenhaus.«

Erschrocken trat Holly näher an den Empfangstresen. »Was ist mit ihm?«

Die Pförtnerin zögerte. »Sind Sie eine Verwandte?«

»Ich bin seine Enkelin.« Holly wunderte sich, wie leicht ihr diese Worte über die Lippen gingen.

»Er hatte vor einer Woche einen Herzinfarkt.«

»Kann ich ihn besuchen?«

»Das müssten Sie mit dem Arzt besprechen. Als Angehörige dürfen Sie bestimmt zu ihm.«

Holly ließ sich die Adresse geben. Er lag im Marienkrankenhaus.

Die Schwester auf der Intensivstation war geradezu dankbar, dass jemand kam.

»Wir wussten gar nicht, dass es Angehörige gibt. Offenbar ist niemand verständigt worden.«

»Wie geht es ihm?«, fragte Holly.

»Im Moment ist er stabil. Kommen Sie.«

Holly folgte der Schwester zum Bett ihres Großvaters, der hager, mit eingefallenen Wangen und an mehrere Schläuche angeschlossen, dalag. Nichts von seiner Kraft und Bedrohlichkeit war mehr zu spüren. Selbst der Blick aus seinen wasserblauen Augen, den er ihr langsam zuwandte, hatte jede Schärfe verloren.

Holly wartete, bis die Schwester außer Hörweite war.

»Ich bin's, Holly Berger«, sagte sie leise und zog sich einen Stuhl heran. »Wie geht es Ihnen?«

Er ließ seinen Blick lange auf ihr ruhen; sie wusste nicht, ob er sie erkannte.

»Ich habe Nachricht von Elsa«, sagte sie.

Bei der Erwähnung des Namens ging eine Bewegung über sein Gesicht.

»Elsa«, wiederholte er mühsam. »Sie haben Sie also gefunden?«

»Sie hat Ihnen geschrieben«, sagte Holly und zog den Umschlag heraus.

Sie überlegte, was sie tun sollte. Ihm den Brief vorlesen? Nein, sie wollte nicht in die Geheimnisse zwischen Vater und Tochter eindringen. Sie konnte ihm den Brief nur geben. Ob er ihn selbst lesen würde, ihn von einer unbeteiligten Person vorlesen oder ungelesen ließ, war seine Entscheidung.

Ich war immer ein Anhänger des freien Willens.

Holly legte den Brief auf den Nachttisch und ihre Hand auf die knochige Hand ihres Großvaters, die sich trocken und kühl anfühlte.

»Kann ich irgendetwas für Sie tun?«, fragte sie. »Ich könnte etwas für Sie einkaufen oder jemandem eine Nachricht von Ihnen überbringen.«

»Nein, danke. Sagen Sie mir nur, wie es Elsa geht. Waren Sie bei ihr?«

»Es geht ihr gut, sie lebt in Ägypten im Kloster.« Holly schluckte. »Sie … hat viel von Ihnen gesprochen.«

Ganz egal, was in dem Brief stand, dachte Holly, vielleicht würde ihn das trösten.

Sein Blick verschwamm, eine Weile wirkte er abwesend. Dann sah er sie an und sagte: »Ich danke Ihnen, dass Sie gekommen sind.«

»Ich bin doch gern hier«, sagte Holly. Sie blieb noch einige Minuten sitzen, dann streichelte sie zum Abschied sanft seinen Handrücken. Er war eingeschlafen.

Der Brief mit der Telefonnummer des Klosters lag in Hollys Schublade.

Sie holte ihn heraus und wählte. Mehrfach wurde sie verbunden, sprach mit der Empfangsschwester, einer anderen Ordensschwester und schließlich mit Oberin Agapy, die ihr versprach, dass Elsa so schnell wie möglich zurückrufen würde. Holly diktierte ihr die Nummer.

Während sie wartete, fiel ihr Blick auf den Skarabäus. Sie nahm ihn aus der Schublade und betrachtete seine schimmernde Oberfläche. Wie alt er wohl war? Woher ihr Vater ihn damals bekommen, mit welchen Wünschen er ihn ihrer Mutter geschenkt hatte?

Die Geschichte dieses Schmuckstückes würde wohl für immer im Dunkeln bleiben, anders als das Geheimnis ihrer Herkunft, das sie gegen alle Wahrscheinlichkeit hatte aufklären können. Holly konnte kaum glauben, was geschehen war, seit sie den Skarabäus zum ersten Mal in der Hand gehalten hatte.

Sie hatte erlebt, wie heftig die Sehnsucht danach sein kann, die eigenen Wurzeln zu kennen, und wie wichtig es für sie gewesen war, dieser Sehnsucht nachzugeben. Sie hatte aber auch begriffen, dass die genetische Herkunft nicht alles ist. Dass sie nicht über Liebe und Abneigung bestimmt, dass sie nicht alles erklärt und entschuldigt.

Sie wusste nun, woher sie kam. Wohin sie gehen würde, lag in ihrer Hand.

Holly stand auf und verließ das Zimmer. Im Bad stellte sie sich vor den Spiegel und legte das Kettchen mit dem Skarabäus um. Eines Tages würde sie es Lea schenken und die vielleicht irgendwann ihrer Tochter. So würde die Erinnerung an ihre Eltern weiterleben.

Das Telefon klingelte, es war Elsa. Holly berichtete ihr vom Herzinfarkt ihres Vaters und davon, in welchem Zustand sie ihn angetroffen hatte.

»Ich weiß nicht, wie viel Zeit ihm noch bleibt«, schloss sie.

Elsa blieb einen Moment stumm. Dann sagte sie: »Ich komme.«

Am übernächsten Tag stand Holly am Flughafen und wartete auf ihre Mutter. Die Maschine hatte Verspätung. Endlich öffnete sich die Schiebetür, und zwischen farbenfroh gekleideten Touristen und eiligen Geschäftsleuten im typischen Businesslook tauchte die blaugraue Schwesterntracht von Tasuni Sunita auf.

Mutter und Tochter umarmten sich. Als sie sich voneinander lösten, bemerkte Elsa den Skarabäus um Hollys Hals. Zart berührte sie ihn mit den Fingerspitzen.

Auf der Fahrt sprachen sie nicht viel. Elsa wirkte angespannt und in sich gekehrt. Sie würdigte die Stadt, in die sie nach fast vierzig Jahren zurückkehrte, keines Blickes. Abwesend spielte sie mit dem kleinen, koptischen Kreuz in ihrer Hand.

Holly hatte im Krankenhaus angerufen und von der Stationsschwester erfahren, dass Jobst Hegmanns Zustand unverändert sei.

»Das kann noch Wochen so gehen«, hatte die Schwester gesagt, »aber der nächste Infarkt ist sein letzter.«

Jetzt stellte sie den Wagen auf dem großen Klinikparkplatz ab und ging mit ihrer Mutter zum Eingang. Wenige Meter vor der Tür stoppte Elsa abrupt ihren Schritt und blieb stehen.

»Hier war es«, sagte sie.

»Ich weiß«, sagte Holly.

Langsam ging Elsa die flachen Stufen hinauf und betrat das Foyer. Sie blieb stehen und sah sich um. Es gab immer noch eine Sitzgruppe und ein paar Pflanzkübel. Ihr Blick ging zu einer ganz bestimmten Stelle, rechts von den Plastiksesseln. Sie griff nach Hollys Hand und zog sie hinter sich her.

»Hier«, sagte sie und deutete auf den Boden, »genau hier habe ich dich hingelegt. Ich hoffte, dass man dich schnell finden würde. Dann bin ich weggelaufen.«

Sie drehte sich zu Holly um, ihre Augen waren aufgerissen. »Wie konnte ich das nur tun?«, sagte sie und bewegte mechanisch den Kopf hin und her. »Heute begreife ich es nicht mehr.«

Die beiden Frauen starrten auf die Stelle am Boden. Holly griff langsam nach der Hand ihrer Mutter und hielt sie fest.

Im ersten Stock, wo die Intensivstation lag, sah sich Holly nach der Stationsschwester um, konnte sie aber nicht entdecken. Auf dem Flur herrschte Unruhe, Schwestern und Ärzte liefen durcheinander und beachteten sie nicht.

Endlich gelang es Holly, eine Schwester anzuhalten.

»Wir wollen zu Herrn Hegmann«, sagte sie. »Seine Tochter ist gerade aus Kairo angekommen.«

»Gleich«, sagte sie und lief weiter, »wir haben einen Notfall.«

Sie blieben stehen und warteten. Wenig später kam ein Arzt auf sie zu.

»Frau Hegmann?«, sagte er und sah fragend von Holly zu Elsa.

»Ja«, sagte Elsa.

»Es tut mir sehr leid, aber Herr Hegmann ist vor wenigen Minuten seinem zweiten Herzinfarkt erlegen. Wir haben alles versucht.«

Elsas Miene erstarrte, alle Farbe schien aus ihrem Gesicht zu weichen. Halt suchend griff sie nach Hollys Arm.

»Wenn Sie wollen …«, sagte der Arzt, »… Sie können natürlich zu ihm.«

Elsa zögerte, Holly nickte ihr zu. »Tu es«, flüsterte sie, »schau ein letztes Mal in den Abgrund, damit er dich nicht verschlingt.«

Mit unsicheren Schritten folgte Elsa dem Arzt. Holly blieb einen Moment stehen und sah ihr nach, dann ging sie auf dem Flur auf und ab.

Fast vierzig Jahre hätten Elsa und ihr Vater Zeit gehabt, sich zu versöhnen, und dann verfehlten sie sich um wenige Minuten. Es ist tragisch, dachte Holly, und doch passt es zu ihnen. Sie haben sich wohl von Anfang an verfehlt.

Als Elsa zurückkehrte, waren ihre Augen gerötet, aber sie wirkte gefasst.

»Wir können gehen«, sagte sie zu Holly.

23

Die Beerdigung fand zwei Tage später statt. Da Hegmann nicht in der Kirche gewesen war, sprach der Leiter des Sankt-Josef-Stifts ein paar Worte; der Seniorenchor des Hauses sang einen Choral.

Der Trauerzug war kurz, viele Freunde hatte Hegmann am Ende seines Lebens nicht mehr gehabt. Die meisten waren sicher schon tot, dachte Holly, aber vielleicht waren es auch nie viele gewesen.

»Bist du traurig, dass du zu spät gekommen bist?«, hatte Holly ihre Mutter gefragt.

»Ich bin nicht zu spät gekommen«, hatte Elsa geantwortet. »Seine Seele war noch im Zimmer. Der Brief lag gelesen neben seinem Bett. Ich weiß, dass er mir verziehen hat.«

»Und du? Hast du ihm auch verziehen?«

»Ich habe in meinem Brief alles gesagt, was ich sagen musste. Trotzdem bin ich sehr froh, dass ich gekommen bin. Als ich ihn dort liegen sah, hatte er all seinen Schrecken verloren. Ja, ich bin mit ihm versöhnt.«

Elsas Maschine ging noch am selben Nachmittag, Holly hatte ihre Mutter nicht überreden können, zu bleiben. Nachdem der Sarg ins Grab gesenkt worden war und alle ihr Schäufelchen Erde und ihre Blumen hinterhergeworfen hatten, gingen sie ohne weiteren Aufenthalt Richtung Ausgang.

»Ich nehme ein Taxi«, sagte Elsa.

»Aber ich kann dich fahren«, schlug Holly vor.

»Lieber nicht«, sagte Elsa.

Sie hatte es abgelehnt, bei Holly zu wohnen, und sich stattdessen in einer Pension eingemietet. Nicht einmal Chris und die Kinder hatte sie sehen wollen.

»Ich werde nie ein Teil deines Lebens sein«, hatte sie gesagt. »Wenn ich jetzt meine Enkel und meinen Schwiegersohn kennenlerne, schließe ich sie womöglich ins Herz und bin dann traurig, dass ich sie nie treffen kann.«

»Willst du denn für immer in Beni Suef bleiben?«, hatte Holly gefragt.

»Natürlich. Dort bin ich zu Hause.«

Sie gingen die Gräberreihen entlang, und wie immer empfand Holly die Friedhofsruhe als wohltuend. Gleichzeitig fragte sie sich, wie die Menschen zu Lebzeiten so vielen lächerlichen Kleinigkeiten solche Bedeutung beimessen konnten, wo sie doch am Ende alle hier landeten.

Sie bogen auf die breite Hauptallee ein, die auf den Ausgang zuführte. Als Holly aufblickte, sah sie am Ende des Weges jemanden stehen, der ihr bekannt vorkam. Es war Chris.

Abrupt blieb sie stehen und sagte halblaut: »Ich fürchte, ob du willst oder nicht, du wirst gleich meinen Mann kennenlernen.«

Elsa folgte ihrem Blick. »Dann soll es wohl so sein.«

Sie erreichten Chris, der lässig an der Mauer lehnte. Er trug Jeans und Lederjacke, sein Haar war leicht verstrubbelt, und er sah, wie Holly in diesem Moment bemerkte, nicht nur äußerst sympathisch, sondern auch verdammt gut aus. Plötzlich empfand sie kindlichen Stolz, weil sie ihn ihrer Mutter vorstellen konnte.

»Mein Mann Chris, meine Mutter«, sagte sie.

Die beiden gaben sich die Hand und beäugten sich neugierig.

»Elsa ist leider auf dem Weg zum Flughafen«, erklärte Holly.

»Schade«, sagte Chris. »Ich hoffe, wir haben irgendwann Gelegenheit, uns näher kennenzulernen.«

»Wer weiß«, sagte Elsa lächelnd, »Gottes Wege sind unerforschlich.«

Sie zog Holly an sich und drückte sie kurz. »Leb wohl, mein Kind«, flüsterte sie. »Ich danke dir für alles.«

Sie winkte Chris zu und eilte Richtung Taxistand.

Holly wusste plötzlich, dass dieser Abschied für lange sein würde. Vielleicht sogar für immer.

Als der Wagen aus ihrem Blickfeld entschwunden war, wandte sie sich zu Chris.

»Und was machst du hier?«

»Ich wollte Klaus besuchen.«

Das Grab von Hollys Vater lag im älteren Teil des Friedhofes. Holly war lange nicht mehr dort gewesen.

»Na, dann los«, sagte sie, und sie setzten sich in Bewegung.

Holly entfernte einiges Unkraut von der Grabstelle, Chris schob die wuchernden Zweige eines Holunderbusches zur Seite, sodass man die Inschrift wieder lesen konnte. Sie hockten sich nebeneinander auf die Umrandung aus Granitsteinen.

»Also, Klaus«, sagte Chris, »wie war das mit dem Versprechen damals gemeint?«

Mit verstellter Stimme antwortete er: »Du solltest mir versprechen, gut auf Holly aufzupassen.«

»Habe ich gemacht«, sagte Chris.

»Und du solltest das Geheimnis für dich behalten«, sagte er mit Klaus-Stimme.

»Habe ich auch gemacht. Und jetzt ist Holly sauer auf mich. Sie findet, ich hätte sie belogen und verraten.«

»Verstehe ich«, sagte Klaus. »War vielleicht keine so gute Idee von mir.«

»Und wie hätte ich das ahnen sollen?«, fragte Chris.

»Vielleicht hättest du besser hinsehen und hinhören sollen«, sagte Klaus, »dann hättest du begriffen, dass die lebende Holly wichtiger ist als dein toter Schwiegervater.«

»Ich war wohl ein ziemlicher Idiot«, räumte Chris ein.

»Da möchte ich dir nicht widersprechen«, gab Klaus zurück. »Und jetzt entschuldige mich, ich muss zum Mittagessen. Die Regeln hier oben sind streng.«

Holly lehnte aufseufzend ihren Kopf an Chris' Schulter und schob ihren Arm unter seinen.

Für die Unterstützung bei der Arbeit an diesem Buch bedanke ich mich herzlich bei:

Thomas Boggatz
Mohamed Abd el Moniem
Dr. Christine Swientek
Den Mitarbeiterinnen des Jugendamtes München